抗日烽火红沂蒙

KANGRI FENGHUO HONGYIMENG

乔继沧 著

山东城市出版传媒集团·济南出版社

图书在版编目（CIP）数据

抗日烽火红沂蒙/乔继沧著. — 济南：济南出版社，2023.9

ISBN 978 – 7 – 5488 – 5906 – 2

Ⅰ. ①抗… Ⅱ. ①乔… Ⅲ. ①纪实小说 – 中国 – 当代 Ⅳ. ①I247.5

中国国家版本馆 CIP 数据核字(2023)第 184627 号

抗日烽火红沂蒙

KANGRI FENGHUO HONGYIMENG

乔继沧 著

出 版 人 田俊林
责任编辑 张智慧
封面设计 张 倩
封面绘图 彭 馨

出版发行 济南出版社
地 址 济南市市中区二环南路 1 号（250002）
总 编 室 （0531）86131715
印 刷 天津雅泽印刷有限公司
版 次 2023 年 11 月第 1 版
印 次 2023 年 11 月第 1 次印刷
成品尺寸 170mm × 240mm 16 开
印 张 24
字 数 450 千
定 价 58.00 元

（如有印装质量问题，请与出版社出版部联系调换，联系电话：0531 – 86131716）

序

沂蒙山区指的是以沂水、蒙山为地域标志的革命老区。

沂蒙山区地处山东中南部，属暖温带气候，四季分明，物产丰饶，孕育了宗圣曾子、算圣刘洪、孝圣王祥、智圣诸葛亮、书圣王羲之等圣人，这里还是蒙恬、匡衡、王览、羊祜、王导、刘勰、颜之推、颜真卿、颜杲卿、左宝贵等众多历史名人的故乡。沂蒙人民为家乡的物华天宝、钟灵毓秀而骄傲。

但如同全国一样，鸦片战争后沂蒙大地逐渐滑向衰落的深渊。清光绪二十三年（1897）初冬，德国以“巨野教案”为借口，强行登陆胶州湾，侵略青岛。1914年10月31日至11月7日，日本与英国联合，向盘踞在青岛的德军发动战争，自此，日本取代德国，对青岛实行殖民统治。日本占据青岛以来，处心积虑培植汉奸势力，怂恿日本浪人深入山东内陆刺探情报，武装土匪，祸乱山东，使山东成为全国匪患最烈的省份之一。为了防备土匪抢掠、绑架，山东大部分村庄在乡绅的组织下，修建围墙，购置枪械，实行自卫防御。因此，山东民间拥有数量比较可观的单兵作战武器。但是，这些简陋的武器，在面对悍匪刘黑七和武装到牙齿的日本侵略者时，就显得力不从心，人们往往感到非常无奈。

在人们彷徨甚至绝望的时候，是延安宝塔山上的一缕灯光给人们照亮了前进的道路。1938年1月1日，中国共产党山东省委员会领导了徂徕抗日武装山起义，在山东首次打出了八路军的旗号，打响了山东省委独立领导山东抗战的第一枪，揭开了山东省党组织独立自主领导抗战的序幕。

1938年10月，在党的六届六中全会上，毛主席提出“派兵到山东去”。同年12月，罗荣桓率领第一一五师师部及六八六团挺进山东，与山东纵队一起，使山东抗日武装由小到大，由弱到强，最终成为全国抗日战场上一支十分重要的力量。

从1938年1月徂徕山起义，到抗日战争结束，山东八路军共进行了2.6万余次战斗，歼灭日伪军50余万人，长时间钳制着日军的行动，为抗日战争的胜利做出了卓越贡献。在山东这片抗战的热土上，沂蒙山区的鲁中、鲁南、滨海根据地始终是英勇抗击日寇的坚强堡垒。在党的领导下，沂蒙人民以其伟大的爱国情怀、无私的献身精神、坚忍的战斗意志，锤炼出了“党群同心，军民情深，水乳交融，生死与共”的沂蒙精神。

《抗日烽火红沂蒙》的作者乔继沧是我在临沂市河东区工作期间认识的一位基层干部，是一位红色情怀浓厚的同志。多年来，他不辞辛苦，实地踏访汤头、茶山、三官庙、庞疃、渊子崖、东盘、甲子山、朱村、岱崮、大青山、蒙山、赣榆、郯城、沂水、孟良崮等战场遗址，走访抗战老八路和先烈后人，采集第一手珍贵资料，努力从浩瀚的史料中捕捉渐渐远行的历史影像，孜孜探求沂蒙精神孕育的成因、过程及其伟大的历史价值，并以文学的形式再现那段光辉的历史，实属难能可贵。

《抗日烽火红沂蒙》从滨海区的庞疃、渊子崖村着笔，描述了苦难的沂蒙人民在中国共产党的领导下奋勇抗战的历史画面，刻画了纪心如、纪甫、辛锐、林凡义、王康美、林九兰、林凡庆、林欣等可亲可敬的英雄形象。整部小说章回体规整，文笔洗练，文化内涵深厚，是了解沂蒙历史不可多得的纪实性文学作品。

前段时间，乔继沧同志将《抗日烽火红沂蒙》文稿送给我，嘱我审阅并作序。我也是生于斯长于斯的沂蒙人，有感于沂蒙抗战历史的艰难困苦，油然而生对革命先烈的崇敬之情，欣然命笔，是为序。

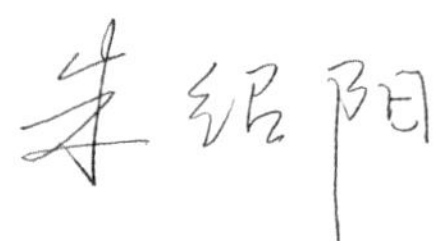

2023年3月

（中共临沂市委原副书记，临沂市十七届人大常委会党组书记、第一副主任，山东省第十一届人民代表大会教育科学文化委员会副主任委员，现任市关心下一代工作委员会主任）

前言

《抗日烽火红沂蒙》是以沂蒙老区抗日战争为背景的章回体纪实小说。

山东的抗日战争历史纷纭复杂，斗争十分残酷。中国共产党人和山东人民既要开展驱逐日本帝国主义侵略者的战争，又要与汪精卫汉奸集团做殊死战斗，还要面对蒋介石政府的排挤、打压，更要剿灭祸害人民的土匪、会道门，任务复杂而艰巨。但是，在重重困难面前，中国共产党带领沂蒙人民奋起抗争，从小到大、由弱到强，逐步取得了抗日战争的伟大胜利。

小说从1938年临沂保卫战起笔，结束于1945年解放临沂，时间跨越沂蒙的整个抗战阶段。主要事件有中共党员谢辉、纪心如等组织发动山纵二旅五团四营奋起抗日，史思荣、林凡义带领渊子崖村民进行抗日保卫战，留田突围，大青山突围，解放临沂，等等。主要人物有山纵二旅五团四营营长纪心如、临西武工队队长纪甫、抗大学员史思荣、渊子崖村村长林凡义等。

与之前的描绘沂蒙女性大爱无疆、无私奉献的作品相辉映，这部小说展现了沂蒙热血男儿热爱祖国、毁家纾难、奋起抗日的铁血风采，讴歌了“党群同心，军民情深，水乳交融，生死与共”的沂蒙精神，勾画了一幅在中国共产党领导下沂蒙人民艰苦卓绝进行抗日战争的历史画卷。

胜利来之不易，先烈事迹永远值得铭记！

目 录

引 子

1937 年 12 月 13 日，南京沦陷，日本华中派遣军司令松井石根纵兵烧杀抢掠 6 个星期，屠杀南京 30 万平民和战俘，制造了震惊中外的南京大屠杀。随后，日军第 13 师团北渡长江，进至安徽凤阳、蚌埠一线，剑锋直指徐州。

在此国家危难关头，1938 年 1 月，韩复榘率十余万大军弃守济南、泰安，避往河南，致使日军矶谷廉介第 10 师团得以长驱直下，进至济宁、蒙阴一线。

日本大本营为打通津浦铁路（天津—浦口），使南北战场连成一片，调集 8 个师团另 3 个旅团、2 个支队约 24 万人，分别由华中派遣军司令官畑俊六和华北方面军司令官寺内寿一指挥，实行南北对进，意在攻占华东战略要地徐州，然后沿陇海铁路（兰州—连云港）西取郑州，再沿平汉铁路（北京—汉口）南夺武汉。为应对南京失陷后的困难局面，中国军队由第五战区司令长官李宗仁指挥，先后调集 64 个师约 60 万人，以主力集中于徐州以北地区，抗击北线日军南犯，一部兵力部署于津浦铁路南段，阻止南线日军北进。

1938 年 2 月，日军板垣征四郎第 5 师团从青岛沿胶济铁路西进，仅用一个多月的时间，就占领胶县（今胶州市）、高密、潍县（今潍坊市）、安丘、诸城，在莒县招贤镇突破了强力抵抗后，其主力坂本支队及伪军刘桂堂（外号刘黑七）部约两万人，直扑鲁南重镇临沂。

第 5 师团是日军最精锐的机械化部队，因组建于广岛，也称广岛师团，是日本编组最早的 7 个师团之一，师团长板垣征四郎是有名的中国通，军官多是少壮派，有所谓“钢军”之称。此前的 1937 年 9 月 25 日，林彪、聂荣臻率八路军第一一五师在平型关设伏，歼灭板垣师团辎重联队 1000 多人，取得平型关大捷，打破了“日军不可战胜”的神话。

临沂位于山东省东南部，因临近沂河而得名，古称琅琊、沂州。

临沂是徐州东北的重要屏障，临沂的得失关系陇海、津浦两路的安危，若日军攻下临沂，则台儿庄不保；台儿庄不保，则徐州不保。所以守住临沂，对保卫徐州至关重要。

此时，临沂的守备力量只有山东省第三督察专员公署专员兼临沂城防司令张里元所辖的保安团2000余人，根本无法抵挡来势汹汹的日军第5师团。

临沂形势异常危急！

第一回　三军团驰援临沂城　柴子敬强征渊子崖

一

莒县失守，临沂告急！1938 年 2 月 6 日，第五战区司令长官李宗仁电令驻守在东海（江苏省连云港市东海县）一带的庞炳勋第三军团火速赶到临沂防守。

军令如山，第三军团不敢怠慢，所部 13000 余人，星夜兼程，赶往临沂。临沂沉浸在大战前紧张和压抑的空气中。

临沂三乡师、临沂五中、临沂高等小学、临沂经文学校等各个学校被迫停课，师生们无奈地离开心爱的学校。宿舍里，临沂五中国文教师李卓收拾好行李，等着在本校读书的儿子李明嵩回来一起回乡下老家。左等右等，不见人回来，一打听，他才知道儿子跟着同学纪甫出去了。李卓摇了摇头，知道儿子又到“恒庆丰”京庄杂货酱园参加读书会去了。

“恒庆丰”京庄杂货酱园是临沂县五区庞疃人氏纪心如开办的，位于考棚街双井口巷子，坐东向西六间屋，青砖灰瓦，古朴典雅。杂货铺经销油、盐、酱、醋、米、面、油等各类日常百货。

眼见天将晌午，李卓急步来到“恒庆丰”京庄杂货酱园，果然，李鸣嵩正和同学纪甫、纪甫的姐姐纪振、弟弟纪贵以及渊子崖村的林慧在一起高谈阔论。纪振、林慧在临沂经文学校读书，纪贵在临沂高小读书。见李卓过来，几个孩子赶紧停止议论，将李卓迎进屋内。纪心如见李卓老师进门，撂下手中的活，过来接待李卓。

此时，店铺忙碌异常，日常用品已被抢购一空，没有买到货物的市民围在门前不愿离去。

“纪老板在家吗?”德国杭神父操着生硬的汉语在人群外大声招呼。

见杭神父来了，人们纷纷让开。纪心如跟李卓说了声“您等等”，站起身，出门迎接杭神父。

纪心如，庞疃人氏，双字遵秤，又名纪恕，字心如，1892 年生。他长脸，高鼻梁，大耳朵，阔嘴巴，剑眉星目，前额谢顶；喜穿一身青色长衫，看上去健朗疏阔，有侠士之风。

纪心如邀请杭神父店内歇息，杭神父微笑谢绝，开门见山地说：“纪先生，据我听知，日本军队缺乏现代军队素养，年前，在你们的南京大开杀戒，致使无数平民死于非命。现在日本军队已经打到莒县，不日将进军临沂。先生，我有一个建议，一个请求。”

纪心如笑笑，说：“神父有何指教，不妨直说。”

杭神父看看周围的人，高声说：“你们的军队已经加强了临沂城的防卫力量，没有准备把临沂作为一个和平之城，日本军队是不讲道理、不守《日内瓦公约》的野蛮军队，你们市民应该早做准备，离开这个战乱之地。”

纪心如朗声说道：“杭神父，临沂城是我们的家园啊，我们为什么要离开?”

杭神父焦急道：“战争是不讲道理的，你们平民还是躲避为好!”

市民们议论纷纷，有人说：“日本人总不能把老百姓都杀了吧?”

杭神父摇摇头：“你们真要不走，也要早做打算，比方开挖防空洞，储备食品。”

有人恳切地央求纪心如说：“纪老板，你赶紧进货啊，我家快断顿了。”

纪心如微笑着点点头：“行，我这就到乡下进货!”

杭神父神色焦虑地说：“纪先生，我给你一面德国国旗和这副十字架，你把这里变为和平之地吧。还有，麻烦你替我采购 3000 斤面粉，越快越好。”说着，他把包在包裹里的德国国旗和十字架递向纪心如。

纪心如肃然道：“杭神父，谢谢你的好意，我是中国人，是孔老夫子的弟子，我不信天主教，我也不悬挂贵国国旗。”

“对，我们中国人不能屈辱地生活在别人的庇护之下，我们应该拿起刀枪，保卫我们的家乡。”这时，李鸣嵩走出店门，高声表达对纪心如的支持。李明嵩，1920 年生，郯城县李家石河村人。

“青年人，说大话不怕闪断舌头，蒋委员长百万大军都挡不住小日本，你拿什么刀、什么枪跟日本人干啊?”一个市民质疑道。

李鸣嵩朗声回应道："抵挡不住也得抵挡，我们总不能袖着手让日本人屠宰吧？我告诉大家，八路军来山东了，在东乡十字路一带成立了山东人民抗日游击队第四支队，有上千人枪，我们可以参加八路军打日本鬼子！"说完，他向周围人群拱手致意。

杭神父摇摇头，从兜里取出钞票递向纪心如："纪老板，这是定金。"

纪心如用手推挡了一下，拒绝道："杭神父，我的生意，诚信为本，历来一手交钱，一手交货，你委托我采购货物，我尽力而为就是，定金不需支付。"

杭神父急迫道："既如此，一周之内到货如何？"

"好，一周就一周！"

杭神父走后，众市民见无货可购，千叮咛万嘱咐，求告纪心如多多运进米、面、油等生活必需品，纪心如一一答应。

店里，李鸣嵩、纪振、纪甫、纪贵围在纪心如、李卓身边。纪甫看了看李卓和李鸣嵩，说："明嵩，听说王任之、薛汉鼎、杨家祥、刘廷栋他们去延安了，你有什么打算？"

李鸣嵩皱了皱眉头："看来这个学是上不安稳了，我想参加八路军，跟小日本真刀真枪干他一家伙，我就不信，他小日本还长了三头六臂不成？"

纪心如微微颔首，笑着夸赞道："还是贤侄有志气！"

交谈一会儿之后，李卓、李鸣嵩父子告别纪心如、纪甫等人，回校取了行李，回乡下老家去了。这父子俩回去之后，自有一番事业，这里按下不表。

送走李明嵩后，纪甫说："爹，让二姐和弟弟回去，我留下给您搭把手吧。"

纪心如说："本来我也该回去的，可我答应了杭神父他们，总不能食言。你也回吧，帮着你二叔他们再买一些米、面、油送过来，等这趟买卖做完了，咱就关门歇业。"

几个人又说了一会儿话，纪心如怜爱地看着三个孩子离开杂货铺。

二

一周之后，纪甫带领一队独轮车走在沂河石板桥上。

沂河是淮河流域较大的河流，源自山东省牛角山北麓。据咸丰年间沂水知县吴树声《沂水桑麻话》载："沂河入夏，水势平槽，数百石粮食船可直入运河。

船上行可至东里店、南麻。”

当暴雨过后，自费县来的祊河裹挟着泥沙呼啸而下，在城北三河口汇入沂河时，一道美丽的景观出现了：一边是浑黄的祊河水，一边是清澈的沂河水，好像长长的一匹蓝布拖在河中，故称“沂水拖蓝”。明代诗人舒祥曾赋诗一首，歌咏这一景观。

沂水拖蓝

拖蓝曳练漾微波，百合泉来渐满河。
蒙谷雪消苍泽长，祊田雨后翠涛多。
青含冷雨沿堤树，绿锁寒烟近水莎。
但见渔舟随处落，不妨风浪夜如何。

现在这个季节是枯水期，只有两三道水流从桥洞中流过。走在石板桥上，纪甫心旷神怡，眼见父亲安排的活马上可以完成，纪甫有一点小小的成就感。

突然，他身后传来急促的马蹄叩击声。“闪开，妈的，耽误了大军通行，枪毙了你们!”

纪甫回头一看，一队骑兵已经行进到了独轮车队之后，骑兵之后，黑压压一长串队伍，看不到头。纪甫赶紧让车夫们将独轮车停放在石桥一侧，让马队过去，然后高声说：“各位爷儿们，大部队来了，临沂有救了，加把劲，赶紧进城!”

众车夫擦把汗，推起独轮车，加快脚步，向临沂东关赶去。

车队进了临沂东关，拐进沂州路，望淮门已然在前。还没到门前，县保安队的人跑过来，指挥运粮车队停在城门西侧。保安队队员梁化轩、王安选提着糨糊桶，拿着笤帚、封条，过来告知纪甫，这些米、面、油军队征用了。

纪甫几把扯掉梁化轩、王安选贴在独轮车上的封条，抗议道：“这是我爹给市民买的东西，你们凭什么征用?”

梁化轩一脚踢在纪甫的大腿上，骂道：“你爷爷买的也不行，都得征用!”

纪甫恼怒了，抬手一巴掌打在梁化轩头上：“怎么，朗朗乾坤，你要当刘黑七啊!”

梁化轩把糨糊桶往地上一放，摘下背在肩上的长枪，指着纪甫喝道：“你个小兔崽子，反了你了，第三军团庞大军团长来了，你敢炸刺儿，我就按汉奸罪铳了你！”

这时，纪心如从城门里几步赶过来，一伸手，把梁化轩的长枪夺下来扔在地上，冷然道：“要什么横，有种到前线打日本鬼子去！”

梁化轩赶忙赔着小心说：“纪先生，不是我们跟您过不去，上峰有令，让咱临沂县筹措两万多人的粮饷，这一会子上哪里找去？”

纪心如逼视着梁化轩，怒道：“哪个上峰？哪一个上峰也不能叫老百姓饿死！”

梁化轩还待说什么，身后一句浑厚的声音传来：“是谁打着我们第三军团的旗号强抢老百姓的粮食啊？”

纪心如循声一看，一个四十五六岁的军官端坐在枣红色高头大马上，威严地看着在场的人，原来，国民党第四十军副军长兼三十九师师长马法五到了。

纪心如见马法五器宇不凡，紧走几步上前，双手抱拳朗声说道：“鄙人临沂县小民纪心如，谨率‘庆丰恒’小店全体职员，恭迎长官大驾。”

马法五颔首致意，然后翻身下马，双手抱拳，向纪心如还礼，道：“三十九师马法五在此谢过临沂众乡亲，现在大军刚到，少不了叨扰临沂父老乡亲，聒噪之处，还请见谅！”

纪心如肃然道：“大军前来抗击倭寇，保境安民，何来叨扰之说？怠慢之处，长官不见怪就是。”说着，一指停在城门西侧的粮食车子，说道：“前一阵子，这里的百姓和天主教会委托小店代购了这些米、面、油，让犬子随同送来，如果长官不嫌质次量少，我想把它献给大军，聊表小店一番欢迎之意。”

马法五拉着纪心如的双手，笑道：“临沂的父老乡亲不会说我们贪占民脂民膏吧？”

纪心如诚恳地说道：“哪里，哪里，大军未到，粮草先行，打倭寇要紧，市民的粮食我可以再去筹措。”

马法五笑笑：“恭敬不如从命，谢谢了。军需处，点收纪先生捐献的物资，开具捐献证明，向本地政府通报。”说着，他使劲摇了摇纪心如的手，脸上满是欣慰的笑意。

城门处，山东第三区专员兼保安司令张里元在临沂县县长柴子敬的陪同下急匆匆跑来，迎接第三军团。

张里元擦了一下额头上的汗水，不无愧疚地汇报道：“马军长飞兵天降，我紧赶慢赶还是迟到了。我是张里元，这位是临沂县县长柴子敬，这几天我们忙着为大军采购生活物品，都有点手忙脚乱了。”

马法五指着纪心如，笑着说：“张专员，临沂的父老乡亲很热情啊，我一来，这位纪先生就捐献了这十几车米面，令人感佩啊！”

张里元瞅瞅纪心如，看看那一排独轮车和车上没来得及撕掉的封条，尴尬地笑笑：“让纪先生破费了，柴县长，要好好褒扬一下纪先生毁家纾难的义举啊！”

柴子敬答应着，向纪心如投去复杂的眼光，之后向纪甫招招手。纪甫走过去，向柴子敬躬身施礼问好：“校长好！”原来，两年前，柴子敬任临沂五中校长，兼任纪甫的历史课老师，与纪甫有师生之谊。柴子敬拉过纪甫的手，向张里元介绍道：“专员，这个学生叫纪甫，五中的高才生，是纪先生的大公子，现在学校停课了，我想让他跟着我当秘书，纪甫，你愿意吗？”

柴子敬冷不丁冒出这句话，纪甫没有这方面的思想准备，瞅了瞅父亲，硬着头皮回答道：“谢谢校长关怀，我还想继续上学。”

这时，马法五打量了一下纪甫，心生好感。纪甫脸庞光洁白皙，棱角分明而冷峻；眼眸乌黑深邃，像极了他的父亲；双眉浓密，鼻梁高挺，少年不失老成，青春透着刚毅。

马法五见纪甫拒绝了柴子敬，笑着说：“小娃娃，是不是嫌你们县长衙门小啊？这样吧，跟着我干，先到我随营学校当个教员，等硬邦硬邦，我放你下去当连长，怎么样？”

见马法五邀约，纪心如赶紧双手抱拳，向马法五施礼，说：“军长的美意，我们全家感佩万分，只是家父卧病在床，盼着给孩子娶上媳妇，这日子都定下了，不好更改。这样吧，军长，等给孩子办完喜事，我再送孩子到部队找您。”马法五微微一笑：“好说，好说。”然后一挥手，高喝一声：“进城，抓紧布防！”

大军浩浩荡荡进入临沂城。

三

傍晚，春风吹拂着柳枝，炊烟从渊子崖村袅袅升起。

渊子崖村位于莒南西部，沭河东岸，全村300多户人家，1500多口人，隶属临沂五区。村庄南北长和东西宽各近 300 米，是一个较大的村子。村前有一条河，河宽 20 多米，渊子崖人叫它前河。河南崖在村东南角的方向，住着 20 多户人家，大都姓王，早年从楼里村迁来，因为紧靠着河边，就给这些人家起了个庄名“贴沟崖”。村子后面有一条沟，叫后沟。村西是一条笔直的古道，北通莒县，南达阿湖。村东有一条大沟，叫虎头沟，3 里多长，是前河的上游。虎头沟中间，有一个深渊，水深有 3 米，人们管它叫石窝口。

村内，村长林秉锡家四合院门前，县保安队哨兵一左一右，守护着紧闭的黑漆大门。堂屋内，临沂县县长柴子敬正与几个随从窃窃私语。

林秉锡从灶房出来，走到堂屋门口，赔着小心对副官说道：“长官，饭菜准备好了，可以入席了。”

林秉锡已届花甲之年，身材瘦削，两眼深陷，皮肤略显黑黄，是渊子崖村财主、村长、林家族长，家里守着十几顷田产，有一座油坊，家境还算殷实，只是子嗣稀少，只生有一个女儿，叫林慧，刚从临沂城返乡，被夫妻二人视为掌上明珠。

副官通报之后，柴子敬走到屋门口笑着致谢：“让东家破费了。”林秉锡忙躬身施礼：“县长客气了，今天县长光临寒舍，蓬荜生辉，一点粗茶淡饭，何足挂齿！”

柴子敬笑笑，脸上神色难以捉摸。

堂屋正中摆放了一张大八仙桌，林秉锡招呼众人入座。柴子敬与县府属下各安其座，林秉锡下首作陪。

这时，厨子用托盘端来四个凉菜摆在桌上。当地人管这叫压桌碟，分别是八宝豆豉、松花蛋、沂蒙三丝、花生米。

林秉锡从条几上捧过一个青花坛子，将坛封开了，把酒倒进壶里，然后从柴子敬开始，依次给众人斟酒。

四

渊子崖村北双鹊山，保安一团一个连的士兵在此守卫。说是山，实际上已经没有明显的山头，只是一个山坡而已。

渊子崖村七八个村民抬着木桶，提着鼓鼓囊囊的包袱，快步走向双鹊山小高地。林九臣是渊子崖的村民，五十来岁，家境殷实，为人正直厚道，一边走，一边招呼："各位老总，饿了吧？快来吃饭！"

士兵们围上来："有什么好吃的？是馒头，还是大米？有肉吗？"

保安团一班班长梁化轩扒拉开众人，揭开木桶上的笼布，又看了看包裹着的煎饼，大怒："妈了个巴子，给他们当官的吃八大碗，让我们啃煎饼，你看看，这是什么龟孙菜，又是清水煮萝卜，打发要饭的吗？"梁化轩抬腿一脚，将一个木桶踢倒，粉条炖萝卜淌了一地。

林九臣忙蹲下把木桶扶起来，用碗从地上刮起还没沾土的萝卜菜："敬天了，敬天了。"

梁化轩还要再踢另一个木桶，被王家中一把抱住，王家中劝道："大哥，火气那么大干什么？你不饿，我们还饿呢。来，来，来，弟兄们，拿碗盛菜。"渊子崖是王家中的姥姥家，王家中与林九臣他们都认识，怕梁化轩把事情闹大，所以才出来打圆场。

梁化轩骂道："吃吃吃，就知道吃，你饿死鬼托生的？这样的饭能咽得下去吗？"

林九臣在笼布上擦了擦手，赔着笑脸说："老总，去年年景不好，这时节，青黄不接的，真的不好对付啊。就这样的饭菜，俺村再招应三五天，就怕也接续不上了。"

梁化轩瞪视着林九臣，骂道："妈了个巴子，跟我哭穷，老子脑袋别在裤腰带上保护你们，吃你们几顿饭，你们就心疼了！"

林凡义看这刀疤脸一口一个"妈了个巴子"，有点不大服气，上来呛道："你不是小梁家村的梁化轩吗？挑肥拣瘦的，不吃拉倒，骂人干什么！"

林凡义今年 17 岁，是村长林秉锡近门重孙，父亲早年过世，与母亲、弟弟相依为命，虽然岁数不大，但个头足有五尺五寸高，不知道的还以为他有 20 岁了，略显稚嫩的脸庞上透着几分倔强。

见林凡义呛他，梁化轩气得飞起一脚，踢在林凡义的肚子上，骂道："妈了个巴子，你小屌孩算哪根葱！"

林凡义没防备梁化轩突然踢他，一个趔趄跌倒在地。林九臣等人忙去扶林凡义。

林九兰拍拍林凡义屁股上的土，挺在梁化轩面前，黑着脸斥责道："凭什么打人？好吃好喝供着你们，供出罪来了？不想吃是吧，走，抬回去，咱们自己吃！”说着，抄起扁担就要去抬饭菜。

林九兰30来岁，住在村东北围子，自家弟兄四个，排行老四，在叔兄弟中排行老七，人称林老七。他身材高大魁梧，浓眉大眼，鼻直口阔，说话声音洪亮，拳脚功夫响名四里八乡。

林九兰的呵斥让梁化轩很是没有面子，恼怒之下，梁化轩伸手从身边一个士兵手里夺过一杆枪，大喝一声：“妈的，想造反，老子毙了他！”说完，朝天空放了一枪。

林九兰把胸一挺，冷笑一声，说：“你敢！”

保安团连长许兰笙慢悠悠走过来，扫视一圈渊子崖村几个村民说道：“怎么，不愿招待我们是吧？我告诉你们，要不是老子们扛着，小日本打过来，一准把你们村抢光、烧光、杀光，到时候，你们村的娘儿们就都让日本鬼子糟蹋了。不服是吧，试试？”

林九臣连忙走向许兰笙，打躬作揖，说道：“长官，小青年不会说话，别生气，快让老总们吃饭吧，别凉了。”

许兰笙哼了一声，道：“这点菜够谁吃的？回去，再熬一锅菜来，另外，一人再给煮一个咸鸭蛋，快！”

林秉锡堂屋客厅里，众人酒足饭饱之后，林秉锡叫人撤去杯盘碗筷，重新沏上一壶茶，给柴子敬等人倒上。林秉锡有点歉意地说：“县长，粗茶淡饭，怠慢了，你们先歇着，我到村北看看老总们吃饱了没有。这些年轻人，连顿饭都照应不好，惹老总们生气了。”

柴子敬呷了一口茶，在嘴里漱了几下，吐在地上：“老东家，外面的事，不用你去跑了。来，坐下，咱们还有个大事，坐下来合计合计。”

林秉锡重又坐下。柴子敬慢条斯理地说道：“是这样啊，现在战事激烈，部队每天都有伤亡，物资消耗巨大，作为东道主，咱们临沂必须出把力气，不能让军队饿着肚子打仗啊。这次我们过来，想从咱临沂五区购买部分军需物资，老东家还得帮忙啊。”

林秉锡瞅瞅柴子敬，说：“不知县长要购置哪些物资？你开个清单，明儿我打发人通知周围商号去备货。”

柴子敬诡异地笑笑：“等明天把其他村的保长们请来再说吧。”说完他摆摆手，众人忙起座离席。

五

第二天中午，天气有点燥热。林秉锡四合院内陆续被当兵的送来 30 多人，有 70 多岁的老汉，有 20 来岁的毛头小伙子，东一群，西一堆，焦急地探听着消息。

“听说昨天小鬼子打到汤头了，庞瘸子连警卫营都拉出来了。”

“临沂能守得住吗?”

“够呛。”

突然，三声哨子响，一队荷枪实弹的士兵从大门外跑步进入，排成一排站在院子里。各村来的人慌忙站起来，有些惊慌失措。

柴子敬一抬头，从堂屋走出来。

“柴县长到，立正!”副官高声喊道。

刚才散在院子里的众人被副官吆喝着整成两排站好。柴子敬摘下礼帽，环视一圈，面带微笑说：“各位乡贤，辛苦大家了。今天请大家来，是要跟大家商议个事。什么事呢？大家都知道，日本人打过来了，我前方将士浴血奋战，将敌人拦截在汤头、茶山一线，忠勇可嘉啊！去年，蒋委员长就在庐山上讲了，如果战端一开，那就是地无分南北，人无分老幼，无论何人，皆有守土抗战之责任，皆抱定牺牲一切之决心。我们只有牺牲到底，抗战到底，唯有牺牲的决心，才能博得最后的胜利。”

副官挥手喊口号：“抗战到底！中国必胜!”士兵们跟着喊口号。

柴子敬挥了挥礼帽，继续说道：“抗战到底，拿什么抗呢？那就是前方奋勇打仗，后方保障粮饷。打仗，是我们军人的事，这个粮饷，就是大家的事了。”

顿了顿，柴子敬突然厉声宣布：“根据前线需要，中华民国山东省政府命令，自今日起，在临沂五区征购粮饷，限十日内完成。抗拒不交的，按资敌罪论处，格杀勿论!”

众人听了面面相觑。

顿了顿，柴子敬从兜里掏出一张纸，念道：“征购任务：一亩地，小米 20 斤或面粉 15 斤，地亩数目查不清的，按人头征购，每口人 40 斤小米或 30 斤面粉。”下面一片惊呼声。

柴子敬把脸一拉，呵斥道："吵什么！又不是白要你的，省政府使用民生票按价收购。"

下面有人问："什么票？我们没见过啊，老百姓不认怎么办？"

柴子敬厉声道："谁敢？各位，我交代一下，从现在开始，你们就不用回去了，告诉你们村的人，你们在这里参加省政府举办的抗日救国培训班，由政府负责你们的食宿，哪个村完成了任务，哪个村的就回去。不想为国家出力的，你就在这里干耗着。十天之后，我把你送到前线去！"说完，他一挥手："一班梁化轩！你带一个班去楼里村，把保长的老婆、孩子都给我抓来，他想跑，跑了和尚能跑了庙吗？"

"是！一班，向左转，跑步走！"梁化轩带着一班逮人去了。

见此阵势，众人脸上铁青，半天没有人说出话来。

十天后中午，渊子崖村，柴子敬让保安队员打开林秉锡家的大门，放出参加"培训班"的一众保长。

村外大路上，柴子敬向众人抱拳施礼："各位乡亲，辛苦了。承蒙大家帮助，临沂县这次征购任务完成得很好，有力保障了前线的需要，谢谢大家了。各位，前线战事正紧，我还需要到别处去，再见了！"说完，转身向梁化轩牵来的黑骡子走去。梁化轩弓下腰，让柴子敬踩着跨上骡子。在人们的唾骂声中，柴子敬离开了渊子崖村。

"呸！"被关了十天的保长们转过身来，走向呆站在路边的林秉锡，"林大村长，攀上高枝了，恭喜啊，祝贺啊！"

"奶奶的，今年要是收成不好，我带着俺村几百号人，到你家吃你个龟孙！"

林秉锡满脸涨得通红，连连拱手："各位，罪过，罪过。"在众人的怒喝声中，林秉锡歪歪斜斜地走了。

"回家吧，散了吧。"一位七十多岁的老人挥挥手，走了。

众人各自离去，边走边骂："王八羔子，什么国民党，刮民党还差不多！"

第二回　张自忠血战沂河岸　日伪军屠杀沂州府

一

3 月 10 日，日军坂本支队集中步兵八九千人、骑兵四五百人，在 20 余辆战车、60 余辆装甲车、10 余架飞机、30 余门火炮的掩护下，向临沂城前进，第三军团在葛沟、汤头、太平、茶山、白沙埠一线节节抵抗，苦苦支撑。

3 月 12 日，日军在飞机、大炮、坦克掩护下，攻击至沂河东岸的三官庙村东侧。三官庙与临沂城一河之隔，是敌人进攻临沂城的前哨要地。为了守住三官庙村这个“桥头堡”，连续数日，第三军团守军与敌人巷战肉搏十多次，血战三昼夜，几乎伤亡殆尽。鉴于战况危急，军团长庞炳勋一面电促徐州长官部迅速增兵支援，另一方面，命令副军长马法五、参谋长李辰熙等抢渡沂河，到三官庙村前哨要地指挥战斗。庞炳勋命令全军所有持枪者，一律集合到沂河口，准备与日寇做最后的肉搏。勤杂夫役也每人配发手榴弹 5 枚，宣誓一旦三官庙被敌人突破，大家以死相拼，与城池共存亡。

此时，李宗仁电令他们再坚持三个小时，援军正在路上，马上就到。而此时，三官庙已被日军占领了一半，临沂城也被日军炸成火海。

3 月 13 日，张自忠率五十九军到达临沂城西北，在榆香铺召开团长以上军官作战会议，研究对日作战办法。三十八师一一四旅董升堂发表看法：“现在敌人在临沂城与庞军团激战，我军不宜参加临沂的正面战斗，应采用‘围魏救赵’的战法，直捣敌后方汤头镇，使敌人腹背受敌，临沂之围自解。”张自忠采纳了董升堂的建议，决定于次日晨使用三个旅的兵力渡沂河攻击。董升堂旅为预备队，暂置于沂河西岸茶叶山西南地区。

14 日凌晨 3 时，五十九军两个师突击部队渡河攻击。因淤沙较厚，水流较深，徒涉困难。一八〇师独立二十六旅先头部队一举突破敌沂河防线，占领河东亭子头村作为支撑点，全旅成功渡过沂河。但三十八师却不顺利，被敌半渡而袭，退回西岸。见五十九军攻势猛烈，坂本旅团放弃攻击临沂，以大部兵力转攻五十九军。15 日午夜，鬼子 4000 余人偷渡沂河，占领河西渡口，五十九军退守刘家湖、茶山一带高地。日军凭借空军、炮火优势，追击很紧，五十九军情势危急。16 日，战况激烈，董升堂旅奉令参战。董率部飞速驰援，但敌机轰炸，前进受阻。董升堂下令全旅官兵从麦田中匍匐前进，使敌人飞机大炮失去目标。黄昏，董旅到达前线。此时，刘家湖、茶山均已失守，一一二、一一三旅伤亡惨重，要求接替。董升堂向三十八师师长黄维纲建议："一、我旅为生力军，不应用它接替各旅的防线固守阵地，而应乘敌刚渡河脚未站稳，迎头痛击之。二、我旅绕至敌后，截断敌渡河后的交通线，各旅奋勇反攻，共同夹击，把渡河的敌寇聚而歼灭于沂河右岸。三、若是全军退却，我旅可作预备队，用于掩护全军的安全。"黄维纲师长同意，遂请示军长张自忠。董升堂这一建议暗合张自忠之意。张自忠复电同意实施。

当晚，五十九军在沂河两岸向日军 21 旅团九千余人发动全线攻势。三十八师方向，董升堂旅任主攻。董以杨干三团攻茶山，以刘振三团恢复刘家湖。杨团长先指挥炮兵集中轰击，随即派一连兵力迅速将茶山阵地恢复，但立足未稳，复为敌增援夺回。夜 10 时，杨团复向茶山发起攻击。第二营在炮火和机枪掩护下从正面突击，第三营偷袭日军左侧背。战斗最激烈时，团长为鼓舞士气，派人给官兵每人发钞票百元，官兵们已杀红眼，声言："命都不要，要钞何用?"撕碎抛向空中，似雪花飞落。战至次日凌晨，预备队第一营加入，在一一二旅配合下，终于攻下茶山。刘振三团也于当夜攻占刘家湖核心阵地，在一一三旅二二五团协助下，包围刘家湖敌第三大队。战至凌晨 3 时，日军第 11 联队联队长野裕一郎大佐和第三大队大队长牟田中佐被击毙，日军第 3 大队被迫丢下四百余具尸体仓皇逃窜。18 日，三十八师乘胜渡河追击，与庞炳勋军团夹击河东之敌，敌败退汤头镇不出。

经过三天激烈厮杀，第五十九军共伤亡 6000 余人，其中第三十八师伤亡近 4000 人，第一八〇师伤亡 2000 余人。全军一线作战的营长伤亡三分之一，连排长几乎全部换人。

这次战役，板垣师团3个联队被彻底击溃，日军残敌大部向东北退到莒县，一部向北撤退。

作为日军精锐的板垣师团竟被两支中国“杂牌军”所败，颜面尽失，中外媒体一时惊奇，喝彩声四起。蒋介石得知临沂大胜，连夜致电李宗仁、张自忠和庞炳勋，电谓：“临沂捷报频传，殊感嘉慰……”

二

3月18日，津浦路重要支点滕县被日军第10师团攻陷，川军第四十一军一二二师王铭章师长英勇牺牲。为阻击日军第10师团向徐州推进，第五战区急令第五十九军张自忠留一个旅的兵力协助庞炳勋部守卫临沂，其余主力于19日离开临沂向泗水、滕县方面转进，堵截日军矶谷师团。

板垣征四郎不甘心在临沂战役中的失败，于3月23日派出国崎支队6000余人，再次向临沂发起进攻。

留在临沂的董升堂率部与庞军协力作战，董旅守城，庞军阻敌。因日军攻势猛烈，庞炳勋部节节后退。

第五战区急令张自忠部二次驰援临沂战场。24日，五十九军重返临沂战场。25日，炮声轰隆，双方重新开战。26日，张自忠令董升堂率一一四旅攻桃园、三官庙，并增援九曲店庞军阵地。上午，董令刘团攻桃园，杨团攻三官庙。刘团奋力攻下桃园，将敌逐出，但杨团攻三官庙却极不顺利。此前庞军在三官庙曾构筑坚固阵地，现在反为敌用，故久攻不克，损失惨重，杨团不得已，退回沂河以西。下午，日军猛烈反攻桃园，刘团顽强抵抗。至晚，桃园失守。此战，董旅损失千余人，余部退守沂河西岸。当晚全军缩短战线，守沂河以西七沟、七德、大岭、小岭、八里屯、任埠寺、古城一线。

30日，张自忠组织力量向日军攻击，一举攻占九曲店、三官庙、桃园等支点，日军败退，我方取得第二次临沂大捷。

三

板垣征四郎恼羞成怒，接连几天，加大了对临沂的轰炸力度，每隔几个小时，就有15架飞机从潍县方向飞来，扔下碌碡大小的炸弹，将临沂城淹没在烟火之中。

4月21日，由于台儿庄方面吃紧，李宗仁急令张自忠、庞炳勋两军弃守临沂，驰援台儿庄。

得到全军撤退绝密消息的夜晚，梁化轩瞅空踅摸到“庆丰恒”杂货铺，敲开店门，神秘兮兮地对纪心如说：“看在老乡的份儿上，我告诉你一个机密的消息。”

纪心如冷冷地看着梁化轩，问：“你能有多大的消息？”

梁化轩拍了拍自己的头，说：“保住脑袋的消息！”

纪心如不耐烦道：“有话就说，有屁就放，我没闲工夫听你扯淡！”

梁化轩摆摆头说：“给我10块大洋，我就告诉你。”

纪心如瞪了梁化轩一会儿，从大褂子斜兜里摸出怀表，擦了擦，递给梁化轩，说：“钱我都花光了，这块怀表你拿去吧。”

梁化轩接过怀表，小声说：“今晚大军全部撤退，你赶快抽空走，走晚了就来不及了。”

纪心如诧异道：“就是撤退也得告诉城里老百姓啊！”

梁化轩摆摆手，说：“那就乱套了，我跟你说这些，可是担着掉脑袋的风险，你不能出去乱说。”说完，梁化轩把怀表揣进兜里，急急走了。

梁化轩走后，纪心如再也没有睡意，悄悄到大街上张望了几次，发现部队在往西门方向运动，果然是撤兵的动作。思前想后，纪心如开始敲打邻居们的屋门，通知邻居赶快逃难。

而此时，专员张里元自忖孤掌难鸣，率领保安团向西撤退，进入艾山山区。县长柴子敬也带着保安队和县府一班人，趁黑夜一起逃跑了。

天蒙蒙亮，日军绕道南门攻进了无人防守的临沂城。至此，在前后付出了6000多人死亡代价后，日军板垣师团占领了临沂。

日军从南门外马车店院里的防空洞中搜出20余人，当场全部用刺刀刺死。日军走时，还在大门上写上：此院死尸大有。

日军进城后，在大街小巷密布岗哨，架上机枪，挨户搜查，堵门截杀。日军每到一家，遇人就是一刺刀，连老人、小孩也不放过。

崔家巷一户小孩出疹子，家里人按惯例在门口挂上红布条，日军怕“传染病”，点火将小孩活活烧死。北门里路西一位老太太年过70，病卧数月，生命垂危，全家7人围守病床，未及躲避，日军进院后将男子全部刺死，女的被迫背起病人一同跳井。日军在火神庙旁和南门里路西设了两处杀人场，用军犬、刺刀屠杀无辜群众以取乐。王学武的父亲被日军用刀剁成三截，徐廷香之父、吕宝禄等被军犬活活咬死。

临沂全城被害群众计2840余人，加上日军沿途杀戮，共达3000人以上。

日军在进行血腥大屠杀的同时，还纵火毁城。从火神庙以西、僧王庙（僧格林沁庙）前、玉聚福街东、洗砚池以南，北到石碑坊、畅家巷至刘宅一带，大火一直延续六七天，整个城西南隅化为灰烬。

被军队抛弃的难民潮水般涌向西门里天主教堂寻求避难，小小天主教堂挤进了4000多难民。纪心如被难民裹挟着挤进教堂，心里憋屈得一句话也不想说。

由于教堂里插脚无空，教堂费了好大劲才将大门关闭，被堵在教堂门外的700多难民无助地哭喊着。这时，丧心病狂的日本兵从教堂西面向难民扫射，难民哭叫着向东奔跑，堵在东面的日本鬼子也架起两挺歪把子机枪，疯狂地向难民扫射，毫无遮挡的人群纷纷倒下。不一会儿，教堂门外的700多难民无一幸免，路面顿时血流成河。

第三回　刘黑七为虎作伥　郑德顺助纣为虐

一

1938 年 5 月 30 日（农历五月初二），中午，刘家庄大集。

刘家庄地处临沂以东，沭河东岸，古莒城之南，处于交通要冲，是东西南北货物流通的必经之地，有鲁东南地区远近闻名的大集。集市占地 100 多亩，商贩多来自四周各县，货物应有尽有。

刘家庄周围是又高又厚的围墙，只有东西两个大门，大门有 4 米宽，6 米高，上有高大的门楼，门上有专人看管，定时开关。集市设在西门外一片开阔地上，集市西南面有一高大的土崖，集市西北边是鸡龙河，河两岸是一排排的柳树和灌木。平时这里小桥流水，鸡鸣犬吠，菜花飘香，呈现出一片祥和的田园风光和淳朴的乡村景象。

农历五月初二，丘陵地带已经开始麦收，刘家庄正逢大集，当地群众习称“麦市集”。周围村庄的农民纷纷来赶集，置办麦收用的东西。谁曾想，正在这时，一个恶魔从青岛方向飞来。

上午 10 点多，白花花的太阳照得人汗津津的，集市上正是买卖最活跃、最热闹的时候。突然，一阵隆隆的马达声从远处传来。抬头望去，只见从东北方向天空有一架黑乎乎的红头飞机，经过东岭的龙泉寺后飞过来了。

转眼之际，飞机就到了大集上空。飞机飞得很低，隆隆的马达声盖过了集市的喧哗。乡村人们都没有见过飞机，没有听过机器马达的响声。人们还没有弄清怎么回事，飞机就超低空飞到集市上空，用机枪对准人多的地方进行扫射。

顿时，集市上的人们发出了惊叫和裂人肺腑的哭喊。就在人们还没回过神来的时候，飞机打了一个转又冲过来了，这次没有扫射，而是扔下了一个形状像碌碡的炸弹。

“不好!”正在选购席角子的渊子崖村村民林福祥的妻子刘氏一下把女儿林欣（小名素美）、儿子小善按倒，护在自己身下。（注：席角子，学名斗篷，用芦苇或秫秸篾子编织而成，戴在头上，用以防雨防晒。）

炸弹落在刘氏娘仨附近一棵大枣树下，“轰隆”一声巨响，大枣树被炸得粉碎，树下当时被炸死十几个人。

林欣从母亲身子底下爬出，见母亲身子软软地站不起来，使劲把母亲身子翻过来，焦急地大喊：“娘，娘!”

刘氏脑后汩汩流着血，微微睁开眼睛，挤出几个字：“照顾好小善。”说完，她头一歪，闭上了眼睛。

同村林庆海跑过来扶着刘氏，用右手捂住她的伤口，着急地喊：“嫂子，你醒醒!”可是，刘氏再也醒不过来了。

集上大乱，人们乱撞乱挤，东跑一头，西跑一气。正在这时，飞机又打了一个旋转，从西边冲过来，扔下了第二颗炸弹，炸弹落在集市西北部的烟叶市和海货市连接的部位，在离地几米高的空中就爆炸了。这下只见到处腥风血雨，尸骨横飞，被炸碎的胳膊、腿崩到几百米远的庄稼地和菜地里。

人们哭叫着四散逃跑。日本飞行员看到这种情景，更加疯狂地来回扫射，机枪喷出一道道罪恶的火焰，哪儿人多，就往哪儿扫射。寨门口聚集的人最多，鬼子就反复向那儿扫射，西门外的地面上，转眼间多了 90 多具尸体。惊慌失措的群众有许多跑到集市西南的土崖下躲避，谁知敌机又俯冲过来扫射了一阵，人们又倒下一片。鬼子一连扫射了三四遍，看到集上死的死，伤的伤，活着的人也基本跑光了，于是调头向东扬长而去。

塌天大祸从天而降，一个繁荣红火的大集顷刻毁于一旦。刚才还是欢声笑语的热闹集市成了惨不忍睹的杀人场。一具具缺头少腿的尸体横七竖八地躺在地上，鸡龙河水被染得殷红……

这一血案中，被炸弹炸死、机枪射死的老百姓有 300 多人，重伤 200 多人，仅刘家庄死亡的就有 17 人。

晌午光景，周围村庄拥来一波又一波老老少少，有赶牛车的，有抬门板的，将被炸伤的拉回去、抬回去治疗，炸死的用苇席裹了，抬回家入殓。

患有哮喘病的林福祥听闻噩耗急火攻心，一口鲜血喷出来，跌坐在地上，半天才苏醒过来。他的弟弟林福运带着庄邻林凡庆、林凡义等人赶了牛车，将刘氏尸体运回家。林欣、小善跟在车后，哭得撕心裂肺。

二

5 月 30 日下午，莒县至阿湖方向的大路上，一队鬼子骑兵哇哇怪叫着自北向南行进。十几个“二鬼子”骑着自行车紧跟在马队之后吆五喝六：“让开，让开，皇协军刘司令来了！”

渊子崖村口，山东皇协军前进总司令刘黑七骑着黑色高头大马，手持望远镜对庄里观望。

刘黑七，生于 1892 年，本名刘桂堂，字兴田，山东费县铜石镇南锅泉人（今属平邑县），是个杀人不眨眼的混世魔王，因早年结拜时排行第七，加之皮肤黝黑，被称为刘黑七。由于二指先生妄称刘黑七是乌鱼精下凡，有九条命，将来能出将入相，给刘黑七增加了一层神秘色彩，所以不少人愿意跟着刘黑七混日子。

刘黑七放下望远镜，问站在一侧的部下：“世铭，这个村不是渊子崖吗？怎么，人死绝了？你去喊村长来见我！”

被叫“世铭”的是刘黑七的得力部下刘世铭，现任刘黑七皇协军营长。刘世铭头一歪，招呼一声：“走！”一队背长枪的大兵跟着他向村内跑去。

刘黑七正要下马，看见北边过来一队人，为首的是郑德顺，打着日本膏药旗，后面几个吹鼓手吹着唢呐、笙。人群后面是两辆马车，马车后，有人牵着一只羊。

刘黑七一挥手，几个士兵跑过去。不一会儿，皇协军小班长带着郑德顺来到刘黑七马前：“报告，这伙人是本地联庄会的，说是来慰劳咱们皇协军。”

刘黑七上下打量了一下郑德顺，见此人约莫 40 来岁年纪，黄面皮，略瘦，很精干。刘黑七贼溜溜的小黑眼使劲盯了郑德顺一眼，问：“那条道上的？贵姓啊？”

郑德顺点头哈腰，赔着小心回答：“小的姓郑，双字德顺，本地圈子人，在联庄会混口饭吃。”

刘黑七眯眯眼，问："人家见了我都躲，你为什么不躲啊？"

郑德顺眼珠子一转，说："七爷，穷鬼怕穷气扑了您，财主怕您吃他的饭，他们只有躲了。"

刘黑七乜斜着眼，把嘴一撇，说："这么说你跟他们不一样了？"

郑德顺小心地回话："七爷，不瞒您说，我要地没地，要钱没钱，手下只有几十号弟兄，也是吃了上顿没有下顿的。多亏咱这里世道混乱，本地一帮财主把我请到凸凸凹村，给他们看家护院，赏口饭吃。这不，听说七爷您来了，他们几家财主推举我来欢迎您。"一边说，他一边把手里的膏药旗晃了晃。

说话的光景，鼓手班子和马车都走了过来。郑德顺指指马车，说："七爷，这车上装的是面和小米，那车上是一头喂了两年的猪，没来得及杀，就送来了，还有一只奶羊。"说到这里，郑德顺瞥眼看着刘黑七。

刘黑七跳下马，哈哈大笑，捅了郑德顺一拳："娘的，算你有孝心，礼物收下了。副官，通知下去，凸凸凹村今年的钱粮免了。"

郑德顺连忙打躬作揖："谢谢七爷！"

三

渊子崖村，林秉锡宅院里，窗户下栽植了两株海棠，一株是名贵的西府海棠，开红花，一株是垂丝海棠，开白花。海棠因为带了一个"海"字，给人无尽的遐思。人间春色花争艳，海棠花红始陶然，花未开时，花蕾红艳，似胭脂朱砂，在嫩绿的叶片衬托下点点嫣红在春光中跳跃；后来，花蕾渐渐扩开，花瓣托着鹅黄娇嫩的花蕊，簇簇拥拥，朵朵向上开来。而此时，在夕阳的映照下，海棠花却显得那么黯淡、惨白。

海棠树下，郑德顺送给刘黑七的那只奶羊挣扎着，"咩咩"地叫。

屋内有人催："行了吗？"

刘黑七贴身卫兵从厨房里端来一盆温水，用毛巾擦了擦羊奶包，回道："好了，好了。"他赶紧解开绳子，将奶羊抱起，送进堂屋。

刘黑七端坐在太师椅上，卫兵站立两侧，刘世铭押着林秉锡站在下首。林秉锡被五花大绑，一脸愤怒。郑德顺站在一边，忙着给刘黑七倒茶。

小兵将奶羊放在大八仙桌上，两只手各攥住一条羊前腿。刘黑七站起来，拍了拍手，提起一条羊后腿，将头探向羊肚，张嘴嘬住一个奶头，滋溜滋溜喝起来。

林秉锡被惊得目瞪口呆。

吸了一会儿，刘黑七换了另一个奶头，又滋溜滋溜吸起来。喝完之后，刘黑七抹了抹嘴："他奶奶的，还是这玩意儿解渴，去，化点盐水饮饮它。"卫兵答应着，把奶羊抱走了。

见林秉锡一脸鄙夷地看着自己，刘黑七一拍八仙桌，桌上的茶碗蹦起老高，茶壶歪倒，茶水从桌上流下来："林大保长，我的官比柴子敬小是吧？姓柴的来了，你好酒好饭招待，我来了，你躲了！"

林秉锡扭解释道："司令，我哪敢啊。今天中午，刘庄大集遭了炸弹，上万人的大集呢，一死一窝，一伤一片，听说炸死了 300 多人，伤了 200 多。光俺村就死了 9 个，还有 5 个瘸腿断胳膊的，惨啊。我想挨家去转转，还没转完，就被绑来了，谁说我要躲您呢！"

刘黑七瞪着林秉锡喝道："那我问你，是不是你把四邻八乡的人叫到这里，帮着柴子敬筹集粮饷的？"

林秉锡赶紧回答道："柴子敬来过这里不假，可人不是我叫的，是他派兵逮过来的。"

刘黑七又一巴掌拍在桌子上，高声道："我不管是谁叫来的，反正你替柴子敬办事了，替柴子敬办事，就是跟我过不去！"

林秉锡皱皱眉头，说："刘司令，谁想替他办事啊，那不是枪指着头皮嘛。"

刘黑七从鼻孔里哼出一声："枪指着头皮就干啊？好，今天我也给你一个连的人马，替我筹集粮饷。前阵子你给柴子敬弄了多少，就得给我弄多少，听清了吗？"

林秉锡为难道："前一阵子这里叫柴子敬给刮干净了，实在没的弄了。"

刘黑七冷笑一声，突然拔出手枪，照里屋门帘"啪、啪、啪"三枪："里间的，给我滚出来！"

枪响过后，里间没有动静。林秉锡挪步里间门口，用头将门帘挑起，朝里面喊："孩他娘，回来了吗？没回来啊。"林秉锡把头转向刘黑七，说："刘司令，今早上孩子他娘走娘家去了，还没回来。"

刘黑七哈哈大笑："糊弄鬼呢。"他用枪挑开门帘，看看屋里没人，眉头皱了皱，吸了吸鼻子，又侧耳贴东墙听了听，用枪头敲了敲墙皮："这是夹皮墙吧，出来，不出来，老子开枪了!"

林秉锡赶忙央求道："刘司令，别开枪。"然后大声道："孩他娘，不用怕，是刘司令，你出来吧。"他移开衣橱，一位50来岁的妇女缩身挤了出来，她是林秉锡的妻子王氏。

刘黑七打量了一下王氏，把她拽到一边，喝问："里头还有几个?"

王氏哆嗦着说："就我自己，没了。"

刘黑七又吸了吸鼻子，说："不对，里头还有一个。"

王氏赶紧说："真的没有了。"

刘黑七嘿然一笑："真没有?"抬手照衣橱后"啪"的就是一枪。

林秉锡赶忙喊："不要开枪！刘司令，您到外间喝茶，我喊里面的人出来。"

刘黑七邪笑着走向外间。

王氏两眼含着泪水，哽咽着说："他爹，咱怎么这么倒霉。"

林秉锡颤声朝里面喊："小慧啊，出来吧，爹在呢，别怕。"

林慧哆嗦着出来。王氏忙把双手在墙根抓了抓，搓了搓，捂在林慧的脸上抹了抹，说："这样就丑了，这样就丑了。"

堂屋外间，刘黑七问郑德顺："郑会长，今儿你们联庄会那边死了几个呢?"

郑德顺谄笑道："托刘司令的福，联庄会和凸凸凹村福大命大，今天只死了1个。"

刘黑七眉毛一扬，说："那好，今天这里死的人多，鬼哭狼嚎的，晦气，不在这里住了，到你们那个联庄会去。"

郑德顺赶紧赔着笑脸，说："是，是，这里晦气。"

刘黑七吩咐刘世铭："世铭，你带一个连的弟兄在这里守着，十天之内，把粮饷给我凑足。"说着，他起身走近林慧，伸手捏了捏林慧的下巴，嘿然一笑："多大了？有十八吗？刘副官，把这个小妮子带上。"

刘副官应声过来拽林慧，林慧直往她娘身后藏。

林秉锡着急道："刘司令，大人的事，不要吓唬小孩。"

刘黑七嘴一歪，冷然道："那就娘俩一起去?"

林秉锡连忙摇头，说："司令您抬抬手，饶过她娘俩，孩子已经查了日子，最近就出门子，您安排的差事，我尽力完成就是。"

刘黑七冷哼一声道："我信得着你吗？来人，带走！"

哭闹、撕扯声中，林慧被刘黑七的人架走了。

林秉锡的老婆追到门外，跌坐在地上，双手拍打着地面号啕大哭。

邻居探头探脑，见刘黑七带人走了才敢过来解劝。

中午，天气干燥，没有一丝风。十六个壮劳力抬着林福祥之妻刘氏的棺材走出村口。另一口棺材从村中西巷子抬出。又一具用草席、秫秸捆扎着的尸体从村中东巷子抬出。

送殡的队伍蜿蜒二里多长，直到林家老林。冥纸燃起的黑烟卷上半空，几只乌鸦在松树上呀呀怪叫。

伪军士兵端着枪，歪戴着帽子，从一条巷子出来，转到另一条巷子，砸完了这家门，又踢那家门，一边砸门一边吆喝："还有七天了，再不缴，就牵你的牛，扒你的门！"

村西，林秉锡正陪着刘庄财主刘永茂看地。两个人指指点点，争论着什么。

麦田上空，一只燕子掠下来，叼起一只小虫飞走了。

四

下午，林秉锡堂屋，白胡子老头周洪慈写完地契，瞅瞅东侧的林秉锡，瞅瞅西侧的刘永茂："我念一下，没有意见了，就成交。兹有渊子崖村地户林秉锡，自愿将田地十五顷卖与刘庄刘永茂，价款共计大洋壹千圆整。本年小麦收割十天内腾茬交割。口说无凭，立字为据。二位，有意见吗？没有？用印，交割。"

刘永茂向后一招手，两个青年将脚下的钱袋子提到八仙桌上，一摞摞码好。刘永茂用手指点着数了数："秉锡老弟，你点一点吧。"

林秉锡面无表情："不用点了，错不了。用印吧。"

刘永茂、林秉锡分别在三张地契上摁上手印。周洪慈检查之后，也摁上手印。三人各执一张，收好。

刘永茂："秉锡，小麦割一块咱就点一块，别误了种豆子。"

林秉锡："就这样吧，我也不管饭了，你们回吧。"他从兜里掏出一块大洋，递给周洪慈："表叔，家败了。"说着，一行清泪流了下来。林秉锡老婆大放悲声："我可怜的慧啊！"

周洪慈拍拍林秉锡胳膊：“去吧，有人就有财。”摇摇头走了。

五

中午，林庆海赶着驴车，林秉锡坐在车上，抱着钱袋子，林凡义提着根棍子跟在后面押车，走在去凸凸凹村的路上。

林庆海二十来岁，细柳条个子，赤红脸膛，守着祖传手艺做鞭炮生活。

麦子已经泛黄，看青的人手提粪叉在田边游走，警惕地看着过往行人。

凸凸凹村房子蜿蜿蜒蜒一大片，屋山墙连着围墙，还有八九座炮楼竖在那里。全村在东南西北留了四个出入口。林秉锡、林庆海、林凡义的驴车停在南门。城楼守军问明情况后，吊桥吱吱嘎嘎放下，过来两个当兵的，将三人全身搜了个遍，眼巴巴瞅着钱袋子。

林庆海知道他们想什么，忙说：“两位老总，这是要上缴的饷银，咱可动不得，我这里有 50 个铜钱，打壶酒喝吧。”说着，林庆海从褡裢里掏出一串铜钱递给一个当兵的。

那当兵的道：“妈的，你们渊子崖活该挨折腾，小气鬼。进去吧。”

联庄会主院，坐北朝南三进房屋。第一进为南屋，有一个穿堂，双扇黑漆大门。穿堂上方，是一个带有圆顶的方形炮楼。

来到炮楼前，林庆海将车停下，把驴拴好，与林凡义一人一袋背了钱袋子，跟着林秉锡向里走。

中间堂屋，郑德顺正陪着刘副官喝茶，旁边站着两个警卫。郑德顺瞥见林秉锡等人进来，奸笑一声：“刘副官，财神来了。”

郑德顺迎到门口：“林村长，屋里请，辛苦了。”

林秉锡在门口张望了一圈：“刘司令呢？”

刘副官：“皇军从安东卫登陆，刘司令到日照接应去了。”

林秉锡：“大洋我们带来了，一千。粮食也筹备足了，您点点吧。”

刘副官指了指林庆海、林凡庆：“还愣着干什么，拿过来，我验验。”

林庆海、林凡义将钱袋子放到地上，冷眼看着刘副官和郑德顺。

刘副官解开钱袋子拴绳，从两个袋子里分别抓出一把在手里掂了掂，又扔回袋子，问：“够数？”

林秉锡："您点点。"

刘副官看向郑德顺："你给点点？"

郑德顺："不用点，林保长办事，不会错。"

林秉锡："闺女呢？我们回去。"

郑德顺："在西跨院，稍等，我去给叫。"

郑德顺飞快离开堂屋，边走边喊："西院的，赶紧把渊子崖的妮子送过来。"不一会儿，两个三十来岁的妇女架着林慧过来了。

林秉锡快步走向林慧，只见林慧眼神呆滞，不时"嘻嘻"傻笑着。

林秉锡这一惊不小，赶忙扒拉开那两个妇女，晃着林慧的手："小慧，怎么了，谁欺负你了？"

刘副官站起来，漫不经心地说："这小妮子有什么病根吧，那天走在路上就傻了。这边郑会长请了好几家大夫，也没看出个道道，八成是着了魔，回去找个巫婆看看吧。"

林秉锡大怒，骂道："放你娘的狗屁！郑德顺，郑德顺呢？你给我说说，是哪个天打五雷轰的作的孽？"

刘副官："托枪胡咧咧什么呢？你闺女有病，怨得了谁？"

林秉锡怒气上冲，转身揪住刘副官的衣领："土匪、汉奸，你赔我闺女！"

两个警卫见林秉锡和刘副官扭打在一起，抡枪劈头盖脸向林秉锡打过来："老东西，你找死啊。"

林庆海、林凡义回过神来，一人抱住一个警卫，将他们摁倒，抡起拳头就打。

林慧拍着巴掌："嘻嘻，打架了，好玩，嘻嘻。"

两个妇女见打起来，一边往外跑一边喊："打架了，快来人。"

一队士兵从门外跑进来，将林秉锡、林庆海、林凡义摁住。刘副官整了整衣衫："妈的，反了，捆起来，都捆起来！打！"

午后，三副门板抬着遍体鳞伤的林秉锡、林庆海、林凡义走近渊子崖村，两个妇女带着林慧坐在驴车上跟在后边。

林庆海、林凡义被捆在门板上，口中大骂不止。林秉锡脸蜡黄，嘴里咬着一条毛巾，毛巾已渗出血色。

渊子崖村内，一群人拿着木棍，提着铁锨、镢头跑出来。

凸凸凹村十二个抬门板的人放下门板撒丫子就跑，两个妇女把林慧架下车，让赶车的拉转车头也往回跑。林九乾跑得快，追上去拦住驴车。

林九臣等人赶忙将林秉锡等三个人身上的绳索解开。林九臣 50 岁左右，白净面皮，慈眉善目，说话声音绵软，办事细致周到。

林九兰蹲下，扯出林秉锡口里的毛巾，急切地问："谁下的手？为什么？"

林凡义晃晃悠悠站起来，说："老爷爷右腿折了，庆海叔左胳膊断了，哎哟，我肋骨疼。"

村民林兆岭"咦"了一声，说："不应该啊，钱到了，按理说不该再打人了，我去找郑德顺问问去。"

林九乾一把拽过赶驴车的李麻子，照着他屁股踢了一脚，骂道："你跟汉奸搅乎在一块，不得好死！"回头说道："走，回村多喊人，到凸凸凹评理去！"

林九臣忙拦住林兆岭、林九乾，说："都别多说了，有刘黑七这个阎王在那里，有枪有炮的，去多少人也白搭。快，都搭把手，去庞疃，找刘九堂老先生，救人要紧！"

众人抬起林秉锡等人，飞快往庞疃跑去。

第四回　谢焕文撒播火种　纪心如送子参军

一

庞疃村纪心如家，屋内，纪心如坐东首主位，谢辉坐西首客位。

谢辉，字焕文，1909 年出生，十字路镇三村人氏，1927 年在家乡搞过农会，现任八路军山东人民抗日游击第四支队三团三营营长。

谢辉呷了一口茶，说：“老先生，前一阵子您在临沂可是受惊不小啊。”

谢辉旁边站着一位二十四五岁的青年，叫史思荣，胶东人，跟随黎玉、洪涛参加徂徕山起义，在八路军山东人民抗日游击第四支队三团三营任文书。

纪心如摇摇头，愤愤不平地说：“见过孬种，没有见过这么孬种的，这些小鬼子，杀人真是不眨眼。”接着又感慨道：“韩复榘跑了，庞瘸子、张自忠费了这么大的劲也没守住临沂，以后老百姓的日子可是越来越难过了。”

谢辉深有同感地说：“是啊，日本鬼子残暴无比，那些二狗子也很气人，像刘黑七这种有奶就是娘的货，都冒出来了。”

纪心如愤慨地说：“这些不要脸的东西，不得好死。”说完，沉默不语。

见纪心如在想什么心事，谢辉问道：“老先生下一步有怎么打算？”

纪心如眉头皱了皱，说：“生意是没法再做了，恐怕农村以后也不得安生了。”突然，他眼睛一亮，说：“听说贤侄手下有二三百人和枪了，我跟着你干如何？”

谢辉笑笑，说：“老先生，不瞒您说，去年 8 月，我和张子亮、刘瑞卿、刘怀川、何连峰等人组织起‘十字路抗日游击大队’，今年春，与徂徕山起义部队合编了，叫‘八路军山东人民抗日游击队第四支队’，我们支队司令员洪涛很是仰慕老先生。”

纪心如颇有兴趣地说：“不想你一介书生投笔从戎，竟大有出息了。”

史思荣笑着说：“谢营长是我们三团二营营长，在我们三团很有威望。”

纪心如喜道：“太好了，贤侄，前途无量啊！”

谢辉诚恳地说：“老先生谬赞了，这个年代个人前途不敢奢望了，咱总不能眼睁睁看着亡国绝种吧。”

纪心如点头道：“是这个理。”

谢辉目视纪心如，说：“老先生，您在这一带威望高，是不是出面号召一下，拉支队伍，咱们一起干？”

纪心如若有所思，继而说道：“我也正琢磨，这小日本太可恨了，你说他炸临沂吧，因为临沂有张自忠、庞瘸子的军队，可咱老百姓到刘庄赶大集，关他什么事？机枪扫射、炸弹轰炸，一眨眼，几百号人没了，还有那么多瘸腿断胳膊的，光俺庄，就死了两个。到现在，住在药铺里的还有十几个人。”

谢辉愤恨地说：“这小日本太可恶了！”

二

林九臣等村民抬着林秉锡他们三人急急来到庞疃村万春堂药铺。院子里有很多人，有站着的，有蹲着的，看到林九兰他们进来，都赶过来看。

林九臣吆喝着：“借光，借光，让让路！”

“哎呀，这不是渊子崖的林保长吗？怎么，没巴结上刘黑七啊？”李世生趿拉着鞋过来，邪笑着奚落道。

林九兰把眼一瞪，一把抓住李世生，怒道：“你高兴什么？”

李世生嘴一咧：“哎吆，轻点，胳膊断了。”

林九兰右手一用力，把李世生往后一送，李世生跌坐在地上，又扑过来抱着林九兰的大腿，嚷嚷着：“打人了，打断胳膊了！”

正无奈处，纪甫从后院跑过来，一把拽起李世生，呵斥道：“滚一边去，捣什么乱！”李世生嘟囔着靠在墙上，乜斜着眼看着渊子崖来人。

纪甫俯下身子，焦急地问林秉锡：“大爷，怎么回事？林慧呢？”

林九兰将纪甫拉到一旁，简单地把前后情况向纪甫说了一下。纪甫飞快回家告诉父亲、母亲。纪心如一听就急了，撂下客人赶过来看望。

万春堂这边，老中医刘九堂给林秉锡从头到脚检查了一遍，眉头皱得老高：“谁下手这么重？”他指着右腿：“这条腿保不囫囵了。这样吧，抬到后院住下，先打上夹板，糊上膏药，慢慢养着。”

看完林秉锡，刘九堂站起身，看着血头血脸的林庆海耷拉着左胳膊，吩咐：“把他上衣脱了。”林九乾把林庆海的棉袄解开，慢慢褪下衣袖。

刘九堂左手托起林庆海的左臂，用手捏了捏，说：“断了，到后边打夹板、上膏药去。”他转身问坐在凳子上的林凡义：“孩子，你伤到哪里了？”

林凡义指了指肋部，说：“浑身挨了几十枪托，八成肋骨断了。”

刘九堂吩咐道：“你躺下，脱了衣服，我看看。”

林兆岭扶林凡义躺下，帮着脱下衣服。刘九堂按了按林凡义背上一处淤青，林凡义一龇牙；又按了按肋部，林凡义疼得“哎哟”一声，黄豆大的汗珠从脸上滚下来。

刘九堂皱了皱眉：“这个位置没法打夹板，糊上膏药养着吧。”

万春堂后院，纪甫冲坐在院子里乱嚷嚷的李世生喊道：“李世生，过来，把你的东西拿走，别赖在这里了。”

李世生哼哼着站起来，一歪一斜地走到门口，说：“刚才我胳膊又被他捏断了，还得住院。”一边说，一边指着林九兰。

林九兰气不打一处来，转身抓住李世生的胳膊，说：“这位哥，敢情你的胳膊是纸扎的，一捏就断？”说着，手上暗暗使劲，李世生疼得叫了一声。

纪甫忙制止说：“快松手，前一阵子他胳膊让鬼子飞机炸了，刚好，别叫他赖着。”林九兰一听，赶忙把手松开。

李世生一龇牙，嘿嘿一笑，说：“兄弟，你多什么嘴？让他捏，捏断了，我好找个养爷的。”

纪甫啐了一口李世生，说：“不要脸，我爹怎收了你这个干儿！在家干什么不好，整天游手好闲的。”

李世生两手一摊，说：“这里就是我的家啊。得，老人家，床铺先让给你，不过，你打完夹板就走人啊，晚上我还得过来睡觉。”

纪甫把眼一瞪，啐道：“你想得美！”

李世生倚在门上，洋洋自得地说：“当然美了，干爹想当乱世英雄，要招兵买马，我就是他手下的大将。好，你们忙吧，我找干爹喝酒去。”李世生晃悠着出了病房。

临近中午，李世生来到纪心如家大门外，扒着大门从门缝向里大喊：“干爹在家吗？”

纪心如的妻子王翠山敞开门，说：“世生啊，你干爹有客人，回头你再来吧。”

李世生好奇地问：“客人中午在这里吃饭吗？我过来帮着烧火。”

王翠山笑笑，说：“不用了，你胳膊还没好利索，先歇着去吧。”

李世生涎着脸，说：“我找纪贵、纪寿玩。”说完就要往里走。

王翠山笑笑，说：“小哥俩都忙着学习呢，别叨叨他们了。”说完，要将门掩上。

李世生硬是挤进门，嬉皮笑脸道：“那我在院里歇歇。”

三

万春堂里，纪心如、谢辉、史思荣在刘九堂的陪同下逐屋看望病人。

五号病房，纪甫正在给林秉锡喂水喝。纪心如快步走近病床，接过纪甫手里的碗，一边给林秉锡喂水，一边安慰说：“大哥，别急啊。”

林秉锡泪如雨下，哀叹道：“唉，什么世道啊。”

林凡义恨恨地说：“这些王八羔子，早晚我抹了他们！”

谢辉拍了拍林凡义的肩膀，说：“小老弟，人家有枪，你拿什么抹他？”

林凡义侧脸看着谢辉，说：“他总得出村子，拿他单头。”

谢辉问道：“他要不掉单呢？”

林凡义无语。

谢辉看了看一屋子人，说：“对付坏人，对付日本鬼子，还得用这个。”说着，他用大拇指和食指做了个手枪造型。

看完伤病号，纪心如他们回到家里，纪心如、王翠山夫妻二人和谢辉依宾主坐定。纪心如的侄子纪长和儿子纪甫、纪贵、纪寿站在东首，闺女纪庭、纪振、纪英姊妹三个站在西首，史思荣在谢辉身旁站立。

纪心如瞅了一下谢辉和史思荣，笑笑说：“我先说吧。”他扫视一眼纪长他们，说：“孩子们，今天，咱开个家庭会，这位呢，是十字路的谢先生，现在是八路军的营长。这位是谢先生的助手，史思荣，胶东人，大学生。”

纪甫等人很敬佩地看着谢辉、史思荣。谢辉颔首致意，史思荣微笑点头。

纪贵快人快语，笑着问：“八路军不穿军装，不扛枪吗？”

谢辉笑了笑，说：“八路军有军装，我今天来串门，没穿。”

纪心如看了纪贵一眼，说：“大人说话，小孩别打岔。纪英、纪寿，你们都小，留在家里。纪长、纪振、纪甫、纪贵，你们四个都大了，今天，我把你们兄弟姊妹四个交给谢营长，跟着谢营长打小日本去。过阵子，我收拾收拾，买几杆枪，拉支队伍，也找你们去。”

纪贵一蹦老高，说：“给我把盒子炮。”

谢辉站起来拉拉纪甫的手，摸摸纪贵的头，笑着问王翠山：“婶子，您舍得？”

王翠山是个爽快人，说：“侄子，跟着你干，还有什么舍得不舍得？鬼子都杀到家门口了，咱可不能缩在家里等死。”接着对纪心如说：“你该忙啥就忙啥，我和英、寿留在家里，等他们长大了也去打鬼子，咱们全家抗战。”

纪庭见半天没有她的事，不由得发急，说：“爹，我也去。”

纪心如笑着道：“你就不去了，你婆家来日子了，腊月就出门子。”

纪庭不满意地拉下脸来。

纪振忽闪着大眼睛，问：“爹，我去能干什么？”

纪心如笑着看向谢辉，谢辉笑了笑，说：“你是在经文学校上的学？正好，你学的医疗卫生知识在部队里大有用处，到卫生队吧。”

纪贵好像想起什么，说：“二姐，干脆，我也跟着你学医生，你看，咱这里刘先生一年得救多少人！”

谢辉赞赏地说：“对，医生在部队很稀缺，你们两个过去，保准能起大作用！”

王翠山起身，说：“谢先生，你们先聊着，纪庭，咱和面擀面条去。”

纪庭晃着王翠山的手，央求道：“娘，我也去，你跟俺爹再说说。”

王翠山拉着纪庭的手说：“你这丫头，听话，你要走了，王家欢疃村老刘家来要人，我上哪儿找你去。走，做饭去。”说完，她拽着纪庭出了堂屋门。

李世生在窗外听着，见王翠山、纪庭出来，闪身踅进屋子，说：“干爹，您要拉杆子，那好啊，我回汀水老家，给你拉几十号人来。”

纪心如盯着李世生，说：“别给我弄那些二郎八蛋的，得找一些好人来。”

李世生嘻嘻一笑，说：“那当然，我结交的，哪有孬种。干爹，当兵发多少饷？我好跟人家说。”

谢辉笑笑说：“八路军打日本鬼子，都是白手起家，不发饷。”

李世生两手一摊，说：“不发饷谁干啊。”

纪心如笑笑，说：“世生，就你锅腰子上山，前（钱）上紧。行了，我看你胳膊也不打紧了，回头吃完饭，拿点盘缠，回你汀水拉一杆子人来，咱爷儿们干他一场。”

李世生跃跃欲试，说：“干爹，没问题，少说我也给你拉二三十个来，到时你得封我个正印先锋官啊。”

四

饭后，谢辉、史思荣来到回春堂向林秉锡等人辞行。

谢辉拉着林秉锡的手，说：“爷儿们，这次的亏咱们吃大了。你好好养着，伤筋动骨一百天，急不得。”转身对史思荣说：“来，思荣，过来。”

史思荣走到近前，谢辉对史思荣说：“我跟你介绍一下，这位是渊子崖的老乡贤，过一阵子，你到渊子崖去。渊子崖村人口多，老年时候兴过义和团，不少人有拳脚功夫，你到那里开展工作，就去找这屋里的人帮忙。”

史思荣与满屋里的人一一握手，说：“幸会，幸会，改天拜访。”

纪长、纪振、纪甫、纪贵收拾好随身物品，要跟着谢辉到八路军部队去，王翠山拉着纪振的手左右叮嘱。

纪振笑着说：“娘，行了，都说了一百遍了，记住啦，照顾好弟弟，睡觉盖好被子，行了吧。”

王翠山一戳纪振的额头，说：“你这死妮子，记住就好。”

门外，谢辉与纪心如握手话别。

谢辉说：“老先生，你哪天拉起队伍，告诉我一声，我那边可以派教官过来，帮着你搞搞训练，咱都是拿笔杆子的，打枪放炮还真不在行。另外，如果遇到麻烦，可以与板泉崖的李伴农联系，他们青年救国团三十六分团也有几十杆枪。”

纪心如说：“李伴农我们以前见过面，话很说得来。这样吧，最近几天，你先派个教官来吧。”

谢辉笑笑，说：“比我还急啊。”

纪心如一笑：“这不是叫日本人逼的嘛。听说鬼子已经在相公、汤头等地安了据点了，到处要粮要物。咱要是有了人马，他们再来，就得掂量掂量，你说是不是?”

谢辉点点头，说：“老先生说的是，就是这个理。如果咱手里没有刀枪，那就是一只羊，一口猪，喂得再肥，也得挨刀子。”纪心如深有同感地点点头。

纪长、纪振等人走出院子大门。纪心如拍拍纪长、纪甫的肩膀，摸摸纪贵的头：“去吧，跟着谢营长好好干，家里不用你们操心。”

村外，一阵热风掠过，将柳枝带起，轻轻飘曳着。谢辉等一行六人渐行渐远，消失在鸡龙河南岸。

附记：

谢辉这一次拜访，推动成立了抗日独立营，带领纪氏兄妹走上了革命道路。

纪长，纪心如的侄子，1917 年出生，1938 年参加八路军，曾任山纵二旅五团二营文书。

纪振，女，1918 年出生，1938 年参加八路军，1960 年随丈夫下放到莱阳十一野战医院工作，1999 年去世。丈夫张德甫，山东省沂水县泉庄区张庄村人，1938 年 10 月参加革命，新中国成立后任德州军分区副司令员，1960 年被打成右派，降为副团，调任解放军 145 医院，1970 年因病去世。

纪甫，1921 年出生，1938 年参加八路军，任山东纵队二支队宣传员，1939 年 8 月，到山纵二旅五团工作，历任团文书，九连、特务连副指导员，滨海军区武工组组长，滨海军区临沂工委武工队副指导员，临西县委委员兼岔河分区区委书记等职，新中国成立后任山东省文化局副局长，2011 年 3 月 28 日去世。

纪贵，1924 年出生，1938 年参加八路军，新中国成立后任济南市皮肤病防治院党总支书记、院长，享受厅局级待遇。

纪英，女，1927 年 11 月出生，1941 年 4 月参加山纵二旅“突进剧团”，后到成都铁路局工作，享受副厅级待遇。

纪寿，1931 年出生，1944 年参加八路军，成都铁路局正处级离休干部，2022 年 1 月 21 日去世。

第五回　冯干三发动民众　史思荣开门办学

一

早饭后，渊子崖村林姓族长林秉锡家堂屋里，渊子崖林家九大门当家人陆续到齐，挤了满满一屋子。

林秉锡看看大家，说："都来啦，大家都认识认识，这位是[illegible]边乡的冯先生，这位是胶东的史先生，都是跟着谢辉打鬼子的。"

一屋子人看看冯干三，看看史思荣。冯干三、史思荣站起来点头致意，林凡义过来亲热地拉了拉史思荣的手。

林秉锡继续说道："两位先生来，是要帮着咱们守卫村庄。咱们庄有 1500 多口人，七八个姓，咱老林家占了接近九成。两位过来，咱老林家欢迎。"

林九兰接话说："八路军一过来，咱们就有主心骨了。"

林秉锡接着说："今天请大家来，想跟大家商议一下，我呢，年龄大了，脑子不好使了，前一阵子，叫柴子敬、刘黑七糟蹋个厉害，腿也瘸了，不能再为老少爷们跑腿了。我这个村长，实在不能再干了。大家看看，咱推出谁来，再去跟那几个姓商议商议，怎么样？"

大家面面相觑，冯干三、史思荣也没有想到林秉锡会提出这个事。

林九臣急忙说："大叔，这不干得好好的，怎么想着撂挑子了？"

有人附和道："是，我们都是睁眼瞎，您要说干不了，谁还敢接招？"

林秉锡用拐棍敲了敲地面，说："你们总不能让我一个瘸子天天到处跑吧？"

林九兰笑笑，说："大叔，别生气，不行这样，村长的名分您还应着，对外也好看，跑腿的事我们干，比方说，凡义年轻，也见过一些世面，外头的事让他跑跑。”

林凡义赶紧站起来，说：“四爷爷，你别糟蹋我，有您这些当长辈的，我算哪根葱？”

林凡庆拍掌大笑，说：“兄弟，咱四爷爷还真算有眼光，你算哪根葱？我问你，咱庄有谁比你个子高，比你力气大，比你点子多？选你就对了，别说咱庄，周四外村庄哪个敢不服？”

林凡庆生于1921年，父亲早年病故，与母亲王清欣、妹妹林娇娇守着几亩地相依为命。

林凡义脸微红，说：“去，别哪壶不开提哪壶，我要有那么厉害，还让人砸断肋骨了？”

林凡庆嘿嘿一笑，说：“不经磨难不成大才嘛。”

林秉锡看着林凡义微微一笑，说：“我应那个虚名分没有什么意义，大家要是看我腿脚不方便，体谅我，就一步到位。凡义，怎么样？”

林凡义满脸通红，连连摆手，说：“老爷爷，您怎么也跟着俺四爷爷瞎起哄，就这个事，您商议吧，我耪地去了。”说完他站起来，一扒拉身边人，几步走出屋门。

林凡庆大笑，说：“凡义，你躲不了，我支持你，这个卯你不认不行。”

众人附和着说：“让凡义干还真行，能镇住场子。”

林凡义还没走出大门，顶头遇见林清武带着两个穿联庄会制服的人进来。

林凡义瞪圆双眼，喝问：“联庄会的？”

林清五点点头说：“是，来找村长。”

林凡义抡起拳头就打：“妈的，你们联庄会的吃了熊心豹子胆了，我还没去找你们算账，你们倒是送上门来了，找死！”

联庄会会员李麻子赶忙说：“凡义老弟，别累着手，我们自己打自己还不行吗？”说着，他“啪啪”连扇自己几个嘴巴，一边打一边说：“麻子啊，你个囊龟孙啊，你怎么点子这么低啊，今天抓阄摊到了渊子崖，找挨揍啊。”

林九兰站在门口，问：“什么事？”

联庄会会员郑武赶紧跑过去，说：“您是俺亲爷爷，别打我们。今天郑德顺那个老王八让人来给你们村下通知，要收联庄会费，没有敢来的，那老王八让我们抓阄，我俩点子低，抓到了。不该我们什么事啊，我们不愿来啊。这是通知，您收下，我俩算是交差了。”说完，他把纸条往林九兰手里一塞，拉起李麻子就跑。

林凡义一伸腿，把李麻子、郑武两人一起绊倒，抬脚踩住李麻子，说道：“先别走，看看郑德顺放什么屁。”

林九兰将联庄会通知递给林秉锡，林秉锡展开，看了一眼，递给林九臣，说：“你给大家念念。”

林九臣接过通知，凑近看了看，念道：“通知：限渊子崖村十天之内将民国二十七年的联防会费一次性缴清，计有小麦300石，大洋500元。逾期不缴者，加倍征缴。”

大家你看我，我看你，最后都看向林秉锡。林秉锡冲门外喊：“凡义，放他们走吧，让他们回去传话，渊子崖的粮食就是喂狗，也不会给联庄会。”

林凡义在李麻子、郑武屁股上踢了两脚：“滚!”

屋内，林九臣问：“大叔，咱回绝了他们，要是郑德顺带人打过来，怎么办?”

林凡义走进堂屋，高声道：“二爷爷，别净长他人志气，灭自己威风，咱庄老老少少也有1500多号人，大不了拼个鱼死网破，怕什么!”

林庆海站起来，说：“凡义说的对，人心齐，泰山移，大家只要齐起心来，他联庄会就是都来咱也不怕。”

冯干三站起来说道：“各位，今天各位也没拿我们当外人，我有个建议，从现在开始，村里把劳力组织起来，轮流站岗放哨，准备对付联庄会。联庄会如果识趣，不再祸害周围老百姓便罢，不然的话，咱请八路军来灭了他。”

林凡义一把握住冯干三的手，急切地问：“真的？八路能管咱们的事？你要是真让八路军灭了联庄会，俺村办流水席，请八路军吃八大碗。”

林凡庆哈哈一笑，说：“凡义，这就上任了哈。”

大家哈哈大笑，林凡义挠挠头，也笑了。

二

大街口，林凡义左手提铜锣，右手拿木槌，“当当当”敲了几下，高声喊道：“全村老少爷儿们听清了，咱们村从青岛请来了一位教书先生，明天就开学了，各家 7 岁以上的孩子，愿意上学的，现在到学堂那边报名了。”“当当”，又是两声锣响。

林九臣的二儿子林庆舜，外号长眼睫毛，今年 15 岁，跟在后边吆喝：“上学了，到学堂报名了，30 个名额，去晚了报不上了。”

林九臣的妻子王康美从家里走出来，用指头敲了一下林庆舜的头，嗔道：“胡喊什么，哪有名额限制，谁想上就上。”

林庆舜一吐舌头，转而喊道：“老睁眼瞎、小睁眼瞎听好了，新来的史先生开门办学了，都去报名了。”林凡义很配合地敲了一下锣，“当”的一声，震得耳朵嗡嗡响。

他们这么一吆喝，家家户户开了门，走出来看动静。不一会儿，林凡义、林庆舜身后跟了 30 多个半大孩子。这 30 多个孩子跟着林凡义把三条大街串了个遍，来到林家学堂。

林家学堂在林家祠堂左首，三间屋。林九臣、林九兰等人已经过来开了门，正在打扫卫生。史思荣在摆放桌椅板凳，擦拭黑板。林凡义他们到来后，又分工抬水洒地，捡拾垃圾。孩子们高兴得边忙活边撒欢。

第二天，天气晴朗。早饭后，史思荣在林九臣、林九兰等人陪同下走向学堂。孩子们提着各色小书包，打打闹闹，追逐着往学堂跑。

林家祠堂门前，史思荣停下脚步，打量着祠堂大门。祠堂大门紧闭，院内一棵柏树高出祠堂很多。大门门楣有四个楷书大字“林家祠堂”。两侧楹联为隶书，上联为“万福攸同吉祥咸庆”，下联为“千禧有本富贵共享”。

楷书遒劲有力，张扬而不失内敛；隶书古朴典雅，规矩中透着个性。史思荣不禁暗暗叫绝，遂向林九臣问道：“老林叔，你们家祠堂这些字是谁的手笔？”

林九臣笑笑，说：“明朝时临沂有个知府，叫李萼，和俺祖上是一榜进士，他来俺们家时给写的。”

史思荣连连点头：“听说这个李萼在临沂官声很好，他组织开挖了一条河，将沂河以东好几个乡镇的积水排入沂河，把涝洼地变成良田，人们感恩于他，把新开挖的这条河叫作李公河。”

林九臣一竖大拇指，说：“史先生见闻广博，佩服！”

史思荣羞赧一笑：“大爷见笑了。”

林庆海是个 20 来岁的大小伙子，中等身材，正举着一根长长的竹竿，竹竿上缠绕了一支大红鞭炮。见史思荣他们走过来，林庆海问林九臣：“二叔，现在放吧?”

林九兰问：“二百响的?”林庆海回答道：“是，西乡订了结婚用的，赶明儿我再另给他做。”林九臣说：“放吧。”

林凡庆跑进一户人家，用秫秸引来火，林庆海倾斜了一下竹竿，把炮仗点上。“啪，啪”，鞭炮均匀地爆响，碎屑炸得满地跑。

孩子们捂着耳朵站得远远地，仰着头观看。燃放完鞭炮，孩子们欢呼“开学了，开学了”，拥挤着进了学堂。

大人们挤在门口、窗户边，看史思荣如何上课。

三

史思荣站在黑板前，面带微笑，用手指指点着数了数，大大小小 36 个学生。见一个学生正抱着头挠痒痒，史思荣走过去问：“怎么了?”

“痒痒。”小男孩有八九岁的样子，有点面黄肌瘦，叫林小户，是林九乾的儿子。

史思荣弯腰细看一下，说：“挠破了，淌黏水了，别挠了，再挠会发炎的。回家吧，叫你娘烧锅热水，好好洗一洗，晾干之后，叫你爹切一块苦楝树皮，捣碎之后用醋调均匀，抹在淌黏水的地方，一天抹两次，连抹七天就好了。”

林小户眨巴下眼睛，问：“先生，我放学后回家再洗，可以吗?”

史思荣笑笑，说：“可以，你先到院子里洗洗手吧。”

林小户乖乖走出屋子，林九乾走过来责备道：“丢人不?快洗手去。”

史思荣在屋内转了一圈，发现大部分孩子不大讲究卫生，很多小孩头发长，生了头癣，史思荣不由皱了皱眉头，说：“同学们，今天放学后，凡是头发长的，一定要剪短一些，头发短的，也要把头洗干净。还有啊，吃饭前、解手后都要洗手，吃饭后要漱漱口，这样才不会肚子疼、牙疼。如果有条件，洗手最好用肥皂，刷牙用爽口粉。暂时家里没钱买这些东西的，我们可以就地取材，制作肥皂。”说到这里，史思荣顿了顿，看门外有不少人竖了耳朵听，遂又接着说道：“我看咱们村有不少苦楝树，这可是个好东西。苦楝树长大了，可以打橱子、柜子，可以盖屋架梁，好木头啊，不招虫；夏天，采来鲜叶子，可以熏蚊子；可以用树根树皮熬水喝，驱蛔虫和钩虫，治小孩肚子疼；刚才说过了，苦楝树的根皮粉调醋可治疥癣；再就是苦楝树结的那个圆圆的小球球，虽然吃起来发涩，可它的果核仁油可以制成肥皂，洗手、洗衣服肯掉灰。”

门外有人叽叽喳喳：“这个先生有洁癖吧？”

“会教吗？不是磨洋工的吧？”

“这个圆枣子树能有这么多好处？”

听到有人瞎议论，林欣不高兴地说：“别瞎说啊，人家史先生是大城市来的，学问大着呢。他说了，大人小孩都得讲卫生，讲卫生才少得病。”

“不干不净，吃了不得病。人家那个三喳喳，一边解手，一边偷地瓜吃，从来没见得过什么病。”一边说，林凡庆一边瞅着外号叫“三喳喳”的男子笑。

没有人知道三喳喳的大名，都喊他外号，这人30来岁，因在家里排行第三，嘴碎好说，人称三喳喳。见林凡庆打趣自己，三喳喳捡起一根树枝就要敲林凡庆的头：“你个儿，你娘蹲在茅厕里拉出你来，你就是个臭蛋。”

林凡庆一侧身，躲过三喳喳的树枝，顺手一拽，把三喳喳拉倒在地。众人看着三喳喳狼狈相，不由得哈哈大笑。

林欣指着三喳喳笑道：“一物降一物，盐卤点豆腐，喳喳叔，你斗不过凡庆，就别跟他犯犟了。”

三喳喳有点恼怒，骂道：“去你娘的，小丫头片子，你掺和什么。”说完他又手指着林凡庆，骂道：“小凡庆，你等着，我叫你这辈子找不到老婆，媒婆说到哪里，我就破到哪里。不让你尝尝厉害，你不知马王爷有三只眼。”说完，溜到一边去了。

教室内，史思荣用粉笔在黑板上画了一幅中国地图轮廓，在中国东北部右侧不远处画了一条像蚕一样的东西，分别标注“中国”“日本”字样。

史思荣指着地图上的中国部分，问：“同学们，知道这是什么不？”

林小户抢着说：“是桑叶。”

史思荣笑笑，没有点评，又指着中国右上侧的日本地图，问：“它像什么？”

林小善赶紧站起来说：“长虫！”

林娇娇举起手，史思荣用手一指，鼓励道：“大声说，你看着像什么？”林娇娇是林凡庆的妹妹，今年12岁了。

林娇娇说：“像我们家里喂的蚕！”说完，有点羞涩地坐下。

林庆舜猛地站起来，大声说："不对，是地图。"

史思荣朝林庆舜点点头，说："对，是地图。这个像桑叶一样的地方，就是咱们中国。这一块呢，是咱们山东，咱们临沂、渊子崖，在这里。"史思荣在山东那个方位点了点。

"咱庄这么小啊?"有学生感叹。

史思荣慢慢讲解："刚才有同学说这条长长的东西是长虫、是蚕，这条长虫、蚕就是日本。现在，日本这条蚕已经把咱东北三个省和热河、察哈尔省吃下去了，咱们的桑叶不圆整了，现在它又下口吃河北省、山西省、江苏省和咱们的山东省，胃口大着呢。去年，日本人占领临沂的时候，杀了咱3000多老百姓，刘庄大集炸死咱周围村庄300多人。大家说说，日本人可恨不可恨？该杀不该杀?"一边说，史思荣一边把东三省轮廓抹了去。

"杀鬼子!"7岁的小善刚刚没了母亲，他扬了扬小手，呜呜哭了起来。

史思荣走过来抚摸了一下小善的脑袋，劝道："不哭，咱们一起杀鬼子，给你娘报仇!"

"对，杀鬼子，报仇!"林欣在门外大声说。

史思荣走到黑板前，转过身来扫视一圈，问："这个仇，怎么报呢?"

"咱抄他的鳖窝去。"林庆舜发狠道。

史思荣发问："日本与咱们国家隔着大海，你有轮船吗？有飞机、大炮吗?"林庆舜挠挠头。

史思荣紧接着说："暂时，咱们还没有那么多轮船、大炮，还抄不了他的鳖窝。怎么办？咱们先团结起来，组织起来，有人出人，有枪出枪，有粮出粮，跟日本人刀对刀、枪对枪地干。今天咱杀他一个，他就少一个，明天杀他两个，他就少一双，对不对?"

"对!"林庆海推开门走进来，"史先生，我会炒炸药，哪天需要炸药，给我说一声，我给你炒，咱炸这些龟孙。"

史思荣握着林庆海的手，说："好，大哥，咱现在就炒，准备着，随时炸日本鬼子。"

说完，史思荣在黑板上写下四个字，说："今天咱们认识四个字，中国日本。大家先跟着我念：中国，日本，我们要打日本鬼子!"

孩子们跟着史思荣读："中国，日本，我们要打日本鬼子!"

第六回　于学忠挺进苏鲁边　郭子化舌战沈鸿烈

一

1939 年初夏，鲁东南朱芦乡苏鲁战区五十七军军部。

山东省政府主席兼苏鲁战区副总司令沈鸿烈邀请苏鲁战区总司令于学忠到五十七军军部见面。受八路军第一纵队政委朱瑞、司令员徐向前委托，中共苏鲁豫皖边区省委统战部部长郭子化前来拜会于学忠。郭子化将带来的毛泽东撰写的《论持久战》一书分送于学忠、沈鸿烈、五十一军军长牟中珩及五十七军军长缪徵流等人。于学忠把书交给秘书长郭维城，嘱咐道："你好好看看，回头给我讲一讲。"

寒暄过后，沈鸿烈令参谋处长宁春霖挂出山东军事态势图，指着态势图说："按照当前敌我双方的态势，十八集团军第一一五师和山东纵队要集中到津浦路以东滕县、泗水、宁阳地区，防守山东西南大门；五十一军要开到泰安、安丘一线，防守鲁中腹地；五十七军驻防日照、新浦一线，警戒连云港方向。另外，我要强调一点，军队的任务就是作战，任何部队都不允许干预地方事务，不允许成立地方政权。政府的事，统统由政府办，经济粮秣必须统筹统支，不得擅自征缴使用。"

于学忠皱了皱眉头，说道："成章兄，五十一军、五十七军隶属于苏鲁战区，山东省政府没有权力指挥他们吧？"

沈鸿烈装作很诚挚的样子说："孝侯老弟，大敌当前，江苏和山东还分得开吗？再说了，我好歹也是战区副司令，又比你大几岁，你要听我的。"

于学忠认真说道："这不是谁大谁小的问题，我苏鲁战区司令部要向军事委员会负责的。”

沈鸿烈不以为然，继续纠缠道：“老弟，从指挥体系上讲，这没有错，可我着急啊。你看，整个山东都被日本人占领了，你是山东人，难道你眼睁睁看着山东沦丧，无动于衷吗？”

于学忠有点生气，说：“成章兄，这种话怎么可以乱说呢！别说山东，就是东三省，我也无时无刻不想着光复啊。再说了，虽然你学的是海军，但行军打仗你又不是不懂，照你这样安排，五十一军、五十七军一南一北，一味防守，发生了战事，两军如何呼应？”

沈鸿烈不回答于学忠的问题，转向郭子化，问：“郭老弟，你们八路军意见如何？”

郭子化微微一笑，说：“总司令、主席，我有两点看法：第一，我们八路军来山东是抗日的，山东哪个地方有日寇，我们就到哪里打，我们不会困守一个区域的，因为我们的武器装备太差，我们会按我们熟悉的打法作战；第二，关于军不干政问题，我想问一下沈主席，韩复榘抛弃山东后，日本人大肆培植汉奸政权，我们八路军打击日本鬼子、消灭汉奸，建立民主政权，保护人民利益，这不是我们应该做的吗？难道我们应该坐视日本人和汉奸胡作非为吗？”

沈鸿烈笑笑，说：“老弟，你们打下地盘，我可以委派县长、区长嘛，你们就不要掺和了。现在是非常时期，全国要一盘棋，全国只有一个主义，那就是三民主义；全国只有一个政党，那就是中国国民党；全国只有一个领袖，那就是蒋委员长。如果令出多门，那还怎么抗战！”

郭子化正色道：“沈主席，你是山东省国民政府主席，不是国民党山东省党部主任，今天我们来，是协商抗日大计的，不是来听什么理论、什么主义的。”

沈鸿烈拉下脸，说：“老弟，你这个说法我不敢苟同，全国没有统一的思想、统一的领导，那不成了一盘散沙、乌合之众？还有，我们尤其要警惕洪秀全、杨秀清悲剧的重演，不然，胡乱搬弄西洋鬼子乱七八糟的东西，会毁掉我们中华五千年文明的。”

郭子化冷然道：“太平天国悲剧问题，我想，他们失败的原因很多，其中信奉拜上帝教，全面抛弃中华优秀文化，引起知识分子阶层的强烈反对，是一个重要因素。我们确实要警惕墨索里尼、希特勒、东条英机法西斯谬论在中国开出毒花，结出毒果。”

见沈鸿烈理屈词穷，缪徵流赶紧岔开话题，说："郭部长，从黎玉他们算起，你们共产党的部队来山东应该有两年了吧？这两年，你们打了几个胜仗，消灭了多少敌人啊？怎么有人说你们游而不击啊？"

郭子化笑笑，说："缪军长是贵人多忘事呢，还是视而不见？前一阵子，我第一一五师一部，从山西挺进山东，在肥城陆房遭到日伪军一万多人的围攻，我第一一五师奋起还击，苦战竟日，消灭日伪军 1300 余人。为此，蒋委员长还专门发出贺电。在第一一五师来山东之前，我八路军山东纵队、八路军第一纵队在张经武、徐向前总指挥的率领下，几乎天天都在与日本人作战，是谁在造谣说我们游而不击呢？"

缪徵流还想说什么，于学忠一挥手，打断他的话头，问道："缪军长，午饭准备好了吗？吃饭！"于是众人起身，准备去吃饭。

沈鸿烈诡异地一笑，冲着缪徵流说："缪军长，第一一五师可是有绝招的，你们可要好好招待哟，招待好了，兴许人家教咱们一招半式的，咱们也截获点日本人的辎重，改善下咱们的生活。重庆的给养要是再不来，我那边可是要喝西北风了。"

走在旁边的郭子化听到后，很不高兴，高声说道："沈主席，话可不能这么说，第一一五师在平型关伏击板垣师团辎重联队，是为了切断敌人的后勤补给，是忻口会战的重要组成部分，我们没有单纯到只为了改善生活而作战。"

沈鸿烈笑笑，说："郭老弟，你也否认不了，你们通过那次伏击，也确实发了大财。"

郭子化不冷不淡地回道："那是另一个问题，你们也可以搞一次这样的伏击嘛。"

牟中珩小声骂道："什么人啊，总忘不了踢一个，踩一个。"

二

沂源县东里店村，山东省府所在地，沈鸿烈召开欢迎苏鲁战区总司令于学忠大会。沈鸿烈致欢迎词："我们欢迎于总司令这个新来的生力军。于总司令是东北军威望最高的将军。于总司令的到来，将会大大加强山东的抗战力量，增强我们胜利的保障。我已去电向重庆保荐于总司令兼任我们省府委员，委员长已经批准啦！大家欢迎！”会场上响起一片鼓掌声。

于学忠虎着脸，一言不发。刚一散会，于学忠拦住沈鸿烈，生气地说：“成章兄，你这样做也太不地道了吧？这个省府委员，我不干！”

沈鸿烈笑着说：“孝侯老弟，为了军政配合，你一定要兼任此职。”

于学忠生气地说：“你这等于侮辱我！”

沈鸿烈笑笑：“我知道你是军事委员会委任的苏鲁战区总司令，陆军二级上将，职衔比我高。要不，我向委员长举荐你兼任省主席，如何？”

于学忠冷笑一声：“你是想让我举荐你担任苏鲁战区总司令吧？恕我不能从命。”

沈鸿烈佯装豪放地哈哈大笑：“老弟，你放心，我不会抢你的总司令位子，放心吧。”

三

吴化文、张步云结伴前来拜会于学忠。

吴化文，字绍周，山东莱州人，1904 年生。1930 年，在韩复榘手下任国民政府第三路军手枪旅旅长，兼济南警备司令。1938 年，接受沈鸿烈收编，任新四师师长兼山东省保安第一师师长。1939 年 1 月率部进驻沂水县武家洼一带。

张步云，1904 年生，别名应龙，山东省诸城人。17 岁干土匪，专事绑票抢劫，当地群众无比愤恨。后来投奔张宗昌，充任第十连连长。1933 年投奔韩复榘，任山东特别侦探第二大队大队长，第二路游击司令。1938 年秋投靠日军，被编为山东自治联军张宗援部（张宗援，日本浪人），1939 年又投降日伪北平临时政府，被委以剿共军第四路纵队司令。1940 年接受沈鸿烈收编，被委任为山东省保安第二师师长。

在战区司令部行政处处长郭维城的引导下，吴化文见到于学忠。还礼毕，于学忠让吴化文坐下，早有勤务兵奉上茶水。

于学忠打量了一番吴化文，说：“吴师长，年轻有为啊。”

吴化文笑笑，说：“晚辈虚度光阴，至今一事无成啊。”

于学忠诚恳地说：“韩向方弃守山东，老弟你没有盲目追随，而是留下来与家乡父老共进退，着实令人欣慰啊。”

吴化文站起来，挺直腰杆，大声说："身为革命军人，自当为国家抛头颅，洒热血，虽万死而不辞。"

于学忠击掌称好："好，有你这态度，我就放心了。"接着，于学忠问："吴师长，你新四师现有多少兵员，枪械配备如何啊?"

吴化文说："报告总司令，新四师共有二旅四团，外加几支地方部队，计有一万两千人，枪六千支。"

于学忠点点头，说："你部地处要冲，西邻泰安，北通济南，东连淄博，南控临沂，是兵家必争之地，一定要牢牢掌握住。这样吧，回头你找郭处长，给你补充一些枪弹粮秣，以后有什么困难，可以直接找我。"

吴化文立正敬礼："谢谢总司令!"

送走吴化文之后，于学忠又接着接见张步云。看着张步云一脸横肉，于学忠不禁从心里埋怨起沈鸿烈来："这个沈鸿烈，为了扩充实力，真是什么也不顾了，土匪也用，帮会也用，怎么能成大事啊。"

见于学忠脸色不好看，张步云心里嘀咕："看不起我啊，走着瞧，老子玩死你。"虽然心里这么想着，可张步云嘴巴却很甜："总司令，论年龄，我得喊您爷，看貌相，您比我还年轻呢。不瞒您说，我当过土匪，跟着张大帅干过，跟着韩大帅干过，现在沈主席又抬举我当山东保安第二师师长。不知道的，还以为咱有奶就是娘，跟吕布一路货色。其实吧，咱虽然文化不高，可咱还是懂事的。总司令，狗日的日本人他就不是人，奶奶的，从今以后，我跟着总司令干，专门杀鬼子，我一天杀他十个，一年就弄死他一个联队。奶奶个熊，总司令您来了，咱还怕谁!"

于学忠稍稍缓了一下脸色，问："你们保安第二师都收编了哪些人?"

张步云一愣神，马上回答："都是韩大帅没带走的那些个游兵散勇，咱还招安了安丘一带几个山大王，省得他们到处祸祸老百姓。"

于学忠用手指敲了敲桌子，疾言厉色道："我担心的就是这些祸害老百姓的土匪。你给我听好了，回去好好整顿你的军队，如果被我发现有人假借抗日名分，胡作非为，祸害百姓，我决饶不了他。"

张步云连连说："哪能呢，咱现在是总司令的人了，回去我一定好好管教。"

走出会见室，张步云使劲往地下啐了一口："奶奶的，给我下马威，走着瞧。"

四

自阜阳领到武器给养之后，缪徵流带领董瀚卿的六六五团晓行夜宿，赶回山东。进入鲁南地界，缪徵流长舒了一口气。

“瀚卿，过了徐州，总算可以喘一口气了。”缪徵流道。

董瀚卿拉了拉马缰绳，贴近缪徵流，说：“军长，我打发人给张里元送个信，让他给您接风洗尘？”

“好联系？”缪徵流问。

董瀚卿笑笑，说：“我们经常走这一条路线，都是让他们接待。”

“好吧，今中午就吃他了。”缪徵流有所期待地说道。

董瀚卿正要安排人去联系张里元，就见前面尘土飞扬，有几骑飞奔而来。

缪徵流卫队持枪在手，喝令来人站住。三十来米开外，几个骑马的人翻身下马，其中一人边走边喊：“缪军长，我是张里元呢！”

董瀚卿大笑：“军长，说曹操曹操到，张里元来了。”

张里元来到缪徵流近前，止住脚步，行了个军礼：“报告，山东省第三区行政督察专员公署专员兼保安司令张里元恭迎缪军长，欢迎缪军长到第三行政区检查指导工作。”

缪徵流还礼毕，慢慢从马上下来，伸出右手，握着张里元的手，说：“张专员消息灵通啊。”他瞥见张里元身边一人，三十四五岁，大长脸，黄面皮，三角眼，便用马鞭一指：“这位是你副官？”

王洪九上前一步，深鞠一躬，回答道：“劳驾军长动问，晚辈王洪九，本地沙沟崖人，现在张专员手下任第十七支队支队长，驻扎在前面刘庄乡岐山一带，请军长前往驻跸休息，不胜荣幸之至。”

缪徵流一拍张里元肩膀，笑着说：“老兄，行啊，招了多少兵马了？”

张里元嘿然一笑：“兵倒是不少，就是缺枪缺炮啊。”说着，瞥了一眼缪徵流身后长长的运输队伍。

缪徵流笑笑，说：“武器好说，只要好好守住地盘，能替我五十七军遮遮风，挡挡雨，武器要多少有多少。”

张里元高兴地说道：“军长能把您替换下来的老套筒拨给我们一些，我们也就胆壮了。”

缪徵流笑笑：“好，上马吧，看看你们那个岐山去。”

一行人紧走慢行，临近中午，来到岐山。

岐山，位于山东费县东南刘庄镇之西，海拔 325 米。山底有一座岐山寺院。岐山寺始建于盛唐时期，院墙由巨大条石搭建而成。岐山寺有山门二道。第一道山门前，一雄双雌三棵银杏将粗大的根盘在石缝中，撑起几亩的伞盖。寺内有石塔四十多座，其中，建于明朝的故廉禅师塔最为雄伟。禅塔屹立，表明香火鼎盛，佛法久远。

岐山山脉逶迤向北，郁郁葱葱，连绵不断。缪徵流暗赞，这确实是个安营扎寨的好地方。

王洪九向缪徵流介绍，清朝同治年间，本地有一支反清武装叫幅军，以费县黑土湖村私盐贩子孙化祥为首领，以岐山为营寨旗寨，周围建有 72 座王寨，鼎盛时期兵力达到 10 万之众。

来到岐山寺，但听木鱼声声，禅唱阵阵。寺内有古碑三尊，文字漫漶，难以辨识。

见有客人来，住持证永法师起身，双手合十，将缪徵流一行迎进大殿。缪徵流跪拜拈香，虔诚备至。

参观完大殿后，证永法师将缪徵流一行让进客堂。落座毕，有小和尚将茶奉上。证永法师从抽屉里拿出一块用红布包裹的砚台，奉给缪徵流，笑着说：“施主，这是本地出产的金星砚，石质细腻，温润柔滑，虽不比端砚名贵，在北方也算上品了。”

缪徵流接过金星砚，把玩再三，笑道：“无功不受禄啊。可惜我多年混迹于行伍，在笔墨上生疏了。”

张里元笑道：“军长客气了，谁不知道军长是东北军一支笔呢？给这里留点墨宝吧，也等于给我们这穷乡僻壤添点灵气。”

这边小和尚早已铺纸研墨。

缪徵流伸伸衣袖，环顾一圈，说：“试试？”王洪九忙走上来将宣纸展平、压紧。

缪徵流蘸墨运笔，众人屏气凝望，但见笔走龙蛇，两行大字呈现在众人面前。

“一片白云横谷口，几多归鸟尽迷巢。”张里元口中念诵，心里暗道，堂堂中将军长，怎么如此萎靡不振。

那边王洪九早叫起好来：“好，证永法师，军长的这幅墨宝可是归我了。”说完，将字纸捧到另一张桌子上晾着。

这边小和尚又展开一张纸。缪徵流思索一下，蘸墨运笔，写下“万行不如修白业，一心何苦恋红尘”。

证永法师唱诵道：“施主参禅深透，笔法直逼王右军，受教了，受教了。”

正要写第三幅，外边来人通报，新编36师师长刘桂堂求见。

还没放下毛笔，刘黑七早已跨进屋门，见着缪徵流，倒地便拜：“军长在上，刘黑七给您磕头了。”一边说，一边“咚咚咚”三个响头磕下。

磕完头，刘黑七嚷嚷着：“士范老侄，做了什么好吃的招待咱们军长？娘的，肚子都叫饿瘪了，别在这里磨叽了。走，我有带的上等烟泡，请大家尝尝，今天咱们好好陪陪军长，一醉方休。”

不说烟泡还罢，一说烟泡，缪徵流、董瀚卿都不由得打起了哈欠。

王洪九笑道：“还是老叔讲究礼仪，累了吧？走，咱请军长大寨中安歇。”

众人拾级而上，来到岐山大寨。

寨前柿子树下，拴着一匹东洋马。这马通体枣红色，没有一丝杂毛，见生人过来，后蹄刨着土，昂首嘶鸣。

王洪九快步走向枣红马，将马缰绳解下，飞身上马，在大寨门前兜了一圈。下马后，王洪九牵着马走向缪徵流，笑着说：“军长，这是前一阵子在旺山前缴获的日军战马，是日军少佐古阪四郎的坐骑，您要不嫌乎它被日本人骑过，就让它给您代步吧。”

缪徵流拍了拍马背，笑了笑：“那我不是夺人之爱了？”接着转过头，问：“董团长，你看，咱拿多少枪跟王队长换这匹马啊？”

董瀚卿上来，接过马缰绳，说：“什么换不换的，王队长孝敬您这匹赤兔马，那是他的孝心；您拨给王队长武器，那是为了抗战。”

缪徵流笑道：“那就拨给王队长三挺捷克式轻机枪，150支中正式步枪，装备一个连。王队长，不少吧？”

王洪九心中暗喜，但没有把高兴写在脸上，只是敬了个军礼，朗声说道：“感谢军长垂爱，属下一定听从军长号令，奋力作战。”

缪徵流拍拍王洪九的左臂："很好，很好！"

刘黑七有点嫉妒，靠前两步，嚷嚷道："军长，不能偏心眼啊，今晚到我柱子山住下来，我那里养了一群黑山羊，我已经让人杀好了，单等你去，咱就下锅。另外，我那里还有几个黄花大闺女给您留着。"

缪徵流笑笑，说："刘师长，快五十了吧，还有那方面的雅好？"

刘黑七哈哈大笑，说道："自古英雄爱美人嘛。"

缪徵流不愿接这个话茬，找个话题岔开，问道："刘师长，你与我一一二师霍师长见过面吗？你们沟通过布防分工吗？"

刘黑七哼了一声，不满道："霍师长干净得很，嫌我跟日本人干过，怕我脏了他，不愿见我。"

张里元忙过来打圆场，说："军长，刘师长反正也有几个月了，联合布防这个事，我居中调解过，一一二师侧重防卫鲁西南，新三十六师布防在费县一带，两下里以台（儿庄）潍（坊）公路为界。按沈省长的意思，我们本着防共第一、抗日第二的原则，各方通力合作，联合经营鲁中、鲁南、滨海。"

缪徵流笑笑，说："你们省长这样说的？"

张里元肃然道："沈主席也算是深谋远虑了。"

刘黑七哈哈大笑，说："张专员，拿根棒槌当成针（真）了吧？土八路能成什么气候？"

张里元皱了一下眉头，说："刘师长可不要小瞧了共产党，他们厉害着呢，他们每一个人，就是一个火星子，撒出去，就烧一片，不防不行啊！"

刘黑七撇撇嘴，说道："行了，行了，说这些干什么，走，点一泡去！"

缪徵流斜了刘黑七一眼，嘴里吐出一个词："吃饭。"

附记：

1. 于学忠（1890—1964），字孝侯，国民党抗日爱国将领，陆军二级上将。山东蓬莱人。1939 年，任苏鲁游击战区总司令，1944 年 3 月，调任国民政府军事参议院副院长。中华人民共和同成立后，曾任第一届全国政协委员、国防委员会委员、河北省人民委员会委员、河北省体委主任等职。

2. 缪徵流（1901—1990），字开源，东三省陆军讲武堂第五期步兵科毕业。1936 年 10 月任第五十七军军长。1940 年 5 月 3 日当选热河省政府委员兼主席。

10月因涉嫌“叛国投敌”被关押审查。1943年9月被派任西北游击干部训练班教育长。1949年12月撤往台湾。1990年12月11日在台北病逝。

3. 吴化文（1904—1962），字绍周，祖籍山东掖县。他先后追随冯玉祥、蒋介石、汪精卫，济南战役时率部战场起义，加入中国人民解放军。因抗战时期罪行累累，被迫退役，先后任浙江省人民委员会委员、政协副主席、交通厅厅长、全国政协委员。1962年病逝。

4. 张步云（1904—1948），别名应龙，山东省诸城市凉台乡大双庙村人。17岁干土匪，专事绑票抢劫。1938年秋投靠日军，被编为“山东自治联军”张宗援部，疯狂反共。1939年又投降日伪“北平临时政府”，被委以“剿共军第四路纵队”司令。1940年被国民党山东省主席沈鸿烈委任为“山东省保安第二师”师长。1942年春随吴化文公开投日，被编为“山东建国军第三方面军暂编第一军”（亦名第一集团军），任军长（少将衔）。1945年9月日本投降后，被国民党第十一战区李延年部收编为“山东省胶高诸海防军”。1948年正月初三被青岛警备区枪毙于青岛5号炮台。

第七回　柴子敬要挟纪心如　常恩多解救王翠山

一

临沂城破后，临沂专员兼保安司令张里元带领保安队退进西部山区，临沂县县长柴子敬带领一个保安连奔往临沂东部，撤到临沂五区，在沭河两岸一带活动，经常驻在三义口、大白常、小梁家等地主集中的村庄，勉强支撑着县政府的局面。

听说纪心如把自己的几个孩子送给了八路军，还不断地动员庞疃周边的青年参加八路军，给八路军捐钱送物，柴子敬不由得心生怨气："这个老东西，马法五让他孩子跟着当文书他不干，谢辉一番口舌，他竟一下子送去四个，邪了门了。不行，不能让他跟着共产党跑，得想法拽回来。不然，我这县政府在这一带可不好混。"想到这里，柴子敬叫来许兰笙，如此这般商议一番。

一天，许兰笙带着请柬来到庞疃，敲开纪心如家大门。纪心如将许兰笙迎进堂屋落座喝茶。

许兰笙是山东临沭县曹庄镇大哨南村人，抗战伊始，被张里元调任保安团任连长。呷了一口茶，许兰笙笑着说："老先生，我们柴县长准备明天在凸凸凹开个士绅名流座谈会，希望您出个面。"说着，他把大红请柬从文件包里取出来，恭敬地递向纪心如。

纪心如没有接请柬，淡淡地说："明天我仁兄弟的孩子结婚，约我去喝喜酒，都是面子的事，我不去不好啊，还请许连长见谅。"

许兰笙笑笑："这么巧？把礼钱捎过去也行啊，国难当头，还是公事优先为好。"

纪心如冷眼看着许兰笙，说：“我一不当差，二不断案，哪来的公事啊？”

许兰笙笑笑，说：“共议抗日大事，就是国家大事啊。”

纪心如冷然道：“闲谈无用，麻烦你回去告诉柴县长，只要你们真心抗日，我全力支持。至于开会，就免了吧。”

许兰笙还不死心，说：“你家纪甫是柴县长在五中的学生，让纪甫他们回来跟着柴县长干，一定会受到重用的。”

听到这里，纪心如勃然变色，说：“住嘴，别说了，你回去转告柴子敬，希望他团结抗日，否则就没有好下场……”许兰笙还想说什么，纪心如断然道：“你快走，否则，就要送你到八路军军法处，说你来瓦解部队，破坏抗日有罪！”

许兰笙知道话不投机，赶紧收场，说：“爷儿们，请柬放在这里，明天早饭后过去啊。”

纪心如也不起身，说：“不送，慢走。”许兰笙悻悻而去。

许兰笙回去后，添枝加叶把纪心如冷淡自己的经过描述了一番，说：“县长，我看纪心如是王八吃秤砣，铁了心了。好好一个大财主，怎么想着跟一帮穷棒子混在一起，也是出了奇了。”

柴子敬皱皱眉，说：“是不是咱诚意不够？咱聘请他当商会会长，怎么样？你再走一趟。”

许兰笙连忙摆手，说：“我是不去看那个白眼了，还是让别人去吧。”

柴子敬喊来县府法制科科长刘玉璞，嘱其将任职公函送给纪心如，聘请纪心如到临沂县政府任职。

刘玉璞买了几斤新上市的甜杏，带着来到纪心如家里。纪心如看刘玉璞态度和顺，办事老道，招待上就客气了些。当谈及任职一事时，纪心如正色道：“刘科长，不是我要驳了你的面子，柴县长的邀请，恕难从命。”

刘玉璞见过不少世面，知道很多人为了谋个一官半职，蝇营狗苟，不曾想纪心如对这份差事如此看淡，不由心生敬意，遂说道：“老先生是否因为对抗战前途没有信心才不愿出山？”

纪心如摇摇头，说：“凭日本蕞尔小国，想一口吃掉中国，我看无非是贪心不足蛇吞象，我就不信，中国四万万人口能让小日本征服了！”

刘玉璞笑笑，说：“那就是老先生看不中柴县长了？”

纪心如笑笑，说：“刘科长真会开玩笑，柴县长好歹也是七品大员，我一个庄户汉哪敢小视于人!”

两人相谈甚欢，看看到了晌午，纪心如硬留刘玉璞在家吃饭，刘玉璞也没有再推辞。

二

柴子敬见软办法不行，十分恼怒，便决定对纪心如下狠手。

1940 年 5 月 23 日夜，柴子敬让梁化轩带兵包围了纪心如的住宅，他们以五十七军前来驻防的名义骗开大门。

白天纪心如前往良店八路军处办事，顺便带上了纪寿，王翠山正带着女儿纪庭、纪振、纪英和外甥女刘敏在灯下纺线、纳鞋底，一家人其乐融融。

梁化轩皮笑肉不笑地跟王翠山说：“婶子，纪老先生在我们柴县长那里做客，叫我们接您过去。”

王翠山瞪视着梁化轩，沉静地问：“你们谁是当官的，叫他过来说话。”

王安选把梁化轩往前一推，说：“他就是我们当官的。”

王翠山眉毛一挑，说：“叫什么，哪里人，什么职务?”

梁化轩一点头，一哈腰，说：“婶子，问那么细干什么?”

王翠山冷然道：“有什么怕人的吗?”

王安选贼笑着说：“他是我们排长，河西小梁家的，梁化轩。”

王翠山冷笑道：“就是以前那个赶四集的贼头梁化轩?”

王安选笑笑，说：“那都是老皇历了，我们排长早就金盆洗手，不干那行了。”

王翠山笑笑：“狗改不了吃屎，你们柴县长也就这点出息了。说吧，你们要干什么?”

梁化轩鼻子里哼了一声，高声道：“你个老娘儿们，怎么跟你家男人一样，也是狗眼看人低。告诉你，今晚老子奉命前来，一不要粮，二不要款，单单要人，来人，把通匪分子王翠山、纪振这些娘儿们都带走!”

纪振抡起椅子，断喝一声：“住手! 你给我说明白，谁通匪了? 我告诉你，我是八路军，有什么事冲我来，谁敢动我娘一根指头，我们八路军饶不了你!”

梁化轩拔出盒子炮，指着纪振，高声道：“我敢一枪打死你，你信不信?”

纪振厉声道："你敢！"

趁纪振说话的光景，王安选一递眼色，站在纪振身后的王家中猛地抓住纪振举着的椅子，其他保安队员两个人一组，将王翠山等六人制住，反绑双手，押出院子，往村外走去。

梁化轩押着王翠山等人赶往县府停留地小官庄。柴子敬的用意，就是把这五个人留作人质，逼迫纪甫等人退出八路军，参加县政府。

得悉家人被绑架的消息后，纪心如和在五团任文书的纪甫一起找到刘涌团长和刘仲华政委。两位团领导十分重视，刘团长指示在西岭泉、筵宾一带活动的一营长吴坤，派一个连到庞疃，设法解救被捕家属，同时写公函派人送给柴子敬，对他逮捕八路军抗日家属提出抗议，并要求迅速释放，否则，一切后果自负。

向五团汇报后，纪心如接着赶赴一一一师请求常恩多师长营救家属。

原来，1939 年初，为了阻击日军和刘黑七伪军登陆日照，五十七军一一一师自江苏进入山东，此时，正驻扎在莒县大于庄一带。一一一师下辖两旅四团，进入山东后，在日照、莒县、赣榆一带和日伪军进行了大小几十次战斗，取得了一个又一个的胜利，在鲁东南一带有"常胜军"的称号。

近段时间以来，常恩多曾多次邀请纪心如到一一一师做客，让纪心如动员地方各阶层人员共同抗日，两人年龄相仿，意气相投，相谈甚欢，交情日益加厚。

纪心如来到一一一师师部，说明来意，常恩多很是讶异，说："柴县长竟干出这等糊涂事，荒唐！"他立即喊来副官张子赋，嘱其带领 4 人前往处理此事。

张子赋直接到庞疃查问王翠山等人被捕经过，随即到县府驻地小官庄了解情况，那里的群众说："县府早在夜间转移，不知去向。"后又细问被抓去送队伍的民夫，他们说："在河西大小王家一带。"张子赋找人带领到河西常旺找到柴子敬县政府，经过据理交涉，柴子敬不得不将纪庭和刘敏释放，但对王翠山和纪振、纪英看管更严。

三

这时，莒县七、八区抗日民主政府已经建立，八路军经常在许口、道口、西岭泉、蝙山一带活动。国民党顽固派柴子敬县政府不敢在七区、八区一带活动，就窜向沭河以西相公庄附近。原临沂五区的地主豪绅和国民党顽固派勾结，组织反共自卫团，盘踞整个临沂五区，消极抗日，积极反共，残酷盘剥老百姓。当时五区分为南北两派顽固势力，北派以沙窝村王老六为代表，南派以蛟龙汪胡伯衡为代表，组成五区区公所，王、胡分任正副区长。反共自卫团总司令是郑德顺（圈子村人）、副总司令杨三麻子（养鱼池村人）。当时顽司令部和顽区公所都驻在养鱼池。五区北部靠近八路军根据地，地主豪绅反共派利用凸凸凹（现在叫于家湖）、孟家寨子现成围子，作为北部反共前哨据点。

五区地主豪绅反共派为寻求靠山，邀请国民党顽固派柴子敬到临沂五区坐镇。柴子敬大喜过望，带着县政府从河西回到板泉崖葛家围子。柴子敬怕八路军晚上袭击，不敢在村子里住，每晚到野外树林内隐蔽宿营，王翠三、纪振、纪英晚上也要被押到野外去住。

7 月的一天，柴子敬见纪心如没有投奔自己的意思，决定杀一儆百，活埋纪振。得到柴子敬授意的司法科长刘玉璞很是为难，在提审纪振时，示意纪振逃跑。晚上，柴子敬等人押着王翠山等人向东南方赵家林村去宿营，中间经过一段高粱地。临近午夜，正值夜黑，田野里不时传来蟋蟀的鸣叫声。刘玉璞紧跟纪振，悄悄给她松开绳子，将纪振推到高粱地里，叫她逃走。等大队走过去之后，纪振摸到庄西南角老管家藏了一夜。第二天，管大爷到王家岭找到纪振的五舅王峰山，由五舅王峰山和本家四叔纪遵义把纪振送到根据地滁子村刘炳宪家。纪振逃出虎口，引起柴子敬的恐慌，他不敢在板泉崖住下去，又转回沭河西张家官庄。这时，柴子敬感到八路军女战士已经逃跑，押解王翠山作为人质已没有什么作用，况且一一一师张副官继续交涉释放抗日家属，柴子敬便顺水推舟，把人情送给常恩多师长，于是在 7 月中旬释放了王翠山和纪英，由张副官送回庞疃。不久，纪心如派人把王翠山、纪英接到抗日根据地彭家墩。至此，柴子敬的阴谋彻底破产。

第八回　独立营招兵买马　纪心如韩村借枪

一

自从家人被国民党顽固派捕押后，纪心如就反复考虑要拉起自己的队伍。这时，临沂五区在国民党顽固派和地主豪绅勾结下，成了反共的堡垒，直接威胁莒南抗日根据地各项工作的开展。要巩固扩大根据地，就要消灭顽固派，解放临沂五区。一支队二团（原二支队改编，不久又改编为山纵二旅五团）刘涌团长和刘仲华政委邀请纪心如商谈扩军的想法，提出由纪心如扩军发展队伍的计划。团领导的意见，正符合纪心如的意愿。纪心如说：“我早有这些考虑，很多朋友也劝我拉起队伍，不吃柴子敬这个气，也有不少人想跟我干八路军，领导放心，只要领导支持，队伍很快就能拉起来。”6 月下旬，纪心如接到建立二团独立第四营（后为山纵二旅五团第四营）的命令和营长委任状，心中格外高兴，抗战救国、全家革命的决心和信心更加坚定了。

早秋时节，中午，庞疃村西纪心如家打谷场，两棵参天白杨撑起大半亩的荫凉。树下，一口大锅炉火正旺。一副木头架子上，挂着一头肥猪，屠夫正开膛破肚。一圈人围着看热闹，等着吃肉喝汤。

突然，锣鼓家什从村内响起，人们随着锣鼓家什向这边走来。人群前，一位身着八路军服装、打着绑腿、腰挎盒子枪、面色黝黑汉子双手执旗，大旗上面用黄色丝线绣了七个鲜艳的大字：“二团独立第四营”。

纪心如头戴棕色大礼帽，身穿宝蓝色大褂，跟在大旗后，频频向两侧的庄邻挥手致意。跟在纪心如后面的，有周围村庄的保长、财主、社会贤达等人士，还有他们随行带过来犒劳独立营的米面油盐，有的还捐献了汉阳造、大雁枪。

纪长快走几步，将打场用的碌碡立起，走在前的八路军把独立营大旗绑在碌碡上。

纪心如让纪长将大家招呼到白杨树下。纪心如摘掉大礼帽，朗声说道："各位老少爷儿们，我纪心如何德何能，惊动各位前来捧场架势。今天，请大家来干什么呢？不光是让大家吃肥猪肉，吃大馒头，请大家来，是跟大家商议一个事，就是怎么打日本鬼子，怎么保护我们的村庄宅院，怎么保护我们的父老乡亲。"

看看众人，纪心如把纪长拽过来："不瞒大家说，去年，我已经让大侄子纪长和两个儿子、一个闺女参加八路了，今天，纪长陪着八路军韩营长回来，帮着我带队伍。各位老少爷们，鬼子可恨呢，他不让咱过安生日子，去年五月初二，刘庄大集，日本鬼子炸死了咱三百多人，伤胳膊断腿的还有二百多个；还有国民党县政府，与联庄会勾勾搭搭，今天要粮，明天派饷，咱们的日子是越来越难过了。大家说说，怎么办？"

"揍他个狗娘养的！"有人大声说道。

八路军营长站出来，振臂高呼："打倒日本帝国主义！为死难的乡亲们报仇！"

有人跟着喊，有人张了张嘴，没有喊出来。

纪心如走到八路军营长面前，说："忘了跟大家介绍，这位是十字路谢辉营长推荐过来的教官，山西人，老红军了，姓韩，叫韩五福，五福临门的五福，好叫好记。"

韩五福向众人行了个军礼，众人回以热烈的掌声。

纪心如接着说："今天，二团独立第四营正式成立了。我呢，二团领导发给任命状了，当这个营长，八路军老韩呢，当这个营的营副，同时还是教官。那么，咱独立第四营的兵招多少呢？我的主张，就是韩信带兵，多多益善。有多少，我就收多少。一会儿，谁愿意跟着我干的，到那边找韩营副登记一下，不愿跟着我干的，吃完了饭可以走人。"

战争中失去了父亲的王文瑞悲愤地说："纪先生，您这么大年纪了都干，我们凭什么不干？我参加独立营，给我爹报仇。"

汲兴介大声说："我也参加，给我爷爷报仇。"

纪心如拍了拍王文瑞、汲兴介的肩膀，笑着说："很好，有志气！还有吗？"

"有，我也报名！""我也报名！"呼啦啦围上来几十个人。

纪心如四周瞅了瞅，问：“汀水李世生来了吗？”

李世生从几十米外跑来，一边跑，一边喊：“干爹，来了，我这里有十个人，今中午得单独给我开一桌。”李世生边手舞足蹈跑过来，边骂：“四猴子，你们这几个龟孙还不快点，我干爹点将了！”后面赵四厚带着八九个人歪头打卦地跑过来。

韩五福打量了一眼这几个人，暗自摇了摇头。

见李世生带来这么多人，纪心如十分高兴，大声说：“凡是愿意参军的，到红旗下找韩营副报到，不愿当兵的，到那边找地方坐着，一会儿吃饭。”

韩五福从挎包里拿出纸笔，开始登记。“纪长，21 岁，庞疃人；王文瑞，26 岁，大官庄人；汲兴介，27 岁，石拉渊人……”

李世生扒拉开众人挤进来，嚷嚷道：“挤什么挤，让开。”

韩五福抬头看了看，问：“你叫李世生？多大？哪里人？”

李世生嘴一咧，说：“三十挂个零，汀水的。来来来，过来，这 9 个，都是汀水那边的，跟我来的。这个，叫四猴子。”

赵四厚笑笑，说：“长官，那是外号，我大名叫赵四厚，脸皮厚的厚。”

众人大笑。韩五福难得笑了一笑，说：“好，一个个来。”

登记完之后，韩五福整理队列，20 人一排。纪心如接过花名册，看了看，高声叫道：“李世生！”

李世生跑出来，嬉皮笑脸道：“来了，干爹。”

韩五福马上纠正，说：“我强调一下啊，点到谁的名，要答‘到’，今后部队里只有营长、连长、排长、班长和名字，没有干爹干兄弟之说。”

李世生嘴一歪，狡辩道：“干爹就是干爹，当多大的官也是干爹。你想叫还不行呢。”

纪心如把脸一拉，训斥道：“李世生，站一边去，你再抬杠，撵你走。”

李世生嘻嘻一笑：“我不走，还没吃猪肉呢。”

纪心如不再理会李世生，接着点名：“王兴瑞。”王兴瑞跑出队列：“到！”

“汲兴介。”

“到。”

“纪长。”

“到。”

纪心如说："你们四个听好了，我看你们四个岁数大一点，让你们四个当个头头。咱这支队伍叫独立营，暂时先编三个连，一连，李世生，你当连长。"

李世生满脸嬉笑："谢谢营长干爹，李世生得令！"

纪心如："二连，连长王文瑞。汲兴介，你任三连连长。"

汲兴介挠挠头，不好意思地说："我今天就带了三个人来，还是让别人当吧。"

纪心如："连长你先当着，回头再去招。今天我先说开，今后谁招 10 个兵，就当班长，招 30 个兵，就当排长，招 100 个兵，就当连长，招到 300 个兵，我这个营长让给你。"

韩五福笑笑，说："营长，真到那样，你就是团长、师长了。"

众人哈哈大笑。

纪心如瞅着纪长说："老话说得好，兵马未动，粮草先行。纪长，你负责粮草供给，就叫供给部主任吧。这个差事可不好干呢，众人都伸手问你要吃要穿呢。"

纪长挠挠头，说："大爷，我还是扛枪打仗吧。"

纪心如不容分辩道："这是任务，不许讨价还价。好了，就这样，韩营副，后面的事，你讲。"

韩五福吹响哨子，整理队列："列队，三个连长在前头，三列纵队。"

李世生、王兴瑞、汲兴介三个连从东到西依次站好。

韩五福朗声喊道："立正，稍息。"扫视一眼队列后，韩五福接着说："讲一讲纪律。从现在起，咱们是一支抗日的队伍。既然纪营长请我来，我就要按八路军那一套来要求大家。什么纪律呢？有三大纪律。第一，一切行动听指挥；第二，不拿群众一针一线；第三，一切缴获要归公。"

李世生调侃道："不拿针线，拿镢头、铁锨行不？"

韩五福断喝道："老百姓的东西什么都不许拿！"

韩五福讲完之后，纪心如清了清嗓子，不紧不慢地说："刚才我听到有人嘀咕，独立营成立了，几十张嘴，今天可以吃肉，吃大馒头，以后吃什么，穿什么，住哪里，枪弹从哪里来？这个，大家就不用操心了，我早打算好了。我呢，把家底子都掏出来，支撑一阵子。再有呢，就是咱们四外村的，凡是有几顷地的，都应该出一点。等咱把队伍整理好了，我就带着大家到韩村我姑爷爷家，他可是有几千亩地，肥得流油。”

大家会心地一笑。

二

几天后的上午，韩村大地主老王家门前，纪心如带领二团独立第四营前来拜访。

韩村老王家是远近闻名的大地主。最早发家的当家人叫王英标，原以卖杂货为业。对他的暴富，坊间说法不一，有人说他有一次到赣榆县城贩卖煤油，货主错给了他鸦片烟膏，他靠卖烟膏发了意外之财；有人说他在清咸丰年间捻军攻打青口时，趁乱得了一笔金银财宝。各种说法都没有确凿证据。

王家家境殷实时坐拥5000多亩土地、2000多亩山林，论财产在当时的沂州也属于大户。

1887年，王英标去世，儿子王鼒持家。王鼒感念父亲王英标从赶牲口卖杂货起家挣得一份家业，丧事操办得很奢侈，有个说法叫“做斋累七”，从逝者去世当天算起，每七天做一个斋期，这七天中念经、烧纸、吊孝等算一次佛事，共做七次。当时高僧、道士足有100多人聚在韩村，分两班各设一个经坛，念佛诵经。和尚、道士各献绝技，比高下。“鼓手棚”一个接一个，一直摆到韩村西大街。

王林翰是王鼒的亲生儿子，生于1877年，因为上有一个父母抱养的哥哥，所以他排老二。作为嫡亲的“大家阔少”，父亲视其为心肝宝贝。

王林翰娶有两房老婆。第一房妻子纪氏就是庞疃人，纪心如的姑奶奶，纪氏因儿子夭折而伤心过度，年轻病死，因此两家走动较少。二房张氏，相公庄人，生有一子四女。王家在相公庄有一处庄园，有几百亩地，张氏过门后，王林翰把庄园交给岳父管理。纪氏去世后，张氏便成了王家主妇。

王林翰的抱养哥哥娶妻后不久因病而死，寡嫂只有一个养女，他赶走了她们娘儿俩，独吞家产，此行为让他在当地遭到不少唾骂。

1932年，国民党临沂县政府要王林翰担任第五区莲峪乡乡长，他怕应付不了官场，又怕得罪人，百般推辞不干，最终以白送20亩地为条件，找后白莲峪村王存勋替他当了乡长。

王家粉墙黑门，四进大院，80 余间瓦房，气派非凡，且在家院四角筑有岗楼守卫。偌大家院，除住着王林翰一家 10 口人，还有管家、塾师、厨师、奴仆、门卫等共计 20 余人。供养这位大地主奢华生活的是他名下的 120 余户佃农。

为了塑造自己“善人”形象，王林翰治家的诀窍是外松内紧。外松，表面上对佃户的剥削并不苛刻，正常年景，佃户收的粮食扣除种子后与王家对半分。内紧，他过日子会算计，用人有分工，选用的账房总管对他忠心耿耿，年薪 60 块大洋，总管全家收支，手下有记账、出纳、采购一套班子，做到小账不漏，总账不乱。

王家人吃饭有一日三餐外加夜宵，夜宵后王林翰便抽鸦片烟，晚 12 点前他不睡觉，顺便过问家里账目。他对奴仆也做了具体分工：小厨房专为主子做饭菜，保持他每顿饭能吃上四个或六个菜。大厨房为用人做饭，分工烙煎饼、蒸馒头、烧稀饭、做豆腐。大小厨房和内宅的用水，由专人挑送，每天用水不下四五十担。除了忙伙食的用人，内宅还雇有伺候夫人、小姐的女仆。

除了用人，王林翰还雇有众多护院家丁，其中，随身贴护 3 人，看大门 5 人，夜间巡更守院 6 人。鬼子打进临沂后，王家护院家丁增至 15 名以上，配有长短枪近 20 支。

见纪心如他们来者不善，王林翰让家丁关闭大门，拒绝见客。墙内，十几个家丁躲在四角岗楼里，将枪口瞄向院子外独立营的士兵。

李世生用拳头擂了一会儿门，始终无人开门。

纪心如感觉脸上有些挂不住，站在石头堆上朝院子里大喊：“姑爷爷，我是纪遵秤啊，大远路地过来，你总得开门让我们进去喝碗水吧？”

王林翰站在岗楼里，指着纪心如数落道：“遵秤啊，你爷爷给你起名叫遵秤，就是希望你遵守法度，公平买卖，你看看你现在，你守的是哪家法度？你爷爷、你爹攒了几辈子的家业叫你败坏没了，今天你又来踅摸我，你这是要当土匪啊！”

纪心如耐心说道：“姑爷爷，现在日本人打过来了，我带的人是打日本的，今天过来想跟您商量商量，跟您借几支枪去打小日本，也算替你看家护院了。”

王林翰啐了一口道：“我呸！你个败家子，你瞅你姑爷爷好欺负是吧，还借呢，是抢好不好？”

纪心如耐着性子说道：“姑爷爷，你怎么好赖不分呢？我们要是不打鬼子，等日本人来了，就你家这几杆破枪，能撑几个回合？到时，你家的粮食能剩一粒吗?”

王林翰嘿嘿一笑，说：“这不用你操心，国民党来了要粮我给粮，日本人来了要饷我给饷，他们都捧着，还把快枪卖给我呢。快走吧，你带这些穷鬼来讹人，爷儿们我不招应。”

李世生气得一跺脚，用大雁枪指着王林翰骂道：“王老抠，依着我干爹，我喊你一声老姑爷爷，老姑爷爷，你听好了，我数三个数，你要不开门，我就放火烧你的大门，烧你的房子，你信不信?”

王林翰骂道：“你敢！你是哪里冒出来的小杂毛?”

李世生大怒：“王老抠，你个老不死的，今天看我不扒你的皮!”

王林翰勃然大怒：“伙计们，开枪，先把这个小杂毛崩了。”

王家众家丁纷纷扣动扳机向外射击。独立营的士兵纷纷后退。

韩五福躲在一棵大槐树后，瞄准一个窗口，“砰”的一枪，一个家丁应声跌倒。其他家丁不敢靠近窗口，只是胡乱地打枪。

李世生招呼赵四厚、刘少乾、孙洪贵几个人，胳膊挎胳臂，铆足劲，喊着号子，“哐当”一声将王家大门踹开。

独立营的士兵呼啦啦冲进王家大院。王家家丁不敢开枪伤人，被独立营战士收了枪，从炮楼里撵下来。

纪心如走进院子，王林翰扭着头不看纪心如。

纪心如鞠躬施礼，说：“姑爷爷，自家人，怎么就动手了呢?”

王林翰回身一头撞向纪心如，骂道：“你杀了我吧，你这个六亲不认的贼。”

韩五福将王林翰拽开，劝道：“老乡，可以了，要不是看在纪营长的面子上，就你跟日本人勾勾搭搭的行为，我们可以公审你了。”

王林翰怒睁双眼，说道：“我怎么勾搭日本人了?”

韩五福冷然道：“你送给日本人十几车子面粉，算不算勾搭日本人?”

王林翰争辩道：“我那是换枪的。一个愿买，一个愿卖，不行吗?”

韩五福厉声说道：“当然不行了，你那是汉奸行为!”

王林翰撇了撇嘴：“你少给我扣大帽子!”

纪心如笑笑，说：“姑爷爷，你别不服，任何支持日本鬼子的行为都是汉奸行为，我看这帽子戴在你头上正合适。”

王林翰嘟囔道：“跟日本人走得近的也不光我，你们不能只找我的麻烦。”

见独立营把王家家丁从炮楼上押下来集中，纪心如对纪长吩咐道："给你老姑爷爷留两支枪，其余的带走。"

王林翰两眼发红，骂道："你个龟孙，我一支枪得花50块大洋，你说拿走就拿走，跟马子土匪有什么区别？"

韩五福呛他道："老人家，你少倚老卖老在这里骂人，我们是抗日的队伍，走得正，行得端。这些枪留在你这里，只能欺负老百姓，不如借给我们用它打日本鬼子。我们给你写个条子，证明你为抗战出了力气。"

王林翰啐道："不稀罕！"

韩五福笑笑："另外，我们还得向您借点粮食吃，这一百多号人，一人一天一斤半粮食，一天就是200斤，一月就是6000斤。我们先借您三个月的吧。"

王林翰一听急了，瞪着纪心如："怎么，因为你姑奶奶走得早，就没有亲戚味了？"

纪心如耐心劝道："姑爷爷，你有5000多亩地，你跟佃户五五分成，一年少说也有100万斤收入，你要那么多粮食干什么？"

王林翰脸红脖子粗，喝道："我不会存着啊，不会卖了换钱啊？"

纪心如高声说道："当大家伙都没有饭吃了，你存得住吗？"

王翰林憋得脸发紫，说："我多买枪炮，多雇人，我就不信守不住！"

纪心如笑了："姑爷爷，越说你越上劲了，这样吧，为了你以后在村里能住得下，我替你做个好事，把你多余的粮食分给穷人。来，纪长，去，通知全村穷苦人家，拿袋子、篼子来分粮食，一人一升。世生，把大旗竖起来，咱在这里招兵。告诉他们，凡是参加独立营的，给他家三斗小麦、五斗蜀黍。"

纪长、李世生答应着跑出去。

王翰林张了张嘴，一跺脚，走进堂屋再不出来。

附记：

纪心如向王林翰借枪之后，沭水县抗日民主政府把王林翰列为统战团结对象，为此，国民党顽固派就有人算计他。1940年的一天，有10余名戴青天白日帽徽的杂牌兵住到王家西院，并向王林翰借500块大洋。面对敲诈，王林翰生怕吃亏，把兵痞暂时打发走后立马召集家丁，为了给家丁壮胆，他声称自己跟中央军第五十七军军长缪徵流是“朋友”，要家丁敢于和兵痞对抗，然后他发下了枪支子弹。这天夜里，杂牌兵果然动手，结果被家丁打退。

天亮后，王林翰赶紧派人给缪徵流送信，缪徵流查证是临沂县保安团派人干的，缪徵流便给县长柴子敬写了信，要求柴子敬过问此事。事后，保安团给王家赔了600块大洋，这样，王林翰算争回了一口气，但没敢去领赔款，最后不了了之。事后，王林翰给缪徵流送了不少烟土、海味和大洋，以表酬谢。

有一次，沭水县抗日民主政府派人找王林翰，向他宣传共产党的抗日统一战线政策，要他献枪抗战，他怕惹事没同意，于是就带着家里主要成员跑到缪徵流处暂住。此后，王林翰又带着家小跑到江苏省赣榆县黄墩村落脚，也在班庄住过一段时间，最后全家流亡青岛。此时，共产党领导佃户开展减租减息运动，佃户分得王家的土地和山林，搬走了他留下来的财物，韩村这一带成为抗日根据地。

青岛也不是世外桃源，到青岛不久，王林翰的二女儿被当地流氓抢去，他忧闷成疾，于1941年春天去世，终年64岁。

第九回　徐春圃色诱李亚藩　汪精卫鲁南插楔子

一

初夏季节，安徽省阜阳，五十七军军部副官处长李亚藩跟随苏鲁战区总部参谋长王静轩、副军长朴炳珊从山东前来领取武器给养。因为都是保定陆军军官学校的同学，第十战区司令长官兼安徽省政府主席李品仙少不了为王静轩、朴炳珊接风洗尘。

将带来运输武器给养的士兵安顿好，李亚藩换上便装，来到阜阳市中心。街道冷冷清清，李亚藩漫无目的地走着，不时瞅瞅两侧门店的招牌。

“先生，闲逛呢?”突然，一个令人浑身发酥的女声从身后传来。

李亚藩停下脚步，右手警惕地掏向裤兜，将手枪握在手里，向四周观望了一下。

“先生不是本地人吧？那么紧张干什么？我也不是本地人。”说着，女人靠上来，要挎李亚藩的左臂。

李亚藩后退一步：“你是谁？要干什么?”

“哟，大哥，躲那么远干吗？我有大疥啊?”女人一边说，一边贴上来。

李亚藩细细一看，这个女人大约二十六七岁的样子，中等身材，留齐耳短发，穿一身旗袍，前凸后翘，倒也有几分风韵。李亚藩认为她是暗娼，就带着几分轻薄问：“你在这里接客?”

女人嘴一撇：“先生也太小瞧我们女人了吧，难道女人离了你们男人就吃不上饭了?”

“听你口音，不是本地的，你是哪里人?”李亚藩问。

女人说："不瞒先生，我叫徐春圃，是河北人，因为遭遇战乱，随家兄流落至此。听口音，我们好像是老乡呢。"

李亚藩："是吗？令兄做什么生意？"

女人："就在前面开了一间茶馆，先生如果不嫌弃，过去品鉴一下，如何？家兄手里可是有上等的猴魁呢。"

李亚藩："过去看看。"

女人："我替家兄欢迎先生。"

两个人肩并肩，如同情侣一般走在街上，没走200米，就来到一处雅致的徽派院落前。见女人领来一个陌生人，门头一个老头用犀利的眼光看了眼李亚藩，打开门，说："小姐，老板在里面等您一阵子了。"

女人点点头，向李亚藩做了个手势："先生，请！"

李亚藩随着女人进到院子里，就听到屋里传来古筝的弹奏声。二人在门外止住脚步。突然，古筝"嘣"的一声戛然停止。"客人进来便是，为何在外徘徊？"里面传来了男性的声音。

李亚藩尚在犹疑，女人挽起李亚藩的左臂，将李亚藩带进屋内："哥，李先生到了。"

李亚藩惊疑不定："你，你怎么知道我姓李……"说着就要掏枪。

"李先生，在这美好的夜晚，就不要动刀动枪了吧。"说着，弹筝男子如鬼魅一般一转身，将李亚藩的手枪夺下，在手里拧巴了几下，往桌子上一拍，一堆手枪零件和子弹哗啦啦散在桌面上。

李亚藩由惊惧到胆寒，脸上的汗一下子就下来了。

弹筝男子一个飘身坐到椅子上，端起茶壶往茶碗里斟茶："李先生，坐下吧，尝一尝今年的上品猴魁，不会比西湖龙井差的。"

女人把李亚藩顺手一带，李亚藩不由自主坐到茶桌边椅子上。李亚藩挣扎着想站起来，却被女人摁住右肩动弹不得。

李亚藩结巴着问："你们，你们是戴老板的人？我，我没有通共。"

"李桑，不要紧张，我们也知道你没有通共。"

李亚藩惊得下巴要掉下来了："啊，你们，你们是特高课？"

"李桑，你的见闻还是很广的嘛。"弹筝男子微微一笑。

李亚藩故作镇静道："我可告诉你们，我带了两个团的弟兄来的，只要我半夜前不回去，我的弟兄会找过来的。”

弹筝男子冷笑一声：“如果我们把李桑分割成几十个小块，让狼狗吃下去，你的弟兄还能找得到吗?”门外进来两个彪形大汉，后面跟着一条伸着舌头的狼狗。

李亚藩脑子“嗡”的一声，感觉天旋地转。

“李桑，开个玩笑。这样吧，你配合一下，我让徐小姐陪同你到上海休息几天吧，怎么样?”

徐春圃莞尔一笑，坐到李亚藩左腿上，环过手臂，抚摸着李亚藩右腮，说：“李哥，告诉你吧，我们是兰机关的，这位是我们特高课新荣幸雄科长。跟着我们走，你会飞黄腾达的。”言语间，两个大汉过来，一人捏着李亚藩的嘴，一人喂进一粒药丸。不一会儿，李亚藩失去了知觉。

二

几天后，李亚藩在徐春圃等人的陪同下来到了上海。车子驶进思南公馆，李亚藩被带进一座花园洋房。

一楼客厅里，落地灯挥洒着柔和的灯光，留声机里传来阮玲玉让人心旌摇荡的歌曲《玫瑰玫瑰我爱你》。

上到二楼，徐春圃将一个房间指给李亚藩，说：“里面有淋浴，你收拾一下，午后我们去拜访一位大人物。”说着，她扭着屁股走进另一个房间。

李亚藩瞟了一眼徐春圃，使劲咽了一口唾沫。

浴盆里，李亚藩回顾这几天的际遇，真有恍如隔世的感觉。冲洗干净，他穿上丝绸睡衣走出来，抬步往三楼走，一个保姆摇手，示意他不能上去。隔壁门敞着一条缝，柔和的灯光从门缝里透出来。李亚藩将门推开，走进去，卫生间里传来哗啦啦的水流声。

李亚藩悄悄走到床边。床头柜上放着一杯咖啡，还有《摩登女郎》画报。李亚藩端起咖啡呷了一口，苦中带香，与茶水有所不同。

一页页翻看画报，李亚藩不禁浑身燥热起来，不由得挪动脚步，走到卫生间门口想听听动静。刚要贴近卫生间门，里面有人突然将门拉开。李亚藩慌忙后退。

徐春圃一身睡衣站了出来，愠怒道："你干什么?"

李亚藩慌忙说："我要解手。"

徐春圃："你房间没有吗?"

李亚藩嘿嘿一笑："看你没睡，找你唠唠嗑。"

徐春圃："没的唠，出去。"出了卫生间，徐春圃将房门拉开。

李亚藩嘿嘿一笑，将门关上："咱俩搭伙睡吧。"他一个狗熊扑食，向徐春圃扑来。徐春圃一闪身，右脚一钩，李亚藩扑倒在地。

李亚藩一扑而空，又弓起身去抱徐春圃的大腿。徐春圃往后一跳，李亚藩仅仅右手抓住徐春圃的左脚踝。徐春圃一个转身，把脚踏在李亚藩身上，低嗔道："想占老娘便宜？你身上干净吗?"

李亚藩双手撑地，想将徐春圃掀翻，怎奈徐春圃用两手摁住他的双肩，试了几次，怎么也起不来，干脆趴在地上，喘着粗气说："老子浑身除了枪伤，没有别的毛病，你验验吧。"

徐春圃扑哧一笑："谁爱看你们男人的臭皮囊，起来，睡觉去吧，晚上我找人给你泻火。"说罢她起身闪开。

李亚藩无可奈何，只好离开。

下午 4 点，上海锦江饭店，李亚藩随同徐春圃乘坐电梯来到饭店顶层。贴窗远眺，宽阔浩渺的黄浦江就像在脚下一样，江水浩荡东流。江面上，不时传来轮船的汽笛声。

整个楼层，闲人一律不准登上，电梯口有安保人员逐个搜身。徐春圃带着李亚藩直接进到房间。

见徐春圃进来，汪精卫笑容可掬地迎上来："春圃，一路鞍马劳顿，辛苦了。"

汪精卫之妻陈璧君笑吟吟走过来，拉着徐春圃的手说："闺女，几天不见，更加漂亮了。"

徐春圃笑笑，指着站在身后的李亚藩介绍道："这位是东北军五十七军缪军长麾下副官处长李亚藩，年轻有为，是难得的人才。"

汪精卫握着李亚藩的手，拍拍他的肩膀："果然相貌堂堂，人才难得，欢迎来上海做客。"

徐春圃马上纠正道："汪先生，李处长不是来做客的，是来干大事业的。我们邀请他加入我们的阵营，可以把五十七军拉过来，进而也把五十一军拉过来。汪先生，你这里可有合适的职位给李处长?”说完，她笑吟吟地盯着汪精卫。

李亚藩在报纸上见过汪精卫的照片，从进入房间那一刻起，李亚藩就知道面前这两位是汪精卫和陈璧君夫妇了，只是不知道徐春圃竟然是陈璧君的干闺女。

汪精卫自是喜不自胜，说：“很好啊，张汉卿少不更事，惹出大祸，至今还被蒋先生拘押。于孝侯自不量力，一心想打回东北，为张汉卿争一席之地，也是迂腐得很。不知李处长能否说动东北军弟兄弃暗投明，加入新的阵营?”

李亚藩受宠若惊，赶紧回话道：“汪主席，东北军弟兄们确实想回老家，这些年在外飘荡，连个家都成不了，都焦躁得很。如果答应给他们相应的官职、充足的薪水，大部分人会跟着主席走的。”

汪精卫认真道：“你回去后，能拉过来多少人马?”

李亚藩掰着指头算了一下，说：“8 个连应该没有问题。”

汪精卫走到挂在墙壁上的地图前，指着一小块区域，说：“好！李处长，我委任你为兴亚建国军苏鲁战区总司令，授少将衔，你负责海州、赣榆、郯城这一带治安如何?”

李亚藩立正敬礼：“感谢主席信任!”

说话光景，汪精卫已经坐在桌子前，蘸好毛笔，准备书写委任状。

“李司令，木子李是吧？亚洲的亚？藩是哪个字?”汪精卫问。

“报告主席，藩镇割据的藩。”李亚藩回答道。

汪精卫抬抬眼皮，叹道：“中国不要再搞藩镇割据了，重庆不能搞，延安更不能搞，要做大东亚和平的藩篱、屏障。好，你这个名字好。”

书写完毕，陈璧君招呼摄影师照相。汪精卫、陈璧君居中，徐春圃挨着陈璧君，李亚藩手捧委任状靠近汪精卫，四人站好，摄影师按下快门。

照完相，汪精卫握着李亚藩的手交代道：“祝贺你啊，李司令。回头你去财政部，找周部长领取经费，克日赴任，我等候你胜利的消息。”

李亚藩慌忙敬礼：“一定完成任务，不辜负主席栽培!”

三

在上海盘桓了半个月，李亚藩才依依不舍地与徐春圃分手。

这天下午，山东省郯城县马头镇，第一一一师三三三旅六六六团一营二连驻地，连长王明德迎来了一位不速之客，这个人就是李亚藩。

在连部坐定之后，王明德不解地问：“老处长，上峰通报讲，说你上个月到阜阳运送军火失踪了，已经将你革职除名，到底发生了什么？”

李亚藩将一碗凉茶一气喝净，放下茶碗，擦擦嘴，瞟了勤务兵一眼。王明德知道李亚藩的意思，笑笑：“小李，你先出去，守住门，别让别人进来。”勤务兵小李识趣地出去。

李亚藩提起茶壶给王明德斟上，又给自己倒满，然后从褡裢里摸出 10 根金条放在桌上：“兄弟，见过吗？”

王明德两眼放光：“老处长，什么买卖，发财了？”

李亚藩笑笑：“买卖不大，愿做吗？”

王明德也笑了笑：“谁跟钱有仇啊。”

李亚藩把金条往王明德跟前推了推：“这是你的，以后还多。”

王明德摸起一根金条看了看，又放下，说：“老处长，无功不受禄啊，您收起来吧。”

李亚藩又把金条往前推了推，说：“兄弟，我来不光是让你发财的，还是救你命的。”

王明德眉头一皱，说：“什么意思？哪个长官看我不顺眼？”

李亚藩冷然道：“你知道你驻扎在这里，谁想杀你吗？你知道你有多危险吗？”王明德默然不语。

“兄弟，这马头啊，北通临沂，南达新安，东接新浦，离郯城只有 40 公里。老话说得好，卧榻之侧，岂容他人鼾睡。老弟啊，你离五十七军军部东盘应该有 80 公里吧，一旦八路或者日本人举兵来犯，谁能救你？常恩多、万毅把你扔在这里，不是要害你嘛！”

王明德琢磨了一下，说：“老处长，你也知道，咱们五十七军到阜阳领取军火、给养，都是走鲁南、皖北这一条线，马头是一个重要支撑点，总得有人守啊。”

李亚藩：“你觉得五十七军在山东还能守得住吗？”王明德再次沉默不语。

李亚藩站起来走到地图前，指着地图说：“兄弟，听我一句劝，今夜连夜离开这个是非之地，避免血光之灾。据我可靠情报，日本人从郯城、傅庄、窑湾等地出动1000多人马，明天早上就围攻你们二连和机枪连。你们能支撑几个时辰?”

王明德愕然道:“你怎么知道?”

李亚藩将两手并拢，走向王明德，说:“不瞒兄弟了，我已经脱离苏鲁战区了，现在是汪主席的人。汪主席任命我为兴亚建国军苏鲁战区总司令，少将。兄弟，要是跟我干，到那边，我保举你当上校团长。要不，你把我绑了，送给缪军长，或许他能升你当营长。”说完，直视着王明德。

见王明德不言语，李亚藩走近王明德，说:“兄弟，人生一世，草木一春，至今还没打种吧?假如有一天，一颗子弹过来，咱不就绝后了?听我一句劝，咱离开这个鬼地方，到那边，我到上海、南京给你选个俊媳妇，赶紧生几个孩子，也不枉了咱来世上这一趟。”

王明德犹豫着:“走?”

李亚藩诚恳地说道:“兄弟，当哥的还能害了你?这样吧，你跟我一起到机枪连，如果郝继贤答应一起走，咱就一起走;如果他不答应，你们两个绑了我升官去。怎么样?”

王明德霍地站起来:“行，走。”

半夜时分，二连、机枪连在王明德、郝继贤的率领下，抛弃马头镇阵地，蹚过沭河，在天明时分，进入赣榆县桃林镇兴亚建国军据点。

惊疑未定的国民党军两个连士兵在鬼子和伪军的包围下，放下武器，换上兴亚建国军的服装。

第十回　董翰卿桃林通日伪　于文清旅部报敌情

一

步兵二连和机枪一连投敌叛变的消息传到五十七军，引起巨大惊慌。第三三三旅旅长万毅驰赴军部，向军长缪徵流检讨并汇报处置建议。

万毅：“军长，属下驭下不力，恳请给予处分。在处分之前，我申请以全旅兵力解决桃林镇伪据点，捉拿李亚藩、王明德、郝继贤，以杀投敌邪风，振作气势。”

缪徵流不耐烦道：“好啦，你嫌丢人不够啊，还要招招摇摇！你的处分待我奏报重庆后再定夺，着即对其营长革职查办，团长刘晋武到军部接受调查。你回去吧，好好看管你的部队，不允许再有这样的事情发生！”

万毅还想再说什么，缪徵流挥挥手，万毅只好悻悻退出来。

打发走万毅之后，缪徵流让军部参谋李光烈请来副军长朴炳珊、军政治部主任宋迪玺、三三一旅旅长唐君尧等人。朴炳珊一脸病容，连连咳嗽着走进来。

缪徵流关切地问：“大同兄，身子怎么不见强啊？把烟戒了吧。”

朴炳珊咳嗽着笑笑：“好不了了。”

缪徵流叹了一口气：“大同兄，一一一师跑了两个连，刚才万毅旅长过来，想动用武力解决，被我撵回去了。都是自己弟兄，不能骨肉相残啊。你看，咱们是不是派人过去，把他们要回来？”

朴炳珊笑笑：“军长啊，天要下雨，娘要嫁人，由他去吧，只要他们答应不攻击我们，让他们找一条活路去吧。”

缪徵流试探着说：“要不咱找人跟他们谈谈？”

朴炳珊点点头，说："我看可以，咱们这边的压力太大了，老蒋把我们派到这个鬼地方，沈鸿烈还排挤我们，共产党天天蚕食我们的地盘，我们真的快撑不住了。听说重庆正与日本人接触，想联手灭了共党，咱们也得长个心眼，留点后手。"

见朴炳珊如此说，缪徵流两眼放光，说："当前，我们的处境很困难，重庆要求我们一定要遏制住共党的发展势头。我再三琢磨，唯一可行的路子就是与日本人休战。"

宋迪玺马上附和道："战区总部周主任也有这样的看法。共党一日不除，我们寝食难安呢。"

缪徵流看看朴炳珊："大同兄，本来想请你走一趟，与徐州方面谈一谈，看你身体情况，确实不方便。你看，让谁去合适？"

朴炳珊咳嗽一下，说："请唐旅长走一趟，怎么样？"

唐君尧站起来着急道："军长，这种事我干不来！"

缪徵流撇撇嘴："什么事你干不来？当年带兵扣押委员长的事你怎么干得来？"

唐君尧脸涨得通红："当年我是奉少帅的命令行事，这一点，我已经向委员长禀明了，委员长也谅解了。"

缪徵流不耐烦道："知道，你心里就只有少帅！好了，求不动你，我让董翰卿去好了。"

唐君尧张嘴想说什么，又咽了回去。

军部，缪徵流找来六六五团团长董翰卿谈话。

缪徵流和缓地说："翰卿啊，我与朴军长商量好了，为了改变我们当前被动的态势，决定由你到桃林找李亚藩，通过李亚藩跟徐州方面谈一谈。你看，有什么困难吗？"

董翰卿一听，很是诧异，说："按说军长差遣，我不该推辞。不过，军长，这个事可是拿不到台面上啊，万万不能让常师长和万旅长知道，他们的态度你是知道的。"

缪徵流点点头，说："这个自然，你放心。"

董翰卿略一思索，说："还有一点，军长您知道，我不懂日本话，平时说话也不大利索，您得找一个善于交际的人协助我。"

缪徵流琢磨了一下，突然想起一个人来，说："你看于文清怎么样？"

董翰卿皱了皱眉，摇了摇头："就怕他不干。"

缪徵流目露凶光："他敢！"

二

晚上，缪徵流邀请于文清小聚。缪徵流兼任鲁南游击区总指挥，于文清任鲁南游击区总指挥部参谋处上校科长。

几杯酒之后，缪徵流说："文清啊，有一件事，非有胆有识者不能胜任，非你不可啊。"

于文清赶紧问："军长，什么任务？"

缪徵流斟酌着措辞，说："文清啊，我与朴军长商量好了，为了改变我们当前被动的态势，决定由你和董翰卿到桃林找李亚藩，通过李亚藩跟徐州方面谈谈。你不要推辞啊！"

于文清吃惊地看着缪徵流，问："军长，于总司令知道这事吗？"

缪徵流盯视着于文清，说："这个不用你操心，我会禀报的，你们明天就出发。"

于文清为难地说道："军长，您还是让别人去吧，我跟李亚藩不对眼，不想见他。"

缪徵流勃然变色道："怎么，不听话？"

于文清犹豫一下，道："不是不听话，只是这事有点离谱。"

缪徵流不以为然地说："怎么就离谱了？咱又不是投降他，只是商量着咱不打他，他也别打咱。就这样定了，明天你们就去！"

于文清还想再说什么，缪徵流摆摆手，于文清只得把想说的话咽回肚子里。

离开军部，于文清飞快来到三三三旅，找到万毅，将缪徵流安排他和董翰卿到桃林谈判的事告诉了万毅。

万毅听完之后，气得大骂："这帮龟孙，要作死啊！"

于文清瞅瞅万毅，像是下了决心，说："万旅长，我现在难为死了，答应吧，就会落下投敌罪名；不答应吧，我很可能连今夜都过不去。我想了，趁早回老家种田去。"

万毅琢磨了一会儿，把眼镜往上托了托，说："任务既已强加于你，何不来个将计就计？我看你还是去，通过参加谈判，摸清全部底细，抓住真凭实据，我们再研究对策。不然，咱们叫人家卖了，还蒙在鼓里呢！"

于文清摇了摇头，无奈地说："到时你得为我作证啊！"

万毅决然道："这个你放心，回头我向师长报告。"

三

1940 年 9 月 13 日早晨，缪徵流把董翰卿、于文清和军部参谋李光烈等人叫到军部谈话。

缪徵流说："前一阵子，咱们和李亚藩交涉了几次，那两个连咱是要不回来了，不回来就不回来吧。这次，让你们三位一起过去，好好与日本人谈谈。我与朴副军长商议好了，我们的谈判条件有两个，你们记住：一，互不侵犯，日方不能在我防区设立据点，建立其他组织，不妨碍我后方部队一切运输。双方现有驻兵据点均不撤兵，如上峰命令有军事行动时，互相通告。二，共同防共，共党乃是日我双方之敌，日方急图剿灭，我亦予以大力配合。"缪澂流满脸期许地对几个人说："辛苦各位了，我会记住你们的功劳。"

李光烈抢先表态说："军长放心，日本人也是叫八路弄烦了，他们也有求于我们，我们去跟他们讲明，确保我们不吃亏。"

饭后，董翰卿、于文清、李光烈率六六五团二营出发，于 14 日午间到达郯城县后哨村（现在属临沭县）。

李光烈先去桃林接洽，15 日早上 10 时发来电报，约定下午 2 时到北琴口与李亚藩会面，5 时与日军代表会谈。

行抵左庄，二营留在这里守候。董翰卿、于文清换了便衣，于下午 2 时到达北琴口以南的马家窝棚。这里到处是兴亚建国军的警戒哨。

下午 4 时，李亚藩与日方代表前来。见日方代表同时前来，董翰卿躲入后院，不愿与日方代表见面。日方坚持同时见面会谈，好说歹说，李亚藩将董翰卿拉到前院。

日方代表为鹫津师团大尉参谋辛修三，顾问是兰机关科长新荣幸雄。

双方坐定后，辛修三傲慢地说道："诸位，我们都读过《三国演义》，天下大势，分分合合，合久必分，分久必合。我大日本皇军第十二军雄兵十万，全部占有济南、青岛、徐州、临沂等大大小小城市，中国老百姓归化大和民族，也是指日可待。可惜你们五十七军，从东北，到华中，再到西北，最后来到山东，如同一个孤儿，被蒋介石踢来卷去，着实令人惋惜！常言道，识时务者为俊杰，你们还是归顺我大日本帝国为好，否则，如果继续执迷不悟，到时身死国灭，岂不后悔？”

于文清勃然变色，冷然说道：“我们不需要你们惋惜，如果不是你们野蛮侵略，我们也不会离乡背井。这一切灾难，都是拜你们所赐。作为军人，为了国家，早就准备牺牲，你们来打，我们也接着，并不在乎。”

新荣幸雄击掌叫好：“好，于科长的气概令人佩服。不过，以五十七军丙级军种的人员和装备现状，想与我大日本皇军对抗，岂不是螳臂当车，自取灭亡？我有一个忠告，鉴于重庆对于东北军的排挤、打压，你们东北军可以脱离重庆政府，实行区域自治，不知诸君意下如何？”

于文清凛然道：“我们东北军无意做被后世唾骂的汉奸，这一项无须言语。”

辛修三笑笑，说：“我们准备修筑台儿庄至潍坊的铁路，希望五十七军不得予以妨碍，如何？”

于文清：“台儿庄至潍坊一线，除五十七军外，更多的是五十一军和山东保安总队、八路军的防区，我们爱莫能助。”

辛修三眨巴眨巴眼睛，从公文包里拿出早已拟好的文稿，递给于文清：“于科长，这几条应该是最低限度的合作了。”

于文清接过文稿看了看，摇了摇头，递给董翰卿。

经过3天反反复复讨论，双方达成三条意见：

一是互不侵犯。五十七军要求鲁南游击区17个县防区内，日军不许再增设兴亚救国组织。日方认为地域太大，要等候请示。指定东起黑林、欢墩埠，西达相公庄，南到马陵山、羽山，北至大店、十字路，要求画出军事地图，在下次谈判时交付之。

二是驻兵问题。双方约定各据点互不撤兵，规定联络信号，五十七军在徐州设立联络站，用兴亚建国军名义；五十七军遇日军飞机时，以白布铺地上，用阿拉伯7字作标示；两军相遇用青天白日军旗下缀白布左右招展识别之；如在徐州设联络部，日方可借给电台一部，互相规定密码。

三是共同防共。五十七军防区所有共党自行剿除。彼此在行动上保留行动自由的权利，双方互不指挥。此协定只限于五十七军范围，地方游击队不属之。

以上磋商结果，均系密案，不得公布。日方如果公布，五十七军即予以作废，不予承认。

结束谈判后，新荣幸雄说："你们在山沟里都很劳苦，有一点物品送给你们，小意思。"董翰卿没有拒绝，安排人收下。

回到后哨，董翰卿把带回的太阳牌啤酒、牙刷、牙粉、香烟、毛巾、武侠小说分给二营的官兵。二营的官兵想起了常师长屡次讲过的话："有的人，你别看说的是中国话，穿的是中国衣，吃的是中国饭，他却不做中国事。对这些人，我们就是要坚决反对。"在回来的路上，大家议论纷纷。

董翰卿、李光烈、于文清一行回到军部，立马向缪徵流详细汇报了谈判的经过和内容。

缪徵流捧着协议文稿，很是满意："很好，各位辛苦了。我们五十七军可以喘一口气了。回去好好休息，以后找机会你们再去谈一次。"

四

离开军部后，于文清来到三三三旅，将谈判情况如实告知万毅。

事态严重，情况紧急。万毅飞马来到东盘南围外，找到常恩多到军部述职的临时宿舍，把缪徵流通敌和派人与敌谈判的情况报告了常恩多。

常恩多非常震惊，胸口憋闷得难受，一口鲜血咳出。

万毅连忙端过水杯递给常恩多，说："师长，您喝杯水，歇一歇。"

常恩多喘了几口气，征求万毅的意见："对于这一叛变国家民族的罪行，你打算怎么办?"

万毅肃然地道："这种汉奸行为必须制止。我们唯一的希望，就是请师长领着我们反对他们的罪恶行径，把部队集合起来，找总司令打官司去。"

常恩多两道剑眉竖起，有力地说："我拼着这颗脑袋不要，也得领着你们锄奸打官司！抗战好几年了，有人还想穿黄马褂，投降敌人，真是该死，咱们一定要除掉他们!"

常恩多喝了一口水，喘口气说："万旅长，你回去掌握部队，随时听我命令，我到下面转转。”

清晨，常恩多离开军部，来到第六六二团驻地井家沟。

团长孙焕彩将常恩多接进团部，说：“师长身体不好，需要休息，怎么下来了?”

常恩多支开团部闲杂人员，说：“孙团长，这两年，我们这四个团除了给军部当警卫，就是当运输队了，我心有不甘呐。”

孙焕彩接话说：“师长，留得青山在，不愁没柴烧，在夹缝里生存下来也是一种胜利嘛。”

常恩多不再兜圈子，直接说：“你有所不知，现在有人要把我们五十七军出卖给日本人了。”

孙焕彩愕然道：“有这回事？谁?”

常恩多使劲咳了几下，缓过一口气，说：“9 月 13 日，军长和副军长派李光烈、董翰卿、于文清到桃林与日本人谈判，要与日本人妥协了。”

孙焕彩皱皱眉头，说：“这也太荒唐了，总司令知道吗?”

常恩多摇摇头：“应该不知道。孙团长，我决心锄奸，已经委派万旅长指挥。虽然万旅长来一一一师任职较晚，但他是当年少帅栽培的最年轻的团长，你要听他指挥。怎样抓缪徵流他们，你们研究，但注意不要打死他，要留作人证。”说着，用手指着头部说：“我这个就交给你啦!”

孙焕彩肃然道：“师长，没问题，不管是谁，只要投降日本人，他就是我孙焕彩的敌人，这事交给我，你放心吧!”

第十一回　缪徵流通敌有据　常恩多东盘锄奸

一

常恩多来到第三三三旅旅部，和万毅研究锄奸方案。常恩多说："我刚从六六二团回来，你可以指挥孙焕彩，我已对他交代了。得手后，赶快告诉我，我发动全师共同行动。"

正说着，六六六团团长刘晋武赶来。刘晋武说："师长、旅长，这次桃林事件，全因我团二连和机枪一连引起，我们六六六团不论什么时候，都听师长、旅长的。"

万毅说："刘团长，你也不要过分自责。常言道，无风不起浪，这次于文清算是基本摸清了他们的底细，在这次谈判之前，他们就派李光烈与李亚藩接触多次了，不然徐州日军也不会这么快拿出谈判方案。"

刘晋武恍然大悟："难怪李亚藩从阜阳失踪之后，军部一直秘而不宣，原来早有预谋。"

二

六六五团二营回来后，有关缪徵流与日伪私通的议论慢慢传开来。下边的议论很快传到了缪徵流的耳朵里，为了洗白自己，缪徵流召开纪念"九一八"事变九周年大会。会上，缪徵流讲："我们根本不应该对日作战，中国的敌人是共产党，中国今天就应该剿共，先安内而后攘外。"还讲道："谁说汪精卫是汉奸？他是用另一个方法救国。你们做部下的，不必知道的事情，最好不要打听，不要议论国事，军人以服从命令为天职嘛。”

9月21日，苏鲁战区总部参谋长王静轩从重庆归来，途经五十七军军部驻地东盘，缪徵流为王静轩一行摆宴接风，并请他们晚上听柳琴戏。与王静轩同行的还有军统大特务贺元，参谋处张沛文、高仁绂等人，随行护卫的是一一二师三三四旅旅长荣子恒和三三四旅六六七团韩子嘉一营。

接到宴会通知，常恩多与万毅决定当晚动手。下午，万毅以会餐为名，拘禁了董翰卿、李光烈，让他们与于文清一起交代通敌罪行。这二人被迫交代了整个事情的经过。

晚饭后，常恩多分批召集师部直属队军官、士兵谈话。常恩多无比激动地说：“你们都和日本鬼子血战三年多了，哪一个还敢当汉奸，披黄马褂?”接着又说：“人身上生了脓泡疮，一定要开刀治。我们团体出了内奸，也得坚决地铲除，一点不能惋惜。”说到这里，他举起拳头，高声宣布：“忠心爱国，杀敌锄奸，团结抗战，打回老家。”战士们热血沸腾，一个个摩拳擦掌，决心锄奸立功。

根据常恩多师长的命令，万毅召开锄奸紧急会议，到会的有六六二团团长孙焕彩、六六六团团长刘晋武、六六五团团副管松涛（中共党员，原名管之山）、六六六团三营营长彭景文。万毅略述了缪徵流投敌的经过，讲明了常恩多师长锄奸的决策，然后请大家发表意见。几个人神情激奋，纷纷表示，绝不当汉奸，坚决拥护锄奸!

万毅神情严肃，说：“师长委派我指挥本次行动。本次行动的关键环节是解决军部驻地警卫部队，能不死人尽可能不死人，谁来负责?”

彭景文站起来，说：“我带人把缪逆逮捕归案，予以军法制裁!”

正说着，卫兵报告第一一二师三三四旅六六七团一营营长韩子嘉前来拜见老领导万旅长。万毅大喜，说：“快请进来，有韩营长参加本次行动，我们就更有把握了。”

进屋后，韩子嘉见气氛凝重，笑笑：“你们开会?我来的不是时候，你们忙吧，我回去看戏去。”

万毅拉住韩子嘉，说：“韩营长，既来之则安之，都不是外人。”接着，把与会人员介绍给韩子嘉，说：“韩营长，你刚从重庆回来，这里发生了重大变故，你不清楚，咱们的军长、副军长要叛变投敌了。”

韩子嘉瞪大双眼，惊问：“真的?”

万毅扬了扬手中的材料：“千真万确，这是前往桃林参加谈判人员的悔罪材料。”接着，万毅说：“事情紧急，我们来不及向总部报告，也来不及向霍师长通报了，常师长命令我们今晚行动，捉拿投敌叛变之民族罪人。”接着，万毅简要通报了本次行动需要拘捕的人员及行动方案。

听完介绍，韩子嘉长长吁了一口气，说：“万旅长，我是你的老部下，你要是信得过我，我也参加本次锄奸行动。你们知道，我这次护送总部长官去重庆回来，今晚集体看戏。如果我们不知情，到时双方打起来，那就乱套了。这样吧，我们营负责在戏台下捉拿缪军长、朴副军长，你们负责外围，如何?”

万毅高兴地说道：“这样最好。”

韩子嘉眉头一皱，说：“万旅长，还有一点，我们在一一一师防区，恐怕师出无名，最好一一一师给我们一个命令，便于执行。”

万毅不假思索地说：“好吧。”他拔出自来水笔，在便条纸上写道：“缪徵流、朴炳珊通敌有据，着即拿获归案法办。万毅，9 月 21 日。”

拿到手令后，韩子嘉和彭景文商定，彭营包围东盘后，打红、黄、绿 3 发信号弹，韩营立时配合捉拿缪徵流等人。

彭景文火速回到驻地西盘村，立刻将全营集合起来，进行了简短的战前动员。然后，彭景文将七连、八连、九连和机枪连的连长召集到一起，下达了任务。布置停当后，4 个连依次出发，在苍茫的夜色中，急速向东盘奔去。

三

军部位于东盘，舞台设于东盘小丁庄的一个河套里。晚饭后，柳琴戏在人们的期待中缓缓开场。

酒足饭饱之后的缪徵流等人惬意地看着戏台上一男一女有板有眼地演唱着柳琴戏《白罗衫》。

六六六团三营驻地西盘离军部所在地东盘二里多地，离演戏的小丁庄三里之遥，3 处位置恰呈三角形。彭景文率部急速进军，很快抵达五十七军军部。9 时许，各连进入阵地。

在围外东北角的一个烟馆内，副军长朴炳珊正在屋里吸大烟，门外已备好马匹，等他吸足大烟好去看戏。查明身份后，七连将朴炳珊捕获。

韩子嘉手持万毅写给他的手令来到戏场，故作坦然地看戏。突然，夜空中升起了3颗信号弹。人们惊恐地站起来，现场一片慌乱。

韩子嘉知道彭景文已经动手，便恭顺地将手令交给一一二师三三四旅旅长荣子恒，荣子恒看后大吃一惊，慌忙交给了缪徵流。缪徵流一看顿时吓得冒出一身冷汗，慌慌张张向外逃跑。

韩子嘉手举匣子枪，一枪打灭了高照的汽灯，趁黑暗率部掩护总部长官逃离东盘。

彭景文营在解除军部武装时，只有缪徵流特务营的一个排长负隅顽抗，被当场击毙，军部被顺利拿下。

彭景文营完成解决军部警卫队任务后，发出信号，不见回答，知道发生了意外，立即将押送军部警卫人员任务交给孙焕彩团，率部队向剧场方向进发。然而看戏人员已经逃离，只有柳琴戏演员躲在台后瑟瑟发抖。彭景文知道缪徵流已跟随韩子嘉逃离，便率领队伍尾随追击。

在逃跑的路上，荣子恒留下一个连阻击追兵。彭景文率部打垮阻击部队，追到沭河边时，天已大亮。据从沂河西边过来的路人讲，之前大约五六百人马，早已过了沂河。

彭景文只好下令停止追赶，稍事休息，返回西盘。

一一一师师部，常恩多命令师部直属卫队扣押了缪徵流的亲信、知情不报的第三三一旅旅长唐君尧和六六一团团长关士栋。

22日凌晨，常恩多得到万毅的报告：除缪徵流外，朴炳珊以下无一漏网，部队完整，全部归建。

当六六五团团副管松涛赶来汇报时，常恩多竟不顾管松涛正在行军礼，一个箭步迎上前去，将管松涛抱了起来，感动得大家都热泪盈眶。常恩多当场挥笔书写任命书："六六五团少校团副管之山，即日起任该团团长职务。"

各路人马到齐后，常恩多指示秘书王维平起草通电，说："日期定为9月22日，我们要师出有名，得有个由头。"

王维平说："发扬光大当年张学良将军兵谏精神，时值杀敌锄奸，可叫锄奸运动。"

常恩多说："好，就叫'九二二'锄奸运动。"

同日，由常恩多、万毅领衔发出通电："缪奸与敌妥协，人证俱在。为了坚持抗战，分清敌友，不为敌伪造谣，混淆是非，影响抗战前途，本师长肩负东北父老兄弟姊妹委托，率东北健儿抗战到最后胜利，打回东北老家去！出于民族大义和所部拥护，仗义锄奸，尤望全国各族同胞，抗战志士，口诛笔伐卖国投敌汉奸缪徵流。”接着，他们又分别给蒋介石、苏鲁战区总司令于学忠、第一一二师师长霍守义发了电报。

而缪徵流却从荣子恒旅致电蒋介石、于学忠，称：“万毅被中共策动，马（21）日晚捣毁军部。”

24 日，于学忠给第一一一师发来电报：“据缪军长电报，你师万旅长在东盘闹事，实属不幸，望将事实真相，速即报来。”

常恩多接电后怒不可遏，25 日向蒋介石发了血泪电，申述缪徵流通敌事实，表明“乃于养（22）日询万旅长、孙团长、刘团长及官兵愤激情形之请，职遂主持正义，允予脱离缪之关系，听钧座直接指挥，服从领袖，效忠党国，决不沾汉奸彩色”，“除文件一二日内整理完竣即派人送呈钧阅，并请派员来师，切实查证，如有荒谬，甘愿断头。静待钧座处理，决不作乱臣贼子，遗臭万年”。

四

缪徵流在韩子嘉营掩护下逃出东盘后，转至第一一二师防区，受到师长霍守义等人的冷遇，住了 3 天，只好在韩子嘉的护送下灰溜溜地跑到苏鲁战区总部请罪。

30 日，于学忠派战区总部参谋处长高仁绂、高参张佩文、政务处长郭维城等人来一一一师调查。

朴炳珊见到高仁绂来了，痛哭流涕说：“高处长，你可得救我啊，我一个副军长，无职无权，还有一身病，我哪里敢投敌叛变啊！”高仁绂简单与朴炳珊等人见过面之后，找到常恩多，提出要带走人证。常恩多冷峻地问：“高处长，怎么处置卖国贼，重庆和总部有结论了吗？”

高仁绂张了张嘴，说：“常师长，此事关系重大，恐怕得请示上峰定夺。你还是把人、物证上交总部吧。”

常恩多狐疑道：“假如我们上交了，有人偏袒逆贼，销毁证据，我们一一一师很容易被扣上犯上作乱的帽子，这种事我不干！”

郭维城见双方争执不下，说："常师长，你看这样办怎么样，咱们将相关口供资料制作三份，一份报重庆，一份报战区总部，你这里留存一份，我们带走人证，对上也好有个交代。毕竟一一一师是当事人，不便当裁判是吧？"

常恩多琢磨一下，说："好吧，我常恩多问心无愧，不怕调查。"

10月上旬，总部调查组带走朴炳珊、唐君尧等人证。

苏鲁战区国特政治部主任周复一上来就咬定一一一师锄奸是不对的，他一面歪曲事实真相向上呈报，一面指挥国特组织全力封锁锄奸运动的真实消息。常恩多针锋相对，按照合法手续，汇集案情，解送案犯，呈请战区军法会审，依法处理。战区总部推诿应付，奸逆押解去后，仍被作为上宾受到各种款待。

"九二二"锄奸活动，使敌、伪恼羞成怒，日军派出飞机到一一一师的防区狂轰滥炸，还抛撒了大批瓦解部队的传单，并派出许多间谍，造谣污蔑，肆意进行多种破坏。沈鸿烈多次请求讨伐一一一师，何应钦不断密电苏鲁战区，斥责一一一师，支持缪徵流。

蒋介石接到于学忠关于"九二二事件"的报告后，发来电报云："该师长不识大体，意气用事，虽云忠党爱国，但难辞误国犯上之咎，着从轻免予处分。"他还以军政部的名义，撤销第五十七军番号，两师归战区总部直接指挥。

接到蒋介石的电报后，常恩多惨然一笑："这么说，投降有功，锄奸有罪！"说完，一口鲜血喷了出来。

见重庆是这等态度，孙焕彩、陶景奎、刘晋武等人逐渐疏远常恩多，并在下面挑拨离间，蓄意打击坚持团结、抗日杀敌、锄奸有功的人员，常恩多、万毅等的处境越来越艰难。

史思荣反驳道："谁说不是凸凸凹的对手？独立第四营现在有400多号人了。"

林秉锡皱了皱眉头，轻声问道："史先生，我问一下，咱就算把大褂子营长请来，那他得问咱要多少粮饷？是不是比联庄会要的还多？"

冯干三笑笑："老先生，您多虑了。独立第四营是八路军的队伍，不会向村里要什么粮饷的。"

林凡义着急道："就算是这样，凸凸凹城高墙厚，有100多条枪，还有机关炮，他们打不下来怎么办？要是九臣爷爷被凸凸凹斩首祭旗了，不是鸡飞蛋打一场空了？"

冯干三继续说道："大家看这样行不行，为了保险起见，咱渊子崖先找邻村有威望的人去当说事人，就说这边在凑粮食，咱这边呢，也真凑点粮食应付应付，省得他们下毒手。思荣，这件事，你留下来，帮着办。我这就走，去找五团刘团长汇报，争取五团全团出动，一举解决凸凸凹这个问题。"

史思荣站起来握着冯干三的手："好，您路上小心。"

林秉锡很感激地说："冯先生，让凡义跟你去做个伴吧。"

林凡义马上站起来，准备跟着冯干三出门。

冯干三摆摆手，说："不用了，村里急用人手，我自己去就行，你们抓紧行动吧。"说完，他快步出了屋门，向外走去。

林秉锡目送冯干三出了院子，长出一口气，说："世道乱了，世道乱了。九兰呢，你到刘庄一趟，请刘永茂帮忙到凸凸凹传个话，他们要的钱粮咱们出，但是，九臣他们必须好茶好饭照应着，一个指头都不许戳着。不然的话，咱们跟他没完！"

林九兰答应着："行，我一会儿就去。"

林秉锡又转向林凡义说："凡义，你下个通知，请九大支主事的人吃完饭后到这里来一下。"

林凡义答应着赶忙往外走，说："我这就去喊人。"

三

离开渊子崖后，冯干三急急忙忙赶往大山五团驻地。来到大山，已经接近午饭时候。团长刘涌简要听取了冯干三的情况汇报后，一拍大腿："老冯，你来得太好了，纪营长正向旅首长要求攻打凸凸凹呢。走，一块去说说!”说着，他拉起冯干三就往旅首长暂住的地方走去。原来，山纵二旅首长不知什么时候到了五团，正在跟纪心如谈话。

见刘涌团长过来，警卫战士请示旅首长，旅首长迎出来，热情地和冯干三握手。冯干三一边和旅首长握手，一边点头跟纪心如打招呼。

进屋后，冯干三有点拘谨地挨着纪心如坐下。经过介绍，冯干三才知道，旅长叫孙继先，山东曹县人，曾任红一军团第一师一团（先遣团）一营营长，带领十七勇士强渡大渡河，是全军闻名的战斗英雄。

孙继先给冯干三倒了一碗热水，说：“咱们先谈工作，一会儿再吃饭。老冯，你和纪先生都是本地人，情况你们熟悉，你说说，这个凸凸凹能打不?”

冯干三与纪心如四目一对，会心一笑，说：“首长，依我看，这个凸凸凹可以打。首先，凸凸凹联庄会这些年作恶多端，老百姓盼着它垮台。咱们打凸凸凹，老百姓肯定支持。渊子崖今天刚刚被他们绑架了 3 个人，村民准备跟他们拼命。其次，凸凸凹周围 30 里之内没有鬼子大部队，汤头虽然离得近一点，但汤头的鬼子才一个小队，50 来人，中间还隔着沭河，威胁不大。离它最近的是小梁家的伪军，百十号人，一群乌合之众，咱们派一支部队在沭河这边盯着他，吓死他他也不敢过来。”

孙继先点点头，问：“这个村有多少人，多少枪?”

冯干三尴尬地一笑：“我刚到那一片工作，还不大掌握这个情况。”

孙继先朝纪心如笑笑：“纪先生，老冯说的跟你说的差不多，还是你更熟悉一些。”接着，他向刘涌介绍道：“纪营长派人侦察过了，凸凸凹有 100 多人枪，还有一挺捷克式轻机枪。城高墙厚，拿下它，还是得费一番力气的。”

刘涌挺直腰杆说：“旅长，逮癞蛤蟆得摆老虎阵，我考虑，我们五团四个营全员出动，一举拿下凸凸凹，解放五区，扩大根据地。”

孙继先赞许地说：“好，你们回去拟定一个详细的作战方案，争取一炮打响!”

附记：

孙继先，1911 年生，山东省曹县人。1955 年 9 月授中将衔，1990 年去世。

第十三回　纪心如虎穴赴会　李世生后堂逞威

一

1940 年 10 月 16 日，山纵二旅五团团长刘涌在五团驻地莒南县大山召开军事会议。刘涌分析战情：“据侦查，这个凸凸凹村有 1000 多口人，20 户地主，土围子有二三丈高，沿着土围子修建了九座炮楼，每个炮楼能容纳二十来个人。村中心还有一座大炮楼，高三层，能容纳六七十人，楼门窗都用铁皮包着，各层楼四壁都挖了枪眼和炮眼，每个枪眼和炮眼都有活动铁板，枪炮抽回时，铁门自动关闭，外面的枪弹很难打进去，他们把这个炮楼叫“保险楼”。这个据点，是该村的防御核心。全村地主的护兵和土匪，有 100 多人枪，有一挺捷克轻机枪。

刘涌环视一圈，坚定地说：“旅首长给我们的任务是坚决拔掉这个寨子，解放五区人民，大家有没有信心？”

一营营长吴坤抢先要任务：“团长，把任务交给我们一营吧，我们保证一个冲锋拿下凸凸凹！”

刘涌笑而不答。

纪心如把烟袋头子在鞋底上磕了磕，不紧不慢地说：“吴营长，你们什么仗没打过？我们四营刚成立，在家门口不能装怂是吧？这个差事让给我们四营吧！”

政委刘中华投来赞许的目光。

吴坤笑笑：“纪营长，你们营都是新手，不怕打窝生了？”

纪心如双手抱拳，向吴坤致意：“谢谢吴营长提醒。老话说得好，一个篱笆三个桩，一个好汉三个帮。我们四营刚成立，承蒙大家看顾，非常感激。这次，不是我非要争这个头功，主要是想着在大家帮衬之下，拿下凸凸凹，给各村庄出口恶气。咱成功了，我这四营也立住脚了不是？”

吴坤伸手拉了拉纪心如，笑笑：“纪营长，你要这样说，我就不跟你争了，我们一营给你打下手，行不？”

纪心如：“谢谢，谢谢！”

刘涌满意地点点头，说：“好，我说下任务分工，一营营长吴坤、教导员赵清如，你们率领全营指战员，攻打西凸凸凹；纪心如营长，你们独立四营攻打东凸凸凹；二营营长姚克率部队佯攻三义口，阻击柴子敬顽部的增援；三营营长姜开华，你率部开到沭河岸边，监视沭河以西小梁家、郭家湾、汤头方向。”

纪心如坚定地表态：“团长放心，我们营就是用头拱，也要把凸凸凹拱平了。”

政委刘中华对四营还有些顾虑，特别交代：“我强调一下群众纪律。第一，要保证群众的生命安全；第二，要尽量保护群众财产不受损失。”

四位营长齐声道：“保证完成任务！”

二

晚饭后，部队从大山出发。夜间行军是非常寂静的，只听见沙沙的脚步声和村头一两声狗吠，大地变得更加沉寂。大家一股劲地向前走着，忽然前边传来口令：向后传，快跟上，不准掉队，每人都要用毛巾扎在左胳膊上。这是夜间作战规定的记号。队伍向西南走着，当走到一条大红板石沟下时，刘涌团长和警卫班停了下来，这是刘涌团长临时设在这里的战地指挥所。卫生队班长纪贵随卫生队队长周杰、医生董翰廷在一旁坐下。部队跑步从他们身边过去，攻打凸凸凹的战斗开始了。

一营营长吴坤命令一、二连从西南方向包围西凸凸凹，命令三连协助独立四营从东北方向攻打东凸凸凹，战斗在凌晨三点钟打响。三连突击队九班张班长率领全班抬着梯子从东南门方向爬进围子里，敌人发现八路军进了村子，拼命用机枪、步枪和土炮进行反击。枪声、手榴弹爆炸声、土炮声响成一片，战斗在激烈地进行着。

一营部通讯员小李气喘吁吁地跑来向刘团长报告了战斗情况：张班长带领战士在阻击敌人的反击时，不幸中弹牺牲。敌人用十几门土炮一齐向我们开火，我战士多人受伤，情况十分紧急……这时，吴营长也左胳膊负伤，由通讯员小王扶着来到指挥所。只见吴营长用手掐着负伤的胳膊，鲜血染红了衣服。纪贵急忙跑向前将他袖子剪开，露出伤口，董翰廷医生用消毒敷料把伤口包扎好，再用三角巾把受伤的胳膊给他吊好。吴坤营长带着湖南的口音气愤地说：“敌人有几个枪手枪打得很准，还有挺机枪，我们要研究对策，避免伤亡。”刘涌团长安慰吴营长说：“你到后方医院好好养伤，我们一定解放凸凸凹，活捉郑德顺。”吴坤营长扶着受伤的胳膊，一直不肯下战场，仍然在指挥所和刘涌团长一起指挥战斗。

17 日上午 12 点左右，枪炮声停了。

纪心如手持铁皮卷的大喇叭向村内喊话：“村里的弟兄们听着，我叫纪心如，你们被八路军包围了，快投降吧！这是你们唯一的出路。你们也都是爹生娘养的，家里也有老老少少，犯不着跟着郑德顺玩命。继续顽抗，死路一条。”

村内一片死寂。

一小时后。一面小白旗在门楼上摇晃。过了一会儿，一个吊篮放下来，从吊篮里走出来一位团丁。

“纪老先生，我们韩大财主和郑会长请您进村说话。”

纪心如：“好，你回去，把北门打开，让他们两个到北门接我。”

营副韩五福慌忙阻止：“营长，郑德顺他们已成瓮中之鳖，咱们再熬上一天，把他们消耗得差不多了，一鼓作气就拿下了，犯不着冒这个险。”

王文瑞：“营长，我以前跟郑德顺打过交道，不行我走一趟。”

李世生：“干爹，我陪你去。”

纪心如：“你们都不用去，有两个警卫就行了。现在我们大军压境，谅他们也不敢把我怎么样。韩营副，麻烦你去向刘团长报告一下。”

说完，纪心如一招手，两个挎双盒子炮的警卫跟了上来。

联庄会司令部内，纪心如说：“韩大财主，郑会长，今天，我代表八路军正式通知你们，限一个时辰交出武器，取缔联庄会，遣散联庄会员。另外，你们绑架的渊子崖的人质今天我带走。否则，我们八路军将发起总攻，到那时，玉石俱焚，再后悔就晚了。”

郑德顺：“纪老先生，您看这样行不行，韩大财主我就不说了，我手下有几十号弟兄，跟了我多少年了，您让开一条道，我带他们离开，到别处另寻生路，免得在这里斗个两败俱伤。这样好不好？”

纪心如冷笑一声："你是不见棺材不落泪啊！既然这样，也没有什么好谈的了，准备打吧！"说完，纪心如起身往外走。

郑德顺一摔茶碗，厉声说道："我要不让你走呢？"门外突然拥进七八个团丁，用枪指着纪心如。

站在纪心如两边的警卫员张玉龙、赵小虎早已拔出盒子炮，指着郑德顺和韩殿光，断喝一声："谁敢！"

纪心如微微一笑："怎么，鸿门宴？"

韩殿光大喝一声："谁敢！我的客人，谁敢动一根寒毛，我让他躺着出去！来人！"呼啦啦，又一伙团丁端着枪围在门口。

韩殿光拉下脸看着郑德顺："表弟，不要把事做绝了，你和你的人留在这里吧，我去送送纪老先生。"

纪心如昂首往外走，韩殿光紧跟着。张玉龙、赵小虎举着盒子炮，倒退着往外走。

北门口，韩殿光跟上纪心如，央求道："纪老先生，再谈谈行吗？给我们留20条枪，我们还得看家护院呢。粮食吧，我负责给你们凑，你看，你们最多也就千号人吧，我们供应你们一个月的口粮怎么样？"

纪心如拉下脸来，严肃地告诉韩殿光："韩大财主，你觉得还有讨价还价的必要吗？我看你的面子，给你们一个时辰，你回去告诉他们，缴枪，可以既往不咎，否则，刀枪无眼！还有，渊子崖那爷儿仨你给我服侍好了，如果少了一根寒毛，我找你算账。"

韩殿光不由觉得心寒，忙说："我尽力，我尽力，就怕那帮亡命徒不识好歹！"

纪心如冷然道："谁不识好歹，就消灭谁！等着瞧吧！"

三

东岭高地，纪心如向刘涌团长汇报谈判经过。

刘涌对纪心如只身犯险的行为不是很赞赏，批评道："纪营长，今天进村谈判，是不是有关云长单刀赴会的感觉？身为营级指挥员，只身犯险，下不为例啊。"

纪心如不以为然道：“谅他不敢！”

刘涌把战斗态势分析给纪心如听后，强调道：“看来他们是死猪不怕开水烫了。纪营长，这个村楼高墙厚，硬攻会造成较大伤亡。你回去好好想想办法，能不能换一个打法。另外，刚才侦查员报告，汤头、小梁家、三义口的敌人已经出动，二营、三营马上要接上火了，这里不能久拖，今晚无论如何要解决战斗！”

纪心如猛地站起来，朗声说道：“是，今晚四营保证拿下凸凸凹！”

凸凸凹村西北角，纪心如召集20余户村民开会。

纪心如说：“老乡们，我听说了，前几年因为你们不愿出钱出力打土围子，地主把你们甩在围子外了。今天，跟你们商议两个事情，一个是，借你们家用一用，我想在你们家山墙上掏洞，让部队打进去。第二件，把你们家的柴草、破旧棉被、煤油、豆油、硫黄、辣椒借给我，我要火烧炮楼。所有你们的东西，咱都上个数，打完仗后，按置办新东西的价格赔偿给你们，扒的墙洞，我拉青砖给你们垒上，怎么样？”

村民：“老先生，只要把这些土匪打跑，怎么着都行，不管什么东西，你们用就是，不用赔。”

纪心如：“有你们这句话就行了，八路军的政策，不会让你们吃亏的。”

正说着，有人报告渊子崖青救会来人了。史思荣快步走近纪心如，敬了个礼：“报告营长，渊子崖青救会30人前来报到，听从指挥。另外，我们带来了十坛子炸药。”说着，史思荣一挥手：“凡义，把炸药抱进来。”林凡义、林庆海等人从车上麦瓤窝里抱下一个个黑坛子，小心地放在地下。

纪心如一拍巴掌，大笑道：“太好了，用炸药轰。”

天黑了，北风刮起，四营战士抱着柴草、破旧衣被，提着煤油、豆油罐子，猫着腰从墙洞里钻进凸凸凹村，将柴草、破衣被堆在几个炮楼下，将煤油、豆油、硫黄、辣椒、黑炸药泼洒上去。接着，几根火把从远处扔过去，大火熊熊燃烧起来。

火借风势，滚滚浓烟向炮楼上方卷去。硫黄、辣椒点燃后，散发出一阵阵浓烈的、刺鼻的味道。

炮楼里的人架不住烟熏火燎，咳嗽着从上面跳下来，跑出去。战士们迅速进入村庄，包围“保险楼”。

纪心如喊道：“郑德顺，睁开你的狗眼看看，你们的围墙被我们破了，现在大街小巷都是八路军，何去何从，你们看着办吧，八路军的政策是缴枪不杀，优待俘虏。”

郑德顺：“八路说话可算数？”

纪心如：“八路什么时候说过谎？再重申一遍，把枪缴了，可以不杀。”

郑德顺：“那我们投降，你们别开枪。”

枪声停了。炮楼口举出了白旗，一挺机枪被吊了下来，接着，步枪、短枪、子弹袋子也都被扔了出来。郑德顺举着双手、低着头领着部下从炮楼小门里走出来。

纪心如一招手，几个连长凑过来：“世生，你们一连负责清理已经打下来的炮楼，收押俘虏。王文瑞、汲兴介，你们二连、三连负责接应一营，把剩下的几个炮楼都端了。”

“是！”三个连长兴致勃勃地跑去。

四

韩殿光与老婆王氏、闺女翠柳正翻箱倒柜，将一包包东西藏到夹皮墙里，突然，大门外两声枪响，接着有喊骂声，踹门声。

韩殿光吩咐妻子：“来人了，你们快把东西藏好，我出去应付应付。”然后他一溜小跑去开门，说：“来了，来了，别开枪！”

抽开门栓，韩殿光被盒子炮指着头退回院内。李世生骂道：“妈的，耳朵塞驴毛了？躲家里藏什么呢？”

韩殿光赔着笑脸，说：“长官饶命！长官饶命！郑德顺不听好人劝，我不愿跟他摽在一起对抗八路，就家来了，正装粮食准备给八路送去呢。”

李世生嘿嘿一笑：“你在家藏大洋吧？家里还有几条枪？都交出来！小心我崩了你。”

韩殿光忙不迭地说：“都交，都交，长官后屋喝茶。”转身大声喊道：“翠她娘，快泡茶，擀油饼，招待八路长官。”

进到屋里，李世生喝问：“枪呢，交出来！大洋呢，也交出来！”

韩殿光从桌子上捧过一把盒子炮递给李世生，又从墙边抱过两支汉阳造：“家里就这些枪了。还有，长官，这是孝敬您的鞋袜钱，小意思，别嫌少。”说着，韩殿光从抽屉里提出一个小布袋，晃了晃，哗啦哗啦响。

李世生接过来掂了掂，递给赵四厚：“四猴子，收好了。”赵四厚接过钱袋拴在腰里。

李世生看向韩殿光，断喝道：“韩殿光，你胆子不小，竟敢对抗八路。来人，押走，严加看管！”两个士兵过来将韩殿光反绑双手，摁下头：“走，到你们联庄会司令部！”

韩殿光带着哭腔喊道：“长官，我缴枪了啊，不能杀我啊！”

这时，韩王氏从里间跑出来，拦着几人哭着说：“翠他爹，你不能去啊，去就被铳了啊！”韩王氏一边说，一边向李世生跪下，央求道：“青天大老爷，俺家翠他爹一辈子可没干坏事啊，都是郑德顺那个该下油锅的，仗着有刘黑七撑腰，死赖在俺村不走，坏事都是他干的啊，不关我们的事啊。”

李世生冷笑一声：“杀不杀你男人，就我一句话的事。外边的，磨蹭什么，带走！”

赵四厚一脚将韩王氏踹倒，骂道：“快走，再磨蹭，打死你！”

韩殿光带着哭腔说：“八路也得讲理啊。”话还没说完，就被士兵押走了。

李世生让赵四厚举着马蹄灯，自己用盒子炮枪头挑开里间布帘子。里间床沿上，一个侧着头的大姑娘正揽着一个八九岁的男孩，两人抖得筛糠似的。

李世生接过马蹄灯，凑到大姑娘脸前：“你叫翠柳？”

王氏从地上爬起来，跟进里间，忙拦在闺女前面，说：“长官，孩子没见过世面，不会说话，您堂屋喝茶去。”

李世生伸手一划拉，骂道：“滚一边去！”王氏是小脚妇女，没站住，一个趔趄跌坐下去。小男孩“哇”的一声哭出来。

韩翠柳猛地站起来，大声质问道：“八路也不讲理吗？”

李世生伸手摸向韩翠柳的脸，邪笑着说：“哟，八路跟好人讲理，跟你们还讲什么理？”

韩翠柳用手一挡，冷然道：“我们怎么了，我们也没犯王法！”

李世生勃然变色：“王法？老子的枪就是王法。信不信，老子这就去把你爹毙了。”

王氏忙爬起来，抓着李世生的胳膊，哀求道：“长官，别生气，别跟孩子一般见识。翠，快，快去，和面去，给长官们办饭去。”一边说，一边把小男孩揽过来，用衣袖给小男孩擦眼泪，哄道："不怕，八路是好人，不会杀你爹。"

李世生吩咐赵四厚道："四猴子，你带这娘儿们到别的屋搜搜，看还有没有藏的枪支弹药。"

赵四厚拽着王氏往外走，韩翠柳站起身也想跟出去。李世生用手臂一拦，说："你等等，这边还没搜查完。"

韩翠柳赌气坐回床沿，说："搜吧，就这么大地方。"

李世生乜斜着眼，瞄着韩翠柳鼓囊囊的胸脯，不怀好意地说："你怀里藏的什么东西?"韩翠柳忙拽了拽衣襟，一脸愤怒。

李世生往前凑了凑，左手从韩翠柳后腰揽过去，右手摸向韩翠柳的胸部："这是什么?"韩翠柳慌忙站起，被李世生又摁下。

韩翠柳挣扎着喊道："娘啊，快来，欺负人了!"

李世生用左臂压住韩翠柳上半身，腾出右手摸向韩翠柳的腰部："奶奶的，老子自打参加了八路，荤腥都不让沾了，今晚你就犒劳犒劳老子。"韩翠柳双腿踢腾着，大喊："救命啊!"

李世生使劲将韩翠柳裤子拽下，又拉过被蒙在韩翠柳头上。韩翠柳在被里呜呜大喊。

李世生正要解自己裤子，就听外边有人大声呵斥道："是谁在作死?"李世生吓得一激灵，忙放了韩翠柳。

纪心如一掀门帘进来，后面跟着营副韩五福。李世生忙不迭地说："干爹，这娘儿们往被窝里藏东西。"

纪心如扬手一巴掌，骂道："滚，没出息的东西!"

李世生嬉皮笑脸道："韩营副，小心这娘儿们被窝里有枪。"一边说，一边挤了出去。

五

纪贵随卫生队打扫战场，在炮楼底下草堆里搜出一支六轮小手枪，交给刘涌团长，还搜出一个装着三包大烟土和一支大烟枪的木盒。刘涌团长接着小手枪很高兴，指着木盒大烟土说："周队长，这留给你们卫生队配药用吧!"

这次战斗胜利结束，活捉郑德顺反共自卫团司令以下近百人，缴获捷克式机枪一挺，各种长枪 70 余支，短枪 10 余支，另外还有生铁牛、大五环、天门炮等各种土炮、土枪百余支。

战斗结束后，团政治处民运股进行纪律检查，将烧毁的民房、木料、粮食、门板、衣物按价赔偿。群众亲眼看见八路军纪律严明，爱护百姓，对待俘虏不打不骂。有的老大爷感动地说；“我从来没见过像你们这样好的队伍。”这次战斗直接粉碎了敌人的反动宣传，扩大了我党我军的政治影响。

解放凸凸凹，活捉郑德顺，此事一传十，十传百，闻者无不欢欣鼓舞，震动了整个临沂五区，顽固派柴子敬狼狈逃窜了。孟家寨、三义口、养鱼池等地的土顽势力也站不住脚，土崩瓦解。群众欢呼胜利，杀猪宰羊慰问八路军，送粮、送草，捐献枪支弹药。青年人报名参军，各村掀起拥军、参军的高潮。

战斗结束后，八路军对俘虏进行甄别教育，讲解八路军优待俘虏政策，教育俘虏回家要积极参加生产，参加抗日活动，执行政府法令，不要为敌人效劳，不要为顽固派当炮灰。不少俘虏在领到回家路费时，都感动地说：“八路军真好，真是老百姓的队伍，再也不听顽固派造谣了。”

附记：

刘涌，1914 年出生，江西省兴国县人，1930 年参加中国工农红军。1955 年被授予少将军衔。后任华东军区装甲兵司令员，济南军区副司令员。1972 年 12 月 8 日去世。

刘中华，山东文登人，1917 年 1 月出生，参加过天福山抗日武装起义。1955 年被授予少将军衔，后任东海舰队第六舰队司令员。2018 年 1 月 16 日去世。

第十四回　龙泉寺独立营祝捷　渊子崖青救会比武

一

10 月 18 日下午，秋高气爽，金色的阳光洒满大地。今天，八路军在龙泉寺举行祝捷大会。

龙泉寺建于唐代贞观年间，位于刘家庄村东岭的最顶端，距周围村庄约有一二里地，香火旺盛时有僧徒几十名，来寺庙拜佛的信男信女络绎不绝，远近驰名。据传到了明代，由于个别和尚不行正事，横行霸道，被群众告到官府，官府派兵抄了寺庙，寺庙不复存在。

清朝中期，附近村庄的一些乡绅又集资建起了一座新的寺院——龙泉寺。寺院建筑雄伟，雕梁画栋，龙头兽面，墙的四壁还画有“唐僧取经”“哪吒闹海”等许多动人的故事。寺院建有大雄宝殿五间，供奉的是“如来佛”“哼哈二将”及“十八罗汉”等。东殿三间供奉的是“三官老爷”。西殿五间，三间分别供奉“送生娘娘”“痘妇娘娘”和“痧佛哥哥”，另外两间由看寺人员居住。山门两间，神像有站班将军二名，塑得栩栩如生。

正月十五是龙泉寺的庙会日，每年正月十五这一天，十里八乡的男男女女扶老携幼前来烧香拜佛赶庙会，庙前面的广场上有打拳卖艺的，有说书唱戏的，有卖茶卖饭的，有吹糖人的，有卖儿童耍物的，还有卖糖卖烟的，也有赌钱的，真是五花八门，应有尽有，热闹非常。即使在平时，游客及烧香还愿的也往来不断。

龙泉寺因一口山泉而得名。在龙泉寺的南面有一口山泉，泉水甘甜清凉，赶庙会的人同时来饮也不会干涸。泉的后面有一块大山石凸出来，高高耸起，当地人称它为“龙脊”，故称此泉为“龙泉”。龙泉寺的后面是岭，前面是鸡龙河，河流长年不断。河的两边是垂柳、刺槐，寺庙的周围是高大挺拔又粗又壮的松柏树，遮天蔽日，是盛夏避暑的好地方。

此时，龙泉寺大门外人山人海。小孩子们在广场前跑来跑去，大人们伸长脖子看着临时搭起的高台。

高台是用木棒和木板架起来的，接近两米高。面向观众这一面扎了个松门，松门正上方横幅上书写四个楷书大字“祝捷大会”。门两侧有一副对联，上联：团结抗战，打击日寇救中国；下联：惩处汉奸，共赴国难保家乡。高台东侧，刘庄的锣鼓家什敲得震天响。

突然，人群潮水一样往外跑。河对岸，渊子崖高跷队踩着鼓点向龙泉寺走来。

“看，孙悟空，谁扮的?”

“那是白娘子，是林福祥闺女扮的，真俊!”

“那个扑蝴蝶的小丫头身段那么活!”

高跷队之后，抗日独立营的人马走来，他们沉浸在欢乐之中。

林庆海扛着一根长长的竹竿，点燃鞭炮，将高跷队迎进龙泉寺广场。

广场上，高跷队分男女两队走圈撑场子。鼓点越敲越急，男女两队穿插盘旋，走得人眼花缭乱。“孙悟空”“猪八戒”走在外围，不时撩拨一下小孩，逗得人们大笑。突然，鼓声戛然而止，高跷队自然走成男女两排，向主席台上站着的领导鞠躬致意，主席台上的领导再次举起双手热烈鼓掌。

史思荣把双手向下按了按，示意人们静下来，他高声宣布：“乡亲们，昨天，咱们英雄的山纵二旅五团打下了凸凸凹，拔除了反动的联庄会，至此，临沂五区全部解放了，全部是咱们老百姓的天下了。”

台上台下热烈鼓掌，小孩子高兴得蹦起来。

史思荣向大家介绍刘涌团长道：“今天，咱们五团的刘团长来了。大家欢迎!”刘涌上前一步，向台下敬了个军礼。台下掌声一片。

有人惊叹：“这么年轻！哪里人?”

“也就二十六七岁吧，听说是江西人，还是老红军呢。”

接着，谢辉微笑着走上来，史思荣带头鼓掌：“这位，是咱们十字路人，原来是五团三营的营长，现在是临沂、莒县、日照、赣榆四个县联合办事处主任，相当于四个县的县长，他就是我们的谢辉主任。”谢辉鞠躬致意。

史思荣笑呵呵走近纪心如，高声说道：“大褂子营长纪老先生大家都认识，我就不多介绍了。一会儿，谢主任还要宣布他的任命。下面，请刘团长讲话，大家欢迎！”

刘涌再一次敬了个军礼，朗声说道：“乡亲们，各位大爷、大娘，兄弟姐妹们，你们好哇！这两年，大家受够了小日本和汉奸以及反动派的气，毛主席派我们来和大家一起打日本鬼子，打汉奸，打反动派，大家说，好不好，欢迎不欢迎？”

台下高声呼应：“好，欢迎！”

刘涌看向纪心如，高声说：“这两天，咱们的纪营长带领抗日独立营斗智斗勇，一举攻破凸凸凹炮楼，为解放凸凸凹立了头功，咱们该不该给纪营长戴大红花？”

台下拍着巴掌，高声说：“纪营长，大红花！纪营长，大红花！”团部文书纪甫早已安排团部警卫员将大红花捧上台，递给刘团长，刘团长笑吟吟走向纪心如，给纪心如别在胸前。纪心如脸色激动得通红。

史思荣宣布：“祝捷大会进行第二项，请谢主任宣布任命。”

谢辉展开任命状，高声宣布：“经各村推荐，报请滨海专署批准，任命纪心如同志为临沂五区区长、王士一（又名王鄂亭）同志为临沂五区副区长。”纪心如、王士一向谢辉鞠躬敬礼后，又向台下鞠躬敬礼。台下欢声一片。

二

祝贺大会之后，纪心如率部队到孟家寨子驻扎，纪甫向团部请假去孟家寨子看望父亲。纪心如很高兴，问纪甫使的什么手枪。“是‘斤半铁’。”纪甫抽出手枪给父亲看。纪心如把枪放在手里掂了掂，叫通讯员拿来一把新的“枪牌”手枪交给纪甫，很风趣地说：“我用‘撸子’换你的‘斤半铁’吧。”纪甫喜出望外，把“撸子”拿在手里左看右看，像捡了个宝贝似的。

过了一会，纪甫对纪心如说：“爸爸，我在诸城泊里入党了，是由李桂五、徐斌洲介绍入党的。”纪心如高兴地说：“入党这是政治上的大事，我也向刘团长、刘政委汇报多次，要求入党，韩副营长、黄教导员到四营来，我也提出入党的问题。”

纪心如又谈到孟家寨子地主顽固派诬告四营，捏造了什么“八大罪状”，刘涌团长看了很生气，并派人来，要四营一定想办法把孟家寨子地主组织反共自卫队的二十多支长短枪取过来，又说：“这些坏家伙有枪就要反共，对反共顽固派不能手软。”这天晚上，纪甫在营部住下，临睡觉时纪心如又对纪甫说：“我年纪大啦，不方便带兵打仗，我把队伍扩大好，就请领导另安排我工作。我想到参议会工作，区长也不能再兼啦！今后就靠你们兄弟姐妹干啦，英、寿长大了，也要去参军，全家干革命，永远跟党走，这是我终生的愿望。”此后，纪甫把这些话转告了全家人，但是万万没有想到，这是纪甫和父亲生前最后一次见面，父亲的话竟成了遗嘱。

三

秋高气爽，金色的阳光洒满大地。早饭后，渊子崖林家祠堂门前广场上锣鼓喧天。村民搭了个临时会场，悬挂起一条横幅：渊子崖村抗日民主政权成立大会。

主席台上放了三张桌子，摆了六把椅子。会场上人头攒动，孩子们跑来跑去，比过年还热闹。

9点，纪心如身着军服，骑着白马，从孟家寨子赶过来，身后跟着两个警卫员和通讯班。

冯干三、史思荣、林九兰、林凡义等人早已在村口等候。

纪心如从马上跳下来与冯干三等人热烈握手。冯干三夸赞道：“纪营长，这身军装一穿，可真是英姿飒爽啊。”

纪心如哈哈大笑：“冯区长，你就别笑话老头子了，我这身子，穿大褂还遮遮丑，一穿上军装，把军装给衬瞎了。改天打完仗，我还是穿大褂，改行教学去。”

史思荣笑着说：“以后咱这里办一所大学，请纪营长当校长，我来当教员。”

林九兰打趣道：“我给大学看大门。”

不一会儿，纪心如等人来到会场。众人齐刷刷向纪心如这边看，有人带头鼓掌：“向八路军学习！向八路军致敬！欢迎纪营长！”

纪心如一边挥手，一边大声喊：“向渊子崖学习！”

林九臣的二儿子林庆舜今年 14 岁了，从人群中挤进来，靠近纪心如，伸手摸纪心如挂在腰部的盒子炮。

纪心如摸着林庆舜的头，笑着问："喜欢枪？"

林庆舜抬头眼巴巴看着纪心如："喜欢。"

纪心如道："好，赶快长，长到这么高了，我发一支给你。"纪心如比画着高度。

林庆舜歪着头："真的？"

纪心如："真的。"

林庆舜高兴地说："说话算数啊。"

纪心如等人与群众寒暄交谈完毕，走到主席台就座。这时，就听有人喊："闪开！"

众人闪开一条路，只见林庆舜踩着半米多高的高跷走向主席台。"报告营长，林庆舜前来领枪！"说着，一晃一晃地敬了个军礼。众人哈哈大笑。

王康美忙跑过来："庆舜，别捣乱，快出去，开会了。"说着过来把林庆舜拽走。

纪心如笑着指着不愿走的林庆舜："这孩子，踩高跷充大个，有意思。小虎，回头给他一把红缨枪。"站在后面的赵小虎笑着答应。

史思荣站起来，招呼众人安静："乡亲们，大爷大娘，叔叔婶子，兄弟姐妹们，大家安静。今天，咱渊子崖召开全村大会，干什么呢？选举咱们村的村长。"看众人议论纷纷，都瞅着主席台上的林秉锡，史思荣笑着说："林老先生，您先说两句？"

林秉锡架着拐站起来，将礼帽脱掉，给大家鞠了一躬，颤巍巍说道："各位庄邻，老少爷儿们，我，林秉锡，因为才疏学浅，这些年没有给大家帮上什么忙，让大家吃累了，我愧对大家了。"说着，他连连拱手作揖。

林秉锡："老少爷儿们，咱们村这些年没少吃军阀、土匪、鬼子的气，是八路军，是纪营长、冯先生、史先生帮了我们，咱得感谢他们啊！"说着，他淌下两行眼泪。人群中，早有妇女啜泣起来。

林秉锡顿了顿："小日本进临沂两年多了，到处烧杀抢掠，无恶不作，咱们得跟着八路军打鬼子。我岁数大了，腿也废了，不能出力了，今天，守着纪营长、冯区长的面，当着全村老少爷们的面，我请求大家，允许我辞去村长这个差事。谢谢大家！”说罢，他向庄邻弯腰鞠躬。

台上台下莫不动容。冯干三忙过来扶林秉锡坐下。

史思荣挥挥手，示意大家安静下来：“老乡们，林秉锡老先生因为年龄、身体原因辞去村长职务，他的这个要求，我们应该尊重。那么，今天我们要把新的村长选出来？”

大家你看看我，我看看你，议论纷纷：“是林九兰吧？”

“他不行，斗大的字不识一筐。”

“那就是林庆兰，他有点学问。”

“听说林秉锡想叫林凡义干。”

“你拉倒吧，他才几岁，嘴上没毛，办事不牢。”

听着众人的议论，史思荣笑笑：“今天，这个村长，大家都可以竞争。怎么竞争呢？一共三场比赛，前两场比武，第三场比文，最后由大家选择。”

“史先生，怎么个竞争法？”人群中站出一个五大三粗的汉子，三十来岁。大家一看，是林九兰。

史思荣一拍手掌：“好，参加竞争的站到这里。”有人送上热烈的掌声。

史思荣看向会场：“还有报名的吗？”

林凡义从主席台东侧走过来：“我，林凡义。”

会场又一片掌声。

史思荣笑着看会场：“两个了，还有吗？”

“这边还有一个！”林凡庆被一群人推搡着站到台前。

史思荣又喊了几遍，见无人答应，征询纪心如、冯干三的同意后，大声宣布：“渊子崖村村长竞选现在开始。第一个项目，搬运碌碡。比赛规则，从白线开始，谁一口气不换手搬得最远，谁就获胜。”

这时，区委宣传委员赵同和秘书李子桂已经分别站在白线碌碡旁和几十米外的巷子头等着。众人跟在林九兰、林凡义、林凡庆身后看热闹。

“抽草棒，谁短谁先来。”结果，林凡义抽了根最长的，林九兰第二，林凡庆最短。

林凡庆扎了扎腰带，吐了口吐沫在手里搓了搓，双手抠着碌碡两头的磨眼，将碌碡提到胸部，一步一步向小李站着的方向走去。一步，两步，三步，他走了49步，碌碡从手里滑下。李子桂跑过来撒上石灰点。

众人拍掌嬉笑："这一局凡庆输定了。"

李子桂将碌碡滚回来。林九兰早已跃跃欲试。碌碡一停稳当，只见林九兰向下一蹲，两手一托碌碡底部，双臂夹住，撒腿就跑，跑到李子桂跟前，向前一送，将碌碡扔在地上。李子桂在碌碡落地的地方撒上石灰点。赵同用步量过来："103 步！"

众人竖起大拇指。林九兰挥挥手，面带微笑。

李子桂将碌碡滚回白线。林凡义围着碌碡转了三圈，突然一跺脚，将碌碡踢倒，双手一较劲，将碌碡抱在怀里，一步一步走向李子桂，走到李子桂跟前，再转身走回来，将碌碡放回白线上。

看到这种情况，林九兰的侄子林崇岩急了，上来替林九兰争辩："指导员，这个不算数，不兴走来回的，凡义走得慢，输了。"

史思荣笑笑："可他走了个来回，距离远啊。"

林九兰笑笑，说："崇岩，算了，这局算凡义赢！"

林崇岩有点不服气，嘟囔着走到一边去了。

第二个项目，比赛射击。林九兰、林凡义、林凡庆一人一杆大雁枪，一碗铁砂，一碗黑药。规则是，一炷香之内，自己装填火药、铁砂，三次击发机会，谁先打碎自己那组三个泥壶，就算谁胜。

史思荣发令开始，只见林凡庆不慌不忙，脱下两只鞋，将火药、铁砂分别倒入两只鞋里，然后捏着鞋帮，将火药、铁砂慢慢倒入枪管中。

林凡义左右一看，飞步起跃，从梧桐树上摘下两片叶子，将树叶窝成聚口状，插入枪管，通过聚口往枪管里倒火药、铁砂。

林九兰正在焦急时分，他老婆将孩子的帽子扔过来，林九兰用帽子做成聚口，装填火药、铁砂。

第一枪，林凡庆率先击碎泥壶。第二枪，林凡庆、林九兰与林凡义几乎同时击发。第三枪，由于林凡义的梧桐叶碎了，装填慢了一些，比林凡庆慢了半拍。

第二局，林凡庆获胜。

第三局，就职演讲。按抽签顺序，林凡庆第一个演讲，林九兰第二，林凡义第三。

林凡庆走上主席台，向主席台上的人鞠躬，转过身来向台下群众鞠躬。林凡庆清了清嗓子，说："老少爷儿们，闲话少说，论辈分、论田产、论资望，我林凡庆不敢当这个村长。但是，鬼子、土匪祸害咱，总得有人出来办事。如果大家选我当村长，第一，我和大家一起跟着八路军干，跟着纪营长、冯区长、史指导员干；第二，我有个杂货铺，经常出去进点货，如果大家信得过我，我可以帮着大家捎点稀缺物品，保证不赚大家的钱。我就讲这些。”台下一片掌声。

林九兰左右看了看，朗声道：“我，林九兰，家住东北围子，家里什么都缺，缺金缺银缺土地，就是不缺力气，我愿意和大家一起跟着八路军杀鬼子，保护咱渊子崖安安生生过日子。”说完，他一转身，走到一边。台上点头，台下喝好。

林凡义走上来，看看台上，看看台下：“各位长辈，三个人中我最小，我是大家看着长大的。有人可要说了，你林凡义才多大，小黄嘴角能当村长？大家知道史指导员多大了？才26岁。史指导员16岁就参加了革命，谁嫌他小了？常言说得好，有志不在年高，无志空长百岁。我林凡义当村长，要干三件事。第一，加固围墙，购买枪弹，保护渊子崖，打鬼子，打汉奸；第二，办个学校，让史指导员给咱请老师，让咱村里的孩子都有学上；第三，在鸡龙河里垒条石坝，咱蓄它半槽水，天旱了，咱自己好有水浇地。大家说，好不好？”

听林凡义这么一说，台上台下不少人连连点头。纪心如不由鼓起掌来，大家跟着鼓掌。

史思荣指挥人手搬来三把椅子，让人将写有林九兰、林凡义、林凡庆三个人名字的红纸贴在椅子背上，每把椅子上放了一个笸箩筐子。冯干三走向台前，高声说：“乡亲们，父老兄弟们，过去的枪杆子、印把子都在地主老财手里，穷人只有受气的份儿，现如今，共产党要在各村建立咱老百姓自己的政权，让穷人自己当家做主，这是开天辟地的大喜事。我跟大家说一下，我是筵宾乡范家水磨村人，从小和乡亲们一样，给财主家种地扛活，处处受他们的欺负，后来我参加了共产党，共产党让我当上了区长，这是我做梦都想不到的事。今天咱们先选村长，接下来还要选农救会会长、妇救会会长。最近几天，大家对村长的人选议论较多，也推荐了不少人选，今天共有三位出来竞选，这很好。我首先说一下，只要是一心一意跟着共产党走，坚决打击日本鬼子和走狗汉奸，为群众谋利益，谁干，我们都支持。可是有一点，我得提个要求，就是大家要珍惜自己的权利，认真挑选自己的当家人，可不是小孩子过家家，想怎么样就怎么样，要把真正有能力带着大家干革命闹翻身的人选出来。”

冯干三话音刚落，“三喳喳”林崇海就开腔了：“冯区长，我看今天比武就怪热闹了，让谁当村长还不是你和大褂子营长一句话的事，可别拿俺这些土老鳖当猴子耍！”

冯干三收了笑容，严肃地说道：“你叫林崇海是吧？今天的比武是很热闹，那是因为咱们村喜欢练武，咱打小日本也要有力气、有本事，这是个基本功。说到让谁当村长，我可以告诉大家，我说了不算，纪营长说了也不算。谁说了算呢？咱渊子崖的老少爷儿们说了算！”

说完，冯干三到一边坐下。史思荣向前一步，高声说：“大家注意了，选举现在开始，凡是渊子崖村年满 18 周岁的，无论男女，都到林庆兰那边登记，领一粒铁砂子。你同意谁当村长，就把铁砂子放在他那把椅子的笸箩筐里。下面，选举开始。”

林秉锡缓缓站起来，在林九臣的搀扶下，走到登记处，签名登记，领一粒铁砂子，放入写有林凡义名字的笸箩筐里。

选举有条不紊地进行。天快晌午的时候，选举结束。现场清点，林凡义得铁砂 372 粒，林九兰得 347 粒，林凡庆得 316 粒。

史思荣将计票人签字的报告单向主席台汇报后，高兴地宣布：“我宣布，渊子崖村抗日民主自治委员会成立，林凡义当选为村长，大家欢迎。”台上台下一阵掌声。

第二天上午，用同样的方式，村民选举林九兰为农救会会长，林凡庆为青救会会长。

下午选举妇救会会长，抗大一分校学员马英进（女）主持选举会议。午饭后，妇女们拿着板凳三三两两地来了，有的手里拽着孩子，有的怀里抱着孩子。马英进费了好大劲才让大家伙安静下来。马英进说：“大娘、婶子、大嫂、姐妹们，多少年来，咱们妇女，给人家当丫鬟，当童养媳，就是在家里吃饭也上不了桌子，为什么？旧社会不把咱当人看啊。现在，共产党支持咱们妇女，让咱们和男人平起平坐，就拿昨天、今天选村长、农救会、青救会会长来说，咱们也是一人一粒铁砂子，咱们的铁砂子也是算数的。妇救会会长是妇女姐妹的带头人，咱们要把在家里说了算，能给咱妇女撑腰的带头人选出来。大家琢磨琢磨，看谁合适？”

林九功的妻子、共产党员陈东荣笑着站起来，指着林九臣的妻子王康美说：“我看二嫂子正合适。”

王康美赶忙站起来说：“马指导员，我家里忙不过来，还是九功家的妹妹合适。”

林欣刚够十八岁，也来参加会议，见两个奶奶辈的在那里互相谦让，笑着站起来，说：“我看凡庆家俺大娘干最好，她觉悟高、有能力。”

林凡庆的母亲叫王清欣，40来岁，一位很干练的农村妇女。见林欣推荐自己，王清欣赶忙打岔：“侄女子，你糟蹋你大娘啊，我哪能干那个啊，睁眼瞎一个！”

大家你一言我一语，讨论了好半天，才确定了三个候选人，分别是王康美、陈东荣、王清欣。这次也是用铁砂选举。在一片嬉笑声中，王康美被选举为妇救会会长，大家都很服气。

几项选举结束后，林庆兰编了一个投豆选举的歌谣，叫《金豆豆铁豆豆》，教儿童团传唱：

金豆豆，铁豆豆，
豆豆不能随便投，
选好人，
办好事，
投在好人的筐里头！
金豆豆，铁豆豆，
共产党来了有奔头。
多打粮食，
多织布，
要打鬼子找八路！

第十五回　鸡龙河洗晒绵羊毛　赵四厚讹诈韩殿光

一

晚秋时节，天旱，麦苗稀稀疏疏，叶芽枯黄。一群大雁排成人字阵，飞过鸡龙河。

渊子崖大齐庙，四营一连驻地，纪长带着几个战士，赶着驴车送来棉衣、棉裤布料片子和一袋袋绵羊毛。

李世生从房间里走出来，拍了拍麻袋："大兄弟，送来什么好吃的?"

纪长："李连长好，我刚从团供给部领来冬装衣料，赶着送过来，让咱们早点穿上棉衣。"

李世生："好哇，那得谢谢大兄弟了。"

纪长挠挠头："李连长，实在不好意思，因为鬼子又来扫荡了，被服厂又要转移，冬衣没来得及做出来，只能把裁好的衣料和绵羊毛送过来，动员咱们的战士自己动手絮上。"

李世生把帽檐向上推了推："什么，绵羊毛?棉花呢?咱们在凸凸凹村缴获的棉花呢?"说着，李世生撕开麻袋口子，抓出一把绵羊毛，放在鼻子上闻了闻，一把摔在纪长的脸上："操什么洋蛋，你干的什么供给部主任!饭，饭，你弄不上吃的，整天让我们吃䅟子煎饼，一折十八半，噎死个人。现在天冷了，你连个棉衣都供应不上。要你们供给部干熊?妈的，你给我拉回去，换棉花的。"

纪长满脸通红："李连长，实在没办法。你也不是不知道，现在连第一一五师正规部队国民政府都停发军费了，国民政府更不管咱这山纵!"

李世生："我干爹这个区长是怎么当的?他们不会到村里征调吗?"

纪长："咱这个地方很少有人种棉花，鬼子又经常下来扫荡，不好征啊。"

李世生："呸！没本事干就别接这个活！弟兄们，都过来看看，这就是咱纪大主任给咱送的棉衣！"

战士们呼啦啦围过来，将一麻袋一麻袋绵羊毛扯出来，用脚踢得老远："什么烂羊毛，又骚又臭，给我垫鞋窝子我都不要。"

"咱在村里缴获的大洋，叫哪个小舅子贪污了？给我查查！"

纪长："一连的同志们，大家先别吵吵，我跟大家说说。咱们在凸凸凹村是缴获了不少战利品。但是，那是咱们全团的胜利果实，由团里统一收缴使用了。"

李世生："纪长，我问你，打凸凸凹，谁出力大？咱独立营是主攻吧？这一仗，老子的一连死了两个弟兄，都是老子从老家带过来的。他们那三个营死人了吗？死了几个？凭什么咱的战利品叫他们享受了？"

纪长："李世生，亏你还是个连长，讲理不讲理？没有二营、三营阻击汤头、小梁家和三义口的鬼子、顽军，没有一营的帮助，你能打下凸凸凹？"

李世生："我怎么打不下？没有他们，照样打下。"

纪长："行，你本事大。你要有种，今天到沭河西，把小梁家打下来，这个村有二十多户地主，几百顷地，一百多杆枪，粮食一囤囤的，棉布一捆捆的，你有本事，都去拿来。"

李世生把帽子一脱，摔在地上："妈的，纪长，将我军是吧？小梁家离汤头那么近，小鬼子骑马一眨眼就来了，我干爹都不敢撩治他，就我这几杆破枪，我去找死？"

纪长："这不就行了，打小梁家你说就几杆破枪，打凸凸凹你的枪就好了？还夸你的功劳呢！"

李世生："去屌熊的，反正你给我弄的这个臭羊毛我们不要。你弄不来棉花，给我钱，我去买。"

纪长："爱要不要，有本事，自己张罗去，我还不伺候呢。"

李世生："弟兄们，听听，这说的是人话吗？就这样的供给部主任，还不如撒泡尿淹死算了。"

纪长满脸憋得通红，手指着李世生："你，你……"

李世生抬手一巴掌，将纪长指向自己的手打下去："怎么，你还想打我？"

两个人越吵越凶，有人赶忙隔开两人："都少说两句吧，别伤了和气。"

跟随纪长过来的同志将纪长拉到一边："主任，不生这个气了，这样吧，一连的棉衣咱请渊子崖妇救会帮忙做，男同志笨手笨脚的，还真不是干这活的料。"然后他回身招呼："来来来，供给部的，把东西拾起来，咱拉到渊子崖，请渊子崖村的老乡帮一连的同志们做，保管耽搁不了同志们穿棉袄。"

李世生："小孩办不出大人事。"说完，他一甩手进屋了。

二

中午，鸡龙河畔，史思荣、王康美、林欣带着几十个妇女冲洗、晾晒、敲打绵羊毛。

这个活共分三道工序。第一道，用柳条筐、腊条筐装了绵羊毛，在河水里刷洗，将尘土等脏物冲洗掉。第二道，将冲洗干净的绵羊毛摊放在席子上晾晒。第三道，拿了腊条反复敲打晾干了的绵羊毛，直至绵羊毛起绒。

林欣带着一群识字班小姑娘跟着史思荣在河里冲洗羊毛。洗好一筐后，林欣提着筐走上岸，看到史思荣的鞋子放在岸边，于是放下柳筐，折了一根柳条蹲下，迅速用柳条量了量鞋子的长宽，然后将柳条插编在筐梁上。

林欣这个小动作被翻晒羊毛的王康美看在眼里，王康美抿嘴一笑，问："孙女，史先生的鞋多大码号啊？"

林欣脸一红，赶紧拽着王康美的衣袖说："二奶奶，瞎说什么？"

王康美一戳林欣的鼻子，笑道："相中了？"

林欣一扭身就走，说："不跟你说了，笑话人！"，

大伙儿忙了一天下来，几百斤绵羊毛整理干净。史思荣、王康美、林欣带着妇救会、识字班的一行人背着羊绒回到渊子崖。

太阳已经下山，渊子崖五区区公所里，林凡义提着秤称羊绒。

林凡义："王康美，羊绒六斤，棉衣、棉裤外罩两套，二斤，一共八斤，10天交工。"

"林欣，羊绒六斤，棉衣、棉裤外罩两套。二斤一两，一共八斤一两，10天交工。"

林凡义唱一个，史思荣坐在桌子边就登记一个。一个小时的光景，130套棉服放给妇救会、识字班。大家带着领到的布料、羊绒，离开区公所回家做饭。

三

纪长走后，李世生喊来赵四厚、刘二麻子、孙大头几个人。李世生道：“我说弟兄们，今天纪长他们弄几斤臭羊毛糊弄咱，这口气咱们不能吃。大头，你到二连、三连转转，看看他们那边是不是一样。如果都一样，这倒也罢了，如果弄出个两样来，就别怪老子不伺候了。”

孙大头：“不光二连、三连，营部也得查查。”

赵四厚：“大哥，依我看，你们都别费那个憨劲了，咱参加独立营也一年多了，你们想想，纪心如那个老正经，呸呸，不对啊，咱营长，干爹，还有那个韩五福，再加上新来的这个姓黄的教导员，哪个出过洋相来？人家才真叫八路呢。”

刘二麻子：“猴子，依你的意思，就这样，整天吃稀拉稀，穿灯笼裤？”

赵四厚：“我看先这样，活人不能让尿憋死了。大哥，这事你装不知道，我带人到凸凸凹找地主们想办法。”

刘二麻子：“你去打土豪？”

赵四厚：“死脑筋，现在八路搞什么‘三三制’、减租减息，搞得一团和气，谁还敢明火执仗地打土豪，咱不会让他们捐助？”

孙大头：“那人家要是不捐呢？”

赵四厚拍了一下孙大头的头：“你瞎长一个尿罐子大脑袋，咱不会捏他的瘸，找他的麻烦？”

李世生一拍巴掌：“我看行，猴子，这事你来办。”

晚饭后，凸凸凹村，韩殿光宅院堂屋，赵四厚与韩殿光分东西坐着，赵四厚带的四个兵有两个在屋外站岗，两个随侍在赵四厚左右。

赵四厚将盒子枪掏出，拍在桌子上：“韩殿光，你可知罪？”

韩殿光：“排长，我知罪，我知罪。”

赵四厚：“什么罪啊？”

韩殿光：“我以前鬼迷心窍，被郑德胜裹挟着参加了联庄会，祸害过老百姓。不过，这个罪八路已经赦免了，排长不会再算老账吧。”

赵四厚从鼻子里哼出一声：“韩殿光，韩大财主，旧账我可以不算，新账可饶不了你！”

韩殿光惊慌地看着四猴子："排长您说明白点。"

赵四厚一拍桌子："韩殿光，你交代，你在沭河那边还有多少亩地，一年收多少地租？今年你减租了吗？"

韩殿光有点释然地说："原来排长因为这个生气，那边是十三区，是梁化轩的地盘，不归咱八路管。"

赵四厚："韩殿光，你拿梁化轩吓唬我吗？"

韩殿光："不敢，不敢。"

赵四厚："我们查明白了，你在那边还有370亩地。这些年，你按五五收佃户的地租。一年下来，我们算过了，你至少多收了佃户六万斤粮食。你说，怎么办吧？"

韩殿光："排长，别开玩笑！"

赵四厚："谁给你开玩笑？"

韩殿光脸上冒出了汗："哪有那么多地，哪有那么多粮食，您别吓唬我了。"

赵四厚："吓唬你？你说，你一年送给梁化轩多少粮食、多少款子？"

韩德光："他一年讹我1000块钱，一万斤小麦。"

赵四厚冷冷一笑："这不就得了，你给鬼子汉奸供粮饷，支持他们打八路，你比汉奸还汉奸。今天，受山纵二旅五团锄奸部的委托，我们前来执行枪决。来人，押走！"两个士兵上来就拧住韩殿光的胳膊。

韩殿光浑身一哆嗦："排长，不能开玩笑，吓死人了。"

赵四厚冷哼一声："谁给你开玩笑。带走！"两个士兵把韩殿光五花大绑就往外推。

韩殿光出溜在地上，带着哭腔说："排长，给条活路吧，我上边还有老娘呢。"

赵四厚："想活是吧？"

韩殿光忙说："想活。"

赵四厚拍了拍韩殿光肩膀："老韩，想活也容易。这样吧，今晚我也不带你走了，给你个机会，半个月之内，准备5000斤小米、5000斤面粉，送到我们一连，我向上级汇报，就说你是开明绅士，你就没罪了。还有，今年天气冷得早，还他妈特别冷，弟兄们还单着呢。这样吧，你再置办20件羊皮袄，到时一块送过来。"

韩殿光："哪有那么现成啊？"

赵四厚："那就分两批，半个月送一趟。不过，羊皮袄可得半个月之内送过来，别把我们冻直干了。"

韩殿光："尽量，尽量。"

交涉妥当之后，韩殿光拿出藏了很久的大烟土，伺候着赵四厚吸，赵四厚吞云吐雾，直到半夜时分才离开。

四

半个月后，营长纪心如、教导员黄玺绶到一连检查工作，送指导员上任。纪心如骑着大白马，与黄玺绶并辔而行，后面跟着通讯班和供给处的人员。

黄玺绶："纪营长，告诉你一个好消息，团党委已经审查了你的入党报告，决定由我和韩副营长当你的入党介绍人，近期，咱就召开支部大会，接收你入党。"

纪心如："感谢组织的信任。我是老时候出生的人，脑袋不大灵通，多亏共产党过来，领着我们走上大道。不然，还不知怎么混呢。"

黄玺绶："营长也不用太谦虚，组织考察过，之前你在寨子村孟照熙的民团里干过'解粮官'，算是上当受骗，还因此在临沂坐过大牢。其他时间，都是清白的。"

纪心如："共产党真是明察秋毫啊，说起那几年，我可是惭愧得很呢。"

黄玺绶："还有一件，一营长吴坤向我要一个文化人当文书，我看纪长可以，回头叫他去吧？"

纪心如："行啊，都说父子不同席，这孩子在我手下放不开手脚，跟着吴营长，我放心。"

黄玺绶："纪营长，我听说一连这个李世生，平日懈怠懒散，不大遵守纪律，咱可不能宠着他。你哪年收他为干儿的？"

纪心如："这个孩子，从小无父无母，他叔也管不了他，整日游手好闲的，赶个四集，卖个老鼠夹子、老鼠药什么的。民国二十五年，他走到我们庄，因为发疟疾，走不动了，我收留他，这就拜上了。这孩子虽说脾气不大好，但打仗是把好手，枪法也准，脑子也转得快，是块打仗的料。"

黄玺绶："营长，我看，好钢还得炼，四棱子木头还得从圆眼里走走。这次，让冯玉玺过去给他当指导员，下决心整顿整顿一连，要不然，除了你，他是谁的话也不听了。”

黄玺绶回头看了看冯玉玺：“这个冯玉玺，虽说参军晚点，军事能力差点，但原则性还是很强的，与战士能够打成一片，应该能够胜任。”

纪心如：“就像庄户人家使唤牲口，这个一连就是小牛犊，应该给套上笼头。”

中午，渊子崖天齐庙，李世生整理队伍，接受营长纪心如、教导员黄玺绶检阅训话。

黄玺绶拉过冯玉玺：“同志们，今天，我和纪营长过来，给你们送来一位指导员。你们这位指导员呢，参军也有三年了，原来在青年抗日三十六团干过文书，肚子里有墨水，平时可以给你们教教文化课。你们这位指导员叫冯玉玺，大家欢迎！”

队列里响起稀疏掌声。拍掌的士兵一看李世生斜眼瞅着冯玉玺不拍巴掌，又都把巴掌停下来。

黄玺绶拉过冯玉玺与李世生：“来，李连长、冯指导员，你们两个认识一下。”

冯玉玺伸出右手去握李世生的右手，李世生一用劲，冯玉玺疼得歪嘴咬牙。战士们捂着嘴笑。

纪心如一巴掌拍在李世生的肩膀上：“世生，干什么！”

李世生甩开手：“我要个能打仗的，您给我个教书先生干什么？我不要！”

纪心如：“你敢！从现在起，冯玉玺就是一连的指导员，在一连，他就相当于营里的黄教导员，谁敢对冯玉玺里个楞，我饶不了他！”

李世生：“那他也得有两把刷子，不然，谁服他！”

正说着，唢呐声从远处传来。

韩殿光雇了一个喇叭班子，吹吹打打，引导着毛驴车、小推车来到天齐庙。

李世生快步迎上去，连连摆手：“停，停！”

韩殿光眯缝着眼笑，讨好地说：“李连长，都带来了。”说着，他把眼光瞥向纪心如和站在纪心如旁边的黄玺绶。

李世生转过身，笑着对纪心如说：“干爹，忘了告诉您，这个韩殿光吧，看咱一连整天吃糠咽菜的，发了点善心，要来给咱送点细粮。”转身招呼：“老乡们，辛苦了，卸下吧，今中午让韩大财主请你们下馆子啊，好好喝一盅。”

韩殿光暗暗叫苦，暗骂李世生这个孬种：“你真会送人情，我还得出三桌菜。”

纪心如走向韩殿光，握着韩殿光的手：“老韩，谢谢你啊。”

韩殿光赔着笑脸：“只要营长不杀我，我把家底子给八路都行。”

纪心如脸一拉：“老韩，你说明白，谁说要杀你？”

韩殿光往李世生、四猴子身上瞅了瞅，不敢吱声。

纪心如看着李世生，问：“世生，怎么回事？你讹诈人家去了？那跟土匪有什么两样！”

李世生嬉皮笑脸道：“没有，没有，是韩大财主觉悟高，自愿捐献的。”说着，李世生到毛驴车上拿了一件羊皮袄，往纪心如身上披：“干爹，这是您的，天凉了，穿上它暖和。”

纪心如一抖肩膀，两眼瞪着李世生：“这皮袄也是你让人家做的？”

李世生接住抖落下来的皮袄：“干爹，那个烂羊毛实在没法套袄。我就让韩殿光做了十四五件皮袄，孝敬您一套，给教导员一套，我们排长、班长一人一套，另外的给夜间站岗的穿。”

纪心如冷笑一声：“你想的怪周到啊。”

李世生笑笑：“那是，那是，我逮个蚂蚱也得有您的一条腿啊。”

这时，黄玺绶挨车看了看，将羊皮袄数了数，足有二十件，不由得心中动了气。

黄玺绶：“李连长，你要干什么，准备上山当山大王吗？”

李世生：“教导员，您这话说得，不就几件羊皮袄吗？”

黄玺绶脸色冷峻：“几件？二十件！你知道一件多少钱吗？《三大纪律八项注意》你还会唱吗！”

李世生：“我又不是抢的，是人家自愿捐的，与那个破纪律有什么关系？”

黄玺绶勃然大怒：“李世生，你参加队伍多长时间了，怎么一点纪律性都没有！八路军的制服你不穿，你去穿财主、刘黑七才舍得穿的皮袄，你要干什么？”

李世生：“我不想干什么，就是想让弟兄们吃饱穿暖，这还有错吗？”

黄玺绶：“你背着牛头不认脏是吧？八路军的纪律不允许你胡作非为。来人，米面、皮袄全部带走，由营部给韩先生开具收据，全部上缴团供给部。”

李世生眼一翻："教导员，大鱼吃小鱼是吧？看在我干爹份儿上，给你们营部一千斤面、一千斤米，两件皮袄。要，你们就带走，不要，我也不给送。"

纪心如抬手一巴掌打在李世生脸上："你个兔崽子，翅膀硬了你，怎么跟教导员说话的！"

李世生："干爹，你也别倚老卖老，不是我说你，再这样下去，你这个营长早晚屌家不当，都让外人说了算了。"

黄玺绶直视着李世生："李世生同志，你这个思想很有问题，你跟我说，谁是外人，谁是内人？"

李世生："我不是党员，别拿你那套吓唬我。"

纪心如："大胆了你，李世生，我现在就撤了你。"回头看了一眼冯玉玺："冯玉玺，从今天起，你代理一连连长，李世生跟我回营部反省。"

冯玉玺瞅瞅纪心如，看看黄玺绶，再瞅瞅李世生："营长，这样不好吧。李连长也是老连长了，我新来乍到的，上来就这样，我没法开展工作啊。"

黄玺绶："冯玉玺，你要和稀泥吗？"

冯玉玺脸一红："教导员，不是。最近鬼子扫荡频繁，李连长离开一连，有了敌情，我怕应付不了。您看这样行不行，让李连长留在连队，让他认识错误，写个检讨，一边打仗，一边改正。"

纪心如断然说道："不行。李世生现在就得跟我走！"

赵四厚从队里窜出来："李连长不能走。"

纪心如："你叫什么？你算哪根葱！"

赵四厚："老爷子，我哪根葱都不是，我是李连长的人。我们连长说了，他只听您的，同样，我们只听李连长的。您要是把我们连长撤了，就把我们都撤了吧！"

纪心如勃然大怒："李世生，你平时就是这么说的吗？"然后手指着赵四厚："来人，关他的禁闭，冯玉玺，好好管教管教。"通讯班两个战士走上来就要扭赵四厚的胳膊。

赵四厚斜眼一瞪纪心如："老爷子，绝情是吧？好，这个土八路我不干了行吗？"

纪心如圆瞪着双眼："怎么，嫌八路土了？皇协军那边不土，你想上那边洋务？"

赵四厚："我回家种地，要饭，行不行?"

纪心如："好，好，打鬼子不是请客吃饭，我不强求，你要想走，就快滚!"

赵四厚嘿嘿一笑："老爷子，改天我要饭要到您家里，您可别说不认识我赵四厚啊。"说完拔腿就走。

"慢着，把军装留下!"黄玺绶断喝一声。

赵四厚斜眼一瞅黄玺绶，将军装外衣一脱，扔在地上："裤衩子也留下?"

李世生忙将裤子捡起递给赵四厚，又从车上拿过一件羊皮袄："算我买的，穿上。"

赵四厚用手一扒拉："我光腚走，看丢谁的人!"说完，头也不回走了。

纪心如气得喘着粗气，指点着一连士兵："不像话，冯玉玺，抓紧整顿。"

刘二麻子、孙大头等人恨恨地看着纪心如他们带着李世生、韩殿光等人离开天齐庙。

刘二麻子："太黑了吧，怎么也得给咱留三袋两袋的，让不让活了?"

孙大头："少说两句，少说两句。"嘴一努，看向冯玉玺。

刘二麻子嘴一撇："屌，他算个熊!"

第十六回　赵四厚投敌当汉奸　渊子崖劳军过大年

一

深秋的早晨，公鸡山山顶，一块巨石状如公鸡，面向东方扬脖伸喙。山楂树、柿子树、枫树在秋风中抖落叶子，山坡一片金黄。

李世生从营部宿舍走出来，伸了个懒腰。纪寿打老远跑过来：“大哥，你起啦，俺娘叫你上俺家吃饭。”

纪寿今年9岁了，去年，随着母亲搬到八路军公鸡山根据地，住在魏家鸡山村。

李世生笑着问：“小三，干娘办了什么好吃的?”

纪寿：“正和三姐擀面条呢。你去吧，我去喊爹。”说着，纪寿跑走了。

李世生走进纪心如安在魏家鸡山的家，喊道：“干娘，起这么早啊。”

王翠山：“世生啊，自己找板凳坐。这里不比庞疃，小地方，转不开腚。”

李世生：“干娘，这不过年过节的，怎么想着擀面条了?”

王翠山：“你干爹说了，今天让你回去，送行的面条团圆的饭。听说纪长、纪甫今天都要出门，正好，咱们一起吃顿饭。”

李世生喜道：“干爹答应让我回去了?”

王翠山：“别看你干爹表面上冷，可他心软，哪能把你撸光呢。世生啊，这次回去，可得好好干，给你干爹争争脸。上回，没把你干爹气个半死。”

正说着，纪心如在纪长、纪甫的陪伴下走进家门，李世生忙迎上去。

纪甫看李世生老早就来了，打趣道：“都说馋猫鼻子尖，世生，你鼻子够长的。”

李世生："是干娘让小三喊我来的，要是你叫我，我还不一定来呢。"

纪甫冷然道："你现在走也不晚。"

李世生笑笑："你当我跟好吃的有仇啊？今天吃一顿干娘的饭，下一顿不知哪年还能吃上。吃一顿算一顿喽！"

王翠山"呸"了一声："你两个就不能说句人话？大清早的，胡咧咧什么！"她转向纪心如："他爹，你爷儿们喝一盅？"

纪心如："一戒到底吧，不喝了。"

李世生："干爹，戒酒了？"

纪心如摆摆手："戒了，省点粮食。"

李世生转向纪甫："大兄弟，听说你这武工队队长干得不赖啊，吓得梁化轩那帮龟孙子不敢到沭河这边来了。这次，有什么新任务？"

纪甫："你打听那么多干什么？"

李世生嘿嘿一笑："兄弟，公鸡头上一块肉，大小都是冠（官）不是？好歹我也是连长，对我还这么保密？"

纪甫冷笑一声："早听说了，你官威不小。我可是告诉你，你们连驻地周围的群众对你意见不小。你不要挂羊头卖狗肉，坏了咱八路的名声！"

纪心如拉一把椅子坐下："世生啊，这十来天你都看了，二连、三连这大半年变化大啊，比你一连强多了，回去你得使把劲，把纪律整一整，把射击、投弹、拼刺刀这几样功夫练一练。不然，等春节之后，部队要整编，咱爷儿们可就现眼了。"

李世生听得心里一慌："整编？这不好好的，整什么编？"

纪心如："给你说你也不懂，平时叫你学点文化，你嫌乎笔比枪还沉，就是不干。世生啊，不学文化是睁眼瞎啊。"

李世生胡乱答应着："是，干爹，我回去好好学。"

纪心如又转向纪长叮嘱："纪长，到吴营长那边比不得我这里，吴营长要求严，你要向那些老红军学习，吃苦耐劳，干点实实在在的事。如果在那边干不好，你也别回我这里，干脆回家种地去。"

纪长挠挠头，说："只要不叫我干供给，让我当大头兵都行。"

纪心如把脸一拉："别挑三拣四的，让你干什么就干什么。"

早饭后，天雾蒙蒙的，很冷。霜花挂在树枝、草尖上，还没有融化。李世生出了魏家鸡山村，沿着鸡龙河，走在回渊子崖连部的路上。

走出不到三里地，从后面树林里跳出一个身影，冲李世生喊：“大哥!”李世生回头一看：“四猴子，你怎么在这里?”

赵四厚跑过来，眼泪汪汪：“大哥，我在这边等你好几天了。”

李世生：“这些天你干什么去了?”

赵四厚：“我说了实话，你可别枪毙我。”

李世生：“怎么，你跟日本人干了?”

赵四厚眼里露出狡黠的光：“大哥，跟八路干有什么好？你都三十好几的人了，至今还没尝到女人什么滋味。就说吃的吧，整天清水煮萝卜，连点油星都不见，还不如跟财主干活的吃得好，图啥?”

李世生拔出手枪，指着赵四厚的头：“这么说，你真的投靠日本人了?”

赵四厚慢慢用手推开李世生的枪：“大哥，动枪动炮的不好，小心走火。”

李世生哼一声，收起枪：“说，现在跟谁干?”

赵四厚：“大哥，我也是替你探探路。莒县许县长说了，你要是过去，让你到咱老家当区长兼保安团连长。怎么样？回老家高官得坐，清福能享，总比在这里受窝囊气强。”

李世生：“这事你跟谁说过？二麻子、大头他们知道吗?”

赵四厚：“谁都没说。”

李世生：“我暂时还不想弄干爹难堪，你也别瞎说八道。八路这边你是回不来了，你好好在那边混吧，要混出个人样来。滚吧，别在这里碍眼。”

二

渊子崖天齐庙一连驻地，冯玉玺正在教战士们识字。一块黑板上，写着“中国共产党万岁”七个大字。

见李世生走来，两个哨兵老远就喊“连长回来了”。冯玉玺向门外看去，战士们站起来向李世生围拢过去。

冯玉玺走近李世生，伸出手要握手，李世生没有搭理，径直走向黑板，将黑板摘下扔在地上：“谁要是想当秀才，回家当去，我这里只要会打仗的。”

冯玉玺涨红了脸：“连长，教战士们学文化，不影响练武啊。”

李世生：“放屁，整天娘娘们们的，怎么不影响！”顿了顿，李世生大喊：“集合，列队。”战士们呼啦一下，列成三队。

李世生：“从今天开始，咱只练三个活，射击、投弹、拼刺刀。一个月后，我设擂台比武，每项的第一名，奖励 5 元，第二名，奖励 4 元，第三名，奖励 3 元。”

刘二麻子：“连长，你的津贴才 3 元，奖那么多，咱上哪里弄钱去？”

李世生一瞥冯玉玺：“上边不是给咱们连派来了文化教员嘛，请他出去说书唱戏化缘去。”战士们哈哈大笑。

冯玉玺一拉脸：“连长，你不能胡闹，搞物质刺激这一套，我反对。”

李世生邪笑一下：“指导员，你们搞政工的不是讲究官兵平等吗？这样吧，咱全连举手表决，看有没有人同意我的办法。来，同意我这个办法的举手。”李世生说完，乜斜着眼看着冯玉玺。

刘二麻子把两只手举得老高，说：“我举双手赞成。奶奶的，射击这个状元谁都不准跟我争！”

李世生摆摆手，说：“不行，忘了说，你们当排长的就别争了，你们当好裁判就行了。”

孙大头嘿嘿一笑：“这个办法好，我们二排全体赞成！”说着，把手高高举起。

李世生看了看全场，看向冯玉玺：“冯大指导员，你数数，同意的有多少，不同意的有几个？”

冯玉玺早就看到，没有一个敢反对的：“你这叫胡闹，营部不会同意的。”他转身离开现场。

李世生冷笑一声，喝令：“全体都有，从今天开始，一律开到鸡龙河二滩，真刀真枪给我训练，一定要把王文瑞二连压下去！”

三个排长吹着哨子，将各自的士兵带走。

三

腊月二十，中午，太阳晒得人们暖洋洋的。渊子崖村中，石碾已经连轴转七八天了，人们忙着碾米轧面。

小孩子拆了整挂的鞭炮，点燃了单个放，空中时不时传来炸响。

史思荣拿了大刷子，蘸着石灰水刷写大标语。几个小孩跟在史思荣身后左看右看。史思荣将句号刷完，指点着念："打倒日本帝国主义。"几个孩子随着也念。

"指导员，忙完了吗?"林欣站在史思荣身后几米处，笑意盈盈地问。

史思荣扭转身，笑道："啊，林欣啊，刚写完，我正要找你呢。年忙得差不多了，咱们的文艺宣传队应该集合排练了，过几天还得到部队那边慰问，给烈军属贴春联。"

林欣看看四周，说："不就磨面烙煎饼做豆腐嘛，没的忙。咱今晚集合行吗?回头我好下通知。"

史思荣笑笑："好啊，那咱们就晚饭后集合。"

顿了顿，林欣有点扭捏，嗫嚅着道："指导员，有几个字我不会认，你有空吗?"

史思荣："这会儿没事了，走吧，到房东大娘家去。"

林九臣家，王康美正在锅屋里烧火做饭。林欣往锅屋里一探头，问："二奶奶，做什么好吃的?"

王康美笑着站起来："思荣回来了? 先到屋里歇着，饭马上就好。孙女，过来搭把手，蒸窝窝头的，你先看着锅，别熄了火，我去切菜。"

林欣答应着："二奶奶，等一下，我跟指导员说个事就过来。"

王康美探头一看，林欣手里提着一个大布包，走进史思荣住的东屋。

东屋，林欣从包里拿出一双棉鞋和棉袜，递给史思荣："指导员，你试试看合脚不?"

林欣穿着蓝底白点粗布棉袄，小麦色皮肤，乌黑的头发扎成一条粗粗的麻花辫，脸蛋带着红晕，犹如秋天熟透了的红高粱。两个人还是第一次这么近距离说话，少女的清幽之香让史思荣脸上发烫。史思荣低声问："你做的?"

林欣低下头，不敢直视史思荣的眼睛："你试试吧，二奶奶正叫我呢。"说完，她浅浅一笑，转身出了屋。

史思荣脱了脚上的鞋袜，试穿林欣做的新鞋袜。"合适不?"王康美饶有深意地站在门口端详着。

史思荣满脸绯红，忙站了起来："大娘，屋里坐。"

王康美笑笑："不坐了，应该合脚。"说完，笑着走了。

史思荣笑着摇头，自言自语："她怎么知道尺寸？"

四

腊月二十九，中午，林凡义、林九兰、林庆海等人敲打着锣鼓家什，林凡庆、林欣带领着秧歌队，前往一连走访慰问。秧歌队后面，林九臣、林庆兰赶着毛驴车，车上堆满了面粉、猪肉、粉皮、粉条、大白菜等慰问品。

冯玉玺组织一连战士列队迎候，观看秧歌舞。

锣鼓骤然加速，秧歌队穿来插去，忽左忽右，闪得人们眼花缭乱，突然，大钹"嚓"的一声，鼓点骤停，秧歌队瞬间变成男女两队。战士们报以热烈的掌声。

林凡庆、林欣笑容满面走出队列，朗声祝福："一连的同志们，大家新年好！渊子崖村农救会、青救会、妇救会在这里给你们拜年了！祝英雄的一连在新的一年里旗开得胜，取得更大的胜利！"

冯玉玺看了看李世生："连长，你讲几句？"

李世生撇了撇嘴："啰唆什么，这事归你管。"

冯玉玺走上前来，与林凡义、林九兰、林九臣、林凡庆、林庆兰、林欣等人一一握手，然后面向秧歌队敬了个军礼，大声说："谢谢渊子崖的父老乡亲，我们一连一定不辜负乡亲们的期待，一定勤练本领，多杀鬼子。在这里，我们一连也给渊子崖的父老乡亲拜年了，祝渊子崖村在新的一年里五谷丰登，万事如意！"说完，又敬了个礼。群众、战士都热烈鼓掌。

李世生用嘴努了努林欣，问二麻子："那个妮子就是林欣？"

刘二麻子："俊不？"

目送秧歌队远离，李世生咂咂嘴，点点头："这小妮子，有味。"

第十七回　李世生登门送礼　二麻子强词拉媒

一

大年三十中午，李世生理完发，刮完胡子，照着镜子认真整理了一番，然后喊来刘二麻子。

“大哥，今天怎么收拾得这么利索?”刘二麻子一进屋，就感觉李世生与往常不一样。

李世生拽拽衣服下摆：“这不过年了嘛，你也拾掇拾掇，别整天跟个二混子似的。”

刘二麻子大牙一龇，说：“咱又不娶媳妇不相亲的，费那劲干什么。”

“你到伙房割块肉，咱去串个门。”李世生貌似漫不经心地说。

“到哪庄，串几个门?”刘二麻子问。

李世生眼睛一乜斜，说：“你不是说那个林欣死了娘，她爹有病嘛，怪可怜的，咱们去帮衬帮衬。”

刘二麻子眼珠子转了转，看了一眼李世生，笑笑：“是怪可怜的，咱不帮衬谁帮衬?”

李世生和刘二麻子提着猪肉、红糖等物品来到渊子崖村。村口，林庆舜正带着两个儿童团拿着红缨枪站岗放哨，听说是找林欣的，林庆舜自告奋勇领着他们来到林福祥家。

林福祥、林欣不在家，小善正在院子里玩，见林庆舜领着李世生、刘二麻子提着东西进来，小善道：“二叔，俺爹到俺姑奶家去了，我姐在您家烙煎饼呢。”

李世生眼珠子一转，笑道：“小娃娃，我来给你送块肉吃，好吗?”

小善连连摆手，说："不要，不要，八路军的东西不能要。"

刘二麻子诡异地一笑，说："九路军的东西你要不？"

小善眨巴眨巴眼睛，看看林庆舜，不知怎么说才好。

林庆舜皱眉头看刘二麻子一眼，交代小善说："你等着，我把你姐叫来。"说完，转身跑走了。

李世生、刘二麻子不用小善邀请，推开屋门进了堂屋，把一块猪肉和一包红糖放在桌子上，坐下抽烟。

李世生在屋里东瞅瞅，西看看。林福祥家院子不大，只有三间草屋，但里里外外收拾得十分干净。梁头下，一小囤瓜干已经下去一大半，麦缸里也只有半缸小麦。桌子上，放了一盆和好的白菜豆腐馅子，一块面团在另一个盆里饧着。

不一会儿，林欣回来了。

李世生赶忙伸出手要去握林欣的手，发现林欣端着一盖顶煎饼，只得把手缩回来。

林欣把煎饼放下，拍打了一下衣摆，说："小善，怎么没烧水给客人喝？"

小善忙起身去烧水。林欣刚要弯腰找茶壶、茶碗，猛然发现桌子上多出一块猪肉和一包红糖，侧脸问小善："这东西哪里来的？"小善用嘴一努李世生、刘二麻子。

林欣不解地看着李世生，问："李连长，你们这是要到谁家慰问？我给您领门。"

刘二麻子笑笑，说："我们连长也是最近才知道你们家里有困难，这不过年了嘛，送二斤肉、一斤红糖，别嫌乎少啊。"

李世生连忙点头，说："主要还是来感谢咱们妇救会对一连的支持，没有你们，一连恐怕现在还得穿单衣单裤。"

林欣笑着说道："李连长，一家人不说两家话，咱们部队打鬼子、杀汉奸，都是为了老百姓，妇救会给部队干点活，那是应当的，用不着客气。再说了，咱们部队上生活很艰苦，这个肉和红糖你们就带回去吧。"

李世生连连摆手："哪有带回去的道理，你要嫌少，回头我让炊事班再送一块来。"说完，朝刘二麻子一使眼色。

刘二麻子干咳了两声，瞅瞅林欣，再看看李世生，说："听说你那没过门的男人得病死了，怪可怜的，现在还没找婆家吧？"

听到这里，林欣心中有点恼火："刘排长，这些小事不该你们部队管吧？"

刘二麻子笑笑："军民一家亲嘛，我们一连想和你们家亲上加亲哩。"

林欣正色道："刘排长，什么叫亲上加亲？过年了，咱都忙，我也不留你们吃饭了，你们回去吧！"说着，抓起桌子上的猪肉、红糖递向刘二麻子。刘二麻子尴尬地一笑："这点东西，嫌少是吧？"林欣把东西往刘二麻子怀里一搡，不耐烦地说："你们也忙，走吧！"

刘二麻子眨巴眨巴眼，有点尴尬地把东西接过来。出了院子门，李世生看看周围没人，使劲砸了二麻子一巴掌，骂道："你个憨熊，大过年的，你提她那个死男人干什么！"

刘二麻子笑笑："他不死，还到了你来娶？"

二

正月初二中午，刘二麻子提着两包点心来到林九臣家。

林九臣、王康美将二麻子接进堂屋。二麻子将点心放在桌子上："大爷，大娘，给您拜个晚年了。"

王康美忙将点心提起来往二麻子手里送："刘排长，您这是干什么，大年里，过来喝酒吃饺子，还拿什么东西啊。"

刘二麻子："我们是小辈，哪能空手来啊。"

王康美："刘排长，您这就见外了，部队上哪有闲钱买这个啊。一会儿拿回去，晚上站岗饿了吃。"

刘二麻子："大娘，嫌少是不是？您再说，我脸都红了。我们连长叫我捎点礼物过来，我寻思着这大过年的，还真不好买东西，都没开门呢，就到炊事班找了这两包点心，还是年前村里送的呢。"

王康美："使不得，使不得，还是带回去吧。"她顿了顿，又道："哎，刘排长，你们李连长叫你来，有事？"

刘二麻子："也没什么事。"

王康美："有什么事不用客气，甭管是缝缝补补，就是缺衣少粮，部队上说一声，你大娘这立马就办。"

刘二麻子嘿嘿一笑："大娘，衣服是年前新换的，粮食比你们吃得要好，这个你放心，就是一个事，我们李连长想请您帮忙。”

王康美笑着问：“那是什么事让你们连长为难了？”

刘二麻子：“大娘，是这么个事，听说您家跟林福祥家是近门？”

王康美：“是呀，福祥喊我婶子。”

刘二麻子：“你看，我找您就对了嘛。”

王康美：“你找福祥有事？他咳嗽痨病的。”

刘二麻子：“大娘，我直说了吧，我们连长看他家闺女工作积极，对部队上支持也很大，想请您给说个媒。”一边说，二麻子一边将两个大拇指向一起碰了碰。

王康美眉头一皱：“刘排长，这个事恐怕不行。”

刘二麻子：“怎么，嫌我们连长岁数大，官职低？”

王康美：“刘排长，不是这个话，那妮子有婆家了，一女不许两主，是吧？”

刘二麻子：“那个男的不是病死了吗？”

王康美警惕地看了一眼刘二麻子，说：“刘排长知道得很多啊！”

刘二麻子得意地笑起来：“大娘您给说说吧。”

王康美摇摇头，说：“不行啊，人家真有婆家了。”

刘二麻子不解地问：“又找人家了？哪个村的？”

林九臣接话说：“不是哪个村的，部队上的。”

王康美白了林九臣一眼，说：“你不说话，能憋死？”

刘二麻子追问：“是我们连的？我怎么不知道，哪个龟孙吃了熊心豹子胆，连长还没娶媳妇，他敢抢先娶媳妇？”

正说着话，林欣陪着史思荣走进院子，老远就喊：“二奶奶，指导员回来了。”

王康美站起来，一脸笑意：“思荣啊，从县大队赶回来的？饿了吧？大娘这就做饭，过会儿你陪着刘排长喝两盅。”

史思荣跟林九臣打了一声招呼，将手伸向二麻子：“刘排长，过年好。”

刘二麻子打量着史思荣和林欣，眼珠子滴溜溜乱转，一拍大腿：“大娘，我知道了。”

王康美盯着刘二麻子问：“你知道什么？”

刘二麻子没有握史思荣伸过来的手，眯着眼问：“史指导员，我请教一个问题，行吗？”

史思荣不解地问：“刘排长有什么指教？”

刘二麻子：“我问你，你今年多大，参军几年，什么级别？”

史思荣：“什么意思，要政审啊？”

刘二麻子：“我再问你，八路军对结婚有什么规定？据我看，你最多二十五六岁，不会超过28吧？”

史思荣：“虚长27，怎么？”

刘二麻子“你入伍不超过7年。”

史思荣：“我17岁就参加革命。”

刘二麻子：“你是连级干部，这点不错吧？”

史思荣：“革命不讲高低贵贱。”

刘二麻子：“反正你不符合结婚条件。”

史思荣惊愕道：“谁说我要结婚了？”

刘二麻子指着林九臣：“这位爷儿们，一大把年纪了，他不会说谎吧。”

林九臣错愕道：“我说什么了？”

刘二麻子：“刚才不是你说的吗？”

王康美：“刘排长，大过年的，可不能说瞎话。”

刘二麻子哈哈大笑：“你们编是吧？史思荣指导员，现在，全国抗战形势这么严峻，上级派你来五区开展工作，你不把心用在工作上，却利用职务之便乱搞女人。我到你们上级告你去！”说罢，起身就走。

林欣一把拽住二麻子的衣袖：“刘排长，红口白牙的，可别乱嚼舌根子，你说，谁乱搞女人了？”

刘二麻子冷笑一声：“你不知道吗？”

林欣：“我知道什么？”

刘二麻子嘴一撇：“你非得让我把话挑明了？”

王康美：“刘排长，你说吧，不用藏着掖着。”

刘二麻子：“我问一下，史思荣指导员，你是不是跟她相好？”他用手指着林欣。

林欣满脸通红，愤怒地骂道：“你放屁！”

史思荣面色凝重，严肃地说：“刘排长，我郑重告诉你，我在渊子崖工作，群众是支持的，包括今天在场的大爷、大娘。工作期间，少不了跟他们打交道，包括联系他们给你们一连制作军装。但是，咱们都是有组织的人，说话办事要对组织负责。否则，组织不答应，老乡们也不答应。”

刘二麻子：“你敢发誓，你不娶她?”

史思荣：“笑话，我凭什么向你发誓?”

刘二麻子：“这不就得了，你还是想娶她。”

史思荣：“刘排长，我问你，我就是想与林欣同志结为伴侣，难道有错吗?”

刘二麻子：“哈哈，说实话了吧。好了，知道了。哼，走了。”

王康美抓起那两包点心，追到门外：“刘排长，你捎回去。”

刘二麻子接过点心，邪笑着说：“哪天他们结婚，别忘了给我们发张请帖，我们来喝一盅。”

王康美：“刘排长，这话可不能瞎说，人家就是谈个恋爱，也不犯法，用不着别人嚼舌根子。”

刘二麻子：“是吗?不到一定年龄、职务结婚，就是违纪。乱搞女人，就是犯法。”

王康美勃然变色道：“刘子乾，大过年的，你找别扭是吧?谁乱搞女人了?你跟我说清楚，不然你就别走!”

看王康美发了火，周围有人围过来，二麻子嬉皮笑脸：“大娘，我嘴贱，我瞎说，您回吧，别送了。”说完，快步离开。

屋里，林九臣气得拿起酒瓶喝了一大口：“什么玩意儿!”林欣气得掉眼泪，史思荣气得脸发红。

王康美回到屋里：“林欣，和面，包饺子。听着蝼蛄叫，还能不种黄豆了?没事，有什么事，二奶奶给你们做见证。”

第十八回　李世生庞疃哗变　冯玉玺冒死报信

一

1941年正月初六，五团四营接到紧急命令，即日启程赶到沭水县南部布防。按照部署，李世生带领一连来到韩村驻扎。

正月十六日，午饭后，四营通讯员飞骑赶到韩村。通讯员从公文袋里抽出一张命令，递给李世生："李连长，团部有命令，冯指导员呢？"

李世生："怎么，命令是下给指导员的吗？"

通讯员："报告连长，这个命令需要两位首长共同签收。"

李世生一把夺过命令，瞥了一眼："到洙边整编？好吧，你在这里等等吧，指导员到周围村庄喝酒去了，等他来再说吧。"

通讯员："李连长，你派人去找找吧，我还得赶到下一个地方。"

李世生冲连部外喊："来人。"刘二麻子、孙大头等几个人进来。

李世生："大头，你带营部通讯员到伙房吃饭，二麻子，你带一个班到周围村找找，看看指导员是不是喝醉了，要是喝醉了，抬也要抬回来。上边任务下来了，麻利点。"说完，给二麻子递了个眼色。

孙大头领着通讯员到伙房吃饭。李世生附在刘二麻子耳边嘀咕了几句，刘二麻子答应着走了。

下午，渊子崖林九臣宅院堂屋，冯玉玺、史思荣正就一连调走后的有关工作进行交接。

刘二麻子找过来："指导员在这里吗？"

冯玉玺起身迎出来，问："刘排长，有什么急事吗？"

刘二麻子："指导员，你出来一下。"

冯玉玺走出来，二麻子靠近贴耳小声说："刚才连长说，庞疃是咱起兵的地方，人家年前过来慰问过咱们，咱们还没有过去回访，觉得有点失礼。连长让您带着我们去打前站，今晚过去搞个联欢。"

冯玉玺有点疑惑："这才半天时间，我出来时连长还没说什么，怎么这一会儿就冒出这个想法？我回连部问问。"

刘二麻子："连长带管理员到外边采购礼物去了。"

冯玉玺："连长没说咱们准备几个节目？"

刘二麻子："随便唱几支歌呗，这是您的拿手好戏。要不，您回去再教我们几个新鲜的？"

冯玉玺看看天："时间不早了，来不及了。那，咱们先过去？"

刘二麻子："是不早了，咱们这就走。"

冯玉玺回身与史思荣握了握手："老弟，我有点急事先走，那个事改天再聊，你放心，我会处理好的。"

史思荣疑惑地问："有新任务？"

冯玉玺："算是吧。"说完，跟着二麻子走出林家小院。

二

一连连部，营通讯员走坐不安，不时站在门口张望："李连长，这个冯指导员怎么搞的，走得很远吗？"

李世生："难说，就怕见了酒走不动呢。"

通讯员摇了摇头："不对啊，冯指导员不喝酒啊。"

李世生眯着眼："谁说不会？一顿能喝半斤呢。"

通讯员："这也太误事了吧。李连长，你再派人找找，我得赶紧走了，要不来不及了。"

李世生："你让我下九道金牌啊，我可没那个胆。他要是眼里还有我干爹这个营长，早就跑过来了。你以为他在晒你的台，他在晾我干爹呢。"

通讯员："要不，命令你签收，让副连长代指导员签收？"

李世生："我没有副连长。"

通讯员："那就找个排长代签吧。"

李世生坏笑道："兄弟，说来说去，上边还是信不过我们这些不是党员的军事主官。好吧，让三排长代签。"他冲外面喊："大头，过来一下。"孙大头跑进来："连长，什么任务？"

李世生用嘴一努："替指导员签个字。"

孙大头嘻嘻一笑："我当一回指导员？"

李世生："闲屁少放，麻利点，通讯员等不及了。"孙大头在营部命令回执上签了冯玉玺的名字。

通讯员收好回执，牵马走出连部大院，飞身上马，绝尘而去。

李世生与孙大头相视一笑，一拍巴掌："四猴子，出来吧。"赵四厚笑嘻嘻从里屋走出来，把大拇指举得老高："大哥，你这招高明！"

李世生："好了，闲篇少扯，四猴子，说说吧。"

赵四厚到门口张望了一下，关上门，压低声音说："日本人马上要扫荡了，听说这次动静很大。这回，有朱瑞、罗荣桓他们好看了。"

孙大头一弹赵四厚的头："猴熊，你才离开八路几天，就这么幸灾乐祸？"

赵四厚洋洋得意道："这叫识时务者为俊杰。过去吧，到那边，高马得骑，高官得坐，小酒喝着，老婆搂着，多自在。"

李世生："他们不会过河拆桥吧？"

赵四厚："哪能呢，人家是堂堂中华民国莒县大县长、保安大队长，那是要干大事的。您放心，您一过去，就是汀水区区长兼保安大队连长，那真叫上马管军，下马管民，一手拿枪，一手托印，一般人几辈子做梦都不敢想的好事。"

说到这里，四猴子一捅孙大头："大头，过去之后，第一个，我先给你踅摸一个黄花大闺女，保准让你明年抱上大胖儿子。你小子等着好吧。"

孙大头脑袋一热："大哥，不行咱过去试试？"

李世生："试个屁！开弓没有回头箭，去了，跟这边的情分就都断了。"

赵四厚咬了咬牙，说："大哥，常言说得好，量小非君子，无毒不丈夫，要想成大事，就不能婆婆妈妈。"

李世生咬咬牙："猴子，我听你的，你先回去，让梁化轩把渡口让开，明早举火把为号，咱这边过河。要是敢耍老子，我先弄死你。"

赵四厚头一歪，用手掌砍在脖子上："要不先砍下放在这里？"

李世生拍了赵四厚一巴掌："去你个熊的，快滚吧，别让姓冯的看到。"

赵四厚嘿嘿一笑："他算个熊？他要是还在这里，我一刀攮了他。"

三

夜，阴，没有月亮，也没有星光。庞疃村里，军民联欢会结束了，村民已经回家睡觉。村长招呼几个农救会的人员招待一连一行人。

十点左右，打发走村长一班人之后，三个排继续吆五喝六，推杯换盏。冯玉玺几次皱眉，过来拉了拉李世生袄袖："连长，不能再喝了，再喝就出洋相了。"

李世生醉醺醺地站起来，一伸手把冯玉玺的手枪从腰间拔出，用枪一戳帽檐，大声说道："弟兄们都听好了，今晚五更，咱们过河，开到汀水区，那里是我的老家，以后大伙儿跟着我，吃香的喝辣的，想怎么干就怎么干，再也不用听共产党那一套了。"

冯玉玺一听，惊出一身冷汗："李连长，你喝醉了？胡说什么！"

李世生："谁说我醉了，奶奶的，共产党的罪老子受够了，不当这个小婆子了。"

冯玉玺高声喝道："李连长，你不能胡来，这叫叛变。"

李世生用枪指着冯玉玺："你再喊，老子就毙了你！二麻子，把姓冯的带走，看起来。明天他跟着咱走还好说，如果敢说半个不字，挖坑埋了他。"

冯玉玺还要说什么，早有两个身高马大的士兵过来，一左一右把他架走。

李世生扫视了一圈，冷冷一笑："今晚，排长看班长，班长看士兵，谁他妈少了一个人，短了一支枪，我抄他的鳖窝。碗里的酒喝了，吃饭，吃完饭睡觉。"喝完碗中酒，李世生"啪"的一声，将酒碗摔在地上。

众人面面相觑，不敢吱声。

下半夜，冯玉玺轻轻走到门后，眯眼从门缝往外看，黑咕隆咚的，什么也看不到。他用手慢慢拉门，门已经被锁上，再侧耳细听，隐隐从门外传来打鼾声。冯玉玺满屋子摸了摸，窗户都用土坯堵死了。

怎么办？从被架进这间屋开始，冯玉玺就意识到要出大事，一股恐惧溢满心头。

冯玉玺伸手够了够房梁，用力一跳，双手搂住，两腿盘上，使劲翻上房梁。

骑在房梁上，他慢慢移到伸手能够扯到屋笆的位置，用力撕扯屋笆，扯出一个小洞。然后扯住屋笆站起身，从洞里钻出，慢慢从房顶斜坡上出溜下来。

从屋上下来之后，冯玉玺溜着墙边屋檐，蹑手蹑脚地向村外走。出了村庄，见背后无人追赶，他立马两脚如飞，拼命向营部跑去。

凌晨，洙边镇四营营部临时住所内，纪心如和黄玺绶正商量事情，突然就见冯玉玺浑身冒汗，上气不接下气地跑来。

“营长，李世生叛变了，您处分我吧。”说完，冯玉玺瘫坐在地。

黄玺绶凛然一惊：“怎么回事，说清楚！”

纪心如像是挨了当头一棍：“不应该呀，到底怎么回事？”

冯玉玺：“今天下午，我到五区联系工作，李世生打发人让我赶到庞疃准备军民联欢会，我就去了。晚饭时他下了我的枪，把我关起来。我费了好大劲扒开屋顶跑出来。估计这会儿，他把人拉到河那边去了。”

黄玺绶气得一跺脚：“糊涂，不是命令你们立即开拔，到洙边集结吗？”

冯玉玺：“我没见着命令啊？”

黄玺绶：“冯玉玺啊冯玉玺，让我说你什么好！让你去掌握部队的，你看你，叫李世生把你当猴耍了你还不知道，你，气死我了！还有那个通讯员，违背通讯纪律，要严肃处理。”

韩五福磕了磕烟袋，站起来：“我去喊他们回来。”

纪心如一脸愤怒站了起来：“韩营长，你喊不动他们，还是我去吧，麻烦你去把二连长王文瑞叫过来，让他跟我去，一连有十几个板泉、刘庄、渊子崖这边的兵，都是老乡，他去比较合适。”

黄玺绶：“营长，这样太危险，那边是敌占区，要是李世生铁了心叛变，咱就是把全营带过去，也难保能把一连拉回来。不行，绝对不行。”

纪心如伸手拍了自己右腮帮一巴掌：“教导员，一连是我一手拉起来的，一连真要是出了事，我这张老脸往哪里搁啊。”

黄玺绶：“营长，这不是脸面不脸面的事，您的安全，根据地的安全最重要。”

纪心如：“我丢不起这个人。我就不信，我去了，他们敢不回来！教导员，这样吧，您在家掌握部队，进行整编，我带人去一连，就是绑，我也要把一连绑回来。韩营长，快，通知王文瑞，集合通讯班，马上出发。”

黄玺绶一伸手拦住韩五福："慢，就是去，也得向团里报告，等团里批准再去也不迟。"

纪心如急躁地向外走："我的教导员，火烧眉毛了，哪有工夫去报告。一连一旦过了河，被汤头、小梁家的鬼子、汉奸包了汤圆，一切就完了。要报告你报告去，我们先走。"说完他拔腿就走。

黄玺绶眼看拦不住纪心如，只好向韩五福道："韩副营长，你来这个部队早，情况比较熟，你跟着纪营长去一趟，无论如何，要保证营长的安全。"

韩五福："教导员放心，我就是拼了老命，也要保纪营长安全。"

黄玺绶皱皱眉："你也不能有任何问题。"

太阳已经落山，炊烟随西北风飘散。纪心如一行在渊子崖区公所吃晚饭。听明白纪心如一行的计划，史思荣直皱眉头。

史思荣："纪营长，你不能过去，太危险了。李世生既然已经走到这一步，不可能再回头了，您不能冒这个险。"

纪心如："我就不信，凭这么多年的交情，他李世生敢对我怎么样。"

史思荣："纪营长，人都是在变的，交情有时信不着。"

纪心如："韩副营长，我看这样，咱们过去之后，王文瑞带几个人负责控制李世生，逼着他回来。韩副营长，你负责联系一连的战士跟咱走，只要有一半的人愿意回来，咱就能把全连带回来。"韩五福、王文瑞答应着。

史思荣瞅了瞅纪心如，又看看韩五福、王文瑞，感觉还是不大放心，问："这样行吗?"

纪心如决然说道："不入虎穴，焉得虎子。就这么办。抓紧吃饭，饭后行动。"

史思荣见纪心如决心已定，只得建议道："纪营长，我建议，您抓紧向二团汇报，请求支援。我这就联系区中队，随你们一起行动。"

纪心如摆摆手，说："这样不就打起来了吗?"

史思荣说："有备无患，不得不防。"

纪心如摇摇头，说："这样不妥。"

史思荣略一思索，说："要不这样，让林九兰跟你们一起去，一连有几个战士是渊子崖的，其他战士有不少是附近村庄的，他们去好说话。区中队与你们保持二里路的距离，负责监视梁化轩汉奸队伍。"

纪心如："好，就这样。"

第十九回　李世生弑父投敌　纪心如英勇捐躯

一

太阳已经落山，炊烟随西北风飘散。汀水区堂子村一连驻地前，纪心如一行人逼近村围子东门。门楼上站岗的一拉枪栓，厉声喝道："站住，哪一部分的？口令！"

韩五福止住脚步，仰头一看，大声说："看不清是吧？我是韩五福，赶快告诉你们李连长，咱们营长来了，快开门。"

哨兵王疤眼听出是韩五福的声音，语气随着转缓："是韩副营长啊，我怎么没看到营长啊？"

纪心如从人群中走出来，朗声说道："你是哪个排的，叫什么？快叫李世生那个兔崽子滚出来。"

王疤眼回头一指，说："花脸，快去，向连长报告，营长来了。"叫花脸的哨兵飞跑下了岗楼，报信去了。

王疤眼随即向纪心如说道："营长啊，您老人家辛苦了，韩副营长从一开始就训我们，要我们当兵的一切行动听指挥。今晚我接到的任务就是守好这个门。没有李连长的命令，我没法给您开门啊。您担待点啊。要不，我这里还有半包烟，给你们先解解乏吧？"

纪心如皱皱眉头，气愤地说："这个兔崽子，过一会儿看我不扒了他的皮。"

大家默不作声，站在围墙外等。王文瑞安排通讯班做好警戒。

一处堂屋，李世生、刘二麻子、孙大头等正在合计，穿着便衣的赵四厚站在李世生身旁。

赵四厚目露凶光，说："大哥，今晚纪心如来者不善，不如咱带人过去，直接灭了他。"

李世生迟疑道："如果他后面有大部队，把咱包了汤圆怎么办？"

赵四厚摆摆手，说："不可能。大部队行动动静大，梁化轩不可能不知道。"

孙大头试探着建议："大哥，咱开了北门跑吧？"

刘二麻子一巴掌拍在孙大头的头上，骂道："屄包，纪大褂子还没进来，你腿肚子就软了！"

孙大头嘟囔道："你又不是不知道他的厉害。"

刘二麻子又一巴掌砸在大头的头上："他有多厉害，长了三头六臂？"

李世生一戳帽檐子，厉声说："行了，什么时候了，还吵吵。"看向赵四厚："梁化轩那边怎么说的？"

赵四厚一拍腰间盒子炮，说："梁化轩说了，他负责沭河一线布防，保证河那边一只麻雀也飞不过来。"

孙大头嘟囔道："人都过来十几个了，还麻雀呢。"

赵四厚白了孙大头一眼，说："谁知道大褂子从哪里钻出来的，只要是大部队来，一准会被发现。现在皇军想找他们主力决战，他们黑白昼夜躲圈圈，借他们两个胆，也不敢过沭河，你不用怕成那样。"

李世生皱皱眉头，问："你带来多少帮手？"

赵四厚一伸右手，比画了一下："六个，都是一等一的高手，双盒子炮，从保安团特务连单挑单拔的，就在隔壁等着。"

李世生一指刘二麻子，吩咐道："二麻子，你带人过去，放姓纪的进来。如果他不找咱的麻烦，咱就大路朝天，各走一边。如果他过分了，咱也不是吃素的。"

刘二麻子问道："都放进来吗？听说来了十几个。"

李世生说："不能都叫进来，多了不好控制。"

刘二麻子："好，我有数了。"说完，一拍腰中的盒子炮，走了。

李世生看向孙大头："大头，你到各排转转，让各排派人把河那边的兵都看起来，防止他们滋事。"

孙大头发狠道："好，如果谁不听话，就砸死埋了。"

二

东门岗楼，刘二麻子喊话：“老营长，别来无恙啊。我是刘少乾，我们李连长身子不大舒服，让我来接您进村。不过呢，这个村子太小，住不下这么多人，让弟兄们在村外找个麦穰垛先藏藏头辛苦一宿，明天早晨，我请弟兄们喝羊肉汤。”

韩五福一听来了气，高声斥责道：“二麻子，你少弄这些里格楞，让李世生过来。”

刘二麻子揶揄道：“哟，忘了，是韩大烟袋，韩副营长啊，我这就去给你拿烟叶，上等的烤黄烟。”

纪心如压下心中一口怒气，尽量和缓地说道：“刘少乾，怎么，连这点情分都没有了？别说一连是我一手拉起来的，就是个要饭的，今晚到了你们门上，也得给碗水喝吧？哪有这么待客的？”

刘二麻子耍起了贫嘴：“老爷子，理是这个理，可是您常教育我们，要爱民如子，不能扰民。您看，现在这么晚了，村民都睡下了，不能再折腾他们是不是？”

韩五福心中的火往上冒：“二麻子，你把营长晾在荒郊野外，如果出现了敌情，你负得起责任吗？”

刘二麻子：“哟哟哟，韩大烟袋，也不是我说你，你还惦记营长的安全呢？为了营长的安全，你就不应该把营长带到沭河这边来，你不知道这里危险吗？”

韩五福心里咯噔一下，被噎得说不出话来。

王文瑞见韩五福说不过二麻子，掂量了一下，说：“麻子哥，我是王文瑞，既然你想到了营长的安全，你就开门吧，营长有几句话，想跟李连长说说。”

刘二麻子一愣：“怎么，王连长把二连带来了？那好啊，有二连保护营长，我们就放心了。”

王文瑞：“麻子哥，营长想跟弟兄们说说话，是带着诚意过来的，没有考虑动枪动炮，二连没来。”

刘二麻子心中窃喜：“二连没来，你来干什么？想接任一连连长吗？”

王文瑞：“麻子哥，你想多了，营长今天来得急，当时身边没几个人，我就跟过来了。”

刘二麻子：“跟你开个玩笑。王连长，我们一连你是看不中的，你说过，我们一连匪性难改，白给你也不要。哈哈！这样吧，老营长、韩副营长、王连长，你们几个官大，你们三人可以进村。”

韩五福大怒：“二麻子，你混账，你再不开门，我就砸门了。”

刘二麻子嘻嘻一笑：“你当这里是当年的韩村、凸凸凹吗？你砸啊，砸吧。把日本人引来了，你吃不了兜着走。”

纪心如一拽韩五福、王文瑞两人衣袖：“不行就咱三人进去，通讯班和林九兰他们在外边等一下，咱们进去看李世生怎么说。”

王文瑞摇摇头，说：“好歹得带两个警卫员进去，最好让林九兰也跟着，他认识一连的一些战士。”

纪心如：“好吧。让林九兰跟那个战士换一下衣服。”于是王文瑞安排林九兰换衣服。

纪心如仰头面向岗楼：“少乾呢，咱也不啰唆了，我这里有几个战士穿得单一些，感冒了，让他们一起进去，熬碗姜汤喝喝驱驱寒吧。”

刘二麻子：“老爷子是想带几个警卫吧，还不如直说呢。”

纪心如干咳了两下：“少乾呢，你真是麻子不多，点子不少。让我们吃闭门羹，也是你的主意吧？”

刘二麻子哈哈大笑：“老爷子，有你这样夸人的吗？好吧，我也不请示了，你们进来五个人吧。”

说完，刘二麻子走下岗楼，一挥手，两队士兵荷枪实弹走向门口。两个士兵把门闩打开，拉开一扇门。

韩五福交代通讯班长：“小江，你们通讯班在村外等着，你派两个人抓紧与区中队联系，告诉他们，我们进村了，成败在此一举，请他们抓紧赶过来。”

小江答应着：“是，营长，不过……”

韩五福：“就这样了，抓紧。”

纪心如带着韩五福、王文瑞、林九兰和张玉龙、赵小虎两个警卫员向里走。

刘二麻子站在门口举着火把点人数：“这不是林老七嘛，你什么时候参军了？”

林九兰笑笑：“今天，跟你们一起打鬼子。”

刘二麻子点了点人数，说：“就进去五个，你进，后面这个就不能进了。”说着，将赵小虎拦了下来。

赵小虎刚要发作，张玉龙一按他肩膀，说：“兄弟，你留下，随时准备接应。”

赵小虎也攥了攥张玉龙的胳膊，沉声道：“全靠你了。”

连部门外，哨兵见纪心如等人过来，高声喊道：“营长来了。”

纪心如大步走入院子，高声呵斥：“世生，你搞什么名堂？”

李世生从屋里晃晃悠悠出来，两个士兵架着他，后面还跟了四个士兵。李世生走近纪心如，假装客气地说：“干爹，怎么一声招呼也不打就来了，我感冒好几天了，没能去迎您，生气了吧？”

纪心如哼了一声，道：“不想我来，是吧？”

李世生挤出笑脸，嚷道：“哪能呢，快屋里坐。”

纪心如站着未动，说：“不坐了，世生，快集合队伍，跟我回去。”

李世生冷下脸，说：“干爹，您看咱还回得去吗？”

纪心如冷然道：“怎么不能回去？”

李世生干咳一声，说：“干爹，您也是走南闯北的人，吃过的盐比我们吃过的米还多，走过的桥比我们走过的路还多。我们都看出来了，八路军这次整编，就是要把我们拆散，把您架空。咱回去，还有个好吗？”

纪心如勃然变色：“糊涂，你这样搞不是叛变吗？你让我这张老脸往哪里搁？什么别说了，跟我回去，现在就走。”

李世生两手一摊，说：“干爹，哪有那么容易。大家都一二年没回家了，都想回家看看爹娘、老婆孩子，我放了他们两天假，一时半会儿回不来。”

纪心如断然不信李世生把队伍放假了，但还是顺着李世生的话说道：“你胆子也太大了，你把人放回去，怎么收回来？鬼子打过来怎么办？”

李世生嘿然一笑：“干爹，咱爷们的名头是响当当的，谁敢惹咱，那不是找死吗？”

纪心如不想再费口舌，吩咐道：“你当小日本是吃干饭的？就是梁化轩，你也缠不清。快点，集合队伍。”

李世生摇摇头，说：“干爹，你忙什么，既来之则安之。没吃饭吧，先吃饭，咱爷儿们有阵子没在一起喝一盅了。二麻子，赶紧通知炊事班，杀鸡炖鱼，八大碗。”

纪心如把手一挥，说：“饭就不吃了，你集合队伍，我要训话。”

李世生摆摆手，说：“干爹，你看你忙的，这不天黑了吗？先洗把脸，吃完饭住下，过两天我把人召集齐了，您再训话也不迟。”

纪心如见李世生不听自己的，就直接安排道：“韩副营长，你先去集合队伍，就到这里集合。”

韩五福一指刘二麻子：“刘排长，你跟我来。”

刘二麻子瞅了一眼李世生，李世生斜了西院一眼，双手一摊，说：“干爹，就那么急？”

纪心如断然道：“一刻都不能耽搁，抓紧！”

韩五福大步走出院子。随即，院外响起急促的哨子声。

哨子响了好几遍，没有战士出来。韩五福急了，扯开大嗓门喊：“一连的同志们，我是韩五福，咱们营长来了，在你们连部，马上过去集合。”

林九兰也跟着喊：“渊子崖的、刘庄的、板泉崖的爷儿们、弟兄们，我是林九兰，营长来接你们了。”

刘二麻子过来就捂林九兰的嘴：“喊什么，掉魂了，不准喊。”

巷子东边一座院子里，林庆湖踩着石磨往外看，大喊：“四叔，我是庆湖，我们被关在这里。”

站在门口把门的班长杜子怀提着枪跑过来，照着林庆湖的小腿就是一枪托子，林庆湖“哎哟”一声跌下磨台。

屋里有人喊：“同志们，营长来接咱们了，冲出去。”他们一边喊着，一边冲出屋门。

杜子怀一拉枪栓，就要开枪。这时，只见林九兰双手一按墙头，飞身进院，一脚踢落杜子怀手里的枪，喝问：“你想干吗？”

站在门后的两个持枪士兵见状，举枪就往屋门口打，“砰砰”两声，两个身影倒下。

就在这时，韩五福一脚踹开院门，飞脚踹倒那两个士兵，大喝一声：“为什么开枪？”

韩五福说话的光景，背后刘二麻子拔出盒子炮，朝着韩五福连开三枪，韩五福摇摇晃晃拔出手枪，回身一击，将二麻子打倒在地。跟在二麻子身后的士兵向小院猛烈开火。

连部，李世生听到枪响，浑身一激灵，面向纪心如："干爹，是不是姓韩的枪杀咱的弟兄？我去看看。"说着，抬腿就往外走。

王文瑞紧一步跟上："不可能，我跟你一起去看看。"说罢，拔枪在手。

张玉龙早已将两把盒子炮端在手中，护在纪心如身前。

李世生抬腿迈门槛的时候，佯装跌倒，顺势一个翻滚，将枪口指向王文瑞，扣动扳机，连开三枪，王文瑞一头栽倒在地。

张玉龙一侧身撞倒纪心如，双枪甩开，李世生的四个护卫应声倒下。张玉龙正待追出屋门击杀李世生，有七个黑影从西院墙头翻过，十几把盒子炮一齐向张子龙射来。张子龙一个倒仰，滚进屋内，迅速将门掩上，拉过桌子顶上。

纪心如也拔枪在手，躲在窗户一侧向外开枪。

赵四厚大喊："火力封住屋门，拿煤油来，烧！"

不一会儿，房屋被泼上煤油，几根火把抛上屋顶，大火熊熊燃烧起来。

东门外，赵小虎听到两声枪响，惊呼："不好！同志们，抄家伙，跟我进村！"

说着，赵小虎带领一班通讯员飞速向一段较矮的围墙跑去。围墙下，赵小虎把飞锚向墙上一抛，借着起跑的惯性，飞身跃上围墙，纵身一跳，直奔枪声跑去。没有几个箭步，赵小虎奔到起火的宅院外，就听院内枪声不断。

赵小虎大喊："营长、玉龙，你们在哪里？"

张玉龙："小虎，快救营长。"声音已经很微弱。

赵小虎发了疯似的往院子里冲，一边冲，一边打。院里有枪向外射击。孙大头带着人从旁边一个院子冲出来，迎着赵小虎和通讯班打起来。

林九兰听见连部枪响，又见连部起火，发一声喊："弟兄们，李世生祸害营长了，救营长去。"

小院里十多个战士抄起抢过来的枪和木棍、铁锨，跟着林九兰往外冲。院外，刘二麻子的部下围攻了过来。一场混战正在进行。

二里地外，史思荣听到枪响，接着看见火光，感到情况不妙。

史思荣急切地说："同志们，不好，抓紧支援纪营长，冲！"他带领区中队飞速冲向堂子村。

静悄悄的夜里，八路军山纵一旅三团团长王吉文带领一个连路过堂子村附近。突然，不远处传来两声枪响，接着枪声大作，然后冲起了火光。

王吉文拔出驳壳枪，坚决地命令："有情况！全连都有，向着枪响处冲刺，冲！"

王吉文、史思荣几乎同时到达堂子村，两支队伍旋风一般冲进村内。

李世生、赵四厚、孙大头此时已带着几十号铁杆士兵从西门逃走。

堂子村连部大门外，赵小虎、小江班长和通讯班的几个同志前后遭到枪击，倒在冲向小院的路上。

院子里，火光下，史思荣发现了三个便衣死尸，王文瑞倒在屋门外，他身后有四个尸体。

战士们赶紧提水灭火。

门口，张玉龙背着纪心如，一条腿蹲着，一条腿跪着，做射击状。身后的纪心如耷拉着脑袋，头发、衣服已经被烧焦。

史思荣赶紧和区中队的同志将纪心如、张玉龙从屋门口抬到院子里，见纪心如、张玉龙已经停止呼吸，大家悲伤不已。

这时，林九兰背着林庆湖赶过来，两个人浑身带血，后面跟着几个一瘸一拐的战士。

三

下午，莒县县城南门，李世生带着三十几号人挤在一堆，寒冷、饥饿、迷茫、恐慌折腾得他们瑟瑟发抖。大家各怀心思，默默地等待。

突然，城门大开，一辆摩托突突跑出来，摩托车上架着一挺歪把子机枪，一个鬼子兵坐在车斗里抱住歪把子。摩托之后，两队日本兵跑了出来。日本兵之后，是两队穿黄衣服的皇协军。接着，两匹高头大马出了城门洞。红马上坐着日军中队长小林二男，白马上坐着莒县伪县长丁晓峰。赵四厚跟在丁晓峰旁边，屁颠屁颠地左右搭话。

摩托车在李世生等人前停住，日军持枪围了过来。皇协军上前将李世生他们的枪支收走。

李世生看赵四厚跑过来，不满地说："四猴子，怎么，给个下马威？"

赵四厚笑嘻嘻地说："大哥，恭喜啊，皇军要给咱们换新衣服、新装备，还答应让你当七区区长和保安团连长呢。”

孙大头凑过来问：“猴子，让我干什么？”

赵四厚一巴掌拍在孙大头的脑袋上，嗤笑道：“让你当营长，你能干了吗？”

孙大头嘻嘻一笑：“去你屌熊的，他们给你什么差事呢？”

赵四厚有点得意地说：“侦缉队。”

孙大头把大拇指一竖：“还是你厉害。”

突然，小号响起，赵四厚招呼列队。三十几号人稀稀松松列成两队。

小林二男叽里呱啦说了一通。丁晓锋带头鼓掌，然后翻译道：“皇军说了，欢迎你们弃暗投明，任命李世生为莒县七区区长兼保安团连长。换装之后进城，培训之后就赶到七区驻防，不得有误。”

赵四厚带头鼓掌，李世生等人也鼓掌。

军需人员从马车上扔下一件件皇协军军服，日本兵挺着刺刀吆喝：“换，快换！”

李世生脱掉身上的衣服，一脚踢得老远，拿过皇协军衣服穿了起来。孙大头等人见状，也脱下八路军装，换上皇协军军装。

赵四厚将一面皇协军军旗递给孙大头，孙大头接过，将旗斜竖在队列前。

四

3 月 23 日，中午，阴。庞疃村纪家老宅院外大街上，山纵二旅五团及驻附近的党政军机关和群众为纪心如举行追悼会。

参加追悼大会的有第一一五师代表、山东纵队二旅五团代表、抗大一分校代表、中共临东工委代表、临沂五区区公所工作人员、各村代表以及村民共 1000 余人。

山河肃穆，柳枝低垂。

纪心如灵柩两侧，肃立四位持枪礼兵。纪甫、纪贵、纪寿、纪庭、纪振、纪英肃立灵柩西侧。各机关、团体送的花圈摆放在纪心如灵柩旁。滨海各县联合办事处主任谢辉以个人名义送了花圈。

追悼会由五团政委刘仲华主持。哀乐声中，刘仲华走到纪心如灵柩前，先是三鞠躬，然后转身面向来宾：“全场脱帽，默哀三分钟。”

默哀毕，刘仲华宣布："请第一一五师政治部首长宣读第一一五师政委罗荣桓同志的挽联。"第一一五师四位战士走到纪心如灵柩前，展示罗荣桓政委书写在白绢上的挽联。

第一一五师政治部首长向纪心如灵柩三鞠躬，之后转身向来宾敬礼："各位来宾，同志们，第一一五师政委罗荣桓同志详细了解了纪心如同志的革命经历，对他在民族危亡关头挺身而起、奋勇抗战的大无畏革命精神非常敬佩，对纪心如同志的死难表示万分悲痛，特书写挽联一副，哀悼纪心如同志。"

第一一五师政治部首长转身看向挽联，用低沉的声音宣读挽联："顽敌未歼雄志未竟救国重任遗后人；热血已洒仁义已成壮烈英名留后世。"纪甫兄弟姊妹六人向挽联鞠躬致谢。

刘仲华："请山纵二旅五团团长刘涌同志致悼词。"

刘涌向纪心如灵柩三鞠躬，转身面向来宾，有战士双手捧上悼词文稿，刘涌哽咽着宣读悼词。纪甫六兄弟姊妹向刘涌团长鞠躬致谢。

随后，抗大一分校、中共临东工委、五区区公所、庞疃村代表都分别讲了话。纪甫六兄弟姊妹分别鞠躬致谢。

会后，大家一起护送纪心如同志的灵柩到村西高地安葬。

殡葬后，刘涌团长、刘仲华政委来到纪家老宅，慰问纪心如遗孀王翠山，纪甫兄弟姊妹六人肃立在侧。

王翠山面色凝重，感谢部队给予纪心如崇高的荣誉，最后提了个要求，一定要捉拿叛徒李世生，为死去的人报仇。

刘涌肃然道："婶子，你保重身体就好，这些工作我们做，我们一定会为纪营长、韩副营长报仇！"刘涌转向纪甫，说："纪甫同志，交给你一个任务。"

纪甫跨前一步，一挺身，肃然道："首长请指示。"

刘涌："经团党委研究决定，任命你为沭水县武工队队长，限一年之内，除掉叛徒李世生、赵四厚、孙洪贵，严厉打击叛国投敌行为。"

纪甫："保证完成任务。"

纪振、纪贵看向刘涌团长，请求道："团长，我们也参加武工队，为父亲报仇。"

刘仲华神色严峻，说："不单单为你们父亲报仇，要为所有死难的战友报仇，为受苦受难的劳苦大众报仇。"

刘涌接着道："政委说的对，我们要为亿万万劳苦大众报仇，这是国家的仇、民族的仇！但是，纪振、纪贵，你们二位同志的工作也很重要，武工队你们就不要参加了。"

纪甫擦干眼泪，辞别母亲，随刘涌团长、刘仲华政委回五团驻地组建武工队去了。

第二十回　八大剧团联合公演　男女青年踊跃参军

一

1938 年 12 月 20 日，按照毛泽东“派兵去山东”的要求，第一一五师师部和第六八六团在政委罗荣桓、代师长陈光率领下，从晋中灵石县双池镇出发向山东挺进。

1939 年 5 月，第一一五师在鲁南的郯城县、费县、临沂县、临沭县等地相继建立了抗日民主政权。

1941 年春天，罗荣桓政委来到抗日堡垒村渊子崖村。此前，抗大工作组史思荣、刘凤祥、马应进（女）及板泉区委冯干三等已在该村广泛发动群众。渊子崖村民热情地接待了罗荣桓政委一行。罗荣桓政委住在林凡庆家，冯干三住在林九鹤家，史思荣等其他抗大工作组成员住在林九臣家。抗大工作组和群众打成一片，秘密发展党员。村民林文太、林九兰、林凡庆、纪广彩、陈东荣（女）、林九臣之妻王康美、林欣这些人积极向工作组靠拢，很快被接纳为中国共产党党员。他们成立了党小组，林文太任党小组组长，领导党员开展抗捐抗税、支援八路军等秘密工作。

罗荣桓政委在渊子崖村各项工作搞起来以后，准备到滨海地区沭水县蛟龙区等地开展新的工作。离开渊子崖的那天晚上，林凡庆找出一身七成新的衣服送给罗政委，让罗政委化装成农夫。罗政委知道林凡庆认识几个字，便给他留下一支钢笔，还把从山西带来的一张皮睡凳送给林凡庆的母亲王清欣。这张皮睡凳子长 1. 83 米，宽 0. 45 米，高 0. 52 米，凳子腿和边框用柞木做成，凳子面用牛皮绳编织，比较轻便，可以当行军床使用。凳子边框内板上，“罗 38”字样清晰可辨。

王清欣拉着罗荣桓妻子林月琴的手恋恋不舍，好似有说不完的话。罗政委亲切地对王清欣说："大嫂，这些天辛苦你了，我们要到别处开展工作，您多多保重，支持抗大工作组把这里的工作搞好，我们以后还会回来的。"

渊子崖村党小组经过多方动员，从开明地主林鹤亭、林庆锡、林崇英家里动员来五支快枪和上百发子弹送给罗政委一行。

二

5 月的渊子崖，风光旖旎，燕子从鸡龙河里衔来新鲜的泥巴，飞入农户的房屋中。人们熙熙攘攘，从周围村庄向渊子崖赶来。

刘庄村民兵连长刘涛巧遇寨子村民兵连长孟宪义，刘涛笑着打招呼："快点，今天是《雷雨》最后一幕了，你可别说，姊妹剧团演得就是好。"

孟宪义打趣道："可不是，大闺女一个比一个漂亮，你看上哪个了?"

刘涛拍了一下孟宪义的肩膀，笑道："你敢花心，我告诉嫂子去，叫你晚上跪搓板。"

两个人说说笑笑来到渊子崖。

1941 年 5 月 27 日，渊子崖村，人山人海。

村里在中心街搭了个戏台，足有一人高。戏台面向观众方向搭了一个门。会标用正楷书写，红纸黑字，遒劲有力，虽然风吹日晒了十天，"山东省抗日八大剧团联合公演"这 13 个大字依然清晰可辨。

戏台门右侧楹联书写：驱逐日寇还我河山；左侧楹联为：铲除汉奸保家卫国。

戏台两旁，各有一棵高大的楝树，花开满枝头，密密匝匝，淡紫色的小花簇簇团团，夹着初绿的楝树叶，形成以淡紫色为主体、紫绿交互的树冠，花香四溢，蜜蜂飞舞。

戏台前，八大剧团各自组成一个方阵，每个方阵都在起劲地拉歌。有人喊"一一五师来一个"，有人喊"姊妹剧团来一个"，此起彼伏，好不热闹。

在一阵掌声中，第一一五师战士剧社高唱《大刀进行曲》：

大刀向鬼子们的头上砍去!

全国武装的弟兄们！
抗战的一天来到了，
抗战的一天来到了！
前面有东北的义勇军，
后面有全国的老百姓，
咱们军民团结勇敢前进，
看准那敌人，
把他消灭，把他消灭！
冲啊！
大刀向鬼子们的头上砍去。
杀！

有的战士一边唱，一边比画着招式。受气氛感染，周围的群众也跟着学唱。

歌声刚停，在一片掌声中，战士剧社指向抗大分校文工团：“抗大分校来一个！阮若珊来一个！阮若珊来一个！”

在一片欢呼声中，一个十七八岁的八路女战士从抗大分校方阵中跑出来，笑语盈盈地面向群众：“老乡们，咱们请渊子崖的识字班唱一个好不好？”此人正是阮若珊。

众人一起鼓噪：“渊子崖，来一个！渊子崖，来一个！”

在一片嘻嘻哈哈声中，几个姑娘把林欣推到前台。常言道，女大十八变，越变越好看。今天林欣穿一件碎花对襟小衫，青色裤子，红扑扑的脸庞，顾盼有神的大眼睛，粗黑的麻花辫子，煞是惹人注意。林欣理一理鬓发，落落大方地招了招手：“识字班，都过来，靠前站，来，咱们今天现蒸现卖，就唱阮老师昨天教我们的《反对黄沙会》。”

识字班小姑娘们你推我我推你，簇拥到台前，林欣拽这个，拉那个，把她们整成两排，请阮若珊用手风琴伴奏，林欣打拍子。琴声一起，姑娘们马上肃然，一曲带着对家乡爱恋、对共产党依恋的呼声从胸腔冲出，感染着前来看戏的成千上万群众：

人人都说沂蒙山好，

沂蒙山上好风光。
青山绿水多好看，
风吹草低见牛羊。
自从起了黄沙会，
大家小户遭了殃。
牛角一吹嘟嘟响，
拿起刀枪上山冈。
硬说俺的肉身子能挡枪炮，
谁知那个子弹穿过见阎王。
装神弄鬼把人害，
烧香磕头骗钱财。
八路神兵从天降，
要把那些害人虫消灭光。
沂蒙山的人民得解放，
男女老少喜洋洋。

在一片掌声中，“识字班”们跑入人群。

又有人喊：“山纵二旅来一个！”

戏台上，史思荣提着一面大锣一敲：“演出马上开始！”众人站起来，伸长了脖子向台后看去。戏台上，锣鼓家什已经各就各位。

史思荣从台上蹦下来，走向坐在戏台下第一排的朱瑞、萧华、李澄之（时任山东国民抗敌协会会长）等首长，请示道：“朱书记、萧主任、李会长，节目准备好了，请首长先给老乡们讲两句？”

朱瑞征询了一下李澄之的意见，摆摆手说：“先看演出，演完了再说。”

史思荣敬了个军礼，说：“是！”然后走向戏台，两手攀住柱子，一个翻身就站到了戏台上，高声宣布：“各位老乡，今天继续演出大作家曹禺先生的话剧《雷雨》。”台下掌声雷动。

戏演完后，大幕徐徐拉上。台下一阵沉默，渐渐听到有哭泣声。大幕开启，换下戏装的辛锐带着一众演员走上戏台鞠躬谢幕，台下掌声一片。

史思荣振臂高呼：“向姊妹剧社学习！打倒封建社会！打倒日本帝国主义！”

台下随着高呼："向姊妹剧社学习！打倒封建社会！打倒日本帝国主义！"

史思荣走到台上，高声宣布："乡亲们，今天，咱们山东分局的朱书记、八路军第一一五师的萧主任、山东抗协的李会长都来看戏了，咱们请朱书记给咱们讲话！大家欢迎！"

朱瑞上台，扫视一眼全场，声音低沉而有力地说："刚才，大家说要与旧社会对着干，对，就是要对着干！不能像《雷雨》中的周萍那么没有出息，自杀了，也不能像周冲、四凤那样被电死了，也不能像侍萍、蘩漪那样发疯了。大家要想一想，是谁逼得他们死的、疯的？是万恶的旧社会！我们要打倒这样的旧社会。怎么打呢？跟着共产党，跟着毛主席，跟着八路军，拿起刀，拿起枪，打日本鬼子，打汉奸，打顽固派。只有把鬼子打出中国去，我们才能建设新中国，才能过好日子！"

冯干三振臂高呼："打倒日本帝国主义！打倒汉奸！打倒顽固派！"台上台下高呼："打倒日本帝国主义！打倒汉奸！打倒顽固派！"

突然，林欣跑到戏台前，面向朱瑞高声说："报告首长，我要参军！"

朱瑞打量了一下，笑着问："欢迎啊，可是，你家里同意吗？"

林欣眼圈一下红了。史思荣将林欣母亲被炸死等情况简要向朱瑞做了介绍，朱瑞请林欣走上戏台，紧紧握住林欣的手，看向辛锐。辛锐快步走过来，拉着林欣的手，喜道："首长，让林欣到我们姊妹剧团吧！"

台下，郭庆银的老婆梁化红嘀咕道："好男不当兵，好铁不捻钉，女孩子瞎掺和啥？"

王康美反驳道："姊妹剧社的辛锐团长她们，那个不是女兵？花木兰还替父参军呢，你别老封建了！"

萧华用赞赏的目光看了林欣一眼，问："为什么想当兵呀？"林欣说："替俺娘报仇！"

这时，林福祥从人群里挤出来，替闺女说话："首长，俺这闺女从小喜欢唱歌，收下她吧。"

朱瑞伸了伸手，招呼林福祥上台。林福祥上来后，朱瑞热情地握着林福祥的手，说："谢谢你啊！"林福祥激动得连连咳嗽，说不出话来。村民向林福祥投来羡慕的眼光。"我也要当兵！""我也报名！"有二十多个小伙子站起来，喊着要当兵。

朱瑞大受感动，向会场扫视了一圈，挥着手高声说道：“乡亲们，我代表山东分局、八路军山东纵队谢谢你们。毛主席教导我们，兵民是胜利之本，咱们山东有三千万父老乡亲，咱们在山东的八路军现在发展到十几万了，已经成为山东抗战的主要力量。我们相信，有乡亲们的大力支持，我们一定能把日本侵略者赶出中国去。抗战的胜利属于中国人民，抗战必胜！”说完，他攥起拳头，高高举起。

史思荣振臂高呼：“抗战必胜！抗战必胜！”

台下各方队起立高呼：“抗战必胜！抗战必胜！”

三

下午，渊子崖村内，林欣提着石灰水罐子帮着辛锐刷写标语。辛锐在林九臣家的院墙上写下了“打倒日本鬼子，不当亡国奴”的大字标语。

王康美数了数这十一个字，说：“大辛同志写的字像莲花，这一来俺家这墙上更好看了。”

林欣笑着说：“二奶奶，辛团长的画才好看呢，明天你买几包洋红洋绿，让辛团长在您家屋山头上画那么大一张毛主席、朱总司令的画像，这个墙就更好看了。”

王康美笑道：“那感情好。大辛啊，我听陈同志说，今晚你们就走？”

辛锐停下手中的活：“是啊，这一阵子，可是给您添了不少麻烦。”

王康美嗔道：“你这闺女，一家人不说两家话，你们不嫌乎我办的饭难吃，我高兴还高兴不过来呢。刚才你大爷从河里摸了几条鱼，今晚咱吃豆腐炖鱼。”

“呕——”辛锐一声干呕，撂下手中的笤帚跑到一边，弯着腰要呕吐。

林欣忙跑过来拍打辛锐的后背：“团长，怎么了？”

王康美喜滋滋挪过来，弓腰侧头看着辛锐：“害喜了？”

辛锐气得一跺脚：“该死的大陈，我跟你没完。”说完就跑进院子。

王康美从衣兜里掏出一张纸币，递给林欣：“去，上庆忠家看看，有山楂片买几包。”

“二奶奶，我有钱。”林欣说完就走。

王康美追上，把钱塞到林欣手里：“你这孩子，你哪里有钱，拿着！”

林欣接过钱，红着小脸小声问：“奶奶，是不是怀孕了就不想吃鱼了？”

王康美戳了林欣一指头：“你这丫头，你也不想吃鱼了？”

林欣一跺脚：“奶奶，你说什么！”

王康美：“好，赶明儿我叫媒婆给你说媒去。”

林欣一扭身：“不跟你说了，净涮巴人。”

王康美哈哈大笑：“害丢了，害丢了。”

巷子口，谷牧陪着德国记者希伯和他夫人秋迪走过来，林凡善领着一群孩子围着秋迪跑来窜去，十几个媳妇、识字班也对秋迪指指点点。

希伯看看秋迪，瞅瞅周围的群众，停住脚步，一本正经地对谷牧说：“秘书长同志，我有一个要求，你们最好把我的夫人早点送回去。”

谷牧不解地问道：“怎么，你们闹别扭了？”

希伯两手一摊：“No，她没来这里的时候，我每到一处，大人、小孩都围着看我，我很神气。她来了以后，人们都去看她，再也没有人理我了，我吃醋了！”谷牧哈哈大笑。

秋迪见谷牧大笑，问他笑什么。谷牧把希伯的话转述给她听。秋迪嘟起嘴，说：“亲爱的，你在这里这么长时间被老太太、小识字班宠爱着，我都没有吃醋，我来这里才几天，你就吃醋了，实在小肚鸡肠！”她一边说，一边指着草垛旁一群小鸡比画着。

希伯大笑，拍拍自己的肚子，说：“我的肚子有那么小吗？”说完，把秋迪的手拉过来摁在自己肚子上。

周围的小媳妇、大姑娘忙转了头看向别处。人们哈哈大笑起来。

第二十一回　李世生新庄修炮楼　赵四厚下套害良民

一

雨水时节，天气已经转暖，身子健壮的人已经脱掉了棉裤，换上了单裤。七区新庄，是一个人口较多、围墙较完整的大村子，李世生将区公所选在这里。

首先，李世生将一户有炮楼的财主从院子里赶出去，自己带着警卫班住进来。然后，他召集七区各村保长开会，摊派粮食、手提款，让各村派人手前来盖炮楼、修围墙。一时，整个七区人仰马翻，怨声载道。

中午，李世生哼着小曲，晃着身子，转悠到工地伙房。“今中午熬的什么菜，还吃瓜干饼子吗?”一进院子，李世生就嚷嚷。

见无人回答，李世生踅进锅屋，见一个妇女正翻锅炒菜。

李世生骂道：“你是聋子，还是哑巴?”

妇女回过头：“你说谁?”妇女这么回头一瞥，姣好的容貌顿时让李世生浑身酥软。

李世生马上露出笑脸：“大嫂，他们人呢?”

“今天添了不少人，保长领着他们借碗筷去了。”妇女弯腰往锅底续了几块木柴。

李世生：“大嫂，是本村的吗?我来也快一集了，怎么头一次见啊?”

妇女头也不回：“您是大人物，俺是小老百姓，不认识不出奇。”

李世生凑近：“嫂子，你当家的叫什么，在工地上?”

妇女不接话，站起来伸手去拿盆：“这屋里烟熏火燎的，您出去吧，我盛菜。”

李世生伸出两只手，抓住瓷盆沿，就要接过来：“嫂子，累不累?我端着，你盛。”

妇女用手拽了一把瓷盆，没有拽动：“您不是区长吗，这样的下贱活哪能让您干呢？您忙去吧。”说着一撒手，转身往外走。

李世生将瓷盆放下，跟出锅屋，见保长赵五更进来，后面跟着几个人端着筛子，里面盛着碗筷。

“老赵，今天大沟崖来了多少人？”

赵五更：“人家说了，这几天得压地瓜、种花生，没有闲人过来。”

李世生眉头一皱：“他姓郑的就是这么说的？”

赵五更面向刚才炒菜的妇女：“他大嫂，菜行了吧？”

妇女：“三叔，行了，我先出一锅，接着再熬。”

赵五更走近李世生，悄声说：“区长你不知道，这个村邪乎，平常老想压着我们村，一点亏都不吃。这次，因为您没把区公所安在他们村，恼了，发狠一个人不出，一粒粮食不送。”

李世生哼了一声：“不识好歹的东西，走着瞧。”说完，指了指刚才炒菜的妇女：“老赵，这个小媳妇是你村的？”

赵五更抿嘴笑：“区长什么眼力，还小媳妇呢，人家闺女都好找婆家了。”

李世生：“才多大，闺女要找婆家了？”

赵五更：“你猜猜。”

李世生伸出三个指头：“有三十了？”

赵五更眯着眼瞅着李世生：“区长看她顺眼？要是看上了，我跟她说说，嫁给你？”

李世生：“胡说什么呢，再怎么着，人家也是有夫之妇，老话说得好，兔子还不吃窝边草呢。”

赵五更神秘一笑：“李大区长要当圣人啊。区长，你还别说，我这侄媳妇与你还真般配，你们还真能成一对。”说着，用两个大拇指比画了一下。

李世生一半愠怒、一半疑问地说：“这话怎么讲？”

赵五更将李世生拉进屋：“大区长哎，我告诉你吧，我本家那个侄子是个短命鬼，死了十几年了。这个侄媳妇 15 岁过门，16 岁就有了孩子，今年还不到 35 呢，跟你大不了几岁吧？我跟她说说，你娶了她？”

李世生好奇地问：“当了十几年寡妇，熬得住？”

赵五更："前些年，我哥过继了一个小光棍，想把香火续起来，谁知道，我这个光棍侄子圆房不到一个月，就呜呼了。打那以后，没有人敢上门。"

李世生伸手拍在赵五更头上："妈的，你坏到家了，白虎精啊，你不想我好啊。"

赵五更嘿嘿一笑："区长，人跟人一样吗？他们都是短命鬼，压不住，您是大人物，能降住她。"

李世生："别瞎扯了，我好歹也是个区长，娶她闺女还差不多。"

赵五更："你愿意当上门女婿？"

李世生："我打小没爹没娘，现在住在这里，跟上门女婿有什么区别？"

赵五更："不一样，我那叔兄弟是头犟驴，临死前，让儿媳妇赌咒，不许她改嫁，必须坐山招夫，过门女婿必须姓赵，无论生几个孩子，都得姓赵。你看啊，家境好的，哪有倒插门的？人物长得差一点的，这娘儿俩还看不上人家。"

李世生嘿嘿一笑："你叔兄弟也死了？这娘儿们和她闺女叫什么？"

赵五更："你问这个干什么？"

李世生："回头我去认认门。"

赵五更："俗话说，寡妇门前是非多，区长还是不去为好。"

李世生："你护着他们是吧，我鼻子下没有嘴啊？"

赵五更："得，告诉你，我那侄媳妇姓王，闺女原来叫薇薇，后来叫超男，是我那死鬼叔兄弟临死前给改的名。"

李世生念叨着："超男，有意思，有意思。"

二

深夜，新庄炮楼里，李世生好酒好饭招待赵四厚。

席间，李世生将今晚的活计跟赵四厚说明，赵四厚一拍胸脯："大哥，小菜一碟，包在我身上了。"

半夜时分，赵四厚派出两个侦缉队员，翻墙进入大沟崖村村长郑闻明家，将一包东西藏在他家锅屋柴草堆里。

第二天早饭后，赵四厚带着侦缉队吆五喝六进入大沟崖，直奔郑闻明家。郑闻明正在吃饭，听到外面声音嘈杂，放下饭碗，走出屋门，见赵四厚等人已经站满了院子。

郑闻明很诧异："各位老总，有什么公干？屋里坐，屋里坐。"

赵四厚一指郑闻明："你叫郑闻明？"

郑闻名："是，是，您是？"

赵四厚手一挥："我们是县侦缉队的，有人举报你贩卖鸦片，看起来，搜！"

郑闻明大惊失色，连连摆手："是谁乱嚼舌根子！我就是一个打庄户的，从来不出门，上哪里贩卖鸦片啊！"

赵四厚指手画脚地说："搜仔细了，粮食囤里、梁头上、锅底下、鸡窝里，还有猪圈里、柴火垛里，都要看看。"

屋里，郑闻明的老婆孩子被撵了出来，几个小孩吓得哇哇大哭。

不一会儿，两个侦缉队员从锅屋里出来，手里扬着一包东西，递到赵四厚面前："队长，找到了。"

郑闻明赶紧凑过来看："什么东西？"

侦缉队员将纸撕开，将黑乎乎的鸦片膏往郑闻明面前一送："看清了，够五斤沉。"

赵四厚手一挥："带走！"

早有几个侦缉队员扑上来，将郑闻明五花大绑捆起来，押了就走。郑闻明老婆先是呆呆地看着，然后扑上来撕扯侦缉队员，却被一脚踹倒。

听到哭闹声的村民出来看动静，赵四厚高声喊道："都老实点，郑闻明贩卖大烟，人赃俱获，现在缉拿归案。"

三

早饭后，李世生带着文书小肖来到赵超男家门前。

"小六，慢点喊门，别吓着人家。"李世生吩咐。

小肖答应着，上前一推门，门内赵超男挑着水桶把门拽开，扁担头正碰在小肖额头上。

"妈的……"刚骂出口，小肖就被李世生一把扯住衣服拽到身后："是你瞎眼，嚷嚷什么，快，帮着挑水去。"说着，就要从赵超男肩上接挑子。

赵超男一扭身转回院子："娘，来人了。"说完，她放下挑子进屋去了，头也不回一下。

王氏忙从锅屋里出来，手里拿着饭帚，也有点惊慌：“区长，我给孩子做完饭就去上工，耽误不了中午吃饭。”

李世生用嘴一努水桶：“小六，去，挑水去。”接着转向王氏：“大嫂，我不是来催工的，从今天起，你们家不用出工了。”

王氏半信半疑：“区长，做饭也累不着。”

李世生邪笑一下：“不让屋里坐坐？”

王氏有点尴尬地一笑：“家里没有劳力，就不坐了吧。”

李世生：“没有劳力怎么了？没有劳力就不能坐啊？”

王氏：“区长，你等一下，我喊俺家叔公过来陪您说话。”

李世生：“你是说赵五更？”

王氏：“是，您稍等。超男，快去喊你三爷爷去。”

赵超男：“娘，你忙你的，吃完饭该干什么就干什么，谁爱闲逛就到别处逛去，哪有那么多事！”

王氏脸一红：“你这孩子，怎么说话呢？”她看向李世生：“早晨起晚了，屋里没收拾，就不请您屋里坐了。”

这时，小肖挑水进门。李世生嘿嘿一笑：“那你好好收拾，我改天再来。六子，走，看工地去。”

李世生走后，赵超男从屋里走出来，将小肖挑的两桶水倒掉，摸起扁担，钩起水桶就走，一边走一边冲王氏嘟囔：“以后你少跟这些二郎八蛋的人打交道。”

王氏焦急地辩白：“超男，谁跟他们打交道了，你别瞎琢磨。”

赵超男：“谁打交道谁清楚！”

四

大沟崖，郑闻明被带走后，一家人惊慌无措，哭哭啼啼。本族中有个做生意的，叫郑发来，背着手，踱着步，走过来点拨道：“闻明是不是得罪什么人了？”

郑闻明之妻莫名其妙，道：“没有啊？”

郑发来：“人家别的村都上新庄盖炮楼、打围墙，都往区公所送米送面，就咱庄能是吧，既不出工，也不进贡。”

郑闻明之妻闻言一愣怔，道：“大叔，要这么说，还是区公所引来的鬼？”

郑发来：“我可没这么说啊，你别瞎猜。”

“大叔，孩子他爹也不知叫弄到哪里去了，麻烦您到区公所给问问？”

郑发来：“这个差事不好干，那就是狼窝蝎子洞，谁去谁挨蛰。”

郑闻明之妻：“大叔，您跟新庄村长不是把兄弟嘛，麻烦您去找他问问，求他说说情。”

郑发来：“那是个笑面虎，年前，我还叫他坑了个厉害，早断来往了。”

郑闻明之妻闻言大放悲声，又哭起来：“孩他爹啊，你个耿直种啊，谁叫你得罪人的？这倒好，你替大家挡了枪弹，现在你遭了殃，没人管你了，你怎么为的人啊？”

郑发来不耐烦道：“行了，不用指桑骂槐了，我舍个脸，去给你问问，我可有言在先，添了言添不了钱，他们要讹闻明多少钱，我可做不了主。”

郑闻明之妻擤一把鼻涕，止住哭：“大叔，俺知道，不怕贼搂着，就怕贼瞅着，俺家就这几顷地，大不了都祸害出去，好歹把人救回来。”

郑发来：“你要这样说，我就去问问。”

五

赵四厚将郑闻明押在新庄炮楼，李世生招待侦缉队吃饭。

李世生：“四弟，越来越进步了啊，手到擒来，旗开得胜啊。”

赵四厚剔着牙：“大哥，不是咱吹，谁敢跟大哥过不去，我叫他初五见阎王，他不敢初六来报到。你等着瞧好吧，一会儿就有送银子的过来。”

李世生连连竖大拇指：“四弟高明，银两你带走，我只叫他们服我，听我使唤就行。”正说着，赵五更领着郑发来进来。

赵五更：“李区长、赵队长，吃好了？这是我仁兄弟，大沟崖的，老郑，郑发来。来，发来，见过两位老总。”

郑发来连忙向李世生、赵四厚作揖：“早听说二位老总年轻有为，没有机会拜会，今日一见，果然英雄出少年。幸会，幸会。”

李世生斜眼看郑发来：“郑发来，嗯，好名字，今年多大岁数？”

郑发来忙点头回答：“属兔的，39 了。”

李世生："正当年啊，干什么营生？"

郑发来："哪有什么营生啊，原来一年往日照走几个来回，弄点盐、咸鱼、虾酱卖，换几个钱养家糊口。现在世道这么乱，不敢出门了。"

李世生冷眼瞅瞅郑发来："你们庄郑闻明那个傻熊，我早想把他撤了。正好，他贩卖鸦片，被赵队长查获了，村长这个差，就是你的了。"

郑发来连连摆手："区长，您饶了我，我哪里是干村长的料，我过来，只是想问问郑闻明犯了多大的事，受人之托，受人之托。"

李世生撇撇嘴："拿了人家多少跑腿费？"

郑发来惶恐："自己本家，连一杯茶也没喝。"

赵四厚勃然变色，一拍桌子："那你图的什么，充什么能？"

郑发来额头上冒出汗珠："队长，好歹是本家侄子，一家人哭哭啼啼，要死要活的，求队长给行个方便。"

赵四厚哼了一声，不言不语。

赵五更瞅瞅李世生，看看赵四厚，将郑发来拉出屋门："兄弟，你先到那边等等，我摸个底看看。"郑发来只好走到过道里等。

过了一会儿，赵五更走出来道："兄弟，我好说歹说，赵队长说了，郑闻明贩卖鸦片，要想脱出来，少了这个数恐怕很难。"说着，伸出一根指头晃了晃。

"一百块大洋？"

"哪能那么简单，要是带到保安队，不死也得扒层皮。"

郑发来连连摇头："一千？把他家老婆孩子都卖了也不值啊。算了，我不问了。"

赵五更忙道："二位老总说了，如果你回去当村长，大沟崖村像其他村一样，该出粮饷的时候出粮饷，该出夫的时候别磨洋工，他们可以到保安队跑一趟，给你个面子，减半处罚。"

郑发来眼一亮："减半？"

赵五更："你只有当了村长，才能说上话。当不当？"

郑发来一咬牙："当！"

赵五更一拍郑发来肩膀："我就看不中你这个臭脾气，老是不急不躁。就这样了，走，跟他们回话，干了！"说完，拉着郑发来进了堂屋。

六

抢在清明之前，新庄炮楼全部盖完，围墙也修补一新。

打发走民工，李世生在赵五更、郑发来等村长的陪伴下，好好庆贺了一番。送走外村村长，李世生拉住赵五更："老赵，谢谢你啊，这段时间辛苦你了。"

赵五更受宠若惊，忙说："还是区长调度有方，这活干的，不缺料，不窝工，那叫一个漂亮。区长在这里干，真是太屈才了，就这本事，到临沂当个县长，也绰绰有余。"

李世生捅了赵五更一拳，大着舌头说："老赵，你那侄孙女怎么不识好歹？我也是堂堂一区之长，她小丫头片子怎么不尿我呢？外头养汉子了？"

赵五更连忙摆手："区长哎，不要瞎说，才多大的孩子，没有的事。"

李世生："那她为什么连正眼也不看我一下？"

找五更："应该是怕你吧。"

李世生："嗯，我有那么厉害？明天，明天啊，你陪我去提亲。"

赵五更："咱找个媒婆？"

李世生："拉倒吧，费那个劲！"

第二十二回 李世生强霸寡妇门 孙大头命丧绿竹苑

一

中午，李世生在赵五更等人的陪同下来到赵超男家。

孙大头指挥着手下抬着食品盒子，后边一棚唢呐班子吹吹打打。赵超男家的前后左右四家邻居婶子大娘也被当兵的请到。

见这么多人，这么个动静，王氏惊慌不已：“三叔，您这是干什么？”

赵五更笑嘻嘻地上前：“大侄女，高兴不，有面子不？区长亲自来求亲了。”

王氏脸一下就红了：“三叔，哪有这样求亲的，人家一点准备也没有。”

赵五更回头瞅瞅：“不用你准备，区长已经安排饭店把饭菜送过来了。哎，来来来，四嫂子，你搭把手，赶快收拾桌椅板凳，让大家入席。”

这时，赵超男从屋里站出来，堵在门口喝道：“都站住，说清楚要干什么？”

赵五更拽了拽四嫂子的衣角：“四嫂子，你去说说。”

四嫂子嬉笑着走到屋门口，拉着赵超男的手：“闺女，咱娘儿俩屋里说说。”

赵超男一甩手：“不用藏着掖着，说吧，给谁提亲？”

四嫂子尴尬一笑：“你这孩子，今年 18 了吧，也不小了。李区长看上你了……”

赵超男：“我就知道，黄鼠狼给鸡拜年，没安好心。”

赵五更拉下脸：“孙女，别胡说，谁欺负你们了？”

赵超男：“这不叫欺负人叫什么？经过谁同意了，就吹吹打打浪荡过来了。三爷爷，您也伙着外人糟蹋我们是吧？我找我舅舅去。”说着，赵超男扒拉开众人走了。

李世生摇了摇头："哎，跟小辣椒似的，好脾气。来，大头，既然咱来了，聘礼不能带回去吧？饭菜也来了，人也齐了，大家喝一盅，当个见证。我，李世生告诉大家，这个亲，我结定了，谁敢跟我争，这个不答应！"说完，他掏出盒子枪，朝天空鸣了一响，把众人吓得一哆嗦。

赵五更拍手："好，这一枪，算是礼炮，响亮响亮，人财两旺。他大嫂子，让大家屋里坐。"

王氏看了一眼李世生手中的枪，疾步向院子外走，大喊："超男，回来！"

四嫂子赶紧拽过一个半大小子："狗蛋，你跟端午快去追超男，让她回来，她要不回来，你们跟着她，别让她走丢了。"狗蛋答应着："行，得给我留两个大馍馍。"

四嫂子打发完狗蛋，追上王氏，捉住王氏的手，将王氏拉到西屋："他嫂子，你没跟超男说好吗？"

王氏委屈地落下眼泪："没有人说啊，我还以为……"

四嫂子："是啊，看李区长的年龄，娶你还差不多，他怎么看上超男了？"

王氏："四婶子，你叫我怎么办啊？"

四嫂子："这……虽说这个李区长岁数比超男大了一些，但也不算很大，听说他今年才 35 岁，也不是七老八十了。我看就这样吧，有这么个女婿，你娘儿俩今后还不是穿金戴银，很多人都要馋死了呢。"

王氏抹抹眼泪："我这是什么命啊。"

午后，赵超男家，李世生几人早已喝得舌头短了半截。

人们正说着话，狗蛋和端午跑进来："娘，薇薇到她兰埠舅舅家了，说是不回来了。"说完，眼巴巴看着桌子上剩余的饭菜。

四嫂子："你们没在那边吃饭？"

狗蛋："吃了，一人一碗面条。"

四嫂子："行了，把这两盘鱼、鸡端到锅屋吃去吧。"

狗蛋答应着，和端午一人端一盘，又抓了个馒头，喜滋滋出去了。

四嫂子等人帮着收拾碗筷，抹桌子。赵五更重新泡上一壶茶。

见李世生眯着眼一晃一晃的，赵五更道："四嫂子，你们也忙大半天了，回去吧，回头都劝劝超男。"四嫂子等人答应着起身就走。

王氏有点着急，忙起来拉着四嫂子的手："四婶子，您再坐一会儿。"

四嫂子："我都忘了，你四叔今天没在家，猪都忘了喂，你听，都叫了，我喂猪去。"说完，撂下王氏走了。

李世生眯着眼，嘴里嘟囔着："看不起我，看不起我。大头，大头!"孙大头从门外进来。李世生睁开眼看了一下："大头，你们吃了吗?"

孙大头："吃了，大哥。"

李世生："去，带几个人，买几斤好酒，到，到兰埠，找，找她娘舅，让她娘舅说说，我，李世生，哪里配不上她。"

孙大头："好，大哥，我这就带人去，实在不行，就绑回来。"

李世生站起来，踉跄着走到孙大头跟前，"啪"的一巴掌打在孙大头头上："你敢，得，得找八抬大轿，八抬，知道吗?"说着，趴在大头身上。孙大头架着李世生，将里间门帘抄起，把李世生放到床上，出来笑笑："我大哥高兴，喝大了，在这歇一会儿。"说完，招呼手下就走。

王氏急了，追出来："这位爷，您千万别去兰埠，俺这就够丢人现眼的了，不要到俺娘家败坏了，求求您了。"

赵五更跟出来："他嫂子，你屋里喂杯水给区长喝，我请孙排长到我家里坐坐，不让孙排长去闹就是。"

王氏搓着手："三叔，您看，请俺婶子过来一下，我也不会说话。"

赵五更："行，你屋里去，别让区长掉下来摔着。"

说完，拉着大头的手："走，给我个面子，请兄弟们到我家搓两把。"

听着众人都出了院子，李世生浑身燥热难耐。听着王氏拿碗倒水的声音，李世生心里咚咚直跳。

王氏右手端了碗，左手一挑门帘进来："区长，醒了吗?喝碗红糖水，醒了就回去吧。"

李世生用眼角余光瞥见王氏走过来，忙闭了眼不作声。王氏见李世生没有答应，将碗换到左手，右臂插到李世生后颈，把李世生扶起，哄着："来，喝水。"

李世生顺势将头歪在王氏温暖的怀里，嘴半张半闭。王氏将碗放到李世生嘴边，慢慢将水喂到李世生的嘴里。

一碗水喝净，王氏如释重负，想将李世生放下。李世生左手一抄，将王氏抄到床上，顺势一翻身，压在王氏身上。

王氏脑子一片混乱，扭动着身子：“区长，使不得，快起来。”

李世生醉眼惺忪：“从今儿起，你是我李世生的老婆，你跑不了。”说着，就去解王氏的纽扣。王氏挣扎着，一巴掌打在李世生的脸上：“再不放开，我喊了。”

李世生嘿嘿一笑：“喊吧，你把人喊来，让大家看热闹。”

王氏眼泪一下流了出来，骂道：“你混蛋!”说着，又抡起巴掌要打李世生。

李世生左手攥住王氏的双手，腾出右手去解王氏的衣扣。

王氏使劲挣扎着，胸部一鼓一鼓的。李世生将王氏的红肚兜掀起，两个圆鼓鼓的东西起伏着。李世生咽了一口口水，正待低下头去，王氏赶紧双臂捂住，嘴里支吾着：“没关门。”

李世生心下一喜，从王氏身上下来，到外间把门闩上。

二

安葬父亲之后，纪甫辞别母亲，到二团驻地特务连报到，接受一个月的敌后武装工作培训。准备停当后，纪甫带着6位武工队员，于夜间摸过沭河，来到父亲死难的伤心之地。

清明，纤细的雨丝在春风的吹拂下不时扫到行人的脸上，凉丝丝的。

纪甫等人背着褡裢，卷着芦席，扮作行人一路跟踪李世生。

李世生和孙大头带着一个排的士兵，用一个小推车推着王氏和粉皮、粉条，用另一辆小推车推着一扇猪肉和面粉，出了新庄，直奔汤头而去。

孙大头眉开眼笑：“大哥，到那里让弟兄们开开斋，去去晦气?”李世生嘿然一笑。

汤头是一个古镇，镇驻地有一座汤山。山不高，海拔一百多米。山上驻着日本铃木小队。

汤山脚下向西1000多米，有三个温泉泉眼，喷涌的泉水向上鼓起一个个巨大的水泡，挥发出些许硫黄味。

当地人掘了两个大水池，将温泉水引进去，供男男女女洗浴。

因为水量比较大，泉水溢出，形成一条河流，叫汤河。《沂州府志》诗赞“野馆空余芳草地，春风依旧见遗踪”，当地人将“野馆汤泉”列入“琅琊八景”之首。

临近中午，李世生等人来到汤头镇。进了汤头中心街，李世生让小肖带着两个士兵送王氏去泡汤，自己和孙大头等人到汤山兵营觐见铃木小队长。

兵营西门，李世生环视一圈，见山上树木全被伐掉，环山一遭，几米高的树桩用铁丝网连着。大门口有两个小岗楼，射孔里可以看到黑洞洞的枪口。

李世生向翻译田胖子说明来意，田胖子喜滋滋地领着李世生去见铃木。李世生吩咐孙大头将猪肉、面粉等慰劳品送入兵营。两个日本兵牵着狼狗，让狼狗围着猪肉、面粉闻了一圈。狼狗嘴里吐出猩红的舌头，狺狺狂吠。

几人进了大门向上走，迎面是一个巨大的碉堡。碉堡高三层。李世生跟着田胖子上到碉堡二层，见铃木次郎正坐在椅子上。旁边小凳子上坐着老中医王世铎，正为铃木把脉。

田胖子：“报告太君，七区李世生区长前来慰劳皇军。”铃木摆摆手，不做理会。

王世铎把完脉，淡淡地说：“队长脉息强劲，没有大碍。”

铃木看看李世生：“你的，曾经八路的干活?”

李世生紧张地辩白：“太君，都是为了一口饭吃，只干过一年多。”

铃木：“沭河那边，滨海区，八路的多?”

李世生：“八路特别多，老百姓都跟吃了邪药似的，跟着八路瞎跑，你分不清谁是八路，谁是老百姓。”

铃木：“李桑，你的大大的好人，中日亲善，需要中国人迷途知返。今天你来，我大大的高兴。你的，可以去泡温泉了。我的，不送。”

李世生赶紧鞠躬施礼：“太君大大的忙，不用送。”

李世生走后，铃木靠近王世铎：“老先生，我的家乡也有温泉，大大的水。从小我就喜欢泡温泉。我不想离开温泉一天。”

王世铎微微一笑：“队长感觉汤头温泉怎么样?”

铃木竖起大拇指：“好!”

铃木：“王先生，你有什么办法让人发高烧，卧床不起吗?”

王世铎摇摇头："队长，我们祖师教我们悬壶济世，没有教我们祸害人的法子。"

铃木："王先生的医德大大的好。我只是想探讨一下这方面的学问。"

王世铎站起来："铃木君，我这里有这样的方子，只是从来都没有用过。"

铃木高兴地说："先生说说看，是什么方子？"

王世铎："第一种方子，找一个患疟疾的人，将他身上的血抽出来，打到你身上，你就传染上疟疾，到时病一上身，浑身忽冷忽热，高烧就起了。"

铃木一皱眉："第二种呢？"

王医生："这第二个方子，取蓖麻子花七朵，加蓖麻子七粒，煎汤服用，可致高烧。"

铃木拊掌大笑："王先生高明，神医的干活。"

中午，羊肉汤馆内，孙大头安排两个哨兵持枪守住门口，不允许其他人进来吃饭。孙大头道："大哥，整两盅？"

李世生："一人只许喝二两，多了不能下汤。"

孙大头高声吆喝："老板，上几斤龙岗大曲。弟兄们，区长说了，每人至多喝二两，多了不准下汤。"

有人嘀咕："那个澡咱不洗了，要喝就喝足。"

"对，一醉方休。"

孙大头拣了个雅间，安排李世生和王氏坐，招呼小肖："小六，你过来，在这屋服务，抓紧沏茶。"小肖答应着拿茶壶去装水。不一会儿，各个桌子上传来猜拳赌酒的吆喝声。

李世生："大头弟，吃完饭，咱分两拨去洗澡，我带一波，你带一波，你先洗？"

孙大头将杯中酒仰脖喝掉："大哥，哪能呢，你先洗，我给你站岗。"说完，他斜了一眼王氏，嘿嘿一笑："我去给你们找个单间？"

李世生用筷子敲了一下孙大头的头："说什么呢？正经点，喊声婶子。"

孙大头看着王氏坏笑："婶子。"王氏低头不语。

饭后，李世生和一班的士兵将枪交给孙大头和二班的士兵带着，进澡堂洗澡去了。

看李世生他们进去了，孙大头喊过二班长：“麻秆，我有个亲戚就是这个村的，我去看看，你领着弟兄们在这里站好岗，不准远离，如果有什么事，我扒你的皮。”

麻秆不屑地撇了撇嘴：“排长，你就说去找窑姐就行了，找那么多借口干什么。”

孙大头脸一沉：“胡扯，回头不准向区长胡咧咧。给，区长的枪，你玩玩。”

麻秆接过枪：“排长，快点啊，来晚了我可不给你打圆场。”

孙大头：“这个不用你操心。”

澡堂北二百多步远，有一家“绿竹苑”，是日军在汤头开的一家最大的玩乐场所，由日军驻临沂商行经理小林征佐开办。每天午饭后，有一场日本艺伎表演，吸引众多前来上香的、洗浴的、赶集的人过来观看。

以前孙大头过来看过几次，因为身无分文，孙大头连女人的边也靠不上。今天孙大头发达了，揣了两兜大洋，想竞争一下花魁。

看台上，一位艺伎穿着和服，踏着尺八刺耳的音乐手舞足蹈。

一曲终了，主持人笑语盈盈走上看台：“各位官老爷，各位财神，今天的头牌是绿珠姑娘，起拍价10块大洋，竞拍开始！”说着，一位戴着翠绿色面纱的曼妙女郎走上看台，台下响起一片尖叫声。

“我要，10块！”有人站起来。

孙大头举手：“15！”

“18！”有人跟进。

孙大头：“20！”

“25！”

孙大头：“30！”

主持人激动地高叫：“30块，第一次。”没有人再涨价。“30块，第二次。”没有人跟进。“30块，第三次，成交！”

主持人走下看台，将孙大头领上台去，把绿珠的手牵给孙大头：“各位，今天的演出到此结束，送新人入洞房。”

早有侍应生过来，引着孙大头到怡红阁：“先生，您是用茶点呢，还是酒菜？”

孙大头看绿珠正眼也不看自己一下，有点猴急："刚喝完羊肉汤，来一壶大把抓。"

侍应生扑哧一声笑了。孙大头："笑什么？"

侍应生："先生，第一次来吧？"

孙大头："来过好几次了，怎么，欺生啊？"

侍应生："不是，看先生这身装扮是官道上的，可又面生，外地路过的吧？"

孙大头："是啊，大爷我是七区副区长兼保安团少尉副连长。"

侍应生："失敬，失敬！跟爷您说一声，这家馆子是小林经理开的，就是临沂的刘黑七、王洪九，到这里也是客客气气的。要不这样，给您来一壶西湖龙井，外加一个茶果盘？"

孙大头捏一捏衣兜，有点心虚："还得多少钱？"

侍应生："不多，两块。"

孙大头嘟囔着，将钱掏出递给侍应生，"这不砸杠子吗？"

侍应生接过钱，撇了撇嘴，低声道："玩不起别玩，小气。"

孙大头觉得憋气，想说点什么，侍应生早出门了。

孙大头挨近绿珠，伸手就要揭绿珠的面纱，绿珠扭捏着不肯。孙大头急不可耐，张开双臂去熊抱绿珠，突然，背后一道风闪过，一柄匕首插入孙大头的后背，孙大头惨叫一声，被来人放倒在地。

听到声音不对劲，绿珠掀开面纱，惊恐万分地刚要叫喊，被另一个人用布条塞住嘴，用绳索捆在床头上。

一阵动作如行云流水，短短几十秒钟，刺客掩好门，悄然而去。

过了会儿，侍应生过来送茶点，发现孙大头倒在血泊中，慌忙大喊："有刺客！"妓馆中一阵大乱。

李世生正泡着温泉，听到外面嘈杂，赶紧穿好衣服，跑出去从麻秆手里接过盒子炮："大头呢？"

"他说到那边走亲戚，一会儿就来。"

"妈的，他这里哪有亲戚，是不是逛窑子去了？"

正说着，有人说"绿竹苑"死了一个人，胖子，大头。

李世生一听，头"嗡"的一声："不好，大头！快，麻秆，集合队伍，救大头去。”

等李世生赶到“绿竹苑”时，日本军曹也带人跑过来。

这时，“绿竹苑”门房、侍应生已经将孙大头的尸首拉出来，扔在路边。

李世生蹲下探了探鼻息，站起来，拔出手枪，揪着“绿竹苑”侍应生：“妈的，谁干的?”

突然，一阵急促的哨子响，几个日军带着一队伪军跑过来。一个日本军曹端着三八大盖指着李世生：“你的，把八路的引来，死啦死啦的。”

李世生放下枪，蹲在地上，呜呜哭起来。

第二十三回　赵超男计设招婿宴　武工队智捉李世生

一

七夕之夜，兰埠王经家。王经之妻纪氏和女儿莹莹、外甥女超男一同围在桌子上蒸巧馍馍。巧馍馍有各式各样的生肖造型，都是惟妙惟肖。

纪氏：“男男，你明天回家？”

超男：“舅母，我得回去了，再不回去，那二亩豆子要被菟丝吃了，得赶紧回去拔草。”

纪氏：“让你舅找几个人帮忙吧？”

男男：“这些小活就不麻烦舅舅了。”

娘儿们正说着话，大门“吱”一声开了。莹莹一探头：“爹回来了，后面还有一个人。”听说还有一个人，超男忙站起来躲入里屋。

来人进屋就喊“姑”，莹莹高兴地跑过去，拉着纪甫的手高兴地说：“大哥，你怎么有空来啊？”

纪甫用手指刮了一下莹莹的鼻子，笑着说：“想莹莹了呗。”

莹莹：“大哥，你怎么不带纪英妹妹来？”

纪甫：“路远，她走不动，过几年，我带她来跟你玩。”

纪氏笑着站起来，拿过吃饭用的黑碗，捧来瓦罐，倒上两碗凉开水：“纪甫，来，先喝碗水。还没吃饭吧？”

纪甫端过茶碗一口气喝干，抹了抹嘴：“姑，吃过了。”

纪氏：“纪甫啊，你娘最近吃饭怎么样啊？”

纪甫笑了笑：“姑，最近啊，娘听说八路军武工队打死了孙大头，高兴极了，那天，连吃了两碗小米干饭。”

纪氏：“这要是把李世生、赵四厚这两个龟孙灭了，你娘还不得吃四碗干饭啊。”

“纪甫哥，你到俺村吧，杀李世生那个龟孙。”赵超男一挑门帘走出来。

纪甫一愣：“这位是？”

王经赶忙介绍道：“纪甫，她是莹莹姑姑家的男男。”面向超男，介绍道：“他是莹莹大舅家的表哥，论亲戚，你也得喊表哥。”

纪甫看了一眼赵超男：“这个李世生够坏吧？”

赵超男咬牙切齿：“这个天打五雷轰的，为了盖他们的鳖窝，今天拉夫，明天征饷，还和侦缉队做局，讹了人家大沟崖老郑家五百块大洋。”

纪甫：“听说八路的武工队几次想拿他，都让他跑了。”

赵超男憋住不笑：“大哥，拿我当外人啊，你不就是八路吗？你们全家都是八路。”

纪甫笑笑：“他们悬赏1000块大洋要我的人头呢。”

赵超男笑了：“那么值钱啊？孙大头是你杀的吧？”

纪甫将手指放在嘴边，嘘了一声：“小点声，隔墙有耳。”赵超男一吐舌头，不再吱声。

王经放下端在手里的茶碗：“莹莹，你睡觉去，我跟你表姐说个事。”莹莹不情愿地离开了。

王经忧虑地说：“男男，听说李世生满大街吆喝要娶你，他这一吆喝，你这个婆家怕是不好找了。要不咱这样，明天我到你家，让你娘把家底子折腾折腾，咱不在那个村住了。”

赵超男低下头：“就怕族人不让卖。”

纪氏接过话：“好歹有那几间屋，几亩地，还能凑合着过日子。要是人家族人不让卖房子卖地，总不能要饭吧。”

纪甫斟酌再三，终于道：“姑父，我有个办法，可以一竿子到底解决这个难题。”

王经眼前一亮：“什么办法，说说看？”

纪甫：“就是有点冒险。”

赵超男：“大哥，男子汉大丈夫，干脆点，说，什么办法？”

纪甫："我想端了李世生的老窝。"

王经一拍大腿："好啊，把二团拉过来，还用几个回合？"

纪甫叹一口气："姑父，没你说的那么简单。开春以来，鬼子从外边调来五六万部队，对咱根据地进行围剿，二团现在已经化整为零，在各处打游击，想集中力量攻打哪个据点，怕是不容易。"

王经疑惑地看着纪甫："那你怎么端他的老窝？"

纪甫："用个巧劲，不是不行。"

赵超男："怎么个巧劲？暗杀李世生？"

纪甫点头："只是近来李世生学刁了，整天缩在碉堡里不出来，就是出来一下，也是前呼后拥的，很难下手。"

赵超男长长的睫毛忽闪了两下，咬一咬牙，说："大哥，你给我一支枪，我回去一枪崩了他，省得他祸害人。"

纪甫笑笑："就算你能崩了他，你能跑出来？不行，咱得琢磨一个稳妥的办法，既能杀了李世生，又伤不着自己一根寒毛。"

赵超男眼睛转了转，一拍巴掌："大哥，干脆，你听我的，咱这样杀他。"接着，赵超男把自己的想法说给几个人听。

王经忧心忡忡，说："纪甫，你可要拿捏好，人命关天！"

二

8 月 26 日，新庄，赵超男家贴了红对子，今天招赘七区区长兼保安团连长李世生。

李世生大摆筵席，由小肖张罗着迎来送往。七区各村保长都过来随礼，吃酒席。就连莒县县长兼保安大队大队长许晓峰、保安大队副大队长莫正民，还有十三区的梁化轩队长都派人送来贺礼，李世生自是春风得意，风光无限。

酒席从中午喝到太阳下山。送完客人，李世生摇晃着身子，喊来小肖："小，小六，今天见了多少礼？"

小肖从兜里掏出账本子，一页页数了数："还没碰账，大约有这个数。"小肖掐了掐手指头。

李世生睁睁眼睛："多少？六百？"

小肖："区长，有面子吧?"

李世生啐了一口："我呸，今天我开了三十多桌，就来了这点礼？都来吃白食的?"

小肖赶紧解释："还没算连里弟兄们的。"

李世生眼睛一亮："弟兄们准备每人封多少?"

小肖斟酌着："弟兄们大都是穷杆子，每月 15 元的津贴都拿回家了，剩不几个钱。赵队长说了，他封 20，让我先记着，今天忘了带，说改天送来。我们排长封 20，班长封 10 块，大头兵封 5 块。这样算起来，还能收六七百块。"

李世生乜斜着眼问："今晚站岗的每人赏喜钱一块，其余的开酒席。四猴子呢？叫他去，入席！今晚你们每人敬他一杯，灌死他，叫他小气!"小肖答应着跑走了。

深夜，一天喧闹归于寂静。

小肖安排人将烂醉如泥的赵四厚抬到炮楼上去睡觉，然后嘱咐排长麻秆查哨换岗，末了，让两个士兵架着李世生，自己提着灯笼送李世生入洞房。

进了赵超男家院子，几个闹洞房的半大小子吓得赶紧跑了。

王氏迎出来："几位兄弟今天吃累了。来，屋里坐，锅里还热着饭菜，吃一点好回去歇歇。"

小肖将灯笼递给王氏："婶子，大哥今天高兴，喝多了，嫂子多给喝点水。"

这时，赵超男走进锅屋，从锅里端出几个菜，放在筛子里，端到堂屋："肖文书，你们都过来，我得敬你们几杯酒。"

小肖："嫂子，你也累一天了，早歇吧。"

赵超男："怎么，肖文书嫌我们家菜不好吃?"

这时，李世生推开架着他的士兵，摇晃着抓住小肖："来，来，小、小六，咱陪你嫂子喝几杯。"小肖只好扶着李世生进屋坐下。

两个士兵杵在那里没敢进，赵超男走过来，一手扯一个："两个兄弟，傻站着干什么，屋里帮忙倒酒。"

两个士兵闻着赵超男身上的女人味，早已把魂掉了，忙不迭进屋。

赵超男端起一杯酒递给肖文书，劝道："肖文书，今天辛苦你们了，来，我敬你们三杯。"

李世生端起酒杯，一饮而尽，嘴里嘟囔着："喝，谁不喝谁是龟孙。"

三杯酒之后，赵超男看向王氏：“娘，您去擀面叶，我再敬三位兄弟几杯酒。”王氏狐疑地看着赵超男：“丫头，新婚之夜，少喝酒。”说完，她走出堂屋。

深夜，王氏送走喝得酩酊大醉的小肖和两个士兵，将院子门关上，杠好，回身到超男窗下听动静。

屋里，超男帮李世生摘枪。

李世生使劲睁开眼睛，摁住盒子炮：“你是谁？拿我的枪干什么？”

超男松开手：“不想睡是吧，不想睡就坐着，我到别的屋睡去。”说完就往外间走。李世生想拽，一个趔趄跌坐在地上。

王氏赶紧敲门：“男男，睡了吗？”

赵超男把门拉开，嗔道：“你怎么还没睡？”

王氏赶紧把超男往屋里推：“你这孩子，傻了，新人三天之内不能出屋，盆在床底下搁着。”她一边说，一边把超男推进里间，见李世生躺在地上，赶忙弯腰去拉李世生。李世生醉眼蒙眬：“睡，睡觉。”说着，摇摇晃晃站起来。

王氏将李世生架到床边，帮着脱鞋袜，把枪摘下放在床头桌子上。正要喊男男过来，李世生双手将王氏拉向自己，抱在怀里：“你跑不了了，今晚上，我、我给你开、开苞。”王氏一时挣不开，只觉得脸皮涨红，浑身难受。

赵超男抓起盒子炮，提起罩子灯，赶忙走出婚房，打开院门，举起罩子灯摇了三摇。躲在院外黑暗处多时的纪甫等人见灯光摇晃，几个箭步蹿出，随赵超男直奔婚房。

婚房内，王氏见女儿把灯带走，心中一惊，使劲挣脱李世生的搂抱，急急摸着门往外走，一头撞在纪甫怀里。纪甫将王氏往后一拽，早有人捂住王氏的嘴，喝令“不许出声”。王氏瘫软在地。

李世生听闻动静异常，伸手往腰间就摸，却摸了个空。他正待喊叫，纪甫抡起驳壳枪照李世生头上砸去，李世生闷哼一声，倒在床上。纪甫身后过来两个人，用布片塞住李世生的嘴，用绳索将李世生捆结实，拉到屋门外，找来一根扁担，抬起就走。

纪甫回身问赵超男：“你们娘儿俩是留下，还是跟我们走？”

赵超男：“大哥，我跟你们走。娘，你走吗？”

王氏：“我走不动，你们把我绑起来吧，你们快走。闺女，落脚之后给娘捎个话啊。”

早有武工队员过来，将王氏捆上，往嘴里塞上布片。黑夜中，赵超男跟着纪甫出了新庄，向沭河方向跑去。

出新庄不远，身后传来一声惊天动地的爆炸声，接着，就见新庄炮楼火光冲天，照亮半个天空。不一会儿，第二组武工队员赶上来与纪甫会合。

过了沭河，纪甫叫武工队员停住脚步。武工队员将李世生往地下一扔，李世生惨叫一声。

纪甫把李世生嘴里的布片扯出来，一脚踩住李世生的头：“李世生，知道我是谁吗？”

李世生惨笑道：“纪甫兄弟，你厉害，我认栽。你别杀我啊，杀了我，我藏的那两缸袁大头就迷窝了。”

纪甫：“糊弄鬼呢，留着到那边花去吧。”

李世生哀求道：“兄弟，真的，我现在就可以领着你把它起出来，大家分了，都能发个财。”

纪甫：“你当别人都跟你一样啊，去你的吧。走！”

一个武工队员抹了一把汗：“队长，这个汉奸死沉，咱把他挖坑埋了吧？”

李世生：“兄弟，好歹咱也兄弟一场，别杀我啊。”

纪甫：“做你的美梦，我们要公开审判你！走！”

8月16日，五团派人将王翠山、纪英、纪寿接到西岭泉。晚上，刘涌团长和刘中华政委亲自接待王翠山，刘涌说：“大娘，叛徒汉奸李世生已被逮捕归案，明天开大会公审，就地枪决！”王翠山听后悲喜交加，对刘涌说：“就按党的政策办吧，叫我说就是零碎割了也解不了我的仇和恨！”

8月17日，岭泉大集。听说今天要公审李世生，四面八方的人都往这里拥来。

中午10点，山纵二旅召开公审大会。会场是临时搭建起来的。会场正门悬挂一条白底黑字横幅：“公审大会”。会场四周墙壁贴满声讨李世生的标语。

附近五个区的民兵、群众团体和各机关代表数千人参加会议。刘涌团长主持大会。刘涌高声宣布：“公审大会现在开始，将叛徒、杀人犯押上来！”

纪甫将驳壳枪点在李世生的后脑上，两个八路军战士将五花大绑的李世生拉上会场。群众跷起脚看。

五团民运股长许肃同志代表军队讲了话，纪甫代表家属在会上控诉叛徒、汉奸李世生枪杀正、副营长带一连叛变投敌的罪行，要求将罪大恶极的反革命分子李世生枪毙。各界代表在会上控诉李世生在新庄一带抓夫修碉堡、抢掠财物、强奸民女、跟随鬼子“扫荡”杀人放火等罪行，纷纷要求立即枪决，为民除害。在讲话时，民兵和群众连续不断地喊出“打倒日本帝国主义!”“枪毙叛徒、汉奸李世生!”“坚决抗战，反对投降!”等口号，整个会场沸腾起来了。

二旅军法处代表展开文书，宣布：“查，李犯世生，男，现年35岁，莒县七区汀水人，民国二十七年，以无业游民的身份混入革命队伍，其后任抗日独立营一连连长、四营一连连长。民国二十九年，李犯世生裹挟一连叛逃。为挽回损失，四营营长纪心如同志带领副营长韩五福、二连连长王文瑞及通讯班前往劝返。李犯世生不念多年战友之情，于夜间残忍枪杀纪心如营长以下八位干部、战士。其手段之残忍，后果之严重，令天怒人怨，人神共愤。经山纵二旅军法处审判，决定判处李犯世生死刑，立即执行。”

两个八路军战士将李世生拖到台下，拉到场地外。纪甫扣动扳机，连开八枪，替八位死难的烈士报仇。

叛徒伏法，人心大快。大会宣布结束时，群众带着激奋的心情，高呼：“拥护中国共产党!”“拥护八路军!”“打倒汉奸卖国贼!”

附记：

党和抗日民主政府，特别是二旅五团对纪心如烈士家属特别关怀，派专人把才十几岁的纪英、纪寿安排到水泉头抗日家属子弟小学上学，把他们培养成人，让他们先后参加革命工作，成为党的干部。

第二十四回　沈鸿烈暗使连环计　韩子嘉行刺于学忠

一

三伏天的天气闷热异常。忙完一天的工作后，陈明约着爱人辛锐出了四门洞村，缓缓走上时密山。

时密山的半山上有一处七八米高的悬崖峭壁，壁顶有两棵古松，树根盘在崖隙之中，扭曲的底根翻转着，支撑着苍老的躯体，青黑色的树冠点染着悬崖的原始与荒凉。悬崖的底部有一粗门陋洞，旁边有古老浑厚的雕琢大字“天洞”。这洞东南西北共有四个出入口，当地人叫它四门洞。

山上生长着柿子树、栗子树、苹果树，还有很多山枣树。陈明在山枣枝杈上细细寻找，不一会儿，摘来一把青里透红的小枣。两人坐在山石上，一阵凉风吹来，拂去额上的汗水，顿觉清爽怡人。辛锐把山枣放到嘴里，感到酸酸的、甜甜的。

陈明抚摸着辛锐的手，不无歉意地说：“小锐，辛苦你了。等到革命胜利了，咱们回老家龙岩，那里漫山遍野都是橘子、枇杷，还有妈妈腌的酸菜，香糯的大米配上一把红枣，香喷喷的，味道可好啦。”

辛锐笑笑：“你们老家是不是太闷热？我更喜欢济南的湖水和冬天的雪。等全国解放了，咱在大明湖边找两间房子住，晚上坐着小船在大明湖里看天上的星星。四面荷花三面柳，一城山色半城湖，泉城济南因为有了七十二泉，灵秀着呢。”

陈明抚了一下辛锐的短发，笑着说：“咱还可以到你老家章丘，到百脉泉、漱玉泉边住，兴许还会再出一个李清照呢。”

辛锐娇嗔道："你笑话人。李清照那可不是一般人可以学得来的。"

两人正说着，希伯在警卫员小李的陪同下从山的北面走来。

陈明、辛锐站起来与希伯打招呼："希伯先生，怎么弄了一身泥巴？"

希伯像捡了宝贝的小男孩似的，高兴地比画着，大声说："陈主任，太漂亮了，要不是快天黑了，我非带着你和夫人进洞看看不可。这个洞太宽敞了，洞内有数不清的钟乳石、莲花台，里面洞中有洞，洞上有洞。水流从北门流入，从南门流出。还有更神奇的，里面生活着萤火虫，布满在洞顶，就像晴朗夜空中闪烁的星星。等和平了，你们要开发这个溶洞，让它成为和金字塔、埃菲尔铁塔一样有吸引力的景观。"

辛锐好奇地问："真的？那你把它画出来、写出来，好不好？"

希伯摇摇头："里面太暗，手电筒的灯光只能扫视很小的空间，我连千分之一都记不下来，写不了，写不了。等以后把电架过来，里面安上电灯，让摄影师进去，把里面最美的景色拍下来，让全世界的人都能享受这天赐的美景。真是太美妙了！"

四个人边走边说笑着，突然，从山下跑来两位战士，远远地就喊："陈主任，希伯同志，谷牧秘书长请你们赶快回去集合，马上要转移了。"几个人快速走下时密山，向四门洞村跑去。

远处，有枪声不断传来。

二

下午，辞别陈明等人，辛锐带领姊妹剧团向西蒙山方向行进。

行至上高湖以北地段，接近苏鲁战区防区，他们远远看见一队士兵正在用枪托砸羊，驱赶羊群。

辛锐低声命令："快，过去看看！"

跑到近前，原来是一伙国军士兵在驱赶、捆绑绵羊。放羊的老头与士兵争夺，被一脚踹倒在地。老头起来，跑到坐在大石头上抽烟的韩子嘉跟前连连作揖："长官行行好，放了我的羊吧，我全家指望它秋后剪毛换粮食吃呢，一家子六张嘴，就指望这几只羊啊。"

韩子嘉扔掉烟头，骂道："老子脑袋别在裤腰带上打鬼子，吃你几只羊你心疼了，你要送给日本人吃啊？”

放羊老头急忙说：“可不能这么说，长官，公粮我都交了啊。”

韩子嘉冷笑一声：“这个与我无关，老子要改善伙食，看中你这群羊了，征收了。”

辛锐赶到，听明白事情缘由，走过来行了个军礼：“少校你好，我是山东纵队姊妹剧团团长辛锐，路经此地。我想请问一下，这是怎么回事？”

韩子嘉打量了一下辛锐，坏笑着说：“小娘儿们，哪儿人？不在家待着，出来乱跑，你婆婆愿意啊？”

周围士兵哈哈大笑。

林欣气愤地说：“看你大小也是当官的，怎么不说正经话！”

韩子嘉直瞪着林欣，邪笑着说：“哟，小丫头片子，你是谁呀？没吃饭是吧？要不到我们营部吧，爷儿们保证喂饱你。”

林欣气得眼泪要掉下来，骂道：“留着喂你娘、你妹妹吧！”

韩子嘉嘻嘻一笑：“我没有妹妹，你当妹妹行吗？”

“行了，少校，请你告诉我你们部队的番号！”辛锐断喝一声。

“老子行不改名，坐不更姓，国军五十七军一一二师三三四旅六六七团第一营营长，老子姓韩，韩子嘉。怎么，想管闲事啊？”说着，韩子嘉涎着脸凑上来，一把摸上林欣的脸。

林欣退后一步，照着韩子嘉的手就是一巴掌，骂道：“原来你就是放跑卖国贼缪徵流的那个营长啊？呸！”

不提缪徵流那档子事还倒罢了，一提，顿时惹恼了韩子嘉。韩子嘉反手一抓，使劲一拽，将林欣揽入怀中：“我就是那个里外不是人的汉奸营长，怎么样？要不是你们八路瞎掺和，我们五十七军能被撤销番号吗？我能这么倒霉吗？”

林欣满脸涨得通红，抬起右脚，照着韩子嘉的右脚面使劲踩下去，韩子嘉“哎哟”一声蹲下去，用手抚摸脚面。林欣趁机躲开。

韩子嘉恼羞成怒，拔出手枪就要向林欣开枪。徐兴沛眼疾手快，飞跑向前，使劲托起韩子嘉举枪的手，只听“啪”的一声，子弹射向空中。韩子嘉见徐兴沛瘦瘦弱弱的，一把将她揽在怀中，抬手又是一枪，打在林欣大腿上，林欣应声倒地。

电光石火之间，辛锐猛然拔枪在手，用枪指着韩子嘉，大喝：“住手！”

"跟我来横的是吧，来，往这里打！"说着，韩子嘉向前一步，把头顶到辛锐的枪口上。

这时，韩子嘉的兵呼啦啦端起枪，将辛锐她们围了起来。

姊妹剧团两位战士赶紧去救护林欣，其他队员持枪在手，与韩子嘉的士兵对峙起来。

韩子嘉冷笑一声："娘儿们，玩命是吧？弟兄们，过来，把这群娘儿们的枪下了，请她们到营部给咱们演戏看。"说着，将徐兴沛往辛锐怀里一送，伸手将辛锐的枪夺过去。

辛锐气愤异常，伸手拔出手榴弹，左手拉着弦，一步逼近韩子嘉："把枪还给我！"

气氛异常紧张。突然，一队骑兵绝尘而来，为首一人纵身下马，断喝一声："住手！韩子嘉，你搞什么名堂？"

辛锐退后两步，大喊一声："同志们，列队！"

姊妹剧团快速列成两队，林欣在两位战友的搀扶下趔趄着站起来。

辛锐向来人敬礼："报告，山东纵队姊妹剧团团长辛锐，带领剧团途经此地，发现有人强抢老乡的羊，上前劝阻，韩子嘉不听劝告，反而开枪伤人，请长官主持公道！"

韩子嘉歪歪嘴："郭处长，别听这娘儿们瞎咧咧，我们跟老头商议着买两只羊改善一下伙食，这些娘儿们多管闲事，还拿手榴弹吓唬我们。"

来人是苏鲁战区总部政务处处长、代理秘书长、中共秘密党员郭维成。郭维成冷哼一声："有你这样买羊的吗？"

这时，于学忠赶了过来："郭处长，怎么回事？"说完，用冷峻的眼光看着韩子嘉。

郭维成没有回答于学忠的问话，走近放羊的老头，将浑身筛糠的老头拉过来，说："老人家，你给司令说一下，怎么回事？"

老头要说什么，韩子嘉拿眼一瞪，老头慌忙说："没有什么，没有什么。"

于学忠指指腿上流血的林欣和躺在地上蹬腿的几只羊，厉声问道："韩子嘉，你说，怎么回事？"

韩子嘉把头一别，说："不就几只破羊嘛，有什么大惊小怪的。"

于学忠大喝一声："为什么开枪伤人？"

韩子嘉嘟囔着："这群娘儿们管闲事，欠揍！"

于学忠怒不可遏，喝令："胡闹！押回军法处，从严处理！"

卫队士兵过来将韩子嘉双手反绑起来。

于学忠指着韩子嘉怒斥道："我常教育你们，东北军弟兄来到山东，就要把山东当成自己的家，把山东的父老兄弟当成自己的衣食父母。今天，你是怎么做的？你这样做，不是败坏我们战区的声誉吗？"

"郭处长，回去向霍师长通报，把韩子嘉的营长职务免了。另外，凡是今天参与抢夺老百姓绵羊的士兵，一律关三天禁闭。李参谋，把他们带回去。"于学忠吩咐道。

李参谋喝令："第一营听令，排成两列纵队，向左转，跑步走！"

李参谋将韩子嘉和士兵带走之后，于学忠走到林欣面前，歉意地说："辛团长，对不起啊，抓紧把这位战士送到战区总医院治疗。"

辛锐整整衣装，向于学忠敬了个礼："感谢总司令对群众的关怀！"然后，她高声命令："全体都有，向总司令致敬！"

姊妹剧团齐刷刷向于学忠敬礼，于学忠郑重向姊妹剧团回礼。

于学忠转身走向放羊的老头，和蔼可亲地说："老乡啊，对不住，我没管教好队伍，让你受惊了。这几只羊我赔给你，回头让郭处长把钱给你送过去，是上高湖的吧？"

老头连连摆手："长官，下高湖的，不用赔了，多亏司令来得早，再晚来一会，就出人命了，快给那个女娃治伤吧。"

辛锐等人将林欣抬到苏鲁战区总医院，郭维城特别关照医院安排医生、护士紧急诊疗、包扎。

林欣握着辛锐的手，说："团长，我不想在这里治疗，麻烦您给渊子崖捎个信，让人把我接回去，我不能连累全团的工作。"

辛锐思考了一下，说："好吧，我让小徐他们先把你送到咱们二所，再跟渊子崖联系。不要急，渊子崖离这里上百里路，不是一时半会儿能来的。你好好养伤，伤好后我派人去接你。"

辛锐找到郭维城处长，郭维城安排一个警卫班保护着将林欣送走。

三

临朐县，沈鸿烈宿舍里，沈鸿烈与国民党山东省党部委员李子虔对饮。喝到有七八分酒意时，沈鸿烈叹息了一声。

李子虔放下酒杯，问道："主席，有什么烦心事？"

沈鸿烈叹口气，说："兄弟，这口气不顺啊。"

李子虔猜道："你是说八路军不听话？"

沈鸿烈摇摇头，说道："八路自成一派，也不单山东如此。只可惜委员长用错了一个人。"

李子虔："您是说于？"

沈鸿烈点点头："山东这么重要的战区，委员长却派姓于的过来，无非看中他是山东人，便于号召山东人。可委员长这一番操作，我就不好干了。这个于学忠，'迂腐'有余，忠烈不足。听说共党在他那边很活跃，他也不管，我看东北军这点家底子早晚会毁在他和共党手里。"

李子虔连连点头："是，是，于司令哪样都好，就是迂腐一点。"

"子虔哪，咱得想个法子，给于司令敲敲警钟，让他长长记性。"沈鸿烈漫不经心地说。

李子虔向沈鸿烈伸直脖子："主席有什么吩咐，我去办理。"

沈鸿烈用手指敲着桌面，思量了一会儿，说："这样，前一阵子，缪徵流手下营长韩子嘉，在东盘事件中救了老缪，不仅没有获得奖赏，还被于学忠借故撤了职，听说怨气不小。可以在这上面做做文章。"

李子虔若有所思："让他回部队搞哗变？"

沈鸿烈摇摇头："他一个小小的营长能掀起多大风浪？"

李子虔："让他到重庆告状？"

沈鸿烈："更不靠谱。"

李子虔："那有什么办法？"

沈鸿烈咬了咬牙，说："来个一石二鸟如何？"

李子虔有点疑惑地问："一石二鸟？怎么讲？"

"于学忠布防的地方离八路不到10里路，咱可以这样，你带几根金鱼去，找到韩子嘉，这样办……”说着，沈鸿烈将嘴靠近李子虔的耳朵。李子虔贴近沈鸿烈，听着听着，不禁一拍巴掌：“好，这样最好。”

四

蒙阴县上高湖村，于学忠带着警卫班到干训团上课。走到一个山嘴，埋伏在山上的韩子嘉向于学忠投掷了一颗手榴弹。手榴弹滚落在于学忠脚下，眼看即将爆炸，身边警卫员猛地将于学忠扑倒。手榴弹“轰”的一声炸响。其他警卫拔枪向山上射击。于学忠察看警卫是否受伤，警卫员头上汩汩冒血，已经瘫软在地。

“卫生员！快找卫生员!”于学忠大叫。

韩子嘉穿山越岭，一直向山东纵队防区跑去。后边，于学忠的六个警卫和闻讯赶来的警卫连紧追不舍。韩子嘉熟悉地形，不到一顿饭的工夫便跑进八路军防区，被巡逻的八路军战士扣押起来。

随后，于学忠的警卫们追过来，向八路军交涉，索要到了凶手韩子嘉。

经审讯，韩子嘉供出了沈鸿烈派李子虔收买他的经过，并默写出了沈鸿烈信件的内容，描述了沈鸿烈字体的形状。

于学忠躺在病床上养伤，郭维城正在一旁汇报工作。谈起韩子嘉，于学忠气愤地说：“我于学忠坚持抗日有什么错？我什么地方对不起重庆？他们为什么要置我于死地，非要我的老命不可？维城，这个案子你来负责，一定要给弟兄们一个说法。”

郭维城马上约见山东省高等法院院长，研究相关事宜。经公开审讯，韩子嘉被判处死刑，并通报全国，以揭其奸。

临朐，沈鸿烈宿舍，沈鸿烈递给李子虔一包金条，拍着他的手背：“老弟，功亏一篑啊。我这里你暂时待不下去了，先找个地方避避吧，别让他们抓着什么把柄，等风声过去了，我再接你回来。”说完，吩咐手下备车。

李子虔带着点哭腔说：“主席，可别忘了我啊，我家里还有一大堆人啊。”

“去吧，不会的，不会的，我会按月给弟妹寄送薪水的。”

李子虔向沈鸿烈鞠了一躬，走了。

1941 年 8 月 19 日，重庆军事委员会委员长办公室，侍从室主任钱大钧将于学忠来电呈送蒋介石。

蒋介石看后，脸上阴晴不定，过了一会儿，大骂："娘希匹，胡闹！"

钱大钧上前一步，问："校长，如何回复于学忠司令员？"

蒋介石斟酌了一下，说："给于学忠去电，多加抚慰，送大洋一万元。另外，给沈鸿烈去电，着令其即日到重庆报到，任农林部长，省政府主席职务由秘书长雷法章暂代。"

第二十五回　谢焕文问政渊子崖　林崇祥捐献五子炮

一

秋收秋种时节，谢辉身穿粗布褂子，脚蹬黑布鞋，从西大门来到渊子崖村。看见林九臣在门口晾晒高粱，谢辉笑呵呵打招呼：“老林叔，收成怎么样啊？”

林九臣抬头见是谢辉，忙放下竹搂耙，笑着回话：“谢专员啊，下来转转？专员这么大的官下来，怎么不骑马？连警卫也没带？”

谢辉笑笑：“多大的官啊，都是为人民服务。警卫员小刘跟过来了，刚才我看见有一位老乡往地里拉粪，拉不动，我让他帮忙去了。”

说着，谢辉蹲下身，抄起一把高粱米，攥了攥，让高粱米从指缝里漏下，高粱米撒在席子上，发出哗哗的声响。

林九臣也蹲下，抓起一把高粱米：“专员，今年老天脾气不好，春上旱，秋季涝，两季收成都不好，明年这个春荒可是难熬了。”

谢辉站起来，目光深邃地看着西北方向：“难熬也得熬啊，延安那边早就搞大生产运动了，我们这边也得动起来。老林叔，下午我想开个‘诸葛亮会’，你去参加，帮我支支招。”

林九臣笑笑：“您是有学问的人，我能支什么招？”

谢辉笑笑：“众人是圣人嘛，下午见。”说毕，握手告辞。

二

下午，渊子崖区公所，滨海专署专员谢辉召开座谈会。五区党委书记、区中队指导员刘新一、区长冯干三、区中队副指导员史思荣、村长林凡义以及农救会、妇救会、青救会的林九兰、林九臣、王康美、林凡庆、林庆海、林庆兰等人，还有财主代表林秉锡、林崇祥、郭庆银应邀到会。

史思荣汇报与会人员到齐了，谢辉笑着扫视一圈会场："各位，今下午把各位请过来，是想探讨两个事。第一呢，大家知道，今年收成不大好，很多户可能明年要闹春荒。咱们不能眼瞅着明年春天挨饿。现在部队上、各个机关已经响应毛主席的号召，自力更生，丰衣足食，开展大生产运动了，就连朱瑞书记也开了二亩荒地，种上了小麦。那么，咱们村怎么办？这第二呢，就是咱这个公粮，从村民手里收上来，怎么储存，怎么使用更方便？大家有什么高招说一说。"说完，他拿出派克笔，等着做记录。

财主郭庆银举举手。谢辉笑着说："郭庆银吧？家里有几顷地？"

郭庆银："是，专员，我叫郭庆银，祖上给我留了几顷地。"

谢辉："今年收成怎么样啊？"

郭庆银："不瞒专员说，我这几顷地，今年秋季，拢共收了不到三十石粮食，如果再按二成缴公粮，我也得扎上脖子喝西北风了。"

林庆海站起来，不客气地说："庆银，你哭什么穷，谢专员还没有向你告帮呢！"

郭庆银脸一红，忙说："谁叭瞎话，谁是小狗！"

谢辉看着林庆海，用右手示意他坐下，然后转向林秉锡："林老先生那边怎么样？"

林秉锡苦笑一下："专员应该都知道，我那几顷地都败没了，要不是九兰他们帮着打理油坊，我真得喝西北风了。您出的这两个题目都是国家大事，我还真插不上嘴。"

林九兰站起来："庆银，我怎么琢磨，你刚才算的账不对头呢。咱拍拍心窝子说，咱现在上交的钱粮是不是比以前少了？"

郭庆银慌忙应着："四叔，这个自然。"

林九兰："凡事得讲一个理字。咱现在有共产党当家，八路军撑腰，国民政府不来瞎折腾，刘黑七来不了，郑德顺的联庄会也灭了，就剩下小鬼子来回'扫荡'。如果把小鬼子打跑了，大家说，咱们的日子是不是好过了？"

林凡义站起来，接过林九兰的话茬："对，说一千道一万，不赶走小鬼子，咱们没好日子过。我只认一个理，跟着八路军打鬼子，粮饷咱只交给八路军，其他的，门儿都没有。谢专员，您放心，俺村几乎家家都有地瓜种窖子，不少户还有夹皮墙，存个十万八万斤粮食没有问题。”

郭庆银摇摇头：“凡义啊，两嘴一碰简单。我问你，你在咱村放八九十万斤粮食，让鬼子知道了，鬼子来抢，怎么办？谁能看住？”

林凡义：“二叔，你让鬼子吓破胆了？咱手里的枪炮是吃素的？”

郭庆银撇撇嘴：“拉倒吧，咱村还有枪炮？前年，咱庄的‘汉阳造’叫纪营长带走了十几支吧？罗政委来咱村，是不是也带走了七八支？现在就剩下几杆破大雁枪，连梁化轩都对付不了，真要是鬼子来了，你跑都没有地方。”

林凡义闻听此言，火气腾地上来了：“二叔，你怎么老是长鬼子的志气，灭自己的威风？咱那‘生铁牛’是吃素的吗？”

林凡庆站起来摁下林凡义：“坐下，慢慢说，别抬杠。”他看看谢辉，瞅瞅大家：“我有一个办法，大家看看行不行？”

谢辉笑笑：“说说看。”

林凡庆瞅瞅大家伙，再看向谢辉：“谢专员，我琢磨了一阵子，你比方说九臣爷爷家，一家子 9 口人，每年分两次到刘庄缴公粮，需要走路吧？史指导员呢，住在九臣爷爷家，每月得从刘庄粮库领粮食，再背到我们村。这一来一回，费两次事吧？”

林庆海没听明白林凡庆要说什么，呛了一句：“不费事，你管饭啊？”

林凡庆白了林庆海一眼：“爷们，你少说两句，没人拿你当哑巴卖。”

林庆海脸通红：“好好，你是响巴，你说。”

林凡庆笑笑：“谢专员，前一阵子，我到十字路进货，人家开给我一个凭证，让我拿着这个凭证到罗庄穇茬窑去提货，我到那里走了一趟，把凭证一递，第二天人家就把缸盆给送来了。我是想说，咱村民不是要交公粮吗？每年区里下达征缴任务，村民可以不用缴到粮库，就放在自己家里存着。咱专署呢，印制粮食票，1 斤的、2 斤的、5 斤的、10 斤的，军队需要从哪个村往外调粮食，公家人员需要在谁家吃饭，凭粮票交割，两头是不是都轻快？”

林庆海把头摇得跟拨浪鼓似的：“哪有这么容易。你下征缴通知给他，他把粮食吃没了怎么办？藏起来怎么办？卖了怎么办？”

林凡庆揶揄道：“也就你有这样的心眼，别人还跟你学着？”

林庆海脸红脖子粗：“你胡扯，我几时抗缴过公粮了？”

林九兰生气道：“你两个熊孩子，一见面就抬杠，有话不会好好说。”

谢辉停下笔，看着林凡庆说：“凡庆，你说的这个办法倒是一个好办法。我想，如果咱们选一部分堡垒村、堡垒户，把粮食交给他们保存，应该没有问题。”

冯干三看看史思荣，又看看林凡义，说：“渊子崖城高墙厚，防御条件好。八大剧团公演之后，群众觉悟提高很快，我看渊子崖就是一等一的堡垒村。”

林凡义站起来，拍拍胸部：“专员，您要信得着俺，把军粮放俺村里，瞎了一粒，我把头割给你！”

谢辉笑着站起来，走到林凡义跟前，握着林凡义的手：“行，有种，要说堡垒村，渊子崖算一个！”说着，又转向林九臣：“老林，你再说说大生产的事，怎么样？”

林九臣吸了一口烟，看谢辉坐下，开口说道：“我听部队上的同志都在唱三五九旅是模范，三五九旅是怎样个模范？无非是不怕吃苦，开荒种地。咱这个地方，能开荒的山坡、河滩，部队上开得差不多了，那咱村民到哪里开荒？”

有人附和：“是啊，哪有那么多荒地可开啊。”

林九臣磕磕烟袋头子：“我琢磨着，大生产无非就是多打粮食有饭吃，多做生意有钱花。”说到这里，林九臣看了一眼妻子王康美。王康美：“看我干什么，有话就说，有屁就放。”

林九臣干笑两下：“眼下，农忙结束了，全村老少爷们总不能都看蚂蚁上树吧？怎么找个活干，挣两毛，才是正经。”

王康美一拍巴掌：“你总算憋出个响屁。对，专员，去年我们给一连做棉袄、棉裤的时候，我就寻思，部队上把军装的活放一部分给俺妇救会做，部队上多少给二升粮食当工钱，部队被服厂能省不少人力是不是？”

谢辉微微点头：“是个办法，有助于精兵简政。”

林庆海竖起大拇指，冲王康美一晃：“还是二婶子点子足，不过，婶子，你好意思拿部队上的工钱？”

王康美一拍巴掌：“也是，给部队上干活，点灯熬油都应该，不要工钱。”

林庆海站起来，朝向王康美，说：“婶子，专员管好几个县，几千个村庄，咱总不能让专员单单照顾咱一个村吧？老话说得好，靠山吃山，靠海吃海，咱得自己想办法。”

王康美笑笑："可是，你说，咱这山能砍几棵树，咱这河能逮几条鱼？"

林庆海胸有成竹，看了一圈众人，说："咱炒炸药怎么样？"

林凡义一拍大腿："爷儿们，还是你这个靠谱。炒炸药咱村拿手，除了咱自己用，多余的卖给外村，怎么着也能挣个三八二六的。"

林九兰琢磨一下，皱了一下眉头，说："炸药这东西不易炒，也不好保管，这个钱不好挣。"

林凡义有点激动地说："四爷爷，咱先不管钱好挣不好挣，反正部队上用得着，咱也使得上，我看咱各家各户的按地亩数凑点买原料的钱，安排会炒的户炒出来，咱自己留一两千斤用，剩余的卖了，赚的钱咱买快枪，买五子炮，买子弹，有了枪炮，咱就不怕鬼子来扫荡，他就是来一千，咱也能把他打回去。"

郭庆银把脸一拉："凡义，你吹吧。你老想着按地亩凑，有地的就该死？"

林凡义也把脸一拉："不按地亩凑按什么凑？按人头？我问你，那些没有地的光棍、寡妇你叫他们拿什么凑？我再问你，土匪绑架都绑谁？谁家里有牛、有猪、有羊？谁最怕鬼子进村？鬼子来了，这些穷爷儿们可以一跑了之，你行吗？"

郭庆银被噎了个倒座子，嘟囔道："也有人没有地，但有生意，不少挣钱。"

林庆海笑笑说："二哥，你是说药铺家、染坊家和秉锡爷爷家吧？"

郭庆银脸红脖子粗："我没攀他们，你别胡扯。"

林秉锡冷眼听了半天，把拐杖点了点地，站起来要说话。谢辉忙站起来说："老先生坐下说。"

林秉锡摆摆手，站起来，说："凡义呢，谁家都有老有少，孬好都有几间屋，鬼子来了，你大人能跑，老人、小孩能跑吗？房子、牲口能跑吗？又能跑到哪里去呢？庆银呢，我家业败坏没了，剩下个油坊，好年景能撇个百儿八十的，可现在，买卖难做呢。咱村的快枪前一阵子都送给队伍了，只有崇祥家里的五子炮还算趁手。这样吧，九兰，咱炮楼上那棵'生铁牛'回头你和凡义抬到北大门，我手里还有五颗手榴弹，也一块拿过来，另外，我再出 200 斤豆油、20 斗谷子，给站岗巡逻的加个夜餐，行吧？"

林凡庆诧异道："老爷爷，你还有手榴弹？当时怎么不用他炸死刘黑七那个老龟孙？"

林秉锡摇摇头不吱声，王康美接话说："你这孩子，谁还天天揣着手榴弹等着跟刘黑七拼命啊。"

谢辉站起来鼓掌，然后伸手扶林秉锡坐下：“老先生急公好义，令人佩服。思荣啊，这样的典型要多宣传啊。”

林秉锡连连摆手：“专员，使不得，使不得，都是本分。”

林凡庆瞅瞅林崇祥，笑着说：“大爷，回头把您那杆五子炮抬过来，让大家伙先练练手吧。”

林崇祥坐在那里，始终一言没发，见林凡庆点了自己的卯，不由皱了皱眉，说：“炮弹贵着呢，一发小炮弹就是一斗谷子呢。”

林凡庆“嗐”一声道：“大爷，舍不得枪药打不着雁，舍不得孩子套不着狼，都到现在这种地步了，咱们不能再疼那几发炮弹了。”

林崇祥摇摇头，说：“我可没那么多闲钱买弹药。”

林凡义笑笑，说：“大爷，你也别老是算细账，这样吧，你的五子炮算咱村里借用的，使坏了凑钱赔你，弹药钱不用你出，这样行吧？凡庆，回头你带人到大爷家抬来，抓紧练习，别到时抓瞎。”

林凡庆笑笑，对林崇祥说：“还得请大爷您当教练。”

林崇祥呛道：“我家的活你替我干？”

林凡庆回呛道：“寒冬腊月的，就你活多！”

林九兰用眼神制止林凡庆，问林崇祥：“听说你这五子炮是专门找彭铁匠做的？多少钱一杆？”

林崇祥伸出三个手指摇了摇。

林凡庆抢着说：“四爷爷，这杆五子炮我见过，它跟生铁牛不同，它轻快，才二十来斤沉，一个人就能扛动，可以前进，可以后退，跟日本人的手炮差不多。最绝的是它的五发小炮弹，可以循环着使用，打完了这一炮，可以装上炸药、铁砂子再打，能打200步开外。还有一条，这五子炮的准头也比生铁牛好。”

林九兰两眼放光，说：“咱村要是有八杆五子炮，一个围子门安一杆，咱就谁都不怕了。凡义，明天咱得去看看，定制几杆！”

林凡义也很兴奋，说：“我看咱先定四杆。”接着把目光盯着郭庆银，说：“二叔，你是捐支汉阳造，还是买杆五子炮？”

郭庆银有点急眼，说：“凡义，你老是拿捏我干什么？回头找你二婶子问，她要说认购一杆，我半个不字都没有。”

林庆海冷笑一声：“就知道你是铁公鸡，又把你老婆使出来了。谁不知道你老婆，一哭二闹三上吊，三条腿的癞蛤蟆，难缠（南蟾）!”

众人掩嘴而笑。

郭庆银站起来，手指林庆海骂道：“你个龟孙，回头叫俺老婆上你家骂你三天三夜。”说完甩手就走。

王康美笑着说：“庆海，惹大了吧？赶紧回家杠门去。”

林庆海一撇嘴：“她敢，我让俺老婆撕烂她的嘴!”

林凡庆笑了：“二奶奶，庆海家婶子才叫‘南蟾’呢。”

众人都笑，林庆海气道：“去你娘的，你娘才难缠呢。”

说话光景，史思荣追出屋门，将郭庆银劝回屋内，郭庆银赌气将板凳挪到屋门口坐着。

林九臣看郭庆银坐下，别人也不再说五子炮这个话题，慢吞吞地说：“我琢磨了，咱们村有两个生意可以做。”

谢辉很感兴趣地看着林九臣，鼓励道：“说说看，哪两个?”

林九臣看看王康美，说：“咱这个地方出产不少地瓜，我看做粉皮、粉条，利润应该不薄。还有，咱们北岭土层薄，不大长粮食，咱们种黄烟，制作烟卷，卖给鬼子、汉奸抽，这个利钱可就大了。”

王康美一拍巴掌，高兴地站起来，说：“我的娘哎，九臣，你还真有两下子。行，制粉皮、粉条这活，我们妇救会包了!”

谢辉点点头，说：“好主意，都可以试试。”

就如何组织生产，大家又热烈地讨论了好一阵子。

看看时间不早了，冯干三征询了一下谢辉的意见，站起来说：“天黑了，今天就谈到这里，我强调一点啊，今天商议的事，尤其是关于公粮的事，任何人不准回家乱说、乱传，事都没定下来，就当没这个事，这是纪律，谁胡说八道，吃不了兜着走。”

王康美嘱咐：“不管是谁，不准扯老婆嘴。”

林庆海笑笑：“婶子，你管住你们妇救会，保准就没事了。”

王康美撇撇嘴：“那也不一定。”

三

早饭后，彭家林子彭铁匠家，一座火炉喷着蓝火苗，一炉铁水飞溅出火花，彭铁匠指挥着儿子、徒弟将铁水倒入翻砂模具中。

林九兰时不时帮着拉一下风箱，催一催火，满脸诚恳地说：“老彭哥，你再把价实落一下，我们一下定制四杆，四杆呢。”

彭铁匠头也不抬，眼也不眨，说：“老四，你累不累，说多少遍了，你就是定四十杆，我一分钱都不下。你又不是不知道，这年月，铁不好弄，火炭不好弄，我们爷儿们累死累活做一杆挣不了一斗粮食。你说，这个买卖怎么做？再说了，你们不要，还有很多挨号的呢。”

林凡义皱了皱眉头，说：“四爷爷，咱就不磨这个嘴皮子了，三十就三十。”

林九兰长吁一口气，说：“老彭哥，那咱就说好了，回头我们把定金送过来，我们这边天天派一个人过来等着，做好一杆，我们就拿一杆，拿回去我们好训练，说不定哪天就急用。”

彭铁匠一脸无奈地说：“老四，有一事我得跟你说明白，眼下北乡清河县那边下了二十杆的定金，我可没有那么多现成的生铁铸造，你们村得先等等。”

林九兰急了，说道：“不行，我们急用，你好歹也得挤出四杆给我们。”

正说着，林庆兰、林凡庆几步跨进来。“凡义，庆银使坏了。”林凡庆着急地说。

林凡义问：“出什么幺蛾子了？”

“他到处鼓动用沈鸿烈那年留下来的民生票，说爱要不要。”林凡庆说。

林凡义眼睛一瞪，说：“民生票没人使，他不知道吗？”

林凡庆鼓着嘴，愤然道：“你去说吧，他老婆那张嘴，我说不过她。”

林凡义把手一挥，说：“找她去，她还小巴狗吃仙丹——能上天了。”

四

郭庆银的老婆梁化红四十多岁，上穿水红缎子夹袄，下穿浅绿缎子薄棉裤，脑后挽着一个髻，用银簪子别着，正坐在门口石鼓上说着什么。

见林凡义他们走过来，梁化红起来一扭身进了院，“哐当”一下把大门关上了。

林凡义过来把门推开，里面一盆水泼出来，将林凡义的鞋子灌满了水。

林凡义跺跺脚，睁圆双眼，质问道：“婶子，故意的吧？”

梁化红故作惊讶，说道："哟，大村长呀，自打当了官，可是三月里扇扇子——春风满面啊，今天是什么风，怎么把您刮到这里来了？"

林凡义不跟她闲扯，单刀直入问道："我二叔呢？"

梁化红夸张地一摆手，说："他呀？赶集去了。"

倚在门旁的林庆舜一下蹦出来，说："你胡说，刚才还站在这里呢。"

梁化红啐了林庆舜一口，骂道："滚一边去，大人说话有你什么事？"

林庆舜手指着梁化红回怼道："你滚个我看看！"

梁化红大怒，将手中的瓦盆照林庆舜掷去，骂道："我揍死你个小鬼！"

林庆舜眼快，侧身一躲，瓦盆"啪"一下摔得粉碎。林庆舜拍着巴掌大笑："嫂子，您家俺大爷还没死，你摔什么老盆啊？"

梁化红涨红了脸，抄起一根木棍追出来，大骂："你个小孬种，我不揍死你！"

林凡义劈手将梁化红手中的木棍夺下，扔在地上，呵斥道："干什么，胡搅蛮缠！"

梁化红撇下林庆舜，立着眼睛，直呛林凡义："凡义，都是你干的好事，大早上，你让长眼睫毛领着一群小要饭的堵门子，要枪要炮的，俺家开兵工厂啊？"

林凡义将两扇大门推开，让林九兰、林庆兰、林凡庆等进了院子，大声吆喝："庆银叔，出来，咱合计合计。"

郭庆银从屋里走出来，倚着门框："凡义，咱得带讲理的，是吧？"

林凡义："二叔，谁不讲理了？"

郭庆银："我问你，现在是中华民国不？"

林凡义："你想说什么？"

郭庆银："前年，老村长招应来柴子敬，柴子敬用山东省政府的民生票买走咱这里几万石粮食是不是？"

林凡义不耐烦道："哪壶不开你提哪壶，那不是都叫柴子敬坑了嘛！"

郭庆银呛道："谁说叫坑了？国民政府还没灭亡，蒋介石还没死，你们当官的不能拿着这些民生票找蒋介石把咱的东西换回来？"

梁化红夸张得一拍巴掌，说："对呀，当官不为民做主，不如回家卖红薯。你们要的公粮、枪炮，俺家就用这个民生票抵了。"

说着，她从袄兜里抓出一把灰不溜秋的民生票，扔到林庆兰怀里："点点，够了吧?”。

林庆兰皱眉道:“这个没法用啊?”

林凡义直视着郭庆银:“爷儿们,都知道你很精,可别人也不是傻子。你别拿以前的事当挡箭牌,以前的事我管不着,我只管这一段。现在咱这里只认现大洋、北海票,要不,小米也行,三天之内,枪炮钱你交上。不交钱也行,到彭家林子扛一杆五子炮来。不然,我就开你的批斗会,天天在你家门口敲锣打鼓,叫你天天有戏听!”说完,他转身就走。

梁化红一拍巴掌蹦得老高,大声说道:“凡义,吃柿子拣软的捏是吧?我找你娘去,我死给她看!”

五

早饭后,天清气朗,林凡义、林九兰、林凡庆等人带着青救会、儿童团的一群人打着旗子,敲着锣鼓,推着车子,逐巷逐户宣传动员购买五子炮。

林凡义带着大家首先来到自家门口,示意停下锣鼓,对林庆兰说:“大叔,你念一下,俺家几亩地,该缴多少公粮,缴多少枪炮钱?”

林庆兰翻开账本,指着一行字,说:“林凡义,三口人,有一等谷子地一亩三分,山坡地三亩,已缴公粮两斗三升,枪炮摊钱一块,或者谷子一斗。”

“好,凡庆,拿着袋子、升,跟我到屋里装小米。”

来到屋里,林凡义一掀米缸盖子,空了。林凡义急忙来到锅屋,问正在烙煎饼的母亲王氏:“娘,谷子呢?”

王氏头也不抬,反问道:“什么谷子?”

林凡义:“娘,你这不是添乱吗?你这样叫我在外边怎么为人?”

王氏:“你为人?怎么为人?你敲锣打鼓上人家家里要粮要钱,让我怎么为人?今早你刚出去,庆银家你二婶子就闹来了,在这里撒泼打滚,要死要活的。我看你,趁早别折腾了,再折腾一阵子,这个村咱住不下去了。”

林凡义一跺脚:“娘,你怎么也跟着他们瞎起哄,你把谷子藏哪里了?你要不找出来,我就向外人借,缴双份。”

这时,林凡义的弟弟林凡志过来,一拽林凡义的衣襟,指了指地瓜窖子。

林凡义转身来到榆树旁,掀开草苫子:“庆舜,过来,你下去,把谷子弄上来。”说着，他找来绳子，拴在林庆舜的腰里，将林庆舜顺下去。

王氏赶出来，拍打着林凡义后背：“你这个败家子，这日子没法过了。”

这时，王康美走进来，拉着王氏的手劝道：“他嫂子，别闪着手，儿子大了半个客，不能打。走，咱娘儿们屋里去歇歇。”连说带拽，她把王氏劝到锅屋：“哟，烙煎饼煳了鏊子了，来，你歇着，我烙。”

“婶子，你忙去吧，就剩这点糊子了。你是不知道，庆银家说话那个难听，咒我们说不着媳妇，什么难听说什么。”

“呸呸呸，那张臭嘴，整天跟破锣似的，不听她的。”

林庆舜在地窨里把谷子袋子系好，林凡义提上来，解开系绳，倒进升里计量，装到村里带来的袋子里。

就这样，一家家，一户户，都交了米粮，有快的，有慢的。

快到中午的时候，林凡义他们转到郭庆银家门前。郭庆银家大门紧闭，林凡庆拍门，也没有答腔的。

林凡义：“铁将军把门呢。这样，人分两拨，凡庆，你带人先回家吃饭，我留下。来，大家把锣鼓敲起来，咱跟他杠一下，他半夜不开门，咱就等到半夜；天明不开门，咱就等到天明。”大家抡起锣鼓锤，起劲地敲打起来。

林庆舜领着儿童团高喊：“郭庆银，打鬼子！郭庆银，打汉奸！”

周围的住户投来复杂的眼光。

几天来，冯干三、史思荣、林凡义、林九兰、林凡庆等人在村里转了几圈，选定七八户堡垒户，帮他们清理地窨子。林庆兰还从刘庄大集上买来一车石灰，分给这些户，让他们放进窨子里吸潮。

夜晚，冯干三、史思荣带着区中队队员，将从沭河沿岸几个村收上来的公粮用独轮车推来。林凡义、林九兰、林庆兰等人将粮食放入地瓜窨子、地屋子，封存、伪装好。

第二十六回　刘黑七诈用乞丐婆　畑俊六豪夺《兰亭序》

一

1892 年，已经年满 40 岁的山东省费县锅泉村（今属平邑县）更夫刘相云与邻村寡妇王大脚生了一个儿子，取名刘桂堂。

1915 年，刘桂堂带着弟弟刘桂志与本村林传聚、赵春荣等八个人搞了把鬼头大刀和一支土枪，在离家不远处的山林里落草，干起了打家劫舍的勾当。这八个人模仿“桃园三结义”“瓦岗一炷香”结成了异姓兄弟。按年龄排序，刘桂堂排行第七，因为皮肤黝黑，都管他叫黑七。自此，刘黑七纵横大半个中国，为祸近三十年。

1933 年，刘黑七被韩复榘打出山东，在热河投靠日本人，被任命为满洲第二路军总指挥。在赚足日本人的武器弹药后，刘黑七又通电参加冯玉祥的抗日同盟军，任 17 军军长。时间不久，刘黑七率部返回山东，又被韩复榘打败。日军进军山东后，刘黑七摇身一变，成为日本“皇协军前进总司令”。由于刘黑七惯于阳奉阴违，日军第十二军司令官饭田贞固密谋改编刘黑七的部队，夺了他的兵权。刘黑七一气之下，转而投靠于学忠，被任命为新编三十六师师长。因为从苏鲁战区那里分的残羹剩饭无法维持花天酒地的生活，刘黑七一刻也没停下向鲁中、鲁南的村民派粮派饷，这不仅引起群众的愤恨，遭到八路军的打击，就是驻扎在鲁中南的苏鲁战区五十一军、五十七军，以及张里元、王洪九地方顽军，都明里暗里挤兑刘黑七。困顿之下，刘黑七又打起了投靠日本人的主意。可是，如何获得日本人的信任呢？

1940 年 3 月，铜石镇大集，一位年近七十的乞丐婆被带进了锅泉村刘黑七专门为老娘王大脚修的宅院。

刘黑七安排下人给乞丐婆烧水洗澡，换上一身王大脚日常穿的衣服，然后把乞丐婆领进堂屋。

王大脚见有人来，慢慢站起来问："堂儿，哪里的亲戚，我怎么面生啊？"

刘黑七笑着说："娘，你不经常劝我向善嘛，这不，今天铜石逢大集，遇到这位老人家，因为黑死病，家里人死绝了，自己到处要饭。我见她可怜，就接进来了，跟您做个伴，行吗？"说着，把乞丐婆推近王大脚。乞丐婆惶恐得不知怎么摆放手脚。

王大脚拉着乞丐婆的手，笑吟吟地问："妹妹，今年多大了？"

乞丐婆赶忙回答："属猪的。"

王大脚喜道："咱俩同岁哎，快七十了，来，站着干什么，坐下。"

刘黑七一使眼色，过来两个丫鬟，把乞丐婆扶到椅子上坐下。

刘黑七见母亲喜欢乞丐婆，高兴地说："娘，您把咱家的事多跟这位大娘说说，让她陪您高兴高兴。我有事，先走了。"

王大脚嗔怪道："一天到晚忙，忙到哪天是个头？"

刘黑七笑笑："快了，快了。"说完，离开堂屋。

管家正站在屋外听候差遣，刘黑七一招手，管家凑近，刘黑七黑着脸交代："不准让她跑了。知道吗？"

管家忙不迭答应："知道，跑不了！"

几天后，刘黑七派副官章太平到徐州，找到兰机关，机关长新荣幸雄亲自接见。章太平呈上刘黑七的信函。展开信函，新荣幸雄微微一笑："章桑，一路辛苦，你先到驿馆歇息，回头我去拜会你。"章太平答应着退出来。

打发走章太平后，新荣幸雄将信递给徐春圃，说道："你准备一下，到费县去把刘桂堂的母亲接到兖州，送到独立混成第十旅团，交给河田旅团长。"

徐春圃把信看了一遍，摇摇头，说道："她一个老太婆有什么用？"

新荣幸雄微微一笑："徐君，你有所不知，刘桂堂师长年轻时第一次发财后，把大鱼大肉带回家，做了一顿丰盛的晚餐，可惜，他老爹命数不好，一顿胡吃海喝，胀死了。后来，他弟弟刘桂志被韩复榘的部队打死了。自此之后，他母亲王大脚成为他唯一的亲人，人前人后，他对母亲王大脚极尽人子之道。现在，这个刘师长好像混不下去了，愿意把他母亲送到大日本皇军处作人质，继续与我大日本皇军合作。这不是我们梦寐以求的好事吗?”

徐春圃又摇了摇头，说：“恐怕里面有诈。”

新荣幸雄笑笑说：“你是不是对土匪出身的刘黑七非常忌惮呀?”

徐春圃连忙摆手，说：“不是，要这么说，我明天就动身，到刘黑七老家探个明白就是。”

新荣幸雄击掌叫好：“这就对了。我马上向土桥司令官报告，你准备去吧。”

夜晚，锅泉村刘家大院堂屋，刘黑七、王大脚、乞丐婆和两个丫鬟正在说话。

此前，刘黑七告诉王大脚，这几年得罪了很多人，需要与日本人合伙。日本人提出来需要把她押在日本人手里，想着不能让老娘到日本人那里遭罪，他就找了这个要饭的当替身。王大脚一开始不答应放乞丐婆离开，直到刘黑七答应再给她找一个要饭婆做伴，王大脚也就同意了。

王大脚拉着乞丐婆的手，说：“妹妹，有个事，我得求你帮个忙。”

这几天乞丐婆与王大脚混熟了，也不再客气：“姐姐，见外了不是? 什么事，说，就是让我去替你死，我也去。”

王大脚一拍大腿：“我的娘哎，妹妹你说哪里去了，咱好好的，怎么会死呢? 是这样，堂儿跟日本太君交了朋友，太君想让我过去住几天。不瞒你说，我在他们那里住过一阵子，他那里的饭我吃不惯，我想让你替我去。你看行吗?”

乞丐婆笑了：“姐姐，原来你嫌乎他们饭菜不好，它饭菜再差，还比百家饭差? 行，我替你去。”

王大脚拍拍乞丐婆的手背：“那我谢谢妹妹了。只是有一条，这次你替我去，你就是我，我就是你，知道吗?”乞丐婆不解，眨巴眨巴眼。

王大脚长出一口气：“这几天，我们家的事我都告诉你了，今晚我再叨叨一遍，你可记住了，你叫王大脚，属猪的。男人叫刘相云，生了两个闺女两个儿，两个闺女叫大丫、二丫，都死了，小儿子叫刘桂志，也死了，只剩下大儿子刘桂堂，国民政府的师长。”

乞丐婆惊得张了张嘴巴：“我的娘哎，我可不敢认师长当儿，那样折寿啊，让我多活两年吧。”

刘黑七笑笑：“你准备活多大岁数啊? 七十三还是八十四?”

乞丐婆赶忙给了自己两个巴掌：“我这破嘴，该死，该死! 师长饶命，师长饶命。”说完，下了椅子，趴倒磕头。

刘黑七哈哈大笑，将乞丐婆扶起，送到座位上，说：“老太太，这样吧，我拜你当干娘，你就说你是我娘，我敢保证，日本人得拿你当祖宗伺候，穿绫罗绸缎，吃山珍海味。”

乞丐婆眨巴眨巴眼睛，伸长脖子，问：“真的?”

刘黑七狡黠一笑，说：“真的。但有一条，只要你说漏了嘴，让日本人知道你不是我娘，你的小命就没了。”

乞丐婆看看王大脚，叹口气：“我一个死老婆子，无儿无女，无牵无挂，难得你们给我吃了几顿饱饭，就是明天叫我去死，我也值了。”

刘黑七一拍巴掌，喜道：“好，就冲这一点，我给你磕头。”说完，刘黑七趴倒，咚咚咚给乞丐婆磕了三个头。

磕完头后，刘黑七用冷峻的眼神看了看两个站在王大脚身后的丫鬟。“娘，明天叫这两个孩子跟着新奶奶到那边去。记住了，别让新奶奶说错了话。等事情办完了，我置办嫁妆，把你们嫁给连长，让你们吃香的喝辣的。”

两个丫鬟听后激灵灵打了个寒战。

二

处死李世生之后，纪甫大悲大喜之下大病一场，被送往公鸡山根据地，由母亲王翠山陪伴，休养了一段日子。

今年的冬天来得格外早，斗争形势越来越严峻，日军的铁壁合围也一天紧似一天。

接到新的任务后，纪甫到回春堂拿了一包起烧的药，经过一番准备，扮作一个奄奄一息的病汉，由侦察员老李用小推车推着，赶往汤头镇侦察。汤头镇驻地东北村老中医王世铎素以看伤寒杂病著称，他的医馆借着温泉的影响，名头越来越响。

老李将纪甫从车上扶下，搀着走进医馆，挨号等着王世铎给号脉。

王世铎看看纪甫面黄肌瘦的神态，让纪甫伸出舌头看了看舌苔，伸手搭上纪甫的脉。切完脉，王世铎对老李说：“怎么才来？病了有半个月了吧?”

老李脸现愧疚之色：“这孩子疼钱，哪里都不去看。没有办法，他娘要死要活的，才逼着他过来找您。王神医，您好好给看看，我们弟兄三个，就指望这根独苗啊。”

王世铎瞅瞅纪甫，看看老李：“这孩子是不是有什么大喜大悲的经历？怎么脉象这么复杂？”

老李摇了摇头，叹口气道：“这孩子心事重，我哥身体本来好好的，一天夜里被土匪打了，没救过来。办完他爹的事之后，孩子就病倒了。前几天，听说打死我哥的土匪被逮到铳了，这孩子一高兴，到他爹的坟上去烧纸，哭了一场，竟晕倒在坟地里，病又加重了一层。”

王世铎又伸手搭上纪甫的左手，皱皱眉头：“不对啊，来前用过什么药？”

老李慌忙说：“没有。”

王世铎摇摇头：“不对，你们请哪里的先生开的方子，吃的什么药？”

老李急道：“没有啊！”

王世铎：“真的没有？”

老李：“没有。”

王世铎：“不说实话是吧？你们走吧，另请高明吧。”

老李：“王神医，我们大远路的，来都来了，哪能瞅着病成这样就走呢。”

王世铎：“把以前的药停了，再吃，会小命不保。”

老李赶紧点头：“是，是。”

王世铎：“我给你开个方子。不过，要想好得快，最好在这里住几天，每天早晨卯时，让孩子到汤里泡上一个时辰，把身子里的寒气往外拔一拔。这个孩子是不是老是在晚上干活？”

老李：“以前孩子在煤窑里干活，都是夜班。”

王世铎：“这就对了，煤窑本来就属阴的，夜晚又属阴，夜间下煤窑，那还了得。”

正说着，只听门外一声吆喝：“太君到，闲杂人员统统回避。”接着，铃木次郎带着几个士兵和翻译进来，向外驱逐人。随即，一位穿日军大将服、配武士刀的军官缓步进来。

“王桑，听说你悬壶济世，声名远播，被誉为当世华佗，在下特来拜会，先生不会责怪我的唐突吧。”畑俊六颇有君子风度地向王世铎鞠了一躬。

王世铎站起来，微微一笑：“将军远涉重洋，不请自到，不会怪罪我们慢待失礼吧?”

畑俊六哈哈大笑:“王桑真会开玩笑。谁说我不请自到呢?你们的汪主席,那可是我的好朋友,他第二次邀请我来贵国了。王桑,咱们不谈政治,聊一聊书法如何?”说着,畑俊六眼睛直勾勾瞅着挂在东墙上的王羲之《兰亭集序》拓本卷轴。

王世铎心里一惊:“将军不是来打仗的,是来研学书法的?”

畑俊六走近东墙,小声诵读:“永和九年,岁在癸丑,暮春之初,会于会稽山阴之兰亭,修禊事也。群贤毕至,少长咸集。此地有崇山峻岭,茂林修竹,又有清流激湍,映带左右,引以为流觞曲水,列坐其次。虽无丝竹管弦之盛,一觞一咏,亦足以畅叙幽情……”

畑俊六摇头晃脑诵读完,回头对着王世铎说:“王桑,世人皆夸此为天下第一行书,你如何评价你这位老乡的书法?”

王世铎摇摇头:“在下学识浅陋,景仰尚且不及,哪敢指摘先贤的瑕疵。”

畑俊六后退一步:“王桑,我点评一下,冒犯之处,尚请见谅。”

王世铎冷冷道:“请赐教。”

畑俊六:“王桑,你学富五车,当知道王右军本是你们临沂人,当时蛮夷之族占据了长江以北,为什么王羲之诸君不思北伐,而要寄情于山水之间呢?”

王世铎:“恕老朽孤陋寡闻,也正要请教。鲜卑人本可以在草原上放牧牛羊,享受大自然的恩赐,他们为什么要跑到别人的家园耀武扬威,难道他们没有预测到后来会灭亡吗?”

畑俊六冷峻地看着王世铎:“王桑,你的,不如先人洒脱。”

王世铎:“人各有情怀,老朽只喜欢替人把脉。”

畑俊六:“既如此,王右军这幅字帖放在你这里岂不是暴殄天物?不知王桑是否舍得割爱,容我好好欣赏几日?”

还没说完,铃木次郎一挥手,早有人搬来凳子,踩上去把字帖往下摘。

王世铎摇摇头:“将军硬要夺人所爱,何必绕这么多圈子呢?”

畑俊六哈哈大笑:“王桑有时间可以到鄙人军营一晤,感受一下我大和将士的阳刚之气,或许就能理解王右军的无奈了吧。”说完,他心满意足地走了。

王世铎往地下唾了一口,一声不吭地坐回桌子后。

侦察员老李等人被铃木次郎驱赶到村西一个院子里,院子里挤满了车马和民夫。纪甫蜷缩在医馆墙角，静静地等着天黑下来。

三

1941 年 11 月，下午，汤头镇指挥所里，日军师团、旅团主官及皇协军保安旅主官前来拜见畑俊六。

沙盘前，作战参谋报告敌情，在座的人一个个屏息静听着。参谋指着地图说：“皇军自 6 月以来的扫荡已经取得了很大成功，现在，山东中部的泰山区，南部的郯城、马头区已经牢牢掌控在我们手中，八路军滨海主力已被我大军驱赶到沂蒙山区。现已查明，罗荣桓的一一五师师部、共产党山东分局就躲在临沂以北、沂水以南、莒县以西、蒙阴以东狭小地带，他们机关庞大，人员混杂，多头指挥，凭他们为数不多的几杆汉阳造，想冲破总司令官的铁桶包围阵，完全是做梦！”

畑俊六接话说：“诸位！4 个师团、3 个旅团加上守备大队和皇协军，还有刘桂堂的部队配合，我们五万大军，已将这一块肥肉圈定了，到了各位下刀子割肉吃的时候了。诸君万勿懈怠，务必毕其功于一役，建此不世之功，向天皇陛下献礼！”

“哈咿！”众人一口答应。

畑俊六扫视全场，说：“各位，去年，我华北派遣军多田骏司令官发起囚笼战，本想困死在华北的彭德怀、刘伯承、聂荣臻部，怎奈囚笼扎得不牢固，竟被这几只老虎挣脱了，逃跑了。功亏一篑，殊为可恨。此次，本司令向天皇陛下请战，势必活捉罗荣桓，砍掉中共的一只臂膀。各位，有没有信心？”

上村次郎立正敬礼：“报告司令官，杀鸡焉用宰牛刀，捉拿罗荣桓，我大日本皇军混成第十三旅团驻新浦第三十一联队愿直捣敌穴，实现司令官夙愿。”

畑俊六：“上村君忠勇可嘉，你的任务是前出新浦，控制赣榆、郯城一线，务必切断山东八路军与江苏新四军的联系，明白吗？”

上村次郎：“哈咿！”

畑俊六环视一圈：“诸位，不要忘了，当前共军藏匿的这个地方，历史上曾经出过一位大大有名的人物，他的智慧未必不会被罗荣桓使用。”

看着众人疑惑地看着自己，畑俊六意味深长地嘱咐：“我们站着的这个地方，古代叫琅邪郡，诸葛亮、王羲之都诞生在这个地方。诸位务必谨慎、勇猛，一举拿下罗荣桓。”

众人：“哈咿！”

“本司令决定！”众军官刷地起立，“从 11 月 2 日零时起，对八路进行合围。鹫津（铃平）君！你率第 21 师团出青岛，封锁临淄、沂水、莒县一线。”

“哈咿！”

“河田（春太郎）君！你第十混成旅团从菏泽东进，兜击蒙阴、大平邑！”

“哈咿！”

“井出（铣治）君！你率第十七师团主力出徐州，配合十三师团一部，自枣庄、临沂一线向北推进！务必……”说着，畑俊六用两手做了个合拢的形状。

“哈咿！”

“平村（盛人）君！你率第三十二师团主力，配属独立混成第十旅团，自兖州南下，直插费县，寻机与八路主力决战。秦彦（三郎）君！你独立第六旅团自日照西进，封锁沂水、莒县、郯城一线。另外，在河阳到苏村之间留出 10 里空隙。”

秦彦疑惑地问：“司令官的意思是我们放一个口袋阵？”

“你的大大聪明！”畑俊六得意地说，“根据以往对八路扫荡的情况看，每次皇军出击鲁中区，八路都要往滨海区跑；每次扫荡滨海区，他们又跑向鲁中区。所以本次把铁甲车和骑兵配属你旅团，务必在两个区域接合部聚歼八路主力。”

第二十七回　留田村奇谋突围　柳红峪绝境阻击

一

看畑俊六离开医馆，王世铎打发人端了一碗稀饭给纪甫喝。

王世铎："孩子，你回去吧，我得闭馆了。"

纪甫喝完稀饭，抱拳向王世铎致谢："谢谢老先生。恳请老先生帮忙替我找一找，我三叔被带到哪里去了。"

王世铎："孩子，多亏你有病，不然，就你这么年轻，多半被运往日本开矿山去了。你三叔找不回来了，被抓了壮丁了。"

纪甫："老先生，要打仗啊?"

王世铎冷眼看着纪甫："孩子，要打大仗了。听汤山岗楼铃木队长说，昨天，日本在中国最大的军官来了，刚才那位应该就是。听说他把新浦、滕州、临淄、泰安周圈的鬼子、皇协军都调过来了，要把八路包饺子。"

纪甫叹息一声："老百姓又要遭殃了。"

王世铎："孩子，你走得动吗?"

纪甫："老先生，我身上有钱，你叫人给我卷两个煎饼，吃饱肚子，就有力气了。"

王世铎："孩子，你到屋里躺一会儿吧，我让人给你煎一副退烧药，再煮两碗面条，等天黑以后，赶紧走吧。"

纪甫再一次抱拳致谢。

夜晚，纪甫辞别王世铎，翻过围墙，往西北大山方向奔跑。

纪甫夜行昼伏，跌跌撞撞，好不容易在一个叫留田的小山村找到了八路军首脑机关。

罗荣桓带领着第一一五师师部和山东分局机关，在特务营的掩护下，从滨海地区北上，来沂蒙山腹地与山东纵队会合。

连日来，新浦、滕州、临淄、泰安、临沂各地日军、皇协军，分11路，在7架飞机、几十门大炮、10辆坦克的配合下从界湖、青驼寺、河阳、汤头、半程方向，将罗荣桓所部合围在了留田这个狭小的地带。

留田是地图上找不到的小山村，人家依坡立户，石屋、草屋高高低低，小山路弯弯曲曲。11月5日下午，两间草屋里挤满了人，中共山东分局和八路军第一一五师的首长们，包括罗荣桓、朱瑞、陈光、萧华、陈士榘等人，面色凝重地开着会。

听侦察参谋报告完敌情，罗荣桓扫视了一眼全场："同志们，这次我们面临的形势异常严峻，我们只有一个特务营的战斗部队，却带着师机关、分局机关和地方3000多名非战斗人员的大队伍。从这个角度说，精简机构、加强部队整训的工作是多么重要。现在，我们的周围是五万日本正规军，怎么办？"

陈士榘指着墙上五万分之一的地图，从标明敌人十一路进攻方向的蓝箭头当中找到一个黑圈圈，说："日军总司令畑俊六已经到汤头了，距留田只有40里。敌人这次纠集五万之众对付我们，是下了决心、花了血本的，他们把这次大'扫荡'叫'铁筒包围阵'，目的就是摧毁沂蒙山根据地，消灭我军主力。因此我们必须突围出去，不能让敌人的意图得逞。"陈士榘面容严峻，房间的气氛更加紧张起来。

罗荣桓接过陈士榘的话头说道："情况确实严重，今晚必须突围出去。大家研究一下，从哪个方向突围比较有利？跳到什么地方合适？"

人们沉思起来，屋里静得怕人。远处传来隆隆的飞机声。

"是不是向东突围好一些？"一个声音试探着打破了草屋里的沉寂，发言的是作战科小朱科长。

"我看东面敌人的兵力比较薄弱，封锁线还没有形成。我们突出包围圈以后，再向东南转移到滨海区，那边我们还有教二旅、山纵二旅等基本部队，各方面的条件还是比较有利的。"

他的话很对大家胃口，因为大家刚从滨海那边过来。于是，不少人表示赞成。

"我建议向北突围，山纵一旅在那个方向，离我们近。"朱瑞开腔了。

"我觉得还是向西比较好，到抱犊崮去，那里也是老根据地，离铁道大队很近。"萧华提出了自己的建议。

罗荣桓看看大家说得差不多了，站起来指着地图，严肃地说："同志们，有同志主张向东突围，转移到滨海区。根据纪甫和其他侦察人员获得的情报，东面沂水、莒县一线集结了敌二十一师团、独立第六旅团，表面看封锁线还没有形成，实际上很可能故意给我们留了一个缺口，让我们去钻这个口袋。侦察人员已经在台潍公路上发现了鬼子的铁甲车，在苏村、河阳、汤头、太平、九曲等地日本人也藏匿了骑兵，随时准备杀出来，因此东边口袋钻不得！"

顿了顿，罗荣桓接着说："还有，北面、西面都去不得。北面不但有日军，而且国民党张里元顽军也不怀好意，到北面容易受到敌顽的夹击。至于西面，靠近津浦路，敌人容易机动，要突破封锁很难。即便我们过去了，微山湖地区回旋空间小，很难有什么作为。更重要的是，如果我们远离了沂蒙根据地，根据地的人民就会遭受更多的痛苦。"

说到这里，罗荣桓提高嗓门："我主张，向南突围！"

"向南突围？"满屋的人都感到吃惊，南边不是临沂吗？那不是自投罗网？

"是的！向南！"罗荣桓加重语气，"根据侦察报告，临沂之敌已倾巢而出，压向留田，这就造成了临沂空虚，给我们闪出了突围的空隙。你捣我前胸，我砸你后背，这就是我常说的'翻边'战术。我们翻到敌人的后方去，捅他的刀子，就能变被动为主动，就能牵着敌人的鼻子走，粉碎他们的大'扫荡'。"

陈士榘也理顺了思路："大家可能还担心南面敌人兵力较多，而且已经布了3道封锁线，不容易突围。根据侦察，敌人的封锁线还不是铁桶，还有缝隙。"

"是的！有空子可钻，首先是心理的空子。大家都没朝南边这条路上想，我们的敌人呢？他更是想不到了。其次是布防上的空子，我们的侦察员就是从两个师团的接合部安然回来的。"罗荣桓补充道，"兵家主要讲一个奇字，我们就是要打他个出其不意。"

罗荣桓拿起红蓝铅笔，先在地图上画出三道弧形的蓝线，标明敌人的三道封锁线；接着又画了一个红圈，引出一道红线，穿过那三道弧形的蓝线，由南转西停下来，说："这就是我们的突围路线，从留田穿过张庄，绕过高里，折向西南，然后越过蒙（阴）临（沂）公路直插诸满以南，到汪沟会合。"

“我命令!”罗荣桓以不容置疑的语气说，“各部回去动员，黄昏后突围。第一强调纪律，第二还是纪律。每一个小分队，都必须严格服从命令，听从指挥，不许说话，不许咳嗽，不许抽烟，不许有任何声响！马和骡子一律裹起蹄子，凡是能发出声响的东西要包扎好，违反命令军法从事!”

黄昏后，留田周围的山头上，日本兵燃起一堆堆篝火，烧红了寒夜的天空。四周的敌人不断放起信号弹，好似流星划过天幕，枪炮声、马嘶人喊的声音不时随风飘荡过来。

天黑后，罗荣桓和师部的首长们来到了东汶河的沙滩上，队伍都已集合在这里等待着出发的命令。罗荣桓从特务营的前卫连前面走过，来到侦察队跟前。侦察队站成一条线，清一色短打扮，每人两支盒子炮，一把雪亮的匕首，一根坚固的皮条绳，还有简图、指南针。

罗荣桓走到纪甫面前按了按他的肩头说：“身体撑得住吗?”

纪甫：“报告首长，坚决完成任务。”

见纪甫穿着日本军装，罗荣桓问：“会说日本话吗?”

“会几句，可以应付一下。”

“好！出发!”

罗荣桓带着司令部人员跟在前卫连之后，每个人臂上缠着白毛巾，人们紧盯着前边人背包上的识别标志，一步都不愿掉下。

两山之间的幽谷黑黝黝的，队伍爬过了山坡，涉过了小河，翻过一座大山向南前进。

月亮西落下去了，斗转星移。队伍南行大半夜，又折向西，向临沂至蒙阴公路插去。黎明时分，3000 多人顺利到达了目的地汪沟。

希伯非常钦佩，来到罗荣桓面前竖起大拇指，说：“罗政委，真是太神奇了，这是一次‘无声的战斗’啊！我要让全世界都知道沂蒙山根据地的这次战斗!”

二

1941 年 11 月 15 日深夜，沂南县柳红峪里，罗荣桓、朱瑞、黎玉、陈光、谷牧等人正在开会。突然，远处响起枪炮声。侦查参谋跑来报告，周围发现二三百鬼子和大队伪军正向柳红峪前进。

陈光听完报告，略一思考，说："我建议，请山东分局秘书主任谷牧同志带领师部特务营两个连抓紧抢占村南山头，顶住日军的进攻，然后就近调动教二旅两个主力团消灭该股日军。"

与会人员没有异议，谷牧拔枪在手，快速走出会议室，召集队伍。

太阳还没有出来，村子里不时传来公鸡的啼鸣声。

二连、三连抢占村南两个崮顶，迅速构筑工事。工事还没有构筑完毕，鬼子就蜂拥而至，大炮、迫击炮轰炸之后，日军发起了集团冲锋，机枪、步枪子弹如同雨点，打得谷牧他们抬不起头。谷牧沉着指挥，不断组织火力向敌人反击。但是，由于缺乏重武器，每个战士只有不到十发子弹，虽然给敌人以大量杀伤，但仍不能击退鬼子的进攻。鬼子像闻到腥味的野狗一样，发疯似的围拢过来。

由于萧家坪战斗陷于胶着，教二旅主力无法赶过来参与消灭这股日军。谷牧的这两个连陷入孤立无援的绝境。

为了掩护总部向东北方向突围，谷牧带着两个连向西北方向转移，边打边撤，将敌人引向西北方向。刚刚爬上西山，日军就占领了村南崮顶，集中火力向西山扫射。

突然，一颗重机枪子弹飞来，打在峭壁硬石上，反弹过来，打中谷牧后背，打断了两根肋骨，擦伤了肺部。

警卫员发现谷牧受伤了，马上向二连长报告。二连长赶过来，发现谷牧浑身血迹斑斑，命令战士将谷牧抬下去。谷牧咬紧牙关，说道："连长同志，回到你的指挥岗位，为了总部安全，一定要坚持。"说完，晕倒在地。

硝烟弥漫中，山东分局书记朱瑞、山纵卫生部部长白备伍带领医护人员赶来，将谷牧转移到安全地带抢救。谷牧全身血污，血液已经凝结粘连，衣服也脱不下来，只好用剪刀剪破，包扎治疗。

总部安全突围了，但二连、三连陷入敌人的重重包围之中。为了不当俘虏，弹尽粮绝的 13 位勇士砸断手中的枪支，纵身跳下悬崖。

三

战斗仍在继续。谷牧担心首长们的安全，劝说警卫班把他藏在一个很大的高粱秸垛里，命令警卫人员去参加战斗。日军在追击后方机关时，先后三次在这个高粱秸垛周围搜寻，一面用刺刀乱刺，一面高喊："已经看见你了，别藏在里头啦，还不赶快出来，再不出来就开枪了。"谷牧习惯性地摸了摸腰间，没有手枪，只有一颗手榴弹，他心想，只要鬼子靠近，他就和敌人同归于尽。

天黑下来以后，鬼子撤退了，谷牧从高粱秸垛里爬出来，这时四顾无人，一片寂静。他连走带爬，到处寻找机关和部队，爬行了好大会儿，才听到附近有人低声说话。他顺着声音寻找，发现一个小地洞，里边住着一位老大爷和一位老大娘。老大爷是马头崖村人，姓胡，妻子姓孙。谷牧同志和他们打招呼后说明了自己的身份。胡大爷一听，赶紧出了地洞，指了指西北方向说："那里有一个大庄，区乡民主政府常驻在那里。"说着，老人扶起谷牧同志就走，他们紧走慢赶，终于摸到了那个村庄。可是村里人全走光了，只有几个伤员还在村子里，他们见到谷牧，都大吃一惊，赶快围上来，拉着谷牧的手说："听说你已经牺牲了，现在还活着，真是太好啦。"这时，谷牧渴得要命，顾不得医生的嘱咐，猛喝了一大碗水。当晚，他们就在这个村子附近找了一个高粱秸垛隐蔽起来。第二天天刚亮，陈琳瑚奉山东分局之命，带领一队人马找到了谷牧，战友重逢，那股亲热劲，真不是用语言能表达的。

第二十八回　陈明死战大青山　辛锐喋血火红峪

一

为了集中主力部队作战，根据罗荣桓的建议，第一一五师与山东分局、山东纵队指挥机关联席会议决定，由第一一五师师部第五科科长袁仲贤带领师部及直属队人员几百人，省战工委副主任兼秘书长陈明带领山东分局、省战工委、省群团组织、报社、医院、被服厂等人员2000多人，于29日夜向临蒙公路西侧的大青山转移，待部队结束战斗后再会合。

而此前，刘黑七早已与日军暗通款曲，领取日本人提供的武器粮饷，接受日本人的调遣。畑俊六秘密调动河田春太郎的第十混成旅团和刘黑七的新编三十六师进入大青山周围，布置了一个大陷阱，企图消灭进入这一带的八路军部队机关。这一敌情，先期进入大青山地区的抗大一分校没有发现。

11月30日晨，大青山东北山口突然响起急促的枪声，接着第五大队岗哨升起报警的烽烟，东南方向也响起隆隆的炮声。从熟悉的三八式步枪特有的“叭勾”声和炮声判断，抗大一分校遇上了日军主力部队。

大青山系蒙山支脉，位于费县、沂南、蒙阴三县交界处，主峰海拔686米，山势险峻。天蒙蒙亮，日军一个中队携九二步兵炮一门，已抢占大青山一号高地，并向八路军前哨连急袭。担负警卫抗大一分校重任的第五大队，在大队长陈华堂、政委李振邦的率领下，奋勇向第二、三号高地扑去。

就在这紧急时刻，第一一五师师部后方机关和山东分局、省战工委等领导机关又茫然拥进抗大一分校驻地。早已埋伏在四周的日军立即扎紧口袋，疯狂地向包围圈中心滚进压缩，抗大一分校和八路军各机关处在十分危险的境地。

二

费县薛庄乡大古台村，辛锐率五大队三分队20多位女同志随部队转移过来。

“团长，看，陈主任！”小战士徐兴沛指着一队人马说。

辛锐紧走几步，正与迎头而来的陈明相遇。

见是辛锐，陈明忙打招呼：“大辛，周围发现敌情，我们去占领山头，你们抓紧突围。”辛锐想要说句话，可陈明挥挥手，跑步离去了。

枪声越来越近，越来越紧。

辛锐紧急集合三分队，沉着而又坚毅地说道：“同志们，准备战斗。现在我命令，三分队重新编组，第一组，中共党员，随我在前；7位外籍同志和体弱的女同志为第二组，在队伍中间；其他同志为第三组，第三组断后。统一行动，不要掉队。”

抗大一分校校长周纯全临时担负起指挥任务，命令山东分局警卫连在前开路，掩护机关非战斗人员和抗大学员向西蒙山突围。

突围人员需要通过一条沙河，四面的日军居高临下，凭借有利地形猛烈射击，敌机也反复俯冲扫射，炮火轰鸣，弹飞如雨，许多战士倒了下去，鲜血染红了草坡，染红了白沙，染红了河水。

面对敌人的疯狂阻击，突围部队除了前进别无他途。狭路相逢勇者胜，冲在最前面的警卫连在抗大教育长阎捷三的指挥下以排枪开路，后续队伍冒着炮火勇猛前进，用血肉之躯杀开一条血路。

扼守西山山麓的是少数日军和刘黑七的部队，看到汹涌冲击的人潮，以为是八路军主力部队，吓得慌忙撤离阵地，向西南方向溃逃。警卫连迅速抢占西山，掩护滚滚人流突出重围。

为了掩护大部队突出重围，抗大一分校二大队第二、第三中队290多位教员和学员壮烈牺牲，二大队队长邱则民、指导员程克带领剩下的40多名学员坚守高地断后。机枪手牺牲了，邱则民端起机枪，拼命地向冲上来的敌人扫射，子弹打完了，他用力将机枪砸在岩石上，毅然跳下悬崖。程克和最后的17名学员与敌人展开激烈拼杀，终因寡不敌众，全部英勇牺牲。

血阳西斜时，二号高地、三号高地相继失守。尾追而来的日军见大队人马突围西去，像输红了眼的赌徒，以长短枪、马刀对手无寸铁的机关人员进行惨无人道的屠杀……一时间，整个战场血肉横飞，600 多名干部、学员血洒疆场。

陈明率部分人员突出日军重围，刚转移到大谷台，又遭日军合击。看看漫山遍野的日军围拢来，陈明果断命令队伍向望海楼方向突围。

在冲到东西蒙山之间的大沙河沟崖时，陈明他们遭到敌机枪火力封锁。两挺日军重机枪吐出疯狂的火舌，将陈明身边两个战士扫倒，陈明的双腿被击中。陈明一个趔趄，倒在地上。

警卫员小吴背起陈明就跑。陈明挣扎下来，说："你赶紧跑，咱多活一个是一个。"说完，他对着围上来的鬼子连开两枪，打死了两个鬼子，然后调转枪口，对着自己的头，扣动扳机，把枪膛里的最后一颗子弹留给了自己。

"陈主任，不要啊。"希伯跑过来，大喊着。见陈明倒在血泊中，希伯向鬼子射出枪膛里愤怒的子弹。十几个鬼子将子弹射向希伯，希伯身子晃了几晃，像一棵大树一样倒了下去。这一年，汉斯・希伯仅 44 岁。

三

11 月 30 日晨，东方的天空一片暗红。猫头山下，一棵棵柿子树洒落片片枯黄的叶子。

辛锐带着五大队一分队 20 多人来到山下一条小溪流旁。水流潺潺，冷涩的空气中弥漫着紧张气息。

"一组、二组警戒，三组到溪里装水。"辛锐警惕地看着周围。徐兴沛接过辛锐的水壶，快步下到溪底取水。

突然，响起了歪把子机枪声，辛锐小腹部中弹，紧接着右膝盖被打伤。辛锐强忍着疼痛，趴在地上举枪还击。有枪的几个同志躲在大石头后向溪流对岸射击。

徐兴沛从小溪里爬上来，背起辛锐就跑，其他同志边打边撤。

当晚，辛锐被抬到山东纵队第二卫生所驻地火红峪村。处理完伤口后，徐兴沛和二所的同志将辛锐送到距火红峪半公里远南面的鹁鸽棚洞隐蔽。

一路颠簸，辛锐疼得把牙咬得咯咯直响，豆大的汗珠顺着脸往下流。徐兴沛含泪说："团长，你声嚷声嚷吧，声嚷出来就轻松些！"辛锐强忍疼痛，面露笑容，用微弱而又刚毅的语气说："小徐，别难过，要坚强！"

二所的同志走后，徐兴沛一边喂辛锐喝鸡汤，一边告诉她附近的情况。这个鹁鸽棚山洞，是这一带乱石洞中最隐蔽的一个。上面有三层石板，洞周围是大鸭蛋石，洞口左前方约有一百米的地方是个单人井筒洞的左上方，有个孔，可以看到周围的两个山洞，那两个洞里藏着其他伤员同志，周围民兵已布上了地雷。

为防止扫荡的敌人在鹁鸽棚山洞石板上停留，徐兴沛埋了三个手榴弹当地雷，拉引线到洞内。

辛锐对徐兴沛的安排很满意，赞叹地说："你还摆了个小战场哪。"

"不打无准备之仗嘛！"徐兴沛笑了笑，接着安排辛锐休息，自己出去放哨。

但是，徐兴沛还没来得及离开山洞，东方天际已呈现出鱼肚白色，日寇搜山又开始了。

透过洞孔，徐兴沛看到有十几个鬼子鬼鬼祟祟地向山洞边沿接近。"轰"的一声，地雷响了，鬼子死伤了大半，剩下的几个爬起来，空扫了一阵机枪，招引来了大队敌人。鬼子汉奸们狂呼乱喊："咳——咦！八路的有！你的出来！不出来，我的开枪！"

鬼子的钉子鞋踏得洞顶上的石板咯咯作响，他们野狼般地狂叫着："出来吧！出来吧！不出来打死你在洞里了。"一阵淫恶的声音随即传来："别开枪！别开枪！我投降！我投降！"听着这令人作呕的声音，徐兴沛小声地对辛锐说："真卑鄙，他们又演双簧戏了。"

"轰！"又一颗地雷响了，被炸死的鬼子翻了白眼，被炸伤的鬼子嗷嗷直叫。他们插上一面写着"小心地雷"的小旗，慌慌忙忙地抬着死尸和伤兵走了。

一阵杂乱的脚步声在洞顶的大石板上停留下来。徐兴沛从洞孔向外一看，不由得皱了皱眉："糟了！鬼子要在咱山洞上边安营扎寨啦。"辛锐赶忙捂住徐兴沛的嘴："沉住气，看看动静再说。"

这时，敌人的一个罐头滚到洞口，紧接着一只脚也踩到了洞口的边沿，徐兴沛迅速地拉起了雷弦，辛锐也忍着极度疼痛，把手榴弹盖一个个拧开，放在面前。幸好，鬼子兵拾起罐头，慢慢地走开了。辛锐和徐兴沛都松了口气，几乎同时说："这群野兽要吃饭了。"

鬼子在辛锐住的洞上边待了整整一天，到了黄昏，也毫无离开的意思。

徐兴沛坐在辛锐身边焦躁不安，猛地站起来说："不能坐在这里等死，我得把这伙豺狼调开!"辛锐抚摸着徐兴沛散乱的头发，关心地问："你一个人能行吗?""行!"徐兴沛很有把握地说，"我出去后，保准叫他们上西天。"辛锐点了点头："等天黑定了你再出去。"

夜晚，天黑如墨，寒风阵阵，洞上的鬼子不但没有减少，反而越来越多。他们点起火堆，烧煮鸡鸭，有的得意忘形地狂叫，也有的忧伤地吹琴。辛锐从长期对敌斗争的经验中断定，一个出其不意获得胜利的好机会来到了，便说："小徐，是出去的时候了，动作要轻一些。"

徐兴沛带好四颗手榴弹，向洞口走去。辛锐深情地叮咛着："小徐，你一定要活着回来!"徐兴沛回过头来，坚定地说："保证完成任务。"

徐兴沛迅速地向单人洞爬去。爬进后，看到拉绳完整无缺，便急忙将绳索拉紧，咬紧牙关气愤地说："我请客，再给你们几个铁馒头吃吃。"

"轰！轰！轰!"三个手榴弹并成的"地雷"在鬼子的屁股下面开了花，火堆旁的几十个鬼子，死的死，伤的伤，活着的连滚带爬往山下狼狈逃走了。等敌人走后，徐兴沛悄悄地返回辛锐住的山洞，高兴地说："辛姐！任务完成了，我得搞给养去了!"

徐兴沛离开辛锐的第二天，下起鹅毛大雪，山上山下，银光闪闪，白雪茫茫。日本鬼子一队队、一组组，逐个山洞寻找，妄图把八路军和藏在山洞里的伤病员一网打尽。

辛锐所在山洞的两边山梁上，也布满了三五成群的鬼子兵。

徐兴沛背着搞到的粮食，提着水，来到离辛锐住的山洞只有七八百米的松林停住了脚步。

鬼子兵从山梁上下来搜山了，他们走过了辛锐住的山洞之后，徐兴沛正准备向前移动，突然，不远处的小山洞里传来一声手榴弹的爆炸声。不一会儿，鬼子从洞内拖出一个血肉模糊的人来，扔到乱石上。

等到太阳落下的时候，鬼子集结成伙，从大青山撤走了。徐兴沛从松林里出来，走到刚刚牺牲的那位同志身边，仔细一看，原来是警卫连的马班长。徐兴沛含着眼泪，拔了几捆山草盖上了他的尸体，就匆匆忙忙地向辛锐住的山洞跑去。

在离洞二十米处，徐兴沛伏下身来，学了两声猫叫，没有听到回答，又叫了两声，仍然没有回答。徐兴沛跃身而起，不顾一切地冲入洞内。原来，辛锐已经被伤势和饥饿折磨得休克了。

徐兴沛扑向前去，着急地喊着："团长！团长！"然后提起水壶就向她嘴里喂水。经过一番抢救，辛锐终于苏醒过来了。徐兴沛赶忙问道："团长，你饿了吧？"

"已经不饿了，小徐，你没伤着吧？"

"我很好！"徐兴沛把煮熟的地瓜干送到她嘴边，"团长，你快吃吧！"

辛锐咬了一口："这么甜哪！别的洞的伤员都有了吗？"

"我这就给其他几个同志送去。"

辛锐满意地点了点头，徐兴沛拿着地瓜干向外走去。

野外的冬天，滴水成冰，寒气袭人。回来后，徐兴沛从口袋里掏出火镰，把纸卷点着，然后吹着纸卷燃起的火苗，把干柴生起来。顿时，黑暗寒冷的山洞变得暖烘烘的。这是辛锐进洞来第一次愉快的享受，她竟情不自禁地哼起了《妇女解放歌》。

辛锐哼完歌，问："你还记得'三八节'这个日子吗？"

"记得！是咱们姊妹剧团成立的日子。"

"还有呢？"

"还有就是你和陈明同志结婚的那一天！"

"你真聪明！"辛锐轻声说，"姊妹剧团成立八个月了，我结婚也八个月了。"

听着她愉快动听的叙述，徐兴沛脸上虽然挂着微笑，心中却一阵一阵绞痛。

辛锐看徐兴沛默默不语，忽而问道："陈明同志好不好？"徐兴沛赶忙回答："陈明同志好，我在勤务班的时候，听他的勤务员说，陈明同志待人平等，从来不发脾气。他对勤务员的学习进步非常关心。他还经常说，现在你们是勤务员，将来就是党的干部。"辛锐的脸上露出了幸福的笑容，她甜蜜地说："陈明同志可好啦！正像你说的，他很懂得平等待人。有次礼拜天，他因为有事没接我去，几天之后，他把我接去，一见面就问：'今天不是礼拜，不会影响你的工作吧？'我说：'不会的。'他说：'那就好！那就好！'"顿了顿，辛锐幽幽地说："这些天来，一直没有消息，也不知道他怎么样了。昨天晚上，我做了个梦，梦见他和警卫员骑着马来看我。我小时候常听老人说，做梦和实际事是相反的，按这个逻辑推测，他已经不在人世了……"说到这里，一串串的眼泪挂在她脸上。

徐兴沛一阵心酸，赶忙安慰辛锐："辛姐，你说的不对，听老人说，做梦骑马是升官，骑驴才是没交好运呢。现在敌人撤走了，情况好转，说不定哪一天，陈明同志真的来看你哪！"

"那就太好啦！"辛锐说着改变了话题，"这地瓜干是从哪里弄来的？"徐兴沛长长地叹了一口气，接着就叙述了事情的经过：下山后，走了几十条山谷，找不到一个人。往回走时，猛然听到半山腰里传来狗叫声，她顺着声音走去，在山坡上的丛林里发现了三间小屋。屋里一位老太太正在煮地瓜干，门后站着一位姑娘，手里还提着一把斧头。徐兴沛敲了敲门，向她们讲明是给山洞里的八路军伤员找吃的。她们一听，马上准备好煮好的地瓜干、花生米，还有一壶水，送给徐兴沛，催促徐兴沛快送回去。

辛锐听后，无比激动地说："根据地人民和咱们的心，始终是贴在一起的！"

12 月 17 日下午，卫生所的同志把辛锐从洞里抬出来，放在她进洞前住的老乡房子里。绷带打开了，伤口愈合得很好。

洗完澡后，徐兴沛送来了炖猪肉和新摊的麦子煎饼。辛锐一面吃着肉汤泡的麦子煎饼，一面高兴地说："过年了！解馋了！"

辛锐吃完饭，把徐兴沛拉在她身边："小徐，给我谈谈咱们姊妹剧团的情况吧！"

徐兴沛吞吞吐吐地说："咱们的指导员甄磊同志牺牲了。"

"啊！"她睁大了眼睛问，"怎么牺牲的？她不是和我们一块返回部队的吗？"

"是的！就在你被鬼子打伤昏迷过去的同时，她胸部中弹，当场牺牲了。"

辛锐的眼泪夺眶而出，她喃喃地说："甄磊是个好同志。她参军的时间比我们早，在部队里打仗很勇敢，在地方上做妇女工作经验很丰富，又有文艺天才，扮演老太太特别像。这次敌人扫荡，她就化装成老妈妈，在敌人的刺刀下扶老牵幼，还掩护了咱们好几个同志哩！真是我们党的好干部，等反'扫荡'胜利了咱们开个追悼会。"辛锐说到这里，喘了口气又问："今天还有事吗？"

"我还得去送情报。今天晚上返不回来了。辛姐，你早点回洞，保重身体！"

辛锐伸出她那颤抖的手，紧紧地握着徐兴沛的手说："回来的时候，马上到洞里来看我！"

"是，辛姐！"徐兴沛转身就往外走去，辛锐一把抓住徐兴沛的胳膊："小徐，你如果看到陈明和辛颖，就告诉他们我的情况。如果见不着他们，就打听打听他们的消息，回来告诉我！"徐兴沛满口答应着走了。

第二天拂晓，枪声突然四起，鬼子又来了，而且发现了辛锐住的山洞。卫生所的同志抬起辛锐就往外突围。他们一出洞口，鬼子的机枪就扫了过来，辛锐在担架上大喊："你们别管我，赶快突围！"抬担架的同志不肯："有我们在就有您在！"

鬼子追上来了，大声喊着："八路的有！抓活的！"

辛锐在担架上着急地吆喝着："同志们，快把我放下！我们不能做无谓的牺牲，趁着天还黑，你们快点突围！"

辛锐的话还没说完，敌人的机关枪就响了，前面的两个同志被打死，担架掉在地上。后边的两个同志掏出手榴弹向敌人扔去。四周的敌人一起向辛锐所在的区域射击，那两个同志也牺牲了。

辛锐坐起身来，把三个手榴弹放在身边，又把一颗手榴弹掖在胸前，用棉被裹着前胸。鬼子步步逼近，狂呼乱喊："女八路！女八路！抓活的！抓活的！"几个鬼子争先冲来。辛锐投出去了第一颗手榴弹，冲上来的鬼子被炸倒了，未炸倒的鬼子不敢向前。一个佩戴洋刀的鬼子军官逼过来，辛锐投出了第二颗手榴弹。鬼子军官被炸伤了，他疯狂地喊着："枪毙！枪毙！"几个鬼子兵同时举起了大盖枪，辛锐又投出第三颗手榴弹，举枪的鬼子被吓得卧倒了。等手榴弹爆炸后，鬼子军官又喊："机枪！机枪！"

辛锐庄严地坐在地上，紧握胸前的手榴弹怒视着敌人，鬼子军官从士兵手里夺过一支步枪，瞄准了辛锐的胸部。

辛锐倒下了，围上来的鬼子军官用力拉开裹在辛锐身上的被子时，突然一声巨响，鬼子军官被炸上了天。

辛锐牺牲了，年仅23岁。

附记：

1963年麦收时节，希伯夫人秋迪从西德来中国给希伯扫墓。望海楼下，秋迪女士看到山花烂漫，麦穗金黄，不禁喃喃细语："希伯，我来看你了。你曾经抛洒热血的地方，现在太平了，丰收了。这里的人民很爱护你，你安心在这里歇息吧！"说着，她在希伯坟旁采了五穗成熟的小麦，用手帕包裹起来："这是生长在你墓旁的小麦，我要把它带回去，种在德国的土地上。"

1985年6月22日至25日，时任中共中央书记处书记、国务委员的谷牧重返沂蒙山区。在从大青山突围旧址回费县的路上，他心情久久不能平静，在颠簸的汽车上吟成一首小诗，表达对希伯的怀念：大青山上共死生，捐躯曾有异域人……战友英魂今安在？春光一缕便是君。

第二十九回　梁化轩催逼粮饷　董善人暗放人质

一

苏鲁战区五十七军缪徵流引发“九二二”锄奸之后，五十七军出现重大分裂，一部分跟随常恩多、万毅投奔共产党，一部分在孙焕彩等人的裹挟下顽固反共，一部分直接投敌叛变，其中，连长王一臻率部投降日军临沂桥本大队，成为临沂保安团副团长。桥本将临沂县划分为十八个区，组建了十八个保安大队，其中相公庄为第三区，区长周干臣兼大队长。第三大队下设三个中队，一中队在相公，中队长周同，是周干臣的侄子；二中队在小梁家，中队长梁化轩；三中队在郭家湾，中队长徐广德。

眼见日本实力强大，去年，梁化轩与王安选一起，带领一个排的人马投奔汉奸王一臻，被任命为皇协军小梁家中队长、副中队长。

中午，梁化红骑着小毛驴，过了沭河到小梁家走娘家。

进了庄，来到娘家门前，梁化红拴好小毛驴，挎着包袱，伸手去推门。突然，梁化轩从里面跑过来，一头拱进梁化红的怀里。梁化营媳妇拿着笤帚追出来，边追边骂：“化轩，你个孬种，烂你猪爪子，你不得好死。”

梁化红一把推开梁化轩，数落道：“他大舅，你都当了保安队长了，还没个大人形?”

梁化轩笑笑：“大姐，你来了，屋里坐。”回头冲梁化营媳妇喊：“来客了。”

梁化营媳妇把笤帚顺在门旁，过来接过包袱：“姐，你来了。”

梁化轩伸手捏了捏包袱，嬉皮笑脸道：“带什么好吃的?”

梁化营媳妇一扭身子，拉着梁化红往屋里走。

梁化轩跟在后面也往屋里走。梁化营媳妇回头呵斥：“化轩，还要脸不?”

梁化轩：“俺姐来了，我陪俺姐说说话还不行吗？姐，听说你们村林凡义闹得很厉害?”

梁化红进屋坐下，叹一口气：“倒霉死了，天天嚷嚷着买枪买炮的，讹死人。”

梁化轩：“他敢！敢欺负我姐，我弄死他!”

说到这里，梁化轩拉把凳子坐下，眨巴一下眼睛，说：“听说八路把公粮都藏在你们庄了?”

梁化红：“你怎么知道的?”

梁化轩嘿嘿一笑：“你兄弟有千里眼、顺风耳，他林凡义什么事也瞒不住我。”

梁化营媳妇嗔道：“小牛不大，你抱着吹吧。”

梁化轩：“嫂子，黄河还真不是尿的，泰山也不是垒的，你信不信，这次皇军来了十几万人，把八路从沭河以东赶到费县大青山里，一下包了个大饺子，打死了一千多号人，那个血水子淌下来，沂河水都染红了。”

梁化红张大嘴巴：“真的吗？八路垮台了?”

梁化轩洋洋得意，接着说道：“听说那个什么战工会的副主任陈明也被打死了。”

梁化红：“他那个小媳妇呢?”

梁化轩：“估计也跑不了。”

梁化红念叨：“那个小媳妇要是死了，怪可惜的。”

梁化营媳妇：“姐，你认识他们?”

梁化红：“在俺庄住过一些日子，还演了十几天的大戏，小媳妇可俊了。”

梁化轩：“你就夸吧，再俊，还有俺姐和俺嫂子俊?”说完，瞟了一眼梁化营媳妇。

梁化红：“行了，别贫嘴了，去，把你五叔和你大哥喊来。”

梁化轩站起来，从腰里扯出一块布，递给梁化红：“姐，给你个护身符。”

梁化红接过来，抖开：“这不是日本人的膏药旗吗?”

梁化轩往门外看了一眼，忙说：“姐，在外面可不能这么说，我给你说，你在外面走路，要是遇上日本人，你把它披在身上，保管日本人会朝你竖大拇指，哈咿哈咿直夸你。你要是把它挂在家里，保证日本人不会上你家里牵牛，糟蹋女人。”

梁化红：“管用?”

梁化轩：“当然了，你看咱庄，四个岗楼插上这样的膏药旗，谁敢来闹腾?”

梁化红：“还是兄弟能耐大，回头姐给你说个俊媳妇。”

梁化轩瞅瞅梁化营媳妇：“照着我嫂子这样的说，孬了我不要。”

梁化营媳妇：“去你个龟孙，也不说句人话。”

梁化轩嘿嘿一笑：“嫂子，多炒个菜，过会儿我来陪俺五叔喝一盅。”说完，顺手摸了一下梁化营媳妇的手，得意扬扬地走了。

二

下午，大白常村，梁化轩在这里召集沭河两岸各村村长开会。

梁化轩看着一屋子人，问：“渊子崖没来人吗?”

“来了。”蹲在墙旮旯的林兆岭答腔道。

“林凡义没来？你是谁，缩在旮旯干什么？往前走走，我看看，是谁充屌能，你来能当什么家?”梁化轩从一开始就注意到林凡义没来，很不高兴。

“谁也不想充这个能，这里也不管八大碗，谁愿来。”说着林崇义也站起来。

“哟，嗑瓜子嗑出个臭虫，什么仁（人）都有，你拿这里是饭店啊?”梁化轩骂道。

林崇义上前一步，怒道：“林队长，你这是什么待客之道？我们大远路过来，你不茶不水的，凭什么骂人?”

梁化轩一撇嘴：“你也是渊子崖的，怎么你们村出来一个就是硬头鳖呢?”

王安选上前一步，指着林兆岭、林崇义说：“兆岭、崇义，你们两个傻熊，人家正头香主林凡义不来，打发你们两个来，你们还真以为这里办酒席，吃八大碗啊。”

见林兆岭、林崇义二人不说话，梁化轩摘下帽子往桌子上一摔，骂道：“我看你渊子崖这个头有多难剃，老子偏就不信这个邪！我告诉你们，这次皇军来了十几万，八路的主力已经被灭得差不多了。今天叫你们来，就是想你们好。各村抓紧回去，杀猪、磨面，后天跟着我到汤头去犒劳皇军，让大家都在皇军面前露露脸。”

王安选附和道：“对，先跟皇军挂上钩，省得到时候皇军不认识你。”

梁化轩直视着林兆岭说：“林兆岭，看你年纪大，我也不为难你，你回去，通知林凡义来开会。林崇义，你留下，等林凡义来了再回去。”

林兆岭皱皱眉头：“这样不好吧，我们两个一块来的，你把他扣下，算哪门子事？我回去怎么交代？”

石拉渊董大善人接话说：“来开会就是开会，你要是扣人，以后谁还敢来这里办事。”

梁化轩哈哈大笑：“等皇军把八路消灭完了，我就是叫一只狗找你们，你们都得跟着来。好了，给林凡义写个条子。”

说完，梁化轩一指一个老头：“爷儿们，我说，你写。”

老头取来纸笔，往砚台里倒上墨汁，看着梁化轩。

梁化轩把枪装回盒子，说：“渊子崖林凡义，限明天天黑前送大洋一千块、猪一口、鸡一百只、扁嘴五十只、白面八百斤，随同保安队到前线犒劳皇军，逾期不缴者，加倍处罚。落款，十三区保安大队。”

老头写完，念了一遍。梁化轩从腰带上解下印章，哈了哈气，摁在通知单下方。

三

渊子崖村办公室，林凡义、林九臣、林九兰、林凡庆等人凑在一起看林兆岭带回来的通知。

“狮子大张口哟。”林凡庆看着林兆岭说。

林兆岭愁眉不展地说：“本来我打算自己去的，崇义那孩子怕我路上单，非得陪着我去，这不，梁化轩这个狗杂碎把他扣下来了，这下麻烦了。”

林九臣说：“千防万防，孬种难防。我也认为你年岁大，那边又有亲戚的，过去看看动静，听听风，他们不应该折腾你，没承想崇义这孩子跟你去了，这还真是有点麻烦。”

林九兰把脚一跺，气恼地说：“史指导员出发之前反复交代，小梁家那边不论出什么花样，咱就是不管，以不变应万变，这回咱又失招了。”

林凡义一拍脑袋，懊恼地说：“这事都怨我，去探什么动静啊！”接着问林凡庆：“史指导员回来了吗？”

林凡庆站起来说：“我去看看。”

林凡庆来到区公所，没见到史思荣，就问秘书李子桂：“李秘书，指导员呢？”

李子桂正写着什么，抬了下头，回答：“刚回来一小会儿，跟王大娘一起到林欣家里去了。”

林凡庆道一声“你忙”，出门快步来到林欣家。

林欣家，林欣躺在床上，王康美正给林欣换药。

林凡庆走近床沿，问：“二奶奶，伤着要害了吗？”

王康美把被子给林欣盖好，站起来说：“小腿骨头被子弹打断了，得养几个月。”

林欣拉着王康美的手，眼泪哗哗流下来：“奶奶，让你吃累了。”

来到村办公室，史思荣拿起梁化轩的派款单子瞅了一眼，说：“我刚从三义口回来，刘团长告诉我们，不要听信敌人的谣言，我们的部队虽然有点损失，但鬼子伤亡也不小。我们要有信心，一定能打破敌人的围剿。冯区长也交代我们，无论如何不能向梁化轩屈服，今天的事，做得有点没有分寸了。”

林凡义攥了攥拳头，恨恨地说：“他奶奶的，打。凡庆，走，敲锣，喊人去，把崇义抢回来！”

史思荣一按林凡义的肩膀，说：“别激动，你去抢人，得死多少人？能抢回来吗？”

经过反复研究，大家把林清明叫来。

“大叔，崇义这个事，还得你走一趟。您家俺大舅在石拉源当村长，跟梁化轩邻村，他们之间多少有交情。再说了，小梁家也就财主多，论人口，还得数着石拉渊。梁化轩保安队 5 个人中就有 1 个是石拉渊的。大舅说句话，梁化轩应该能给这个面子。”林九兰把情况给林清明介绍明白，很期待地看着林清明。

林清明听完叫他来的目的，笑了：“九兰啊，这年头，面子值几个钱呢？你不知道梁化轩是什么样的人吗？”

林九兰笑笑：“谁不知道啊，头上流脓、脚底生疮的孬种货。”

林清明：“这种事，除非找到汤头的铃木，临沂的川本，你找他亲爹娘也没用。当然，他也没有爹娘。”

林九臣挠挠头：“咱还真得搭上1000块大洋，加上白面、猪肉这些东西吗？总不能把崇义放那里受折腾吧？”

林凡庆一拍巴掌站起来：“前年凸凸凹咱都没迁就过，现在要是怕了小梁家，咱渊子崖的脸往哪里搁！”

林九臣：“你这孩子，哪壶不开你提哪壶。”

沉思一会儿，林凡庆斟酌道：“人硬抢抢不来，把钱粮送过去换咱又不甘心。要不，咱去找大部队把小梁家拿下来？”

林凡义直摇头：“不行，那样，黄花菜都凉了。”

林九兰磕了下烟袋，清了下嗓子：“我提个看法，你也别说我怕了梁化轩。既然这事是冲着咱渊子崖来的，咱渊子崖就得管。这样，给大家伙说明白，先凑200块大洋，清明叔，你到大舅家走一趟，让大舅想办法。”

林凡庆眼前一亮，说：“有钱能使鬼推磨，找保安队员把人放了，多少咱还省点。”

林九兰白了凡庆一眼，示意他住嘴，凡庆不再言语。

四

晚饭后，石拉渊村长董大善人家，小梁家保安队队员董清凡、董清平坐在董大善人下首喝茶。

董大善人品了一口茶，徐徐开口：“清凡，现在一月开多少饷？”

董清凡：“大叔，说是一月10块钱，连5块也发不上，都叫梁化轩、王安选贼吃贼喝包寡妇了。他娘的，真黑。”

董清平：“大叔，咱不跟梁化轩干了行不？咱庄也建个炮楼，把保安队咱庄的人拉回来，俺给你站岗放哨。”

董大善人笑笑：“傻孩子，你想让我吃八路的枪子啊。去年，八路给我记了一个黑点、三个红点。我问你们，八路给你们记了几个黑点、几个红点？我听说，记满10个黑点武工队就过来摸人。你们都快了吧？”

董清平一咂舌：“我5个黑点，清凡6个黑点。”董清凡满不在乎地说：“快过年了，咱没有那么多黑点记了。”

董大善人深有意味地问："是吗？这次你们通知多少村庄缴粮款？我可听说了，只要你们逼着一个村庄缴了粮款，就给你们每人记一个黑点，够了吧？"

董清平："那咱装病，不干了。"董清凡："我还等着拿这三个月的粮饷过年呢。"

董大善人给二人续上茶，起身把屋门闩上，说："有一笔小财，你们俩想不想发？"二人两眼放光："什么财？"

董大善人从桌子底下提出两个布袋子，往桌子上一放："数数多少？"布袋子里发出银圆撞击的哗啦声。

二人解开布袋子，把银圆倒在桌子上，数了数，每袋50块大洋。"大叔，什么买卖，我们给你当保镖？"

董大善人笑笑："这个买卖我不做，如果你们敢做，这些钱就是你俩的了。"

董清凡抿了下嘴唇："我俩没有不敢的，除了杀八路、杀鬼子。"

董大善人笑笑："敢杀梁化轩吗？"

董清凡忙摆手："大叔开什么玩笑，咱杀他干什么。"

董大善人笑笑："我告诉你们，你们可不许出去乱说，有个算命先生看过梁化轩，说梁化轩最多还有三年的活头。梁化轩不用你们杀，老天会灭了他。"二人听得愣了神。

董大善人："这笔财，对你们来说，也就是举手之劳，不用杀人，还能挣10个小红点，干不干？"

董清凡："八路让我们放了渊子崖的人？"

董大善人拊掌一笑："还是侄子聪明。"

董清平恍然大悟："对呀，大哥，明天晚上咱俩值班，偷偷把林崇义放了，这财咱不就发了？比半年的军饷还多呢。"但转而一想："咱要是放了，梁化轩能饶了咱？"

董清凡拍了一下董清平的头："榆木脑袋。这样，明天晚上你听我的。"说着，又看向董大善人："大叔，这可是掉脑袋的事，还得管我们一场酒喝。"

"行，我办八大碗请你们。"

五

三更以后，小梁家据点，董清凡、董清平等巡逻的队员在炮楼睡下，将关押林崇义的屋门打开。

“崇义，你们村有人在村东围子外接你，围子东墙根我们放了两根木头，你找到后踩着爬出去。来，把我们捆上，嘴里塞上布片。”说着，董清凡把董清平手脚捆起来，嘴里塞上布片。

林崇义将信将疑，接过董清凡递过来的绳子、布片，把董清凡捆好，嘴里塞上布条，系在床腿上，然后悄悄走出院子，顺着墙根来到围子东墙，见果然有两根木头被放在墙下，急忙将木头斜靠在墙上，踩着木头扒上墙头。

墙外，见有人扒上墙头，林凡义小声喊：“崇义叔，这里。”林崇义扒住墙头，踩着林凡义的肩膀下来。

林凡庆接着，浑身摸了摸：“没打断胳膊腿吧？”

“去你娘的，净咒骂你爹。”林崇义骂道。

林凡义架着林崇义，说：“没挨揍就好，快走！”

一行数人消失在黑夜中。

第二天，换岗的人过来，发现董清凡、董清平被绑在床腿上，忙将他们嘴里的布条扯出，大喊：“不好了，渊子崖把人救走了。”

梁化轩赶过来，见二董四肢被绳子扎得死紧，冻得嘴唇发紫，气得大骂：“怎没冻死你们两个龟孙，昨晚喝了多少猫尿，让人端了窝子？”

董清凡打了个喷嚏：“队长，勒死了，赶紧解绳子啊。”

有人过来把捆住董清凡、董清平的绳子解开，将他们扶到床上，用被裹起来取暖。“赶紧给碗水喝，憋死了。林凡义，我日你八辈子祖宗！”董清平喘了一口气后，大骂不止。

第三十回　梁化轩两打渊子崖　五子炮一战显神威

一

早饭后，梁化轩、王安选集合人马，分头到各村催要粮饷。董清凡、董清平请假回家治病。

梁化轩打发几组人马出去之后，问王安选：“王队副，昨晚你带班，又到哪个寡妇家里死去了？林崇义是在你班上跑的，怎么样，你去抓回来吧？”

王安选撇了撇嘴，说：“拉倒吧，也就你喜欢小酸杏那样的二锅头，昨晚孩子发高烧，我回家去了，临走前专门交代过董清凡，让他们看紧了。”说到这里，王安选眨巴眨巴眼睛：“不对，昨晚这个事有点蹊跷，咱这深宅大院的，渊子崖那边怎么能把人偷走？”

梁化轩一拍脑袋，用手指着王安选：“奶奶的，是不是你个龟孙放跑的？”

王安选一听就恼了，破口大骂：“化轩，你个杂种，胡说什么！好心你当个驴肝肺，你就拿着老董家这伙当好人吧，早晚让人家把你整死！”

梁化轩被骂了个狗血喷头，涨红着脸，说：“我不管，在谁班上跑的，谁负责找回来。家中，去，把姓董的那俩货给我叫回来！”

王家中看了一眼王安选，不大情愿地说：“老百姓都知道官不差病人，人家都请假回去了，怎好再叫回来！”

梁化轩抬手一巴掌，就要朝王家中头上拍去，王家中用手一架，嘿嘿一笑：“队长，小心闪了胳膊！”

梁化轩右手被王家中架住，只好抬脚踢了王家中一下，说：“你姥娘不是渊子崖的吗？你去走一趟，看看林崇义是不是回去了，是怎么回去的。顺便，你再给林凡义下一次通知。”

王家中撇撇嘴：“队长，我鞋底掉了，没法走路。”说着，将右脚抬起来给梁化轩看。

梁化轩冷笑一声：“懒驴上磨屎尿多，想要跑腿费是吧？你把钱要来了，我就给你十块大洋。”

王家中一喜：“说话算数？”

梁化轩：“我什么时候说话不算数了？快去！”

王家中把手一张：“拿来！”

梁化轩把眼一瞪：“拿什么？”

王家中嘴一歪：“写张条子啊。”

“安选，你写！”梁化轩看着王安选说。

“就怕白费屌劲。”王安选一边嘟囔着，找来笔墨纸张，随便划拉了几行字递给王家中。

王家中接过条子，瞅着梁化轩说：“借我两块钱，我得称二斤点心给俺姥娘吃，空手去不好看。”

梁化轩骂道：“就你屌事多，安选，你借给他。”

王安选两手一摊，说：“我昨天推牌九都输没了。”

王家中把通知往梁化轩怀里一扔，说：“吃地瓜拣软的捏是吧？谁爱去谁去！”

梁化轩把眼一瞪，喝道：“你想造反？我揍死你个龟孙。”说着，抬脚就要踢王家中。

王安选过来拽着王家中往外走，说：“出什么别扭，快去吧，到果子铺赊二斤点心带着。”

王家中斜了梁化轩一眼，走了。

二

渊子崖村公所，林凡义把王家中递过来的条子撕得粉碎，扔在地上，用脚跺了跺，骂道：“你们胆子不小，头天扣了崇义，今天还敢来吓唬人！”

王家中赔着笑脸，说：“表侄，这事与我无关啊，都是梁化轩那个杂碎干的。”

林凡义哼了一声，斥骂道：“梁化轩跟着日本人当狗，你就得跟着汪汪叫？”

王家中脸上有点挂不住，说：“表侄，别说那么难听。你不知道，人在屋檐下，不得不低头，这不是没有办法嘛，端人家饭碗得听人家管啊。”

林凡义怒道：“他们碗里装屎你也吃啊？”

王家中红了脸，说：“你别站着说话不嫌腰疼，你要是河那边的人，没有八路撑腰，说不定也干上我这一行了。”

王家中这话一说，真把林凡义惹恼了，林凡义一拍桌子，大声呵斥道：“王家中，你喜欢吃屎，你以为别人都得跟你一样？你当汉奸还有理由了是吧？来人，把他绑了！”林凡庆、林庆海等人上来就把王家中扭住。

正在这时，林崇义忽然从外边跑来，抡起巴掌，左右开弓，结结实实打了王家中几个耳光。

林九臣忙过来将林崇义拉开：“下手轻点，别打出好歹来。”

王家中瞪着林崇义：“崇义，你发什么疯，打我干什么！”

林崇义气鼓鼓地说：“打你干什么？你干的好事你不知道吗？”

“我干什么了？”王家中有点委屈地说。

林崇义哼了一声：“昨天他们绑我，你连个屁都不放，还有亲戚味吗？”

林九臣笑笑，说：“算了，两国交战，不斩来使，咱不跟他们一般见识。老话说得好，狗咬咱一口，咱不能跟狗学着去咬它一口，放了吧。”林凡庆、林庆海慢慢松开手。

林九臣又数落王家中，说：“外甥，汉奸这碗饭不好吃，指不定哪天就叫武工队给崩了。”王家中摸摸火辣辣的脸，默不作声。

“大叔，我说你写，给梁化轩回个信。”林凡义对林庆兰说。林庆兰展纸研墨。

“这样给梁化轩回话：梁化轩，渊子崖的鸡、鸭、肉、面、钱都准备好了，来拿吧，来一个杀一个，来两个杀一双！”

林庆兰写完，递给王家中，说：“表弟，梁化轩的差事别干了，回去辞了吧。”

王家中接过条子，低着头，小声答应着：“回去就辞，回去就辞。”说完，皮笑肉不笑道：“梁化轩有鬼子撑腰，不好惹，还是凑点送去为好。”

林凡义眼一瞪："怎么，找揍是吧？"说着就要动手。王家中见状撒腿就跑。

三

王家中走后，林凡义安排林凡庆召集人开大会。林凡庆从里间提出一面锣，走出院子，"锵锵锵"一敲，清脆的锣声催促着人们出来集合。一边敲锣，林凡庆一边吆喝："老少爷儿们注意了，西边汉奸据点来催粮催款了，各家各户出一个当家人，到村公所开会喽！"

不一会儿，人们聚拢到村公所大院。

林凡义见人到齐了，气愤地说："梁化轩又派人来催要东西了，问咱们村要1000块大洋、面、猪、鸡、鸭子，说是要去犒劳日本人，大家说，我们给不给？"

林庆海"嗤"一声："咱没长嘴？这些东西咱们不会吃？不给，就是一只家雀子都不能给他！"

林九兰从鼻孔里哼了一声，大声道："咱一个汗珠子摔八瓣，打这么儿把粮食，送给八路军咱心甘情愿，梁化轩这帮狗杂种就是一粒米、一把面也不给！"

林凡庆骂道："奶奶的！按八路军的办法，咱坚壁清野，困死狗汉奸，饿死小日本！饿得他们扛不动枪，打不响炮！"

"还是随大流吧，我听说河两边三十多个村的村长昨天都到大白常开会去了，就咱庄凡义没去，咱可别当这个出头鸟。"郭庆银不无忧虑地说。

林庆海奚落道："庆银，梁化轩不是你小舅子吗？你去跟他说说，咱庄的这一份就免了吧。"

郭庆银满脸通红，连忙说："别胡扯，我没这样的小舅子。"

林庆海还想讽刺郭庆银，林凡义一摆手，说："闲篇子咱就不扯了。我说一下，从今天开始，咱村四个围墙大门全部关上，外人一律不许入村。另外，从今天开始，咱们黑白昼夜轮班，看紧四门和围墙，防止梁化轩来祸害人。"

有人问："那得看多长时间啊，咱们不出去赶集、走亲戚了？"

林凡义坚定地说："看一天算一天，咱们八路军总会打回来的。"接着，林凡义又说："我算了一下，咱全村共有350户，1520口人，18岁至60岁的劳力是312人。从今天开始，这三百来号人编成四个连，每个连编成三个排，一个排一杆生铁牛，崇祥大叔那杆五子炮听风，哪里要紧上哪里去。另外，咱在彭铁匠那里定制了四杆五子炮，凡庆，你抓紧再去催催，别耽误了咱大事。我强调一下，四个连各自把守一个大门，哪个大门都不能出事，谁马虎了，把梁化轩放进来了，我跟他没完！”

“谁当连长，谁当排长？”林庆海急着问。

林凡义看了一圈院子里的人，说：“这样吧，东门为一连，九兰爷爷当连长；二连守西门，由凡庆负责；南门是三连，清洁老爷爷负责；庆海叔，你带四连守北门。”安排完，林凡义请史思荣讲话。

史思荣踏上凳子，扫视一下全场，说道：“王大娘，你往前站一下。”

王康美喊着“让让路”，从人群中走出来：“指导员，给俺妇救会派活吧！”

史思荣点点头，说：“大娘，你们妇救会任务也很艰巨。”

王康美问道：“我们干什么差事？”

史思荣吩咐道：“你们有两个任务，一，负责为值班的人员烧水做饭；二，抓紧到各家各户排查排查，通知各家把粮食都藏好，要找好老人、小孩藏身的地方，要做好打大仗的准备。”

王康美爽朗地应道：“行，过一会儿我就带人下去看看。”

林庆舜从人群里钻出来，问：“指导员，我们儿童团的任务呢？”

史思荣早有考虑，交代道：“你们跟着妇救会打下手吧。”

林庆舜打了个敬礼，高声说道：“保证完成任务！”然后喜滋滋地跑到王康美身边站着。

安排完妇救会、儿童团的工作，面向一院子的人，史思荣高声说道：“乡亲们，这次梁化轩这么嚣张，无非就是因为日本鬼子又来‘扫荡’了。鬼子‘扫荡’也不是一回两回了，也没有什么可怕的。前方，咱们英勇的八路军正在牵着鬼子的鼻子在山里打转转，等把鬼子转迷糊了，咱们八路军就打他一家伙。现在，一些小汉奸误以为鬼子得势了，想凑粮食、鸡鸭鹅去巴结鬼子，连祖宗八代的脸都丢没了。这种活，咱们渊子崖能干吗？”

林庆海高声说道：“舔腚门子溜沟子的事咱不干，渊子崖宁可站着死，也不跪着生。谁敢来惹咱们，咱就给他白刀子进去，红刀子出来。”

史思荣朗声说道：“对，咱们都是有血性的人，饿死不当哈巴狗，打死不当亡国奴！”

大家群情激奋，高声道："对，咱不能怕了狗汉奸！来一个，杀一个，来两个，杀一双！"

四

王家中回到小梁家据点，把渊子崖的条子递给梁化轩。梁化轩看了一眼，气得把条子撕碎："妈的，不给他点厉害，他不知马王爷到底有几只眼！家选，集合队伍！"

太阳刚偏西，梁化轩就带着80多个伪军来到了渊子崖。林凡义得到消息，紧急集合自卫队员上了围墙。梁化轩正走得起劲，被王家中一下子拽住："队长，慢着，你看他们城门紧闭，看来早有准备，咱可不能明着吃亏。"梁化轩停住步，不耐烦道："怕啥？咱手里的快枪是吃素的？"梁化轩嘴上这样说，还是后退了几大步，他瞪大了眼睛，扯着嗓子喊道："林凡义，你个兔崽子听好了，今天要是不老老实实把东西送出来，我跺跺脚就把你们渊子崖拾掇了！看你们的拳头硬，还是老子的钢枪硬！"

王安选咳嗽一声，也仰起脖子喊道："林凡义，你别敬酒不吃吃罚酒，我们既然来了，就不会空着手走。你要是不听嚷嚷，我们就打进你们的鳖窝，让你们一个个吃不了兜着走！"

见汉奸们胡嚼乱骂得很难听，林凡义不由愤怒起来，把手中大刀往墙上一靠，对林九兰说："四爷爷，你来点火，我轰他一炮。"说着，将生铁牛调好角度，林九兰点着引信，只听"轰"的一声，一团黑烟裹挟着铁块子飞向伪军人群。伪军没想到渊子崖敢动手，没做防备，被这一炮炸伤五六个人。

梁化轩急了眼，把盒子炮一挥，大骂："林凡义，你找死！奶奶的，给我打！"伪军们趴在地上，起劲地向西门炮楼开枪，子弹像雨点一样扑来，压得林凡义他们抬不起头。

林凡义手握大刀环视一下左右，说："不要露头，等他们靠近了再打！"

梁化轩指挥伪军们放了一阵子枪，不见渊子崖还击，以为渊子崖人吓跑了，就让人扑向围子门。见伪军已近围墙，林凡义大喊一声："打！"顿时，三门生铁牛一齐轰响，跑在最前面的伪军倒下了一片。其他人见状，慌忙向后跑，梁化轩喊也喊不住。

林凡义见伪军逃跑了，喊道："杀出去!"说完他纵身一跳，挥舞着大刀向前追去。

渊子崖刚开始打枪放炮时，冯干三正与史思荣、高秀廷、高秀兰等人在沭河东岸几个村庄检查坚壁清野情况。听到枪响，冯干三紧急集合刘庄村自卫队员驰援渊子崖，半路上，正看见伪军退却。

冯干三、史思荣追上林凡义，一把拽住，劝道："他们手里都是硬家伙，不能再追了，防止他们打反击。"

林凡义止住脚步，骂道："该死的梁化轩，怎么没一炮炸死他!"冯干三等来到村里，对林凡义和自卫队员们说："这一仗你们打得好，打出了威风，灭了汉奸的气焰。但是，你们要注意，估计他们不会死心，还会来报复，你们一定要提高警惕，小心应付!"说到这里，冯干三对史思荣说："思荣同志，我还要到新庄一带检查工作，你和秀兰同志留下，帮助村里做好防守工作，如果有什么紧急情况，就马上派人告诉区里!"

五

眼见自己一个中队难以拿下渊子崖，梁化轩带了两包大烟土到郭家湾据点找徐广德求援，借到 70 个兵。12 月 19 日下午 3 点，梁化轩带着 155 个伪军，蹚过沭河，再次逼近渊子崖西门。

史思荣、高秀兰等人与林凡义、林凡庆、林九兰商议后，通知各个战斗组坚守围子门，任凭梁化轩如何叫骂，如何猖狂，就是按兵不动，等到太阳快落山的时候再进行还击；同时，安排林凡庆等人把林崇祥看家护院的五子炮抬到西大门炮楼上。

太阳快落山了，天也越来越冷。伪军们抱来高粱秸秆、麦穰燃起篝火，几个伪军用刺刀挑了鸡在火上烧烤，几个伪军打开水壶，仰着脖子喝酒。有个伪军褪了裤子，对着渊子崖撒尿，一边撒尿，一边骂骂咧咧。

这时，王家中走近梁化轩、王安选说："咱们不能小看了渊子崖，里面有能人。他们不出来，咱们怎么跟他打？天快黑了，我们不如回去，等以后有机会再说。"

梁化轩不耐烦地说道："我好说歹说借了兵来，一只鸡都没逮着，这样回去，以后咱还怎么混？不行，得打！”

梁化轩喝了一口酒，壮着胆，站在围墙外高喊：“你们渊子崖躲在村子里当王八吗？叫林凡义出来，我跟他说话。”

林凡义站出来，指着梁化轩骂道：“梁化轩，你听着，这几年你在河那边胡作非为，八路军还没找你算账。我劝你老老实实回去，夹起尾巴做人，不然的话，李世生就是你的下场。”

梁化轩举枪朝天上开了一枪，高声骂道：“林凡义，你听好了，交出慰劳皇军的东西万事大吉，不然的话，等我打进围子，杀你个鸡犬不留！”

林凡义端起大雁枪，指着梁化轩说：“梁化轩，你不要张狂，我们渊子崖也不是吃素的，不信，你就放马过来吧！”

梁化轩回头看了看自己的手下，高声道：“打起精神来，待会攻进去，想要东西的，随便拿，想要老婆的，随便挑。他妈的，我就不信治不了林凡义这个愣头青。”说着，他一扬手，扣动扳机，照着林凡义就是一枪。伪军也顺势向前冲了过去。

林凡义见梁化轩向他开枪，猛地缩回身子，高声喊道：“打，轰他个龟孙！”

听到林凡义开炮的命令，林凡庆架着炮，调好角度，林崇祥点燃引信，只听“轰”的一声，一团铁砂飞向伪军队伍，花生米大小的铁砂子钻入伪军们的身体，火辣辣地灼人。伪军们见状，嘴里叫嚷着“不好，村里有钢炮！”扭转身子，撒腿就跑。林凡庆调高炮筒，林崇祥点燃引信，第二发炮弹紧跟着打了出去，一个伪军的脚脖子都被打断了。

第三十一回　梁化轩借刀杀人　日伪军炮轰平民

一

梁化轩、王安选跑回小梁家据点，清点了一下人员，有7个人前胸、后背、大腿被铁砂子打破，还有十几个人跑掉了鞋子、帽子。梁化轩感到憋屈，看王家中在那里哼哼唧唧叫唤，不由得大骂："一群屃包，叽歪个熊！"

王家中捂着大腿，不满道："你不屃，怎么跑得比谁都快？"

梁化轩一巴掌砸在王家中的头上，骂道："我揍你个小舅子，你敢笑话我！"

王家中不服气，顶撞道："你别老是拿自己人出气，兵熊熊一个，将熊熊一窝，有本事你去跟林凡义单挑！"

梁化轩照着王家中的头又是一巴掌："挑你娘的头，我这就到汤头搬救兵，调大炮把渊子崖轰平。"

说完，他冲着躺在床上抽烟的王安选说："安选，你在家里瞅着，我带几个弟兄到汤头去。"

王安选："都累一天了，谁还有力气逛窑子？"

梁化轩啐了一口："就你瘾大，谁说到汤头就得逛窑子？"

王安选坐起来，说："救兵那么好搬？我听说那个铃木次郎一听着打仗就装病，你请不动他。"

梁化轩笑笑："山人自有妙计，我一准能把他请来。"

二

汤头，日军畑俊六指挥部，上村次郎来向畑俊六报到。

畑俊六站在一张很大的世界地图前，指着太平洋里的一个小点点，说道："上村君，告诉你一个好消息，12 月 7 日，山本五十六大将率领着大和海军将士，闪击了美国的夏威夷港口，一举荡平美国太平洋舰队，取得了伟大的战绩。就是这里。"畑俊六点着地图上的一个小点点。

上村次郎走近地图，踮起脚尖细细地看，不禁竖起拇指吹捧道："英明，大将英明。"

畑俊六笑笑："上村君，你知道我叫你来是为了什么吗?"

上村次郎收回笑容说："将军，卑职无能，这次没有捉到罗荣桓，卑职愿接受任何惩罚!"

畑俊六哈哈大笑："上村君，格局小了。我们的眼光不能老是放在中国，中国只是我们碗里的一块肉，未来帝国的命运在这里。"说着，畑俊六又敲了敲地图的右下方："这里，马来西亚、菲律宾，出产石油、橡胶，帝国需要它们。你懂吗?"

"哈咿!"

"这是一个伟大的转折。从这一天起，帝国的战场将从中国扩展到整个太平洋、印度洋地区。为此，我命令——"

上村次郎双腿并拢："哈咿!"

"上村君，你率你三十二联队自今天起，撤出围猎罗荣桓的战斗，迅速回防连云港，巩固陇海铁路桥头堡，为今后向太平洋战场运输军队、粮秣提供安全保障。"

上村再一次并拢双脚："哈咿！卑职赴汤蹈火，定当守护连云港安全!"

汤山据点，梁化轩求见铃木次郎。

铃木次郎坐在太师椅子里，将双脚担在桌子上。梁化轩把一小布袋大洋倒在铃木次郎面前的桌子上，赔着笑脸说："太君，一点小意思，不成敬意。"

铃木次郎抽回双腿，坐直身子，摸起一块大洋，用手指弹了弹，扔回桌子上："梁桑，用你们的中国话来说，你是在打发要饭的吗?"

梁化轩赶紧点头哈腰，说："不是，不是，太君，我有一笔大买卖，我不能自己独吞了，来请太君您呐。”

铃木次郎两眼发光，问：“什么买卖？”

梁化轩靠近铃木次郎，神秘地说：“太君，八路在渊子崖藏了八九万斤小麦、谷子，把它运回来，大大的发财！”

铃木次郎挺直身子，有点疑惑地问：“八九万斤小麦、谷子，那里八路守护的有？”

梁化轩点点头，又摇摇头，说：“八路的没有，土八路大大的有。”

铃木次郎摇摇头，说：“几个土八路，你们皇协军大大地开枪，他们就跑了。”

梁化轩比画着，说：“太君，这个村围墙有这么高，三人多高，一庹多宽，没有大炮轰不开它。”

铃木次郎站起来，走了几步，说：“汤山据点也没有大炮。梁桑，我带你去见上村联队长，他明天要回防新浦，途经你说的那个地方，让上村联队长帮你拿下来。八路的粮食，联队长带不走的，统统运到汤头来。”

三

见过上村次郎之后，梁化轩留下两个手下给上村当向导，自己带着其他人喜滋滋回到了小梁家据点。

一见王安选，梁化轩捶了王安选肩头一拳：“安选，这回咱哥们露脸了，办大事了。”

王安选诧异道：“铃木答应来了？”

梁化轩嘴一撇，说：“铃木算个屁！咱把上村联队长请来了，一个联队呢，少说也得2000人吧，这回一定把林凡义灭了，报这一箭之仇。”

王家中有点担心地说：“太狠了吧，皇军杀人可是不眨眼，谁家那个庄没有亲戚？”

梁化轩白了王家中一眼，骂道：“你懂个屁，又想当婊子，还想立牌坊，能成个屁事。”接着对王安选说：“你安排一下，今晚让弟兄们好好吃一顿，明天早饭后过河，咱要血洗渊子崖，到渊子崖发个财。去，弄几个菜，上我瘸哥家里喝一盅。”

冬天天短，说话的光景天就黑了。王安选提着两瓶龙岗大曲，跟着梁化轩推开了梁化营家的大门。

梁化营是个瘸子，听见门响，从屋里一歪一歪地走出来：“化轩，不过年不过节的，送酒干什么？”

“瘸哥，借嫂子使使，给王队长擀两碗面条，明天我们哥们出门干大事。”

梁敬五从东堂屋走出来，黑着脸说：“小轩，你好歹干点人事，积点阴德，又要上哪里糟蹋人？”

梁化轩嘿嘿一笑，说：“五叔，你也别倚老卖老，你倒积了不少德，怎么老天瞎了眼，俺哥到现在不打种，老婆到现在不下蛋？”

梁敬五勃然大怒，顺手抄起磨棍就要砸梁化轩：“早知你这么孬种，当年就不该把你从舍林子里抱回来，让野狗吃了你。”

梁化轩接住磨棍，对王安选说：“安选，抱柴火，把这个老不死的东屋给我点了，今晚让他住猪圈。”说完，把磨棍夺下，扔在地上，指着梁敬五说：“还没完了，你当我不知道，你就是我亲爹。因为你，我那个无用的王八爹把我娘揍死了。这些年，我没跟你算账，你还得锅上炕了。”

梁敬五闻听，满脸丢得通红，甩手一巴掌打在自己脸上，然后头也不回走出院门：“你就作吧。”

王安选从锅屋里掐出一把柴火，扔在东堂屋门口，问：“还点火不？”

梁化轩一脚踢过去，骂道：“去屌熊的，你还当真了，屋里去，喝酒。”这时，店小二提着食盒进来了。

梁化营一瘸一拐走出院子。梁化营媳妇围上头巾也要往外走，被梁化轩一把拉住，威胁道：“你走了，谁擀面条我们吃？回去！你要真敢走，这几间屋明天你就看不到了，你信不？”

梁化营媳妇一跺脚回了屋，骂道：“明天谁的枪不长眼，打死你个龟孙。”

梁化轩嘿嘿一笑，说：“打是亲骂是爱，不打不骂不自在。来，嫂子，亲一个。”说着，抱住化营媳妇就动手动脚。

四

打走梁化轩的伪军之后，史思荣、高秀兰、林凡义等人回到村子，总结打伪军的经验，布置下一步的防守工作。

首先，他们将各家各户的火药、土炮、大刀，都集中起来，再分配到土围子的各个战斗岗位；其次，连夜沿着5米高的土围子内侧，搭起了三米多高、可供瞭望和射击的木架子。

1941年12月20日，农历十一月初二，这一天正好逢刘庄集。林凡庆推着黄豆去赶集，走出没有二里地，突然，一声清脆的枪声从刘庄集方向传来。林凡庆把小推车一放，跑到高岗上一看，只见一片黄色的人群向渊子崖奔来。“不好，鬼子！”林凡庆连忙跑回村子，向林凡义、史思荣汇报。

林凡义就近来到林庆彬家，对正要吃早饭的林庆彬说：“汉奸又来了！”林庆彬赶早集回来没多会儿，听林凡义一说，心里一个愣怔，一边去墙上摸枪一边说：“真的吗？我刚从集上回来没见着汉奸，怎么来得这么快！”

林凡义说：“谁知道，这里头有道道。你赶快招呼周围自卫队员上墙，我去通知别处的人。”

就在林凡义忙着通知人守墙的时候，村里许多人也发现了敌情。林崇洲和儿子林守森往地里送粪，送第三趟回来的路上，看见刘庄集方向烟尘滚滚，爷儿俩觉着出了事，小日本又把集炸了？林守森撒丫子跑到岭顶一望，只见黄乎乎的队伍跟水头似的向这里涌来，前边是马队，后边是步兵，心知可能是鬼子，边喊边往回跑。在村外干活的人也掉头往村里跑，有人把木轮车也撂到外边了。岔河村7个卖花生的，见无处可藏，便也跟着干活的人躲进了围子。村里头好像炸了营，妇女招呼孩子回家，男爷儿们相互吆喝着上墙守卫。听说汉奸又来了，各家十七八岁的男子都上了阵，有枪的拿枪，没枪的随便抓个铁锨、铡刀什么的。鬼子到来之前，围墙里面架子上、炮楼上都站满了人。

鬼子越来越近，小膏药旗依稀可见，这显然是大队日本鬼子。有人说：“肯定是汉奸梁化轩把鬼子勾来报复的，千多个鬼子有大炮有机枪，咱就这几棵土炮土枪，怎么对付得了啊！”众人都把目光盯着史思荣、林凡义，你一言我一语地议论着。

原来事有凑巧，上村联队按照畑俊六的命令，率部队回防新浦，途经石拉渊、刘庄、渊子崖这一带。昨天，梁化轩跟着铃木次郎拜见了联队长上村次郎，告密渊子崖藏有八路军一个连和八九万斤粮食，目的就是来个借刀杀人。上村次郎半信半疑，但还是头一天让大军驻在石拉渊一带。今天一大早，梁化轩把伪军带过沭河，藏在渊子崖村西二里多的地方，派人盯着上村联队的人马，估摸着日军快到刘庄了，梁化轩率领着小梁家伪军吆喝着冲向渊子崖，一边跑，一边放枪，将鬼子的骑兵引过来。

鬼子骑兵跑过来，马队卷起的尘土打着飞旋，将渊子崖淹没在一团混沌之中。鬼子大队人马在距渊子崖围子二三百米的地方停下来，田野里黄压压的一大片！

梁化轩见自己的阴谋得逞，心中一喜，屁颠屁颠地跑到上村次郎面前，煞有介事地说："太君，渊子崖'小毛猴'大大的有，军粮大大的有。"

上村半信半疑："你的，谎报军情，死啦死啦的有！"

梁化轩拿手比画个杀头的动作："请太君相信，情报大大的准！"

上村次郎半信半疑，抽出指挥刀，大喝一声："大大的好！你头前带路！"说完一挥刀，日军就从西北方向呈扇形包抄过去。日军猫着腰逼近围墙，手中的枪刺闪着耀眼的光。村北双鹊山高处，日军架起了几十挺轻重机枪，四门大炮徐徐昂起头，黑洞洞的炮口瞄了过来。

这阵势让渊子崖的村民倒吸了口凉气。郭庆银抱着大雁枪，手有些哆嗦，嘟囔道："凡义呀，咱们可犯不着拿着鸡蛋碰石头，趁着鬼子还没进来，赶快让史思荣他们离开咱村，咱再跟鬼子说清楚，咱这里没有八路军，鬼子总不能杀咱小老百姓吧。"林凡义把帽子一扔，棉袄一脱，上身只剩下件贴身的白坎肩，光着膀子挥了挥手中的长刀，大声吼道："你说的是人话吗？这四面都是汉奸鬼子，你让史指导员他们跑到哪里去？咱村能当这样的孬种吗？谁也不准当逃兵！谁要是再扰乱军心，别怪我不客气！"说吧，一刀把伸向墙头的一根树枝砍断。郭庆银满脸羞红，不再吱声。

就在村民担心、焦躁的时候，梁化轩手持铁皮喇叭，站出来喊话："渊子崖老少爷儿们听好了，太君说了，只要你们开门投降，把八路军交出来，把军粮交出来，太君就网开一面，给你们留条小命，要是不识抬举，大炮一响，那就杀你个鸡犬不留！"

林凡义拿着铁皮卷成的喇叭高声骂道："梁化轩，你这狗汉奸，真不要脸，自己打不过我们，把你干爹请来了。"

梁化轩有意把事情挑大，继续喋喋不休地喊："太君知道了，你们村里藏了30多个土八路，史思荣、高大傻子在里边吧？太君说了，交出一个八路，赏大洋100块。快把史思荣、高大傻子绑了，开门领赏啊！"

高大傻子是汉奸给区中队队员高秀兰起的外号，他正蹲在瞭望架上。高秀兰见梁化轩指名道姓胡乱挑唆，当即恼了，抬手就是一枪，把梁化轩的大喇叭打落在地上。接着，他瞄准梁化轩身边的一个鬼子，一下将他撂倒，喜得身边村民高声喊好。高秀兰正要开第三枪，日军轻重机枪瞄向高秀兰的瞭望架，子弹像雨点一样飞来，压得高秀兰抬不起头来。突然，一发炮弹飞来，瞭望架子被炸塌，高秀兰、林清臣、三喳喳等五人被当场炸死。林崇福一下子被气浪掀上了天空，之后摔在地上，好在命大，没有被炸死。

上村次郎从枪声中断定是三八大盖，这通常都是八路军从日军手里缴获的。他点点头："八路军的有，八路军的大大的有！"手中长刀一挥，身旁的信号兵举起膏药旗挥了几下，紧接着日军大炮就轰鸣起来，十几发炮弹呼啸着打进了村里。村内顿时火光冲天，房屋被炸塌好几片，村西北角的林氏祠堂也被炸出了一个大窟窿，几十个村民被炸死、炸伤。

有人想从围墙架子上下来回家看看，林凡义大喊一声："不许下来！林文太、纪广彩，你们抽十个劳力下去，带领老人妇女救火，其他人坚守岗位！"林文太、纪广彩答应着从架子上下来，从四个大门处分别抽调两个人，奔向着火冒烟处。

情况万分危急，林凡义站在木架子上对乡亲们说："鬼子把咱们包围了，跑是跑不掉了，退也没有后路，只能拼了，一命换一命，值！一人杀两个鬼子，赚！土围子后面就是咱们的家，家里有老人、妇女和孩子，决不能让鬼子进来。咱渊子崖人是有血性骨气的，宁死不能当孬种，咱们要齐起心来，同鬼子拼啦！"

村民们齐声说："咱们村没有夙包软蛋，凡义，我们大伙儿听你的，拼了！"

林凡庆等人又把林崇祥家的五子炮抬到西门炮楼上，其他炮楼都安放好了生铁牛、大雁枪等各种武器，大家憋足了劲，等着和鬼子拼命。

第三十二回　林凡庆突围搬救兵　史思荣决死渊子崖

一

向村内一通炮击之后，日军放平山炮，猛烈轰击西大门。接着，在机枪掩护下，成群的鬼子向西大门发起了冲锋。

鬼子离西大门越来越近，50 米，30 米，村里人还是第一次这么真切地看见鬼子。眼见鬼子进入有效射程，林凡义大手一挥："开炮!"林崇祥的五子炮首先开火，五发小炮弹一发接一发，黑烟裹挟着铁砂扫向敌人，眨眼间十几个鬼子栽倒了。紧接着林凡庆、林庆兰等人的生铁牛也点燃了火帽，林九忠、林九臣、林九彬等人的大雁枪一齐向敌人射击。鬼子猝不及防，死伤一大片，只得哇哇乱叫着向后退去。

硝烟弥漫中，上村次郎手持望远镜观察了一番，发现西大门坚固无比，一阵炮击，大门、围墙只是被炸出几个小坑。原来，西大门外层包裹了铁皮，里面又用砂石挡住，急切之间难以炸开。上村对渊子崖细细观察着，看得很慢，很专一。突然，上村的望远镜转到村东北角停下了，他反复端详着，嘴角露出了笑容。渊子崖村土围子已经修建多年，但随着人口繁衍，围子里没有空地，只能到围子外盖屋，虽然也垒起了围子，可新围子垒得有点潦草，不像老墙那么坚固。就是这么一个疏忽，一个将就，这段新衍生的围墙，成了渊子崖人的一个沉痛的噩梦。

上村次郎收起望远镜，挥了挥手，信号兵举起小旗往东北角摆着，鬼子成群往东北角移动，几匹马拉起大炮也赶了过去。林凡义一看，暗道"糟糕"，知道鬼子找到村子的薄弱环节了。林凡义脸上滚着汗珠，焦急地对史思荣说："指导员，东北围子墙又薄又矮，很危险，咱们得往那边抽人。”接着又交代林凡庆：“凡庆，你和九臣爷爷在这里守着，我和指导员他们到东围子看看。”说完，他手提大刀，和史思荣等人奔向东围子。

在日军向东北围子移动的时候，林九兰和林九乾等人的土枪土炮已经装好了火药和铁砂。林九兰提着把大铡刀，瞪着一双虎眼左右巡视着。

林凡义他们赶到时，鬼子的 4 门山炮疯狂地轰炸起来，炮弹落下，发出巨响，气浪掀起的尘土遮天蔽日。同时，鬼子的十几挺机枪子弹飞来，把墙头上的枯草和仙人掌都打了下来。因躲闪不及，炮手林久胜被机枪子弹扫中，脖子一歪倒了下去。林庆彬把他拉到一边用秫秸盖了，鲜血从里面缓缓流了出来，很快在冷风中干了。

几十发炮弹之后，围墙被炸出了几个窟窿，人们冒着炮火用石头、门板赶快把窟窿堵起来。

炮停之后，日军大队长坂田组织了六七十个鬼子发动第一次冲锋，鬼子枪上刺刀，一步步逼近围墙。林凡义高声命令：“不要慌张，靠近了再打，瞄准了打!”

林崇岩、林崇连等人将生铁牛对准北沟里向前冲锋的敌人，见鬼子冲到离围子只有三十多米的光景，林凡义大喊一声：“打他个龟孙!”顿时，生铁牛“轰隆”一声，喷出一团黑烟，黑烟裹挟着铁块子砸向鬼子，同时，十几支大雁枪也一起向鬼子开火。眨眼间，十几个鬼子栽倒在围墙下。

还没等村民装填好火药，鬼子又实施了第二次炮击。炮火轰击后，鬼子成群结队端着刺刀扑向围墙。林崇岩、林崇连等人赶紧给生铁牛装填上 5 碗黑药 5 碗铁砂。当鬼子沿沟往上爬的时候，枪炮齐发，当场又打倒七八个鬼子，其余的鬼子连滚带爬退回北大沟。

成功地打退敌人两次冲锋后，渊子崖村民人人振奋。

敌人从拖回去的死尸上发现伤口不是钢炮创伤，知道里面没有几个八路，不禁恼羞成怒。他们先前只攻小东北围子，现在不仅强攻东北围子，也从西面和北面同时发起冲锋。

11 点左右，鬼子向东北围子发起第三次冲锋，战斗进行到白热化程度。日军的机关枪像炒豆子般扫射，压得村民抬不起头来。

林凡义手提一把大刀，光着身子，浑身是血，沿着土围子的各个战斗点不停地跑动。他边跑边大声喊着："都把头低一点！这里再上几个人！快放炮！快到东北角去！"他的嗓子已经喊哑了。

连续射击，生铁牛炮膛发红，只能一门一门地轮换着浇上煤油降温。铁砂子快用完了，弹药告急！

趁着鬼子退下去的时候，史思荣、林凡义喊来林凡庆："凡庆同志，看鬼子这架势，少说也得有1500人，单靠我们渊子崖村的力量不行，必须去找区中队和八路军来增援，那边情况你熟，你抓紧去吧。"

林凡庆抹了一把汗，说："行，你们要顶住啊！"

此时，围子墙西北角、东北角和西南角都布满了鬼子兵，唯独东南角还没有发现鬼子。东南角墙外是一大片黑松林，几十米外就是前河通向虎头沟的交界处。林凡义他们找来团筐，上面系上绳子，叫林凡庆坐在筐里，从围子墙上把他吊了出去。林凡庆从筐里出来，顺着虎头沟往东跑去，就在接近东南岭时，回头一看，好悬啊，鬼子兵的马队刚刚跑过来，把整个村子包围了。

二

巡视一圈后，史思荣来到王康美家："大娘，形势非常严峻，你抓紧通知党员到这里开会，我到林欣家看一下，马上回来。"

来到林欣家，林欣正拄着拐棍，从锅屋里提出饭锅砸在磨台上。铁锅"啪"地一下碎成几大块。

史思荣找来磨刀石，将大的铁锅碎片垫在磨台上敲碎，装进箢子里，笑笑说："又够装一炮了。"

林欣擦擦额上的汗，着急地问："怎么样？部队有消息吗？"

史思荣摇摇头，接着又安慰道："应该快了。"

林欣伸过手，替史思荣擦了擦脸上的灰尘，说："屋里喝碗水吧，看你嘴唇都干裂了。"

史思荣扶着林欣进屋，让林欣坐在床沿上，走到桌子边，倒了两碗水，把一碗端给林欣。

林欣一脸爱怜地看着史思荣，说："我不渴，你喝吧。不用担心我，你去忙吧。"

史思荣喝完水，抹了抹嘴，声音低沉地对林欣说：“形势非常严峻，我们要做最坏的打算，你好好保重，我开会去了。”说完他在林欣额头上亲了一下，转身就往外走。

“等一下！”林欣叫住史思荣，从怀里摸出两颗手榴弹，“这是我们辛团长给我的，你拿去杀鬼子。”

史思荣迟疑了一下，接过两个手榴弹，在手里掂了掂，回手将一颗递给林欣，说：“你留着一颗吧，好歹壮壮胆。”

“砸完锅了吗？庆忠哥那边急着要。”林庆舜拉着小善从外面跑来。

林欣抚摸了一下史思荣的手，然后用力一推，说：“去吧，不用管我。”

林九臣家堂屋，共产党员赵同、李子桂、林文太、林九兰、王康美（女）、汲广彩（男）、陈东荣（女）、林清洁很快到齐。

史思荣面容严峻，介绍道：“同志们，情况紧急，咱们在家的党员开个会。林凡庆同志搬救兵去了，林欣因为有伤，就没让她过来。之前，没有告诉大家，林清洁同志在洙边乡莲子坡雇工时入了党，为了工作需要，没有公开身份，今天一同参加会议。长话短说，现在形势非常严峻，攻打我们的不单单有梁化轩的汉奸，更多的是鬼子兵，我大概估算了一下，鬼子少说也得有1500多人，他们有山炮、迫击炮、机枪。我们虽然城高墙厚，但我们只有五子炮、生铁牛、大雁枪，弹药快用完了，如果援兵不能很快到达，麻烦就大了。”

林九兰抿了一下干裂的嘴唇，恨恨地说：“可惜，前一阵子咱们定的五子炮没做好，铁砂咱也买少了，要不然，鬼子想进咱村，门儿都没有。”

王康美着急地说：“鬼子真要进了村，这老老少少可怎么办啊！”

史思荣端起碗，一口气将凉开水喝干，舔了舔嘴唇，说：“当务之急，就是集中力量守住围子，不让鬼子进村，尤其是小东北围子，是防守重点。但是，我们要做最坏的打算，那就是围子被攻破了，鬼子进村了，我们要发动大家拿起一切能用的武器，与鬼子打巷战。我估计，我们的主力部队很快就会赶过来，大家要有这个信心。”

李子桂接话说：“我建议，妇救会抓紧下去布置，让老人、小孩、妇女都躲进地窖里、夹墙里。”

史思荣摇了摇头，说：“子桂同志，我有个担心，假如鬼子打开围子，到处杀人放火，咱们的人藏在夹墙里恐怕不被烧死，也被熏死了，我们要考虑组织村民突围。这样，子桂同志，你和王康美、陈东荣同志负责组织老人、孩子做好隐蔽工作，如果围子实在守不住了，咱们就突围。其他同志赶往四个围门，指挥各个战斗小组防守围墙，要坚决把鬼子堵在村外。同志们，考验我们的时候到了，我们每一位同志要竭尽全力，誓死保卫渊子崖，宁死也不投降！做得到吗？”

大家异口同声地说：“宁死不投降，誓死保卫村庄！”

三

午后时分，坂田组织200余人向小东北围子发起新一轮进攻。日军山炮集中在围墙一个目标轰击。二十多发炮弹轰过之后，东北角围墙坍塌了，出现了磨盘大的豁口。成群的日军端着刺刀“嗷嗷”叫着冲向缺口。危急情况下，林九兰手提大铡刀猛冲过来，就在鬼子一愣神的时候，林九兰猛地一刀，将钻进豁口的一个鬼子的头砍掉。他拖着刀在一旁等着，进来一个砍一个，一连砍死三个鬼子。鬼子害怕了，不敢往里钻了。这时，林九先、林九坤、林九宣、林九乾、林崇文、林九席等人连忙搬来石头、门板、长筐等，重新把豁口堵好。

听到东北围子枪炮声不断，林九臣、林崇祥、林清武从西门炮楼下来，抬着五子炮紧急增援东北围子，林清洁也从南门带着七八个人赶来增援。

在鬼子大炮的猛烈轰炸下，东北围子的豁口又被炸开了，比原来大出好几倍，鬼子可以并肩往里进。林九兰拖着大铡刀避在豁口旁，一刀一个，又连续砍杀了四个鬼子，大铡刀都卷刃了，鲜血溅满林九兰全身。气急败坏的鬼子将十几个手雷扔向林九兰，林九兰双腿被炸断后，被冲进来的两个鬼子刺死。林九兰牺牲了，撇下妻子和两个幼小的儿子。

林庆雷，小名叫端午，是20来岁的小伙子，见四叔林九兰被鬼子刺死，大吼一声，抡圆铡刀就砍，一下子斩掉了一个日军的脑袋，血溅了他一脸。当他转过身来再次举起铡刀时，两个端着长枪的日军刺穿了他的肚子。端午刚吃了娘送来的豆腐，白花花的豆腐从肚子里淌了出来。端午的父亲林九宣见儿子倒在了血泊里，大叫一声“端午”，挺着长矛扑上前去，一长矛扎进了那个杀死端午的日军胸脯里。还没等他抽出长矛来，另一个鬼子向林九宣刺来，赶上前的林凡义一刀劈在了鬼子的后脑勺上。混乱中林九宣已经中了数刀，他靠着围墙缓缓滑了下去，墙壁上留下了一道鲜红的血迹。林九宣吃力地说：“凡义，使劲拼！”说完气绝身亡，双目还瞪视着围墙缺口。

正在这时，林清洁、林九臣、林崇祥、林清武、林崇文等人将五子炮抬到离豁口不远的地方，装填好火药，朝着鬼子连续开火，霎时，鬼子倒下一大片。就在林清洁他们再次装填火药的时候，鬼子的机枪突然从豁口处伸进来，雨点般的子弹向林清洁他们扑过来，林清洁、林九臣、林崇文等人壮烈牺牲。

目睹乡亲们一个个倒下，林凡义忍住心头的绞痛，手提大刀，大喊一声：“坚决不能让鬼子进来，赶快打回去！”他舞动大刀，冲上去拦截鬼子。史思荣、赵同也带着人从西边冲了过来，向鬼子猛烈射击。林九乾装填好鸟枪弹药，对着豁口处打去，鬼子机枪哑巴了，进来的几个鬼子全被打死了。史思荣用沙哑的声音命令：“趁此机会，赶快把豁口堵上，坚决不能让鬼子进村！”于是，大家又拼命地来堵围墙豁口。鬼子一看，也急了眼，就一个劲地朝豁口处发炮，不一会，豁口又被炸开了，鬼子发疯般冲进来。

林凡义急了，怒吼一声：“来吧，小鬼子，我杀了你们这帮龟孙子！”他抡圆大刀扑向两个日军。日军挺着刺刀，一前一后夹击林凡义。拼杀中，膀大腰圆的林九乾提着刀冲了上来，手起刀落，将一个日军砍翻在地。但随着两声枪响，林九乾直直地倒下。林凡义一刀格开鬼子的刺刀，俯身去拉林九乾，鬼子的刺刀陡然抵在了他的脑门上，林凡义一个侧身，躲过鬼子的刺杀，但没等林凡义站直身，鬼子的刺刀又对准了他的胸口。林凡义心里咯噔一下。正在这危急时刻，突然，那个鬼子瘫倒了。林凡义惊奇地一看，原来是林九乾的妻子刘氏用镬头把那个鬼子砸死了。这时，另一名鬼子端着刺刀，趁刘氏不注意，从她的背后刺了进去，回手又刺死了跟在刘氏身后的二儿子小户。母子二人竟同时死在鬼子的刺刀下。林九乾的父亲林秉标、侄子林崇连见林九乾一家三口全部被鬼子杀死，发疯似的冲过来，林崇连手起刀落，砍死偷袭刘氏和小户的这个鬼子，而自己却被远处的鬼子打了两枪，歪倒在地。林秉标赶紧过来，将孙子抱起，向墙角跑去。这时，从另一个豁口冲进来两个鬼子，举起刺刀刺向林秉标，史思荣、赵同双双开枪，打死这两个鬼子。此时，史思荣、赵同已经没有子弹了，他俩捡起鬼子扔在地上的步枪，与蜂拥而进的鬼子进行拼杀。

这时，王康美挑着木桶和提篮前来给战斗员送饭。远远望见史思荣、赵同等人被一群鬼子追赶着，她急忙躲在墙角处，拿出篮子里的菜刀，就在鬼子刚要转向她的时候，菜刀狠狠朝鬼子头上砍了下去，这个鬼子立时倒在地上。后面一个鬼子扑了上来，王康美一闪身，鬼子扑了个空，紧接着，王康美的菜刀又砍在这个鬼子头上，一连几刀，鬼子当场毙命。见前一个鬼子在那里蹬腿挣扎，王康美怕他再活过来，跑过去又砍了几刀，就在她刚要起身的时候，被赶过来的鬼子用刺刀刺死了。

史思荣跑到巷子拐弯处，瞥见王康美砍倒两个鬼子，急忙反身去抢鬼子扔掉的步枪，蜂拥而来的鬼子一个劲地朝史思荣射击，史思荣双腿被打断，瘫倒在地。赵同见状，返身营救史思荣，被两个日军刺死。日军步步逼近史思荣，史思荣挣扎着坐起来，从腰里抽出林欣给他的那颗手榴弹，拉开弦，猛地扑向鬼子。一声轰响，三个鬼子倒在了史思荣的身边。

鬼子越进越多，东北围子守不住了。林凡义吆喝一声“撤”，大家只得且战且退。撤退途中，林九兰的六弟林九京、侄子林京被日军射杀。

林九先、林崇松爷儿俩拐了几个弯，一同钻进了东炮楼，日军紧追不放，二人从墙上拆下砖块向日军砸去。日军猫着腰，躲避着石块，钻进了炮楼。林九先见连着炮楼的一段墙已摇摇欲倒，就暗示了林崇松一眼，两人合力推去，只听“轰隆”一声，一股尘土冲了上来，几个日军被砸死在墙下，炮楼底下的日军都怔住了。林九先一声大喊：“拿命来！”和林崇松一起，抡起大刀跳下炮楼，与鬼子拼杀起来，在砍死两个鬼子之后，鬼子的六把刺刀刺进林九先、林崇松的身体，爷儿俩壮烈牺牲。

东炮楼丢掉以后，鬼子又冲向西炮楼。情急之下，林庆海点燃火绳，将火绳丢进火药罐，抱着火药罐向鬼子冲去，窜进炮楼的三个鬼子还没弄明白怎么回事，就变成了“火人”。火海中，林庆海大喊：“快来人啊！”林凡义、林庆会、林兆岭等人冲过来，把三个鬼子刺死。这时，另一群鬼子又冲上来了，林凡义他们边打边撤，而林庆海由于烧伤严重，再也没能站起来。

第三十三回　日寇虐杀渊子崖　村民铁血守家园

林崇洲被炸弹炸破了肚子，失血过多，无法再战，只得挣扎着向南撤。林凡义、林庆会赶过来搀扶着他走，走不几步，看见林崇洲的儿子林守森正在小炮楼上打枪。林庆会告诉林守森："守森，你爹炸破了肚子。"林守森应声说："你先把他扶一边去歇着。"然后他头也不回，继续战斗。

林凡义安排林庆会照看林崇洲，自己越墙跑到另一个街口，迎面碰上了林清武。林清武手里抓着一枚手榴弹，被一群鬼子追着。林清武急忙喊林凡义躲开，将手榴弹弦拉开，转身投向敌人，当场两个鬼子见了阎王。后面的鬼子再次追来，林清武无处可躲，见路边有一眼水井，只好跳到井里，鬼子朝井里一阵乱射，林清武身子紧贴井壁才死里逃生。但是，因为浑身是伤，被冷水浸泡多时，造成严重的后遗症，半年后，林清武因枪伤发作去世。

巷战在激烈进行。村内大围墙还套着一圈小围墙，除了几段大街，其他都是曲里拐弯的小巷。林崇岩和林崇林扛着土炮顺着巷道一路向西跑去，最后被几个日军堵住了去路。在黄昏的余光下，日军的面庞清晰可辨，林崇岩对身后的林崇林喊道："快点炮！"林崇林把火绳往引线上一触，"轰"的一声响，几个日军倒在地上。后面的日军慌忙躲在一边，不敢贸然追赶。因为没了弹药，林崇岩和林崇林扔了土炮就跑，林崇林一头扎进了旁边的一条小巷，林崇岩被几个日军紧紧咬住了，跑了几圈也没能甩掉他们，情急之下翻墙进了院子，见墙角的柴火堆旁有一个地窖，就势跳了下去。

21 岁的林久义手里握着一把铁叉，藏在巷道的一个拐弯处，听见日军的皮靴声走近，就一铁叉扎出去，扎死了一个日军，接着又藏起，听到日军脚步声来到，又跳出来扎死一个。后面的日军发现后，向他开枪射击，他跑进院子，跳进地窖子躲起来。

鬼子兵沿着后街向西杀，等杀到林氏祠堂的时候，又转身向南杀。这时，林庆暄从着火的家里跑出来，被鬼子发现了，一个鬼子用刺刀向他刺去。林庆暄虽然只有 16 岁，但长得五大三粗，有一把子力气，当鬼子刺刀刺向他胸膛的时候，林庆暄猛地抓住鬼子的刺刀，想把枪夺下来。鬼子猛地回抽刺刀，林庆暄两手被刺刀刺开，肉白花花翻开，鲜血滴滴答答往外流，林庆暄疼得直咬牙。在鬼子一愣神的一刹那，林庆暄猛地扑向鬼子，两手狠狠掐住鬼子的脖子，硬生生地把这个鬼子掐死。在鬼子蹬腿咽气的时候，三个鬼子从后面赶来，将林庆暄刺死。

西北角，林凤赤见两个儿子牺牲了，发誓要为儿子报仇。他拿起一把铁挠钩，朝西北角的鬼子奔去。这时，正好有几个鬼子来到大街西的一个南北巷子口，被林凤赤发现。林凤赤躲在巷子口，狠劲将挠钩往一个鬼子的头上刨去，这个鬼子闷哼一声，立时毙命。林凤赤拔出挠钩还想再战，被另两个鬼子用刺刀刺死。

这时，南大门一带，仗打得也十分惨烈。鬼子的机枪一直向里扫射，炮楼上的民兵不敢露头，有好几个露头的都被打死了。观察了周围情况后，王言常把自己的帽子挑在鸟枪枪头上，慢慢举起，刚露出围墙顶，被鬼子一枪把帽子打了下来。王言常骂了一声“小鬼子枪法还真准来”，就解下自己长长的粗布腰带，缠在鸟枪枪头上，不停地变换位置，吸引鬼子开枪，消耗了鬼子不少时间和很多子弹。

天过午的时候，鬼子发现村内房屋基本烧光了，村民死的死、躲的躲，没有发现八路军的踪影，也没有找到大宗的粮食。这时，唯独东南角还没有扫荡彻底，于是，鬼子的马队、机枪、大炮全部向东南角这一带集中，以求尽快结束战斗，回防新浦。

南门守卫队员受到围子门外和从东北角进来的鬼子的夹击，生铁牛已经被打得滚烫，铁钉、耙齿、碎锅片子已全部打光。王言常双手被土炮烙糊，肉一块块掉下来。见鬼子从庄内杀来，王言常大喊一声“拼啊”，抓起一把大刀，纵身跃下脚手架，向鬼子砍去。四个鬼子见王言常凶神恶煞一样杀来，挺起刺刀刺向王言常。王言常一个侧身，躲过鬼子的一击，然后倒在地上，使用地趟刀法，将两个鬼子的小腿砍断，但在同时，鬼子的四把刺刀从不同方向插入王言常的身体。

王言治抡着大刀前来救护王言常，但手中的大刀被鬼子磕飞，立时陷入日军包围，情急之下拉响腰间的手榴弹，与三个鬼子同归于尽。

不多一会儿，南大门就牺牲了十多位村民。

太阳偏西的时候，日军像疯狗一样地窜进村里，逐条街道、逐个巷子搜查，一宅一屋放火。村民们用长矛、大刀、铁锨、锄头、菜刀同敌人展开了惨烈的巷战、肉搏战。村子里到处都是惨叫声、怒骂声、砍杀声……

林秉锡家，林秉锡坐在面向大街的二层小炮楼上，将一篮自制的手雷放在脚下。妻子手持火把，帮着林秉锡点燃手雷。点燃之后，林秉锡欠身扔向大街上的鬼子。闺女林慧笑嘻嘻地拍巴掌喊“好”。鬼子恼怒了，抱着歪把子机枪死劲向炮楼窗口扫射。两个鬼子提来一桶汽油，泼在炮楼下的杂物上，点燃火把扔过去，霎时，熊熊烈火将炮楼吞噬。

林九臣家，林九臣的长子、村文书林庆兰将年幼的儿女藏在夹皮墙内，右手拿着铁叉，左手提着腊条筐，筐里装了十几包用草纸包起来的生石灰，躲在院门后。突然，一个鬼子一脚将门踢开，林庆兰扬手将一包生石灰砸在鬼子脸上。鬼子擦着脸，哇哇大叫。林庆兰挺起铁叉，狠劲扎进鬼子的胸膛。这时，又有两个鬼子冲过来，林庆兰抓起几包石灰包向两个鬼子脸上砸去。在这里帮着烧水做饭的林娇娇端来一盆开水，泼在一个鬼子头上。生石灰和上热开水，疼得鬼子直打转转。另一鬼子闭着眼，端着刺刀乱刺，林娇娇躲闪不及，被刺刀刺中。

这时，林凡义从西院翻过来，抡起大刀，把两个打转转的日军砍死。砍死鬼子后，林凡义问：“长眼睫毛叔呢？”

“刚才还领着小善到处砸锅弄铁的，这会儿不知跑到哪里去了。”林庆兰回答说。

林福祥家，林庆舜躲在大门后，左手提着篼子，篼子里装着林庆兰制作的生石灰包。林欣两手握着一柄铁叉，透过门缝注视着大街上的动静。小善拿着林庆舜的那杆红缨枪，紧紧跟在林庆舜的身后。

街上，一阵阵喊杀声传来。突然，两个鬼子踹开林福祥家院子门，挺着刺刀冲进来。林庆舜猛地将石灰包照着鬼子脸上砸去。前面这个鬼子没防备，被生石灰扑进眼里，火辣辣地钻心疼。趁鬼子擦脸的时候，林欣用尽力气，将铁叉扎进前面那个鬼子的胸膛。后面那个鬼子见一个东西飞来，赶忙一低头，将刺刀向前一送，扎进林欣的胸膛。急切之间，林欣抽出手榴弹，拉开弦，猛地扑向鬼子。手榴弹爆炸了，林欣和两个鬼子倒在大门口。林庆舜被炸弹碎片崩破了脸，鲜血直流。小善被砸在大门下，右臂被砸断，昏死过去，直到第二天才被发现，但右臂已经无法愈合。

东南角，有林守业家的大柴园，各种柴草堆积如山，是他和五个儿子存放的。三十多个老人、妇女和小孩被鬼子赶到这里，村民纷纷往柴草垛里钻。

梁化轩一把拽住林凡华，厉声喝问："林凡义藏在哪里?"林凡华不回答，梁化轩揪着他的耳朵吼道："小兔崽子，快说，八路军在哪里？粮食在哪里?"林凡华还是一声不吭。梁化轩气急了，抡起巴掌狠命地扇林凡华的耳光。林凡华朝梁化轩啐了一口，猛地一脚踢在他的裆部，梁化轩"嗷"的一声蹲在了地上。一个日军冲上前来，对着林凡华胸口就刺，将林凡华钉在墙壁上。另一个日军把汽油泼在林凡华身上，从火堆里拿了把火扔在了林凡华的身上，火一下子烧了起来。林凡华被烧以后，在墙上留下了一个十分清晰的身影，以后多年还没有褪去。

躲在柴火垛里的林庆会按捺不住气愤，猛地冲出来，用长矛刺倒了一个日军，另一个日军两手将他抱住，他"咔嚓"一声将这个日军的手指咬断。刚苏醒过来的林崇洲挣扎起来，抡起镢头砸向另一个日军，因失血过多，力气不济，又昏倒在地。日军把林崇洲、林庆会捆绑起来，扔进草垛里，将草垛点燃。烈火中不断传出"杀鬼子啊""拼啊"的呼喊声。

躲在柴草垛里的人们熬不住烟熏火燎，挣扎着钻出来往外跑，被鬼子、汉奸抓住，扔进火里烧。大人惨痛呼叫，小孩呼喊着"娘"，鬼子们在一旁狂笑。十几岁的林智华从柴草垛里爬出来，双手捂着脸，被鬼子、汉奸几个人抬着，又扔进火堆里，一连数次，身上的肉都烧焦了，虽然后来侥幸活下来，可是已经双目失明，浑身是疤，从此孤苦一生。

八十多岁的老人林守业看见自家的柴园着火，又听说四儿子被鬼子杀了，愤怒地拿着铁叉出来找鬼子拼命，被鬼子杀死。

林凡义手提长刀，翻越几处院落，很快集合了十几个自卫队员。这时，大家都已筋疲力尽，但心里却燃烧着复仇的怒火。林凡义带领着他们在各个院落、巷子、街口和鬼子周旋，得势就打，不得势就走。

日头西落的时候，坂田率领的日军进了西巷子。西巷子有两处藏粮的地窖子，林九星、林清义、林华等十几个老人守在这里。坂田摆摆手，示意日军先不要开枪，让王安选劝说老人们交出八路和军粮。王安选厉声道："太君说了，你们交出八路，交出军粮，就放你们回家！不然，统统杀掉!"林九星用力咳嗽了一声，说：“你是王安选吧，干什么不好，偏偏跟在日本人腚后当狗。你找八路是吧，老子就是八路！”话没说完，一抖手中钢叉，直向王安选刺去。王安选吓得一缩身子，躲过这一叉。见林九星动了手，其他老汉也抡起手中的大刀、粪叉、长矛，紧紧跟了上来。日军见状，挺着刺刀迎上前来，双方你来我往，杀在一起。无奈林九星他们年老体衰，哪里是日军的对手，虽然也杀死了两个日军，可他们都一个个被刺倒在地。坂田哇啦啦嚷了几句，让人提来一桶汽油浇在了林九星他们身上，打开火机，骂了声“八嘎”，将打火机扔向林九星，霎时，一团团大火包裹了老汉们，老汉们惨叫着在地上爬来爬去。

太阳快落山的时候，村外响起了激烈的枪声，鬼子急忙撤出村子。林凡义火速跑到着火的小西巷子。一到那里，林凡义愣住了，巷子里堆积着死尸，林九星正从死尸堆里往外钻。林凡义扑上去把他拉了出来，揽在怀里。老人的皮肤烧焦了，几处被脏水浸过的伤口还在往外溢血，痛得全身哆嗦。林九星对林凡义说：“咱没给渊子崖村丢脸！”说到这里，老人咽下了最后一口气。林凡义怀抱着老人的尸体，悲愤交加，半天说不出一句话。

西小巷子这些老人中，只有林庆宝因为受伤，躲在一处旮旯里，未能参加战斗，侥幸活了下来。

郭庆银被喊着从南门跑去支援东北围子，半路上，他假装绊倒，缩在后边，躲进自家院子。

梁化红将孩子藏进夹墙，走出来闩门，见郭庆银回来，忙将门闩上，说：“娃他爹，你试试，这个东西管用不?”说着，将一面膏药旗塞到郭庆银手里。

郭庆银抖开膏药旗子，一看，眉头一皱，问：“你哪里弄的?”

郭化红不耐烦道：“你别管，先挂起来试试。”

郭庆银找来一把粪叉子，将膏药旗系好，爬到枣树上去拴。

突然，两个日本鬼子踹开大门，见梁化红穿得花红柳绿，邪笑着将梁化红围起来：“你的，花姑娘的有，犒劳皇军，功劳大大的。”

梁化红听不大懂，见鬼子笑，她也笑：“大大的，皇军辛苦了。”

正说着，一个叫井边介的日军士兵把枪一撂，将梁氏一把推倒，上去就扯裤腰带。另一个日本兵岸信一郎笑着说：“井边君，速战速决。”

井边介右手摁着梁化红，左手去褪自己的裤子。情急之下，梁化红两手往井边介裤裆一掏，狠劲一攥，井边介惊叫一声，滚到一旁。

见井边介吃亏，岸信一郎急忙将刺刀刺入梁化红胸膛。梁化红抓住刺入自己身体的三八大盖，朝扒在枣树上的郭庆银喊："庆银，你死人啊，快下来揍死这个龟孙。"

郭庆银从枣树上跳下，将粪叉子插入岸信一郎的后脑勺，又摸起磨刀石，砸在井边介的面门上。

从后大街杀进村内的鬼子像扇子面一样将村民驱赶到西南角。为了逃生，有人将西南角门打开，人们急着从小角门往外冲。最先冲出去的三四个人，被围墙外面的鬼子一阵机枪扫射，全部打死。其他村民赶紧缩回来，又把角门关牢。

这时后面的鬼子越来越多，他们用刺刀逼着村民走向林庆西家的水牛汪。当村民走到汪崖的时候，鬼子的机枪响了。三四十个老弱病残就这样死在鬼子的机枪下。

南大门被鬼子打开后，村内的枪炮声渐渐停歇，鬼子部队开始向东南贴沟崖一带集中。这时，被大火烤急了的村民认为鬼子退走了，在李子桂、林文太、纪广彩、林云华等人的带领下，急急从南大门冲出去。村民跑出去不到一半，就被鬼子发现了，鬼子把机枪调过来疯狂扫射，林云华、林守炳以及林崇刚的妻子和其他几十个妇女、儿童被打死。

林京祥从南大门逃出后，在三角汪被鬼子的机枪打死了。跟着他跑出来的小狗趴在他身旁始终也不离开，直到收尸的时候，才随着人们走了。

林凡秀和弟弟林凡章以及二十多个村民被鬼子押解到西南大粪汪边摆成一溜，挨个枪杀，枪杀后被踢入粪池。林凡秀不待枪响，扑入粪坑，进入后一翘头，被鬼子发现，鬼子又开始射击，还抱起石头砸下去。林凡秀最终还是活下来了，子弹从他的后背钻进去穿过胸膛，又从右乳下出来了。

第三十四回　区中队驰援渊子崖　八路军舍命救乡亲

一

再说渊子崖村联防队长林凡庆领受求援的任务后，不敢怠慢，急急往新庄方向赶，天不过午，就和区中队取得联系。区长冯干三、指导员刘新一、区中队队副高秀廷紧急组织区中队，朝渊子崖村虎头沟方向疾驰而来。

虎头沟自东向西蜿蜒而来，在村东折向村南，并入前河，处于渊子崖和贴沟崖两村之间。虎头沟东高西低，宽五六米，深有三米，弯弯曲曲，二三里长，一直通到十五口。沟两岸是悬崖，岸边有很多采石坑，是我军作战的有利地形。

冯干三带领区中队来到贴沟崖家东，隐蔽在一条小沟里，朝虎头沟一看，鬼子的马队就在村外。冯干三低声命令区中队隐蔽前进，慢慢接近鬼子。

距离越来越近，冯干三发现鬼子有五六十匹洋马，有山炮，像一个团的兵力。怕寡不敌众，冯干三马上写了一张纸条递给林凡庆，叫他赶快去找三义口的八路军，请他们火速前来救援。林凡庆接到命令后，顾不得饥饿、疲劳，撒腿向三义口跑去，此时大概是下午 2 点。

这时，村子里浓烟滚滚，不时传来房屋倒塌声和人们的惨叫声。躲在夹皮墙和地窖里的老人、妇女和孩子，受不了烈火的炙烤和烟雾的蒸熏，咳嗽着爬出来，小心翼翼地到院子里喘一口气。

见鬼子撤出村子，有很多人试探着往村外跑。有一队人从南大门逃出来，打算到外村避难。刚跑出村子，他们就被贴沟崖留守的鬼子发现了，鬼子的机枪又开始扫射，前面倒下一大片，鲜血淌了一地。小孩喊爹叫妈，惨不忍睹。此时大概是下午 3 点。

听到南门突然传来机枪子弹声，冯干三指挥区中队快速往南门移动。离鬼子不远的时候，区中队被鬼子发现了。于是，大炮、机枪对准了区中队一个劲地轰击、扫射，鬼子的马队兜兜圈圈，像魔鬼一样把区中队包围起来了。

冯干三命令区中队队员三人一组，占据采石坑，向冲上来的鬼子猛烈射击。一阵排枪过后，鬼子死伤十几人，吓得他们赶紧匍匐在地，等待后续兵力。

就在冯干三带领区中队和鬼子激烈战斗的时候，林凡庆和五团三营取得了联系。五团三营派出七连尖刀班，在县委宣传部部长徐坦的带领下火速赶往渊子崖，与区中队合兵一处。

歹毒的鬼子驱赶着十几个村民向区中队逼近。村民知道自己的队伍来了，不愿给鬼子挡枪子。可是，狠毒的鬼子见谁不走，就用枪托子砸，用刺刀刺。

走到虎头沟石窝口时，鬼子把村民赶到渊子边上，叫他们排成队，然后挨个用刺刀捅，捅过之后再用力推到深渊里。排在第一的是林福祥，日军一枪刺捅进了林福祥的后背里，林福祥像块木头一样倒在了水里。不一会儿，渊子里就漂浮起一片尸体。鬼子在林九席的脊梁上捅了两刀，脖子上的一刀捅偏了，好在林九席穿的棉袄厚重，鬼子的刺刀没有刺中要害部位，侥幸活了下来。林崇都不等鬼子刺到自己，猛然跃入深水里。鬼子急忙向渊子里打枪，因为夜色已晚，鬼子的枪失去准头，加上棉衣湿重，子弹没有打透。就这样，林九席、林崇都二人在水中浸了半天，侥幸逃得了性命。但是，因为湿寒，两人都留下了终身的疾病。自此之后，渊子崖的村民再也无人愿意到这里洗澡、玩耍。

二

枪声就是命令。尖刀班出发后，五团三营七连迅速集合，紧急赶往渊子崖，在韩家岭进行战斗分工。韩家岭与渊子崖有三里多路的距离。对战场形势进行观察判断后，七连兵分三路，一排直扑渊子崖南门，接应逃难的村民；二排杀向虎头沟，去支援区中队和尖刀班；三排奔韩家岭村西小沟，隐蔽接近虎头沟，从侧翼攻击日军。

二十分钟后，三个排几乎同时向鬼子开火。区中队见八路军部队赶到，跃出采石坑，端起刺刀向鬼子冲去。

冲锋中，刘新一被日本机枪打得血肉模糊，扑倒在地。

冯干三挑死两个日本兵后，被蜂拥而至的鬼子包围。肉搏中，冯干三的腹部、胸部、头部都被刺刀戳穿，全身血肉模糊。

徐坦身负 9 处枪伤，倒在冲锋的路上，后来经过治疗，得以重返部队。

区中队队副高秀廷、队员刘汉成、谷鸿安等三十几名区中队队员在与日军的刺刀拼杀中背靠背，肩并肩，死战不退，全部壮烈牺牲。

七连尖刀班被日军骑兵冲击、包围，经过激战，只有战士小宁因负伤倒在坟地里幸存下来。

下午 3 点左右，五团一营九连一排也闻讯赶来，副连长陈连城同排长高书纪带着部队顺着虎头沟向西北方向运动，运动到离敌人二百多米，敌人还未发现。陈连城指挥战士打了两个排枪，鬼子倒下了五六个。这时，敌人的机枪在狂叫，子弹从身边飞过，炮弹在阵地上爆炸，炮弹爆炸后，尘土和浓烟掩盖了阵地，尘土味和瓦斯气味使人透不过气。十几个鬼子在机枪掩护下向九连一排发起进攻，陈连城组织火力把敌人击退。一班乘胜追击占领几个坟包。敌人又在机枪和小炮的掩护下向一班进攻。一班战士在班长赵永的带领下沉着应战，并在二、三班的支援下，用手榴弹打退了敌人的进攻，鬼子丢下两具尸体。副班长李树荣左臂负伤，赵永叫他下去，李树荣说："我们的营救任务还没完成，不能下去。"鬼子冲过来向一班右翼侧击，被二、三班击退。这时，有一个手提指挥刀的敌人暴跳如雷，指挥二三十个敌人在机枪、小炮的配合下向一班进攻，一班被迫撤到沟里。七八个鬼子占领了一排占领过的坟包，从此，一排同敌人展开了激烈的阵地争夺战。经过两次反复争夺，我们的战士寸步不让。

这时，太阳快要落山了，村里还零零星星传来土炮声和喊叫声。陈连城站在沟沿上观察情况，只见村里的群众正从南大门向外突围。九连一排、七连一排一见群众突围，就不顾自己的安危向敌人冲去。

晚上七点多钟，刘涌团长、吴坤营长带着五团一营主力赶到，向鬼子发起猛烈进攻，害怕夜战的鬼子且战且退，离开了渊子崖，向东南方向退去。

天黑了，鬼子把十几个村民用粗麻绳五花大绑，再用粗绳子穿在一串，逼着他们带路向江苏赣榆方向撤退。

土龙头村外，鬼子找来木棒、门板、树枝等易燃物，架起架子，将抬来的日军死尸放在上面，泼上汽油，点燃烧起来。汽油与死尸燃起冲天大火，照亮半个夜空。死尸燃烧发出噼里啪啦的爆裂声，一股焦煳的腥臭味向四周弥漫。

火堆周围，鬼子有的在哭，有的在唱，有的在跳。丧气的《君之代》乐曲混合着哭闹声，在深夜里传得很远，让人毛骨悚然。

一等兵岸信猛一边哭，一边唱，突然，他抓起三八大盖，朝拴着的村民刺去。挤在一堆取暖的王言平、王清洛、王清余、王清吉、王康五、王康成、王金良、王寿良、王言庭、王言明、王岔河、王如意、王书平等人当场被刺死。16岁的王言智个头小，被哥哥王言庭、王言明护在身下，后背被刺三刀，倒在血泊里，昏迷过去。

岸信猛的分队长跑过来，一脚踹倒岸信猛，又揪住衣领，狠扇了几个耳光："八嘎，这些村夫都是帝国的骡马，你没有权利杀死他们。"

岸信猛挣开分队长，哭喊着向火堆跑去："一郎，还我一郎。"

鬼子将骨灰装入坛子，在黑夜中向东南退去。

从三义口、洙边赶来救援的五团二营、四营向火光奔来，与日军先头部队遭遇。枪炮声在深夜再次响起。

鬼子走后，土龙头老乡探头探脑走出来，从死人堆里扒出了王言智，赶忙将他抬到郎中家救治。

村外，五团战士正在收殓牺牲的战友的遗体。

在冯干三、刘新一遗体前，林凡义长跪不起。刘涌揩干眼泪，将林凡义拉起："走，进村，看看老乡。"

村内，五团的战士正分头救火。纪贵、纪振带着卫生队的医生、护士来往穿梭，为受伤的村民包扎、治疗。临时搭起的救护棚无法安顿下100多位伤员，伤势较轻的村民包扎完后，也忙着救火去了。

林小善被砸断右臂，林庆彬的老婆、林凡杨的老婆都被砸断了大腿，还有十几位村民被刺刀扎伤，被火烧伤，被八路军紧急送往三义口后方医院治疗。

村内，没有哭泣，没有喧哗，只有愤怒和沉默。

经辨认，147位村民的遗体被抬往村北林家家庙院内。

一阵哭喊声飘来，林崇修的媳妇披头散发跑进家庙，找到直挺挺躺在那里的林崇修，拉着林崇修冰冷的手，柔声道："鬼子走了，回家吃饭，嘻嘻，嘻嘻。"说着，侧躺下，用手去摸丈夫的脸。

林崇修母亲怀抱着不满一岁的孙女，在老伴的搀扶下，踉跄着走进家庙。"凡义啊，俺家你大叔呢？他才比你大一岁啊！苍天啊，你瞎眼了啊，俺这日子没法过了啊!”

三

农历十一月初三，中午，雪地里，梁化轩带着一群伪军准备返回小梁家据点。突然，梁化轩停住脚步，对一群垂头丧气的伪军说：“大家听好了，凡是受伤挂彩的，回家休养一个月，不见人影的那几位，就说临阵脱逃，不知去向了，听到了吗?”

王安选拔出盒子炮，往天上开了一枪：“奶奶的，就说他们跟着上村联队长到新浦去了，别的，不准胡说!”

董清平嘟囔道：“好歹都是自家兄弟，怎么着也得把尸首给带回去，要是让渊子崖给撂在野外喂了狗，多寒碜人。”

王家中接话说：“是啊，咱总得给人家有个交代啊。”

梁化轩大怒，骂道：“交代你妈，就你他妈的多事，谁想去找死尸谁去!”

王家中不服气地说道：“回家养伤也得花钱呢，腿断胳膊瘸的。”

十几个伤员哼哼唧唧起来：“疼死我了。”

王安选贼眼一转，计上心来，凑近梁化轩说：“也是，咱出来这一趟，总不能空着手回去吧。我看，咱再杀他个回马枪，渊子崖一准不会防备。”

梁化轩瞅瞅王安选，喜道：“就你妈的鬼心眼多，弟兄们，船破还有三千钉，走，杀回渊子崖，有牛牵牛，有羊牵羊，所有东西三成归公，其余七成归自己。”

一听买卖很划算，这帮汉奸顿时又来了精神。

确实如这群匪徒所料，现在的渊子崖处于完全不设防的状态。梁化轩领着100多汉奸，从渊子崖西门进村，见牛牵牛，见羊拴羊，大半个村子又被他们搅扰得乌烟瘴气。

突然，一声轰天巨响，接着，一股浓烟腾空而起。汉奸们以为林凡义他们发起了攻击，纷纷扔下牛羊往村外奔逃。正在这时，沭水县大队指导员纪遵义带领一个班的战士路过渊子崖村西大路，发现汉奸队伍又在祸害渊子崖，大骂一声“该死的梁化轩”，拔出盒子枪，冲着梁化轩汉奸队伍“啪啪啪”甩出十几发子弹，撂倒三个汉奸。其他战士也纷纷投入战斗。这一下，汉奸们跑得更快了，一边跑，一边骂梁化轩、王安选这两个丧门星。

刚才渊子崖这一声巨响，来自林守文家。林守文家几代制造鞭炮，为了赶春节，炒了一缸黑炸药埋在院子里。就在汉奸们抢劫时，林守文家的房屋塌了，房梁正好砸在埋炸药的地方，将盖炸药缸的薄石板砸碎，引爆了炸药，吓走了汉奸。

四

农历十一月初四，滨海专署专员谢辉、沭水县委书记吴镜等带着救援人员，赶着马车，送来锅碗瓢盆和面粉、白菜、萝卜及钱款。

紧随谢辉之后，滨海区各县人民政府带着民工，拉来木棒、门窗、砖瓦、屋草，进驻渊子崖。

中午时分，司号员吹起了集合号，各路人马集中在林家家庙前。谢辉带领大家向死难的烈士三鞠躬，林凡义带领村民向来宾磕头还礼。

鞠躬毕，区委秘书李子桂同志向来宾介绍战斗经过和伤亡情况，宣读死难烈士名单。李子桂介绍，本次战斗共消灭日军 112 人，渊子崖村牺牲 147 人（其中外村 20 人），为了救援渊子崖，区中队、山纵二旅五团都有较大伤亡。另外，被日军绑架走的还有十几个人没有下落，已派人出去寻找。在死难的村民烈士中，有几位中国共产党员，一位是用铡刀砍死 7 个鬼子的林九兰，一位是用五子炮打死打伤十几个日军的林清洁，一位是砍死两个鬼子的王康美，还有出自渊子崖村的共产党员、八路军女战士林欣，她用手榴弹炸死两个鬼子。在本次作战中，林文太、林凡庆、汲广彩、陈东荣表现勇敢，协助村长林凡义组织发动群众，有力打击了日本侵略者。

根据统计，全村烧坏房屋 883 间，耕牛被鬼子牵走、烧死、刺死 123 头，猪羊狗、鸡鸭鹅、粮食、衣被等被抢走不计其数。

吴镜书记宣布：失去父母的 7 个孤儿由专署暂时指定抚养人，由抚养人安抚照顾，滨海专署每月供应定量钱粮，直到长到 18 岁。失去儿女的 60 岁以上老人，共有 5 户，傍依近亲属生活，滨海专署每月供应定量补助，保障其晚年生活。

悼念仪式结束后，铁匠们支起了火炉，木匠拉开了大锯。各县民工按照分工，决心在春节之前，将被鬼子烧坏的 833 间房屋修缮好，让渊子崖乡亲有一个温暖的家。刘庄、庞疃、寨子等邻近的村庄也送来了急需的生活用品。沭水县、七区选调干部住在村里，办理恢复生产、重建家园等善后工作。

在渊子崖村，大难之后的救助工作紧张、有序地展开，人们的心中又燃起了希望的火花。

渊子崖蒙难的消息传到八大剧团后，阮若珊等女兵哭成了一团。抗大一分校的文工团员林克悲愤莫名，连夜写出了歌曲《当兵的把仇报》：

房子烧啦，
东西没啦，
只剩下一片焦土几片瓦，
只剩下满地骨头架。
可恨的日本鬼，
三光真毒辣，
这样的仇恨怎能罢，来吧！
当兵把仇报呀，记住！
仇不报，不回家！
牛马没啦，
人不见啦，
我们的爹妈谁杀啦？
我们的姐妹谁抢去啦？

为了纪念先烈，教育后人，滨海区沭水县参议会决定修建渊子崖烈士纪念塔，由时任县长王子虹亲自指挥，岭泉镇石沟村著名石刻家、建筑师徐聚一精心设计。因 1942 年抗战形势异常严峻，纪念塔推迟至 1943 年 5 月才举行奠基仪式，滨海军区民兵剧团演出的《渊子崖抗日之歌》深深打动了群众和战士的心，至今仍传唱不衰：

四一年沭河畔刮着西北风，
鬼子汉奸来进攻，
渊子崖的人民要革命，
哎哎哟渊子崖的人民要革命。

十八岁青年团扛土炮，
打得那个鬼子哇哇叫，
哎哎哟打得那个鬼子哇哇叫。

妇女们也参战，
手拿菜刀上前线，
送茶又送饭，
哎哎哟送茶又送饭。

小英雄儿童团真勇敢，
搬运石头当炮弹，
打倒鬼子一大片，
哎哎哟打倒鬼子一大片。

八路军同志们一援助，
把鬼子汉奸打跑了，
把渊子崖的百姓救出来，
哎哎哟把渊子崖的百姓救出来。

渊子崖烈士纪念塔位于村北双鹊山。全塔用红色水成岩条石砌成，造型美观，气势雄伟。塔底周长 18 米，塔身高 9 米，由一层塔座、三层塔身、三层塔尖组成。层间都是飞檐石雕，塔身为正六边形，呈六角七级宝塔状，由 6 块大型红色碑石筑成。6 块石碑上都凿有抓手和空槽，互相勾连，紧紧抓住，十分牢固。塔尖顶端有一只风向和平鸽。纪念塔坐北向南，塔身共铭刻了 242 位烈士的英名及其英雄事迹。塔身第二层刻有陈士榘、谢辉、高赞非和沭水县参议会的题词。塔身第三层南面刻有“烈士纪念塔”5 个大字。

时任滨海区司令员陈士榘题词：为国家争生存，为民族求解放，流尽最后一滴血，永垂万古增光辉。

滨海区专署专员谢辉题词：人民的英雄——千百万群众的心，抗日烈士们安眠。

滨海参议会参议长高赞非题词：为了民族的解放，自由幸福的新中国的建立，你们的令名，将与光辉的民族斗争历史，永垂不朽！

第三十五回　梁化轩汤头求援　王安选引狼入室

一

逃回小梁家据点后，梁化轩到几个财主家讹诈了200块大洋，打发七个受伤的手下回家养伤，安排其他伪军分两拨在据点值班。

值班的家人纷纷前来探听，看自己的儿子、兄弟是不是在渊子崖吃了亏，受了伤。

有九户人家左右找不到自己的亲人，一问，都说到连云港去了。

这九户不甘心，央求着自己村的村长带着人手到渊子崖寻找，渊子崖村也没有人阻止。

这些搜寻的人手在渊子崖围子外转着圈找，不一会儿，哭声在围子东南响起。在一堆秫秸下，来人找到九具穿着皇协军服装的尸体，幸好，因为秫秸苫着、土压着，没有遭到狗的撕咬。

来人朝着渊子崖连连磕头，哭声淹没在北风的嘶鸣中。

九具死尸涉及六个村庄，九户人家抬着死尸来到小梁家，将死尸摆放在炮楼底层，炮楼下哭声一片。

梁化轩、王安选见势头不对，把梯子一抽，蹲在三层炮楼里不下来。

丧主的亲戚越聚越多，小梁家挤满了穿戴白孝的男男女女。哭闹声喧嚣不止。北风将燃着的烧纸卷上天空，黑色纸灰点点片片洒落在雪地上。

夜晚，见梁化轩迟迟不露面，人们抱来秫秸，堆在炮楼一层。“梁化轩，你再不下来，就点火了，烧死你个龟孙，给他们陪葬。”

王安选见下边玩了真的，吓了一跳：“队长，下去吧，别叫烤成烧鸡。”梁化轩看看没有逃路，硬着头皮下来。

人们给梁化轩、王安选戴上孝帽，将他俩摁在炮楼前。

梁化轩还嘴硬，在那里嚷嚷：“谁要打我，我都记着，改天铃木太君来了，别说我公报私仇。”

有人上来跺了梁化轩几脚：“你个杂碎，叫你鬼子爹来吧，你还我儿子。”有妇女过来揪着王安选的头发撕扯：“你个该死不死的，你丧良心呢，把俺孩子骗来，说是看家守院防土匪。原来你拜了鬼子当干爹，专门坑害老百姓。你个千刀剐的坑人鬼，俺叫你坑死了哇，我的儿啊。”

王安选：“婶子，你轻点，头皮叫你薅掉了。”

看众人不依不饶，梁化轩说：“各位，您都是我亲爹娘，你们今晚上就是把我和王安选砸死，我们也不可能把他们叫醒。人是林凡义打死的，咱得找他报仇不是？棺材板钱咱得找他要不是？”

有人又过来踢了梁化轩两脚：“你奶奶的，嫌人死少了，还敢去讹人！”

王安选往一圈磕了九个头，对梁化轩说：“队长，你是坐地户子，你上您村财主家转转，要900块大洋，每户给100块，让大家伙抬回家送殡吧。”

梁化轩骂道：“你怪会撇清，不行，你上你们村要450，我在俺村要450。”

王安选：“俺村黑土涝洼，穷得狗熊摸不着铁勺子，你叫我问谁要？”

梁化轩：“哭穷是吧，平时军饷你没少拿，酒没少喝，遇到事了，你往后缩。”说着，一巴掌砸在王安选头上。

王安选站起来，也是一巴掌：“梁化轩，你作死！事都是你惹的，你找谁撒气？”

两个人你一巴掌，我一拳头，从屋里打到屋外。看看离众人远了，撒腿就跑。众人发现后在后面追，怎奈腿脚没有两个人快，转过几个巷子，就不见人影了。

二

梁化轩、王安选连滚带爬跑到汤头，心口扑扑直跳，又渴又饿，看看老李家羊肉汤锅还开着门，赶紧推门进去。

店主汤锅李五打量这二位，不大愿招待，待答不理的。

王安选不大高兴："怎么开店的，没见我们进来啊？"

汤锅李："什么时辰了？打烊了。"

王安选火气噌地冒出来："早不打烊，晚不打烊，我们进来你就打烊了？"

汤锅李："我天天这个点打烊，二位，走吧。"

梁化轩掏出盒子炮，往桌上一拍："怎么，欺生是吧？老子是十三区的，来找铃木太君公干，因为天晚了，不便上去打扰，才到你这边歇歇脚。赶紧的，一人一斤肉的汤，二斤烤牌。"

汤锅李笑："我没猜错的话，二位是不是姓梁、姓王？"

梁化轩一惊，忙将盒子炮拿在手里："你认识我们？"

汤锅李笑笑："好事不出门，坏事传千里。你们二位干的好事，领着日本人杀老百姓，亏你们还是中国人，还有脸出来转。"

梁化轩："那事你也知道了？"

汤锅李："赶紧走吧，别看这里有日本人炮楼，去年，就离这里不远，跟你们干一个差事的李世生的一个弟兄被咔嚓了。我这小店可不想沾这血腥味。要是摊上了，一年没时气。走吧，快进炮楼吧。"

王安选被说得头皮发麻："梁哥，咱上炮楼？"

"门儿也没有，大半夜的，铃木队长那个胆你又不是不知道，他能让咱进去？"梁化轩感到很窝囊。

"那怎么办？"

梁化轩把枪装进枪袋，赔着笑脸："老板大哥，你行行好，孬好给我们盛碗汤，剩馒头剩煎饼的给找点，我们好歹垫垫肚子，钱多钱少由你要，求求你了。"

"有钱吗？"汤锅李瞟了梁化轩、王安选一眼。

梁化轩捏了捏口袋，问："安选，你身上有没？"

王安选把衣兜翻过来给梁化轩看。

"他奶奶的，真是一分钱难为死英雄好汉。"梁化轩一拍脑袋。

汤锅李冷笑："你们也算英雄好汉？"

王安选从盒子炮里退出10颗子弹，亮在手掌里："老板，这玩意贼贵，你拿去卖了，能买一只羊。让我们吃饱，行吧？"

汤锅李笑笑："这买卖我没做过，你现在给我，回头让铃木来查我，说我私通八路，好坑我，是不是？"

王安选苦笑："你们汤头人贼心眼太多，我们都快饿死了，哪有心思坑你。"

汤锅李笑笑："这样的事你们干过不少吧？"

梁化轩站起来，拉一下王安选："这样吧，就算我们是要饭的，我俩给您磕个头，您赏口饭吧。"说完，拉着王安选跪下就是三个头。

汤锅李摸了两个大碗，揭开汤锅盖子，盛了两碗汤，又揭了四张煎饼撂在桌子上："你们外头吃去，我关门了。吃完把碗放门口。"说完，他就和店小二拿门板关了门。

早晨，太阳笼罩在灰暗的云层中，路上传来行人踏雪的吱嘎声。

在汤池里泡了一夜的梁化轩、王安选擦洗干净，穿戴好衣帽，就要往外走。门房拦住："二位大爷，洗澡钱还没结账，麻烦到柜台算一下。"

梁化轩拔出盒子炮，指着门房："只认钱是吧？这把枪够了不？"

门房笑笑，把枪头摁下："这位爷，小心走火。够是够了，你舍得卖吗？"

梁化轩："你出个价？"

门房伸出一个指头，晃了晃。

梁化轩："你砸杠子啊？二十！"

门房笑笑，伸出一个指头后，又伸出五个指头。

梁化轩："安选，把你那把给他。"

王安选："就这件吃饭的家伙，没有它，狗都不怕咱。"

梁化轩不耐烦道："少啰唆，拿枪换点钱，好歹买点礼物找找田胖子，不然咱怎么能进汤山炮楼。"

王安选抽出盒子炮，左右看了看，放在桌子上："拿钱来。"

门房拿起枪，走进后院。不一会儿拿了一包银圆来，往桌上一倒："数数吧。"

王安选点了点，装进兜里："这个价太坑人了，以后不卖给你了。"

汤山炮楼下，梁化轩、王安选在雪地里等。鬼子小队正出早操，皮鞋踏在雪地里，发出整齐的吱嘎吱嘎声。

等鬼子出完早操，两个日本士兵端着枪，一个牵着狼狗，旁边跟着翻译田胖子，一起走到门口。

"他们，什么的干活？"

田胖子："他们，十三区皇协军保安队队长、副队长，大大的好人。"

“吆西。”鬼子一挥手，狼狗上前，围着梁化轩、王安选转了一圈，咬着梁化轩的盒子炮不松口。鬼子上来把梁化轩的盒子炮摘下，狼狗才放开梁化轩。

进了炮楼，铃木次郎噼里啪啦连连扇了梁化轩十几个耳光：“八嘎，八嘎，你的，良心大大的坏了。你的，谎报军情，让我大日本帝国军队进攻平民村庄，被延安当作帝国的污点大肆宣传，让我大日本帝国丢尽颜面，上村联队长因此被上峰申斥。川本大队长命令我，因为你的对大日本帝国的不忠诚，一定要严加惩办。”

梁化轩闻言吓得赶紧跪下：“太君，我的情报大大的准，渊子崖的的确确驻有八路军，的的确确藏有八路的粮食。”

铃木抬起右脚，一脚踢倒梁化轩：“你的良心坏了坏了的，撤职。”

然后看向王安选：“王桑，小梁家保安队队长你干。”

王安选看了梁化轩一眼，马上立正：“哈咿!”

田胖子伸出手，握着王安选的手：“恭喜王队长。”然后伸手拉起梁化轩，小声说：“我跟太君说说，你当副队长吧。”

梁化轩瞪了王安选一眼，不吱声。

田胖子笑着走近铃木，扶着铃木让铃木坐回椅子：“太君，梁桑对太君大大忠心，可以让梁桑辅佐王队长，他们二人联手，可以说是珠联璧合，每年可以为太君征收两千块大洋，大大有用!”

铃木：“有用?”

田胖子点头：“有用。”

早饭后，铃木派出一个分队的鬼子，带着一挺歪把子，送王安选、梁化轩回小梁家任职，翻译田胖子也跟了去。

小梁家村，九户丧主还没有散去，仍然聚在炮楼里烧纸、哭丧。100 多个保安队员东家两个，西家三个，胡乱游逛着吃喝。

一进村，早有人喊开了：“梁化轩王安选回来了，后面还有十几个三八大盖。”听到动静的保安队员探头探脑走出来，往炮楼方向聚拢。

鬼子端着歪把子和三八大盖，对着炮楼出入口。王安选吹响集合哨子，保安队员陆续过来集合。

田胖子清了清嗓子，高声说道：“今天，铃木队长派来高桥太君，带领一个分队常驻小梁家，以加强防务，强化治安。另外，鉴于本次清剿八路指挥不力，皇军决定，撤销梁化轩保安队长职务，改任副队长，队长一职由王安选担任。大家欢迎！”

保安队员们看看梁化轩，瞅瞅王安选，不知如何表达看法。

梁化轩瞅瞅高桥家，吐了一口唾沫：“看什么看？鳖瞅蛋啊？老子现在还是副队长，还管着你们，小梁家还是老子的地盘。大家呱唧两声，欢迎王安选队长走马上任。”说完，拍了两巴掌。一群保安队员跟着拍巴掌。

一个穿孝服的开了腔：“王安选，这回你当家了，你给个说法吧，这九家怎么办？”

王安选干笑两声：“打仗哪有不死人的。”

“你怎么没死？”

“哪能都死呢？都死了，谁来保境安民呢？”

“放屁！你要是不给说法，我们就抬你家里去，让你爹给送殡。”

“你敢！这里是保安队，你放到这里我没屁放，你要是敢胡来，我爹拿手雷炸死你，我告诉你，我爹手里有 5 个手雷。”

“行，你有种。你不处理是吧？当兵的弟兄们，你们看看，你们跟着这两个畜生干，图的什么？有什么好下场？”

伪军们交头接耳，开始躁动。

“是啊，王队长，不行你放俺回家吧，俺把枪放这里了。”

说着，有人把枪往墙根放。

“八嘎！”高桥家断喝一声，端着刺刀指向搁抢的伪军。

王安选冷笑一声：“上了船，还想下去吗？没门，就是死，你们也得给我垫背。把枪背起来，不然，就与那九个死尸躺一块去！妈的，还反了你们。”几个搁枪的又回去把枪取回，背在肩上。

“我告诉你们，今天中午吃饭前，这九个弟兄的尸首，是谁家的谁拉走。拉走的，每家给 10 块钱，买副小薄板。不拉走的，保安队给买领席子，埋到沭河二滩里去。”说完，王安选与田胖子耳语几句。田胖子又与高桥家叽里哇啦说了几句。

王安选：“就这样了，我们先陪皇军去吃饭，下午一点来验收。看不清火色的，你就疤儿眼照镜子吧。”说完，一挥手，领着鬼子往石拉渊饭店走去。

在场的伪军、丧主面面相觑：“这个王安选比梁化轩还狠。”

三

望见鬼子奔石拉渊来，石拉渊村民关上门，带着细软，牵着牛，往沭河里跑。靠近沭河边的跑得快的，已经到了沭河对岸梨杭村。接着，梨杭村里响起了敲锣声，人们纷纷关闭门户，有钱的人家扶老携幼爬上炮楼，抱着大雁枪，紧张地看着沭河那边的动静。

王安选他们来到“沭河春”饭馆，但见大门紧闭，四周找不到一个人。

王安选感觉很丢面子，恼怒之下，一脚踹开店门，见灶内炉口刚用炭泥糊上，于是用火箸捅开，炉火慢慢冒出来。

王安选招呼高桥冢他们进来，收拾两张桌子坐下：“太君，这里的村民胆小，害怕，跑路，跑路的。”

田胖子一拽王安选：“能吃上吗？”

王安选：“没问题。化轩，你回去，把厨子叫来，叫他上这里做饭。”

梁化轩哼了一声：“笨蛋，两桌菜还办不出来。要叫你叫去，我先整两个菜喝着。”说着，袖子一挽，到灶房去了。

王安选在石拉渊转了一圈，走到董大善人家，将他家挂在门头上的红布扯下，使劲拍打大门：“大善人，别装病了，我是王安选，皇军过来了，你出来接一下。”

不一会儿，董大善人拄着拄棍，胸前钉着红布绺子，步履蹒跚地过来开门：“王副队长呢，丧事处理完了，来喝庆功酒？”

“大善人，别开玩笑了，这次咱现大眼了，不仅跟东边结了死对头，咱自己也伤了几个。这不，正头疼呢，铃木派人来了，让我跟化轩换了个个，你看难办不难办？”

董大善人将拐棍夹在腋下，双手抱拳：“恭喜王队长，贺喜王队长，以后我们村可得靠你照顾了。”

王安选忙还礼：“大善人客气，我还得靠您帮衬，不然，玩不动。我看您村村民跑出去不少，这天寒地冻的，怎么是个头？没事，这次太君来是常驻，不是‘扫荡’，不用怕。常言道，兔子还不吃窝边草呢，咱能让日本人祸害自己不成？你喊他们回来，回来过日子吧，没事。另外，你赶紧把厨子找来，叫他放心，饭菜钱一个子也不欠他的。”

董大善人笑笑：“这回不吃白食了？”

王安选猛地把董善人腋下拐棍抽出，扔掉：“老东西，滑鬼，你找不来厨子，我领他们到你家吃。”

董大善人：“安选，积点德吧，路别走绝了。”

饭后，王安选、梁化轩领着高桥等一群鬼子回了小梁家。

九户丧主已经把死尸从炮楼里抬出来，放在大街上，就等着王安选来发安葬费。见王安选来了，丧主们围过去，又哭闹起来。

高桥冢刚要发火，王安选制止道：“田翻译官，你先陪太君上去烤火，我打发他们。董清凡、王家中，过来！”董清凡、王家中跑过来。

“你们两个一人带一个班，到梁大胖子油坊和药铺家拿钱去，一家100，就说给皇军置办床铺被卧，打发这些哭爹喊娘的，省得在这里丢人现眼。”

“人家要是不给呢?”

“他敢！不给就绑了来，让高桥队长跟他说话。”

董清凡一吹哨子，和王家中带着两队人走了。

第三十六回 入虎穴纪甫救难民 驱火牛纪长护神碑

一

为了打击上村次郎，营救被日军绑架的村民，山纵二旅各个团层层阻击，给上村次郎以重大打击。见上村次郎受到追击，李亚藩带领“兴亚建国军”第五旅前来接应，上村次郎得以脱身，回到新浦营地。

渊子崖村民林凡荣、林凡坤兄弟二人被鬼子使唤为挑夫，来到新浦县黑林乡枣口据点，替鬼子、伪军挑水劈柴喂牲口，一天到晚只给吃点残羹剩饭，被折磨得皮包骨头，像鬼一样。

一天傍晚，林凡荣、林凡坤抬着大腊条筐，跟着伪军王大嘴出了岗楼，到街上一家杂货铺抬煤炭。走到街口，地下党员、茶馆老板张举善迎出来，热情地打招呼：“王老弟，买炭去呢？屋里坐坐，喝碗茶暖暖身子。”

王大嘴把肩上的枪带整了整，嘴一撇：“喝什么茶，又没吃鱼，又没吃肉的。”

张举善靠上去，从怀里摸出一包大鸡烟，在大嘴眼前晃了晃：“老弟，刚到的大鸡烟，尝尝不？屋里搓两把？”

一看红彤彤的大鸡烟盒，王大嘴两眼放光，涎着脸问：“来货了？多少钱一包？”

张举善笑笑：“你看老弟你说的，老弟你抽，咱还收你的钱？走，屋里坐坐。”一边说，一边抽出一支烟递给王大嘴。

王大嘴接过烟，回头瞅瞅林凡荣、林凡坤，呵斥道：“看什么看！快滚，到杂货铺装炭去，我这就过去！”说完，跟着张举善走进茶馆。

张举善给林凡荣、林凡坤两人递了个眼色，林凡荣、林凡坤面无表情地抬着筐往前走。

茶馆对过包子铺，纪甫买了10个包子，见王大嘴进了茶馆，匆匆走出来，赶上林凡荣、林凡坤，一拍林凡荣的肩膀："我是庞疃纪甫，八路军武工队，你们村长林凡义让我来找你们，快，跟我走。"说着，将包子递给林凡荣。

林凡荣一愣神，再一细看，果然是庞疃的纪甫，眼泪唰地流了下来，一拽林凡坤，低声说道："把筐撂了，快走！"说着，二人悄悄将抬筐放在墙角，撒开腿，跟纪甫消失在巷子口。

这边王大嘴抽了两支烟，喝了一碗茶，估摸着林凡荣弟兄俩应该装完煤炭了，起身往杂货铺方向看了看，骂道："这两个懒种，这么慢！"说着，抓起桌上的两包大鸡烟，说："老杨哥，今天没带钱，下回捎过来。"

张举善笑笑："提什么钱啊，晚上带弟兄们来搓几把，不就什么都有了。"

王大嘴咧开嘴笑了，用手指点着张举善："还是老张哥会做生意。"

来到杂货铺，没有见到林凡荣、林凡坤二人，一问杂货铺老板，这二人也没来杂货铺。王大嘴这一惊可是不小，左寻右找，在墙角处发现了抬筐。王大嘴慌了，想想不对，赶忙跑到茶馆，用枪指着张举善的头，骂道："姓张的，敢情你想让我吃饭的家什搬家啊！"

张举善佯装惊惧地后退着："王老弟，开什么玩笑？"

王大嘴用枪捣了一下张举善的胸部："妈的，你把那两个人藏哪里去了，赶快给我！"

张举善捂着胸部，勃然变色道："大嘴，讲道理不？哪两个人？就这么大地方，你进去找找！"

王大嘴脸涨得通红："刚才那两个抬筐的不见了，不是你捣鼓的？"

"放闲屁，我跟他们非亲非故的，我捣鼓这事，我不想在这里混了？"张举善气鼓鼓地说。

"那怎么办？"王大嘴急得出了一头汗。

"赶紧放枪啊，追啊，八成是八路武工队来了。"张举善往屋外看了看。

王大嘴恍然大悟，慌忙跑出屋外，一边开枪，一边假模假式地大声吆喝："哪里跑，再跑就打死你！"

这边张举善赶紧把屋门关上。

枪一响，炮楼里哗啦啦跑出十几个鬼子、汉奸，朝王大嘴方向赶来。

二

新浦城关镇鬼子据点，林庆舜挑着水桶到据点外去挑水。鬼子兵岸信猛领着两个伪军出来巡逻，跟在林庆舜后边看着。

林庆舜来到井边，用井绳把水桶放下去，假装水桶脱了钩，站在那里反复钩吊。岸信猛见林庆舜磨洋工，喝令伪军过去催促。

一个伪军走过来伸头往井里看，林庆舜猛一侧身，伸手将伪军摁下井里。然后摸起钩担，搂头向后边的岸信猛打去。岸信猛挺枪一挡，将钩担架了回去。林庆舜接着把钩担向岸信猛下盘扫去。岸信猛一个趔趄，被打倒在地。见林庆舜将岸信猛打倒在地，另一个伪军从肩上摘下长枪，指向林庆舜。林庆舜急忙从怀里摸出一包青灰，往伪军脸上砸过去，伪军没防备，两眼被青灰迷上，忙用衣袖擦拭。趁着这功夫，林庆舜抡起钩担，朝岸信猛砸下来。岸信猛就地一滚，躲过林庆舜这一击，就势从伪军手里拽过长枪，朝林庆舜扣动扳机。林庆舜向后一仰，倒地不起。

事发突然，躲在几十米外小饭馆的纪甫拔出驳壳枪，和一同前来营救的两位同志冲出来，"啪啪"两枪将岸信猛和伪军撂倒。

纪甫跑到林庆舜身边，抱起林庆舜就跑。岗楼里呼啦啦跑出一队鬼子、伪军，边追边放枪。

林庆舜睁开迷离的双眼，用微弱的声音说道："八路同志，我不行了，你们快跑。"说罢，使劲向下一坠，挣脱纪甫的怀抱，出溜到地上。

纪甫还想把林庆舜抱走，两个武工队员朝追赶的日伪军扔出两颗手雷，拽起纪甫："队长，人已不行了，咱们先撤!"

鬼子趴在地上放了一阵枪，看看夜幕缓缓拉下来，没敢去追赶纪甫他们，抬着岸信猛的尸体垂头丧气地回了据点。

三

高桥冢闲来无事，每天带着几个鬼子和几十个伪军到辖区各村巡逻，检查治安情况。各村少不了宰鸡杀鸭，好好招待。看看年关将近，沭河以西一些村庄已经走遍，高桥冢想到沭河以东的村庄看看。

自打与渊子崖结怨以来，王安选心有余悸，不大敢往沭河以东去。听王安选推三阻四，高桥冢火了：“八嘎，据点留 6 个皇军、30 个保安队员，其余的，统统过河，扬我大日本军威!”

冬季的沭河，水很浅，浅浅的河面已经封冻。高桥冢和 6 个鬼子催着 100 多个伪军自石拉渊渡口过了沭河，直奔弥勒寺村而来。

村里早有维持会会长手持膏药旗，领着几个财主迎出来。高桥冢很是得意，拍着维持会会长的肩膀：“吆西，你的良民大大的。”

在维持会会长的带领下，高桥冢一队人马在弥勒寺穿大街，走小巷，耀武扬威一番。期间没有打黑枪的，高桥冢很是高兴。

一路南行，来到庞疃村。庞疃村人一窝蜂跑到寨子躲难。纪长与抗大一分校几个学员正在村里动员参军，听说鬼子进了庞疃，忙赶到北门，找到把守北门的自卫队队长孟宪义：“孟队长，麻烦你派几个人到渊子崖、刘庄、楼里、彭家围子送信，让各村自卫队员抓紧赶到庞疃支援。”孟宪义喊来四个队员，分派完毕，四个队员出村飞奔而去。

王安选等一群人在庞疃转了一圈，只从屋里赶出几十个老头、老太太。突然，王安选想起一件事，跟高桥冢咿咿呀呀说了几句，便让人牵着一头牛，拉着缰绳，来到村西纪心如墓前。

纪心如墓园苍松垂翠，一片肃穆。坟墓前，矗立着一块山纵二旅五团立的忠烈碑。碑的正面刻有“壮烈殉国”四个大字。

王安选围着纪心如坟墓转了一圈，拔出盒子炮，照着墓碑打了两枪。骂道：“该死的东西，好好日子不过，你拉队伍跟皇军过不去。来，把它拉倒，砸了。”

王家中过来，把绳子拴牢石碑，套上牛，用枪托一砸牛屁股，牛一急，使劲往前走。怎奈石碑底座坚固，碑体宽厚，把牛砸了十几枪托也没有拉倒。

“他妈的，再牵一头牛来，我就不信拉不倒它。家中，再去牵一头牛来!”王安选喊道。

王家中喊着一个手下要往村里走，突然，从村里蹿出两头牛，牛后背上冒着火，发疯似的直奔王家中他们这里跑来。王家中吓得扭头就往坟墓后边跑。火牛奔人群冲过去，在人群中乱顶乱撞。

两头火牛后，十几个汉子飞奔而来。跑在前面的是纪长和抗大学员王学成排长。两人一边跑，一边向鬼子、伪军人群扔出手榴弹。后面，孟宪义和自卫队员调好五子炮，点火发射，五子炮炮弹在人群中爆炸。

高桥家还没回过神来，就和士兵尻尾夫一起被手榴弹炸死。剩下的四个鬼子慌忙持枪还击。伪军们躲避着火牛，四散逃窜。

战斗中，纪长左腿被打中，王学成右臂挨了一枪。双方对射，鬼子、伪军渐渐占了上风。危急时刻，林凡义、刘涛带着两个村的自卫队员赶来参加战斗。不远处，传来八路军冲锋号的声音。

王安选以为八路主力发起进攻，惊吓之下，撒腿就跑。伪军们见王安选跑了，撂下六具死尸，头也不回跟着跑了。四个鬼子兵看看死去的高桥家和尻尾夫，慌乱地打出几枪，也无奈地跑了。

李子桂带领区中队赶来时，林凡义等人已经给纪长、王学成包扎好伤口。纪长担心纪心如的坟墓，林凡义找来门板，和林凡庆抬着纪长到墓园看了看，发现墓碑被崩掉了两个字，气得大骂不止。

见有人踢砸鬼子死尸，李子桂制止道："人已经死了，就不要侮辱他了。"李子桂安排人挑来清水，给死去的鬼子、伪军洗净身上的血污、泥土。又让人扎了六副担架，将鬼子、汉奸死尸放在担架上。

回庞疃村找来笔墨，李子桂给铃木次郎写了一封信。信的内容是："铃木队长，送上尸体数具，希查收验尸。侵略者的下场都是如此可耻，滚回日本吧!"

晚饭后，李子桂带着王中队和自卫队员，将六具死尸抬过沭河，放在小梁家据点外100多米处。李子桂用卷筒喇叭高喊："炮楼里的鬼子、伪军听着，死尸给你们送回来了，下来抬回去吧。以后再敢到河东，让你们全部死干净!"

第二天，王安选带人把死尸抬回据点。看到高桥家僵硬的死尸，鬼子心中很是恐慌，一股沮丧的气氛慢慢蔓延开来。

副队长羽田熏二连扇王安选几个耳光："土八路的厉害?"

王安选："哈咿！厉害!"

第三十七回　蒸面人狗吃“皇军”　关街门洪瑞歼敌

一

庞疃一战，日军折了高桥和尻尾两个人，这让羽田熏二惊惧不已。八路已经很厉害了，这些“土八路”怎么也这么厉害？左思右想，羽田熏二觉得还得请建御雷神帮忙，祈求军神赐予力量。主意已定，羽田熏二让厨子蒸了两个面人，大面人是高桥冢，手握战刀，威风凛凛；小面人是“土八路”，举着双手，做屈膝投降状。

午饭后，面人出笼了。羽田熏二让人把面人放到院子里，让“高桥冢”站在东侧，“八路”站在西侧。羽田熏二领着士兵跪在地上，虔诚地祷告：“英武圣明的建御雷神啊，赐予我大日本皇军力量吧，保佑我们的刀剑锋利无双，保佑我们的枪法百步穿杨，让我们天天打胜仗，八路早日灭亡……”祷告毕，羽田熏二领着士兵行礼。

正在叩头的时候，一条大黄狗闻着面人的香味猛窜出来，咬着“高桥冢”撒腿就跑。羽田熏二等人一下蒙了，回过神来后，慌忙拿枪去追大黄狗，一边追，一边喊着：“皇军被狗吃啦！”

王安选等人一看，也赶忙从屋里跟出来去追，一面追，一面高声吆喝着：“狗吃皇军啦，狗吃皇军啦！”

狗跑得贼快，看看追不上，羽田熏二抬手一枪，将大黄狗撂倒在地，飞跑上前捡起“高桥冢”，却发现“高桥冢”的一只胳膊已经被大黄狗咬掉。

“八嘎，全村的狗，全部死了死了的有！”羽田熏二恨恨得怪叫着。

王安选赔着笑脸，“哈咿！全村死啦死啦的有！”

梁化轩撇了撇嘴："安选，你脑袋叫驴踢了，把狗都打死了，晚上八路摸过来，那就一点动静都没有了。"

王安选坏笑一下："没有狗叫了，你爬墙头不是更方便？"

梁化轩踢了王安选一脚："狗嘴吐不出象牙！你作去吧，晚上吃狗肉别忘了我就行。"

王安选头一歪，吆喝一声："走，皇军有令，打狗去！"

在王安选的带领下，鬼子、伪军挨家挨户打狗。得到消息的人家慌忙把狗藏在地窖里，来不及藏的，被鬼子刺刀挑死，棍子砸死。

本来，王安选邀请了小梁家和周围几个村的财主前来保安队做客，商议两个日本鬼子和四个伪军死亡殡葬事宜，说白了，就是让他们出点钱，打发丧主回去。因为事发突然，忙着打狗，过了晌午，才有空招呼他们吃饭。

打狗回来之后，王安选招呼众人入座，给每人筛上一碗酒。见众人面无表情，王安选有点讨好地说："各位爷儿们，大家都知道了，昨天皇军出师不利，咱这边又搭上了六条性命。请大家来呢，就是商议一下，怎么个善后。"说到这里，王安选把目光投向董大善人："董大善人，您老带个头，每人出这个数，怎么样？"王安选伸出五个指头。

董大善人眯着眼，笑笑，从兜里摸出五个铜板，一枚一枚地排在桌子上："行，带来了。"

王安选一拉脸："爷儿们，拿我开涮啊，羽田太君可是还在楼上等着的，别疤瘌眼照镜子——找难看。"

董大善人眯着眼笑笑："嫌少了，那就五块？"

王安选气得把手一张："五十，五十块大洋！"

董大善人故作惊讶状："我的娘哎，你这场酒可值钱了，你当我们家都有摇钱树啊，你搬过来晃晃就来钱了。"

王安选嘿嘿一笑，接着把脸一拉："我丑话说在前头，这个钱你今晚喝酒也得拿，不喝也得拿。这样吧，你们写条子，我派人带着条子去拿钱。"接着，一指王家中，吩咐道："家中，你们一排负责这个事，谁不给钱，就住在谁家不走！"

王家中赔着笑脸对董大善人说："爷儿们，要不您先带个头？"

董大善人眯着眼，笑笑："行，我家黑驴昨天刚死了，驴棚正闲着，能住十来个人，你们去吧。”

王家中笑笑：“老东西，你就拐着弯骂吧，反正讹上你了，你就跑不了。写条子吧，我去跑腿。”

董大善人笑笑：“好，好，好，笔墨伺候。”

王家中忙不迭找来笔墨，董大善人笑眯眯写下一行字：秉锡仁兄，见字如见面，烦请支付大豆款五十元。董恩堂。”

王家中接过字条，一看恼了：“爷儿们，你想祸害我啊？”

董大善人笑笑：“他家确实欠我大豆钱啊，这有错吗？”

王家中“呸”的一口啐在地上：“找死人要钱，还是你去吧，我没那本事。”

董大善人突然沉下脸，悲声说道：“我今年上万斤大豆都放在河东老林家，你们领着鬼子把他害死了，我找谁要啊！”

董大善人提到这一茬，弄得王安选一时无话可说，不由得把眼瞅向梁化轩。梁化轩干咳两声，说：“他奶奶的，喝水塞牙缝——倒霉透了。你们喝吧，我出去透透气。”说完，一拍屁股溜走了。

梁化轩一走，梁敬五把烟袋头子往地下磕了磕，站起身来说：“大善人，我也不陪你了，我那头犍牛有点喘，我得牵着到三官庙去看看。”说完，抬腿就要走。

见这架势，王安选立时恼了，把盒子炮往桌上一拍，喝道：“拆台是吧？奶奶的，我们天天把脑袋别在裤腰里，东拼西杀的，都是给哪些龟孙看家护院？”

梁敬五见王安选嘴里不干不净，立时把眼一瞪，骂道：“哪个龟孙请你来的？老话说得好，兔子不吃窝边草，你们怎么老是折腾这些爷儿们！”

王安选冷笑一声，说：“如果不是这些爷儿们在这里顶着，这一带的小媳妇、大闺女早被日本人糟蹋十八遍了！”

梁敬五撇撇嘴，冷哼一声：“这么说来，谁家有媳妇、有闺女的还得谢谢你们啊！”

王安选知道话说高了，绷着脸不回话。

董大善人撩起衣角擦了擦眼睛，长叹一声：“当地无鬼不生灾啊！”说着，从兜里掏出十个大洋，扔在桌子上：“认倒霉吧，给死去的人置副棺材板。以后的事，别再找我了。”说完，拍拍梁敬五的肩膀，走了。

梁敬五眨巴一下眼睛，有点恼火，心想，姓董的，你弄的哪一出？事情到这份儿上，也不好硬走，只好咬咬牙，说："我手头紧，这样吧，家中，你到我家装粮食吧，我出 10 斗高粱米。"说完，头也不回走了。

二

梁化轩在外面躲了一个时辰，听说王安选把钱粮凑得差不多了，心中有些说不出的憋闷。回到保安队部，老远闻到狗肉的香味，他找来一个瓦盆，从锅里叉了几块狗肉，舀了一瓢汤，抓了一瓶白酒，来到本村寡妇小酸杏家。小酸杏非常高兴，打发孩子叔长叔短地叫着。晚饭后，孩子们早早爬到床上，钻进被窝睡了。梁化轩半瓶白酒下肚，浑身燥热难耐，就想与小酸杏亲热亲热。小酸杏扭捏着说："人家身子不舒服，过两天吧。"梁化轩有些扫兴，不禁骂道："白吃我一盆狗肉。"说着，在小酸杏紧实的屁股上使劲拍了一巴掌。

离开小酸杏家，梁化轩在街上晃荡了半天，胡乱敲了几家门，没有敲开，转悠来转悠去，来到梁化营家门口，推了下门，没有推开。梁化轩抬起脚"砰砰砰"踢起来。不一会儿，梁化营过来敞开一条门缝，兜头就骂："挣什么死命，还叫人睡觉不！"

梁化轩把门顶开，用膀子使劲一撞，将梁化营撞倒在地，嘴里骂骂咧咧："你滚，今晚让给我。"

梁化营媳妇正在屋里做针线活，听着屋外吵吵，忙起身出来看，与梁化轩撞了个满怀。梁化轩伸出右臂，将化营媳妇搂在怀里："嫂子，是不是俺哥不管用，你这也过门四五年了，怎么连一个蛋也不下？今晚我给你试试。"一边说，一边把化营媳妇往床上抱。

化营媳妇两腿乱蹬，两只手薅着梁化轩的耳朵大骂："化轩，你作死，快放下我。"

梁化轩耳朵被揪得生疼，使劲晃了几下脑袋，挣脱化营媳妇的手，使劲将化营媳妇扔在床上，然后就去扯化营媳妇的裤子。化营媳妇两腿使劲，将梁化轩蹬倒在地。梁化轩恼了，站起来抡起巴掌，照着化营媳妇一巴掌劈过去，打得化营媳妇眼冒金星。化营媳妇挣扎着从床头摸出剪刀，挺在胸前："化轩，你个杂碎，我攮死你！"

梁华轩拔出盒子炮，对着化营媳妇："想找死是吧？"

再说梁化营，被梁化轩撞倒后，本就恼怒不已，想想这些年被梁化轩欺负，姐姐也被梁化轩领着鬼子打死了，不禁怒从心头起。爬起来之后，梁化营抄起一根木棍，尾随梁化轩进屋，见梁化轩拔出手枪对着媳妇，急迫之下，狠劲照着梁化轩的右手砸下去。梁化轩惨叫一声，盒子炮掉在地上。这一惊可是不小，梁化轩酒已醒了大半。

梁化轩回头瞪视着梁化营：“你找死!”说着，伸左手到地上摸枪。这时，梁敬五已悄无声息进来，把枪抢到手里。梁化轩转身瞪视着梁敬五，骂道：“老东西，你也找死?”

梁敬五用枪指着梁化轩，厉声骂道：“不要脸的东西，滚!”

梁化轩咬咬牙，点点头，骂道：“行，你有种，把枪给我!”伸出手要枪。

梁敬五也不吭声，提着枪走出堂屋。梁化轩跟出来，被梁敬五推出院子。关上院门后，梁敬五把盒子炮里的子弹退出来，从墙头将枪扔出去。

三

1942 年 8 月 11 日，山纵二旅五团派宣教干事纪甫来到活动在沭水县沭河两岸道口至柳庄一线的九连。纪甫传达团首长的指示，命令九连协同纪甫去沭河以西敌占区开展宣传活动，向敌伪据点开展政治攻势。九连决定，由副连长陈连诚带领三排共 21 人枪，配置 1 挺轻机枪，配合纪甫执行这次任务。

一番准备后，九连副连长陈连诚去沭水县五大队，同副大队长李子桂、副教导员侯润生商定了行动方案：由陈连诚带九连三排从沙窝村北过沭河到郭家湾村以西各村宣传，五大队由高榆村过河，到洪瑞附近各村宣传，军事行动上双方相互策应，以备不测。

第二天，九连三排刚从沙窝村北涉水过了沭河，正在河岸上穿鞋时，从南面来了两个赶集的群众，走到他们面前低声说：“八路同志，洪瑞集上有汉奸队伍，你们留神点。”

陈连诚问：“有多少人?”

“他们打着带红月亮的小白旗，得有一二百人吧。”这两个人说完，匆匆忙忙走开了。

听到这个情况，陈连诚赶紧和纪甫、三排长张玉亭商量。纪甫笑着说：“没有三把神砂，怎敢下西岐。既然是宣传，咱就闹他个天翻地覆!”张玉亭有点迫不及待，把三八大盖往地上一顿，高声说道：“打，揍这些龟孙!”

三个人你一言，我一语，决定立即投入战斗。在做作战动员时，纪甫讲了六点：第一，这次到敌占区宣传的主要内容是抗日救国，我们现在离敌人 3 里路，视而不见绕道而行，宣传就没有说服力，打击和消灭汉奸本身就是用实际行动做宣传，也是最好的宣传。第二，今天是洪瑞集日，百姓集中，赶集的人来自四面八方，我们打好这一仗，群众都是我们的宣传员，宣传工作自然也就扩大了范围和效果。第三，汉奸是民族败类，他们仗着日本人的势力，敲诈勒索，奸淫烧杀，无恶不作，人民群众无不恨之入骨，打击和消灭汉奸是人民的共同要求。第四，敌人的兵力比我们多七八倍，虽对我们作战来说是不利的，但敌人也有其致命的弱点，他们士气低落，不堪一击，敌人是来洪瑞集市及附近村庄抢劫过节物品的，他们兵力分散，指挥不灵。第五，我们过河敌人不知，可以出其不意，攻其不备，来个突然袭击，打他个措手不及，能收到事半功倍的效果。第六，如果我们以少胜多，不仅提高了我党我军的威信，扩大了影响，而且能增强边沿区群众对敌斗争和抗粮、抗捐的勇气与决心。因此，必须打好这一仗。

经纪甫这么一说，战士们群情激奋，摩拳擦掌，恨不得长双翅膀飞到洪瑞去。

陈连诚进行了战斗部署，具体分工是：纪甫和张玉亭带领九班沿河堤去堵洪瑞东大门；陈连诚带七、八班和机枪组堵截洪瑞西大门（村里只有东西两个街门可以通行进出），把敌人堵在村里消灭其一部。

纪甫从腰间拔出撸子枪，率领九班飞速奔向洪瑞东大门。陈连诚带领七、八班绕过村北，刚到洪瑞西北角时，东面的枪声像炒豆子般炸响起来。七班刚到西门，汉奸们正一窝蜂地从村集市上往外跑。七班一个排射，把这群汉奸打了回去。汉奸中队长徐广德急了，嚷嚷着：“别怕，就几个土八路!”指挥伪军向七班反扑。这时，八班和机枪组赶到，轻机枪喷出一条火蛇，将汉奸扫倒一大片，其余的连滚带爬退回村内。七班乘胜追进村内，与敌人展开巷战。

伪军们见东西两个大门冲不出去，便从南围子墙的缺口和阴沟里往外爬。纪甫指挥九班插入伪军中间，把他们截成两段。七班从围墙缺口追出来，与九班一起将汉奸包围在长满芦苇的水沟里。未被截住的伪军脱掉身上的黄皮，混在赶集的人群中向坊坞村逃跑。

徐广德费了好大劲收拢了二三十人，反身打回来，企图为被包围的同伙解围。被包围的伪军依靠芦苇和河沟，负隅顽抗，战斗进行得十分激烈。

考虑到我军是孤军作战，必须速战速决，省得夜长梦多出意外。纪甫指挥七班和九班战士把成捆的手榴弹投入芦苇和河沟中，炸得伪军血肉横飞。被围的伪军在绝望的情况下，只好缴械投降。反扑的伪军见同伙被解决了，吓得仓皇逃窜。

战斗结束后，部队把敌人抢劫的物品集中起来，让各村来人领回。群众非常感激八路军打跑了敌人，又帮老百姓找回了东西，纷纷拿出月饼、水果给八路军战士们吃，都被婉言谢绝。部队整队离开洪瑞街的时候，周边的群众自发赶来送水、送饭，排列在道路两旁欢送自己的队伍。

这次战斗，共俘敌 12 人（内有重伤 1 人，轻伤 5 人），缴获步枪 12 支、子弹 300 余发，我方无一伤亡。

第三十八回　沈鸿烈掣肘山东　王鄂亭喋血敌营

一

1941 年 10 月，受于学忠委托，苏鲁战区司令部秘书长兼政务处处长周从政到重庆拜谒蒋介石。

蒋介石官邸内，周从政将于学忠的述职报告和山东省政府主席的推荐信呈给蒋介石。

蒋介石将述职报告递给钱大钧：“大钧，这个你看看就可以了。”然后浏览了一下推荐信，面无表情地说：“周从政，令尊很会起名字嘛，周公吐哺，天下归心。”

周从政惶恐道：“委员长笑话了，那是蒙师给起的名字，哪里敢妄比周公啊。”

蒋介石：“北京大学毕业？高才生嘛，当年没跟着陈独秀、李树常他们闹腾？”

周从政擦了一下额头沁出的细汗，赶紧回答：“报告委员长，属下不屑于与那帮激进分子谈什么劳工至上。”

蒋介石难得笑笑：“可惜啦，当年你应该上黄埔军校的。”

周从政不无遗憾地说：“是啊，没有成为委员长的学生，是我终身的遗憾。”

蒋介石略感满意，将推介信放到桌子上：“现在当我的学生也不晚的。山东主席一职孝侯推荐了两个人选，你说说，谁担任合适啊？”

周从政早就猜到蒋介石会问这个问题，心中已有计较，但还是假装没有准备，诚惶诚恐地说：“委员长，属下学识短浅，见闻寡陋，这个问题还真不敢插嘴。”

蒋介石鼓励道：“但说无妨。”

周从政双脚并拢，答道：“是，委员长。属下认为，如果从顺利衔接角度看，现在的秘书长雷法章是最好的人选。但是，雷法章接任有一个问题，就是文人味太重，格局不够大。”

蒋介石犀利的目光在周从政脸上扫了一下：“那你认为谁的格局大?”

周从政收了一下紧张的情绪，说：“属下认为，为了军政统一，最好由苏鲁战区总司令于学忠兼任。”

蒋介石摆摆手：“这个无须你推荐了，孝侯已经推辞了。”

周从政顿了顿，假装不理解，说：“国难当头，于司令不该推卸责任啊。”

蒋介石深有意味地笑笑：“还是孝侯聪明啊。”继而直接问道：“在你和牟中珩两个人中，你认为谁更合适接任山东一职?”

周从政迟疑一下，答道：“还是牟军长更合适一些。”

“为什么?”蒋介石盯着问。

“牟军长抗日态度坚决，有丰富的治军经验，可以整合山东的地方部队，将山东控制在委员长的领导下。”

蒋介石微微颔首：“让你接任，如何?”

周从政再一次并拢双脚：“如果委员长信任，属下赴汤蹈火，在所不辞，定要还山东一个大好局面。”

蒋介石欣慰地说：“很好，很好。今天就谈这些吧，改天你找钱主任汇报工作吧。”

周从政行了个军礼：“是，委员长，属下告退。”

第二天早饭后，周从政前往委员长侍从室求见，被阻在门外。

官邸内，沈鸿烈正向蒋介石陈述着：“委员长，让周从政当山东省政府主席万万不可，民国二十五年，他在甘肃省代理省主席，积极追随张汉卿，策动兰州事变，打死打伤胡寿山部下70多人。据山东内线报告，周从政与共党走得很近，怕是有共党嫌疑。如果让他主政山东，山东的八路军还不是如鱼得水?到那时，山东就危险了。”

蒋介石冷峻地看了一眼沈鸿烈：“成章，你与周从政都是东北军的干将，你们之间不会有过节吧?”

沈鸿烈急忙辩解："委员长明鉴，属下万万不敢拿党国的前途当儿戏。"

蒋介石："好，你对党国的忠心我是晓得的。我西安蒙难时，你的态度和作为就很好，我对你还是信任的。"

沈鸿烈谦卑地笑笑："谢谢委员长的信任，那山东省政府主席一职是不是由雷法章署理?"

蒋介石拉下脸，训斥道："成章，山东的事情，你就不要插手了。"

沈鸿烈脸一下子红了，连连点头："是，是。"

沈鸿烈走后，蒋介石拨通戴笠的电话："雨农啊，你帮我查一查，那个于学忠手下的周从政是不是共党。"

电话那边的戴笠立正："是，校长，学生马上查办。"

1942 年 1 月 9 日，国民政府发文任命五十一军军长牟中珩为山东省政府主席。接到任命状，牟中珩前来向于学忠汇报。

于学忠握着牟中珩的手，说："荆璞兄，祝贺你，我本想着你掌握五十一军，地方工作让从政去做。现在重庆这样安排，也好，你安心赴任吧。"

牟中珩是个结巴，憋红了脸说："只，只是这，这地方工作，我一点经验都没有。现，现在的省政府，除，除了沈鸿烈老家的湖北人，就，就是他在海军和青岛的老部下，我去要跳，跳光杆舞了。"

于学忠："慢慢来吧，愿意为国家出力的人还是有的。"顿了下，于学忠接着说："荆璞兄，你就任省主席后，五十一军继续兼着吧。"

牟中珩严肃地说："总司令，我，我来就是为这个问题，以我的能力，不，不足以兼职，还，还是另外安排人专任吧。"

于学忠以征询的口吻问："周毓英副军长可否接任?"

牟中珩叹口气："周，周副军长为人厚道，威望很高，只，只是临机处变，是，是他的短项。不，不过，放眼全军，再找比他更，更合适的人也不易了。"

于学忠微微点头："也只有如此，我们上报军委会吧。"

二

1942 年 1 月，临朐县寺头镇吕匣店子村，山东省国民政府所在地，吴化文、张步云前来拜谒新主席牟中珩。

吴化文指挥卫兵抬来两筐三疣梭子蟹，放在牟中珩办公室所在的院子里。牟中珩握着吴化文的手，诚恳地道谢："绍周兄，破费了。"

吴化文笑笑："要过年了嘛，也没的送主席，只好弄点老家的土特产聊表敬意了。"他从筐里抓起一只蟹子，说："主席，你看看，这只够二斤沉吧?"

牟中珩笑笑："好，今，今中午咱们就蒸蟹子吃!"

张步云送来六只黑山羊。黑山羊被绑了四肢，躺在院子里"咩咩"地叫。

牟中珩指指黑山羊，说："张，张师长，母羊我不要，开春了，要下羔子了。"

张步云瞅瞅那几只黑山羊，说："主席，管它公母呢，一样吃。"说着，拔枪抬手，"啪啪啪"，枪枪击中黑山羊的头部，黑山羊浑身痉挛，鲜血差点溅到牟中珩的身上。

牟中珩勃然变色，冷冷地盯了张步云一眼，快步走进屋子。

沈鸿烈接到吴化文、张步云等人的电报，知道牟中珩上任后，一直没有给吴化文、张步云补充给养，心中有三分气恼，七分高兴。

沈鸿烈数算，自己在山东编练的部队，能够听命于自己的有新编第四师师长兼山东省保安第一师吴化文，新编第一师师长于怀安，鲁西保安司令宁春霖，山东省保安第二师张步云，好歹也有 5 万多人，这 5 万多人就是日后自己重返山东的后盾。

怎么保护好这些部队呢?沈鸿烈琢磨来琢磨去，突然，灵感来了，赶紧提笔起草书信。

最早接到沈鸿烈书信的是吴化文。吴化文接到书信后，反复阅读。"绍周吾弟，去年匆匆一别，悭吝一面，至今感伤萦怀。方今时局动荡，吾侪何以居之?蒋公峨眉待变，兆铭南京曲线，殊非异曲同工也?《道德经》云：交易之道，刚者易折。唯有至阴至柔，方可纵横天下。吾弟孤悬敌后，愚兄旦夕惊厥。奈何!为今之计，当与东邻虚与委蛇，联合防共，勿效于氏'为渊驱鱼，为丛驱雀'之蠢行。天下不久有变，吾弟登高一呼，齐鲁敢有不从乎?肺腑之言，伏乞察之。"

第二天，吴化文请来张步云。张步云拿出内容大致相同的书信文稿，大声道："大哥，你瞅瞅，沈主席文绉绉说了些什么?"

吴化文接过电报，大笑："老弟，主席与我们想到一块去了。他娘的，老蒋蹲在峨眉山上，烤着火炉子，喝着小酒，叫咱爷儿们在这里拼死命。还有那个小白脸汪精卫，天天在秦淮河边逛窑子，小日子过得倒滋润。主席惦记咱呢，怕咱出傻力，拼光了老本，搭上性命。”

张步云一头雾水，挠挠头：“那咱怎么办？”

吴化文伸出四个指头：“一靠二贴三挤四维持。”

张步云：“怎么个一靠二贴三挤四维持？”

“我跟你说说啊。一靠，咱靠沈主席、蒋委员长；二贴，黏糊着日本人，让日本人替咱收拾八路军；三挤，把于学忠挤走；四维持，就是维持现状，等待时机。怎么样？”

张步云恍然大悟，一拍脑袋：“你们这些文人净弄些云山雾罩的事，这不很简单吗？先跟日本人合伙，整垮于学忠、罗荣桓，等日本人走了，那时候山东就是咱弟兄们的。对不对？”

吴化文大笑：“兄弟聪明！你先与坂田联系着，咱跟他定个防卫协议，互派联络官，先过个安稳年。”

张步云：“好，听大哥的。”

三

1942 年 11 月，受谢辉派遣，张子亮来到十字路滨海中学，找到总务处主任王鄂亭。在单身宿舍，王鄂亭严肃地说：“老同学，谢辉让你过来，带来什么任务，这么神秘？”

张子亮推开门，向外张望了一下，把门插好，反身坐下，用低沉的语调说：“有一项艰巨的任务。听纪甫说，王洪九越来越坏了，他公然说，‘谁劝我当八路，我就杀谁’。他小舅子姓薛，是咱这边的人，看着王洪九要走上歪路，就劝说他不要拉山头当大王，跟着共产党走才是正途。结果，王洪九对此很反感。今年 6 月里的一天，趁着他小舅子媳妇带着孩子回娘家，王洪九在夜里派手下把小舅子绑到村西头的地里枪杀了。”

“这家伙和咱们一起上学时就这个德行，六亲不认，心狠手辣。听说他还学了刘邦、曹操那一套，装神弄鬼，说自己是蛇精下凡，有三千年的道业。纪甫他们在那边势单力薄斗不过他。”王鄂亭说起王洪九，也是连连摇头。

“所以谢辉让我来，想让你到王洪九那边去。”张子亮见时机成熟，点明来意。

王鄂亭吃惊不小：“让我到那里干什么？”

张子亮说：“你过去后，能劝动更好，实在劝不动，拉他一支部队也是胜利。”

“他那么狡猾，我贸然过去，恐怕他不会信任我。”王鄂亭忧虑地说。

张子亮斟酌了一下，说：“原来你不是担任板泉区区长吗？你现在是滨海中学总务主任，对外就说受到排挤，不受重用，赌气走的。你走之后，这边宣布对你的处分，这样他们就会相信了。”

“那不成叛逃了吗？到时，我就是跳进黄河也洗不清了。”王鄂亭有些激动。

“顾不得那么多了，反正有谢辉和我证明，早晚会还你个清白。”张子亮保证道。

王鄂亭思忖片刻，说：“好吧，我得带个帮手去。”

张子亮问：“有合适的人选吗？”

王鄂亭脑中闪过一个人影，说：“学校总务处会计周西顺是我发展的党员，可以跟着我当通讯员。”

张子亮伸出右手，在王鄂亭的肩膀上按了按，说：“老同学，辛苦你了！”

王鄂亭，又名王世一，生于1902年，莒南县板泉镇楼里村人，妻子叫纪遵霞，是纪心如的妹妹。

王鄂亭领受特殊任务后，感到人手比较孤单，就找到在家乡一带为五团一营招兵的纪长，动员纪长一起随他到沂河西王洪九处工作。纪长很是犹豫，说：“姑父，我去给你打个下手也行，但我得回部队跟吴营长说明白。”

王鄂亭说：“来不及了，改天我找机会跟吴营长说吧。”就这样，纪长在未经组织批准的情况下，跟着王鄂亭走了。

到挺进第十支队后，王洪九安排王鄂亭任一团一营参谋长。开始，王洪九对他半信半疑，几个月后，王鄂亭靠着自己的胆识和智慧，终于取得了王洪九的信任，被提拔为团参谋长。之后，王鄂亭多次给谢辉提供重要情报，冒着危险，给临西工委、武工队送出3000发子弹。

1943年秋，王鄂亭以执行任务为由，带领一营驻在汪沟，他想带着这300多弟兄投奔八路军，便写了一封密信，请求谢辉派部队前往接应。农历九月初四，周西顺和地下交通员付敬廷去给谢辉送信，他们二人在平沙涯被八路军滨海区独立大队第四大队队长王见才查出。付敬廷从棉袄里拆出信，王见才见信后立即向谢辉报告。农历十月十三日，谢辉派一个营的部队按约定时间赶到汪沟。十四日凌晨，驻汪沟挺进第十支队哨兵发觉八路军部队，开枪报警，王鄂亭喝令制止，并命令哨兵打开了围子门。在这紧要关头，王洪九第十支队一营营长陈维章带领几个亲信卫兵赶到，用木棍袭击了王鄂亭和纪长，将二人当场砸死。我接应部队见情况有变，向顽军发起了强攻，将乱作一团的敌营打垮，取得了这次战斗的胜利。

战斗结束后，周西顺和纪长的妻子陈长兰找到了王鄂亭和纪长的尸体，当时他俩脑浆崩裂，肠流腹外，惨不忍睹。按谢辉的批示，八路军滨海区独立大队筹出丧葬费，安排地下工作人员在临沂县俄庄村附近安葬了王鄂亭、纪长。

第三十九回　汪精卫枉费心机　王明德师部受死

一

由于锄奸事件阻碍了国民党顽固派和投降派勾结日寇的阴谋，国民党政府开始挑动原五十七军部队内部的矛盾，首先撤销了五十七军番号，将一一一师、一一二师改为战区总部直属，并削减一一一师、一一二师的军饷，这样，曾经靠吃空饷发财的部分军官开始私下串联反对常恩多和万毅。

在这微妙的时刻，曾一手制造了湖西肃反事件的原苏鲁豫支队四大队政委王凤鸣于1941年2月叛变投敌，并积极策反第一一五师动摇分子。中共山东分局、第一一五师根据形势的变化，通知在五十七军工作、已被敌特列为重点怀疑对象的刘曼生（谷牧）、王维平等人，迅速撤离一一一师。王维平临走时，向常恩多告别，他压抑着悲愤的心情，坐在常恩多的病床前，轻声说："师长养病要紧，只要你的病好了，能做工作，一切就好办了。"常恩多没有马上答话，沉默两三分钟后，挣扎着坐起，拿出两张照片，一张交给王维平保存，一张让王转送给徐向前司令。最后，常恩多对王维平说："等我病好了，再找他们算账，若是好不了了，我就一锤子砸碎了它（指部队），绝不给中华民族留下一条孽根。有骨气的汉子，是会另起炉灶的。"

沈鸿烈看到五十七军发生内讧，感到挤走于学忠的时机到了，派人与孙焕彩、陶景奎取得联系，要求他们搜集万毅等人通共的证据，把攻击的重点放在万毅身上。

为了保证万毅的个人安全，上级命令万毅随时准备离开一一一师，转移到根据地。但万毅舍不得轻易放弃已经在部队内建立的秘密党组织和发展的积极分子，因此他向上级建议在身份暴露之前继续留在部队。

为了证明一一一师抗敌的决心，万毅率部攻克大店等日伪占据的要点，打出了鲁东南一片新的天地。

攻克大店后，万毅只身来到李家桑园，向常恩多汇报了一一一师当前存在的内外矛盾和可能出现的问题。常恩多听完后，十分痛心，坚定地对万毅讲："你放心，我决不坐他们（指孙焕彩、陶景奎、刘宗颜和政治部主任龚晓清）的四轮马车，因为我知道他们的四轮马车，出门准翻。"他思索了一下，接着又说："扣起你来，他们不敢，你不能离开现职，你离开了于整个部队前途不利，我没有什么难处，你安心干下去吧！"

这时，一个针对万毅的阴谋已经开场。

1941 年 2 月 17 日，孙焕彩、陶景奎假借重病在床的常恩多的名义通知万毅到师部开会，万毅没有怀疑，只带着几个随员就来到师部，然后立即遭到软禁。

孙焕彩、陶景奎电告战区司令于学忠，诡称万毅请求解甲归田。于学忠正为重庆和战区总部、五十七军上上下下不断指责万毅"通共"的事情烦恼不已，在接到孙焕彩、陶景奎电报后，没经调查就轻信了，于是立即回电批准了。

孙焕彩、陶景奎由此解除了万毅的职务，并立即指控他是"共党"分子，把他关进了监狱。

万毅被扣后，地下工委曹健华、张苏平和抗演六队、战时服务团、师部电台台长、译电员以及在师部工兵营工作的一些地下党员和抗日积极分子也分别被监禁起来。不久，孙焕彩、陶景奎等悄悄地把万毅解送到五莲山前的老君堂，交由后方师部的副师长刘宗颜看押，以后，又用了一个营的兵力，将他押送到总司令部驻地徐庄，关进了监狱。此外，他们还将抗演六队和战时服务团押送战区总部，交由总部国特政治部审查处理。

战时服务团全体人员拒不听从，在集体朗读文天祥的正气歌之后，展开了绝食斗争，直到迫使陶景奎等答应了他们的要求，才开始复食。政治部主任龚晓清认定有共产党员在里面组织指挥，扬言要在他们中间挖出共产党来。服务团的地下党支部吸收了几个非党群众骨干，成立了七人对敌斗争委员会，同国特政治部进行了一场审讯与反审讯的斗争。结果，他们没有抓到谁是共产党，只好对服务团所有人员解除看押。

二

南京，汪精卫召来“兴亚建国军”苏鲁战区司令李亚藩和双料间谍徐春圃。

一番寒暄、抚慰之后，汪精卫说：“这次找你们两位来，有一件重要任务需要你们完成。现在，重庆方面与延安撕破脸皮了，叶挺被顾祝同扣起来了。咱们在山东这边，也应该搞点动静。你们也知道，去年，常恩多逮捕了缪徵流，蒋介石很是生气，老早就想拿下他，因为于学忠阻挠，没有办成。为了制衡于学忠，老蒋专门派了周复到苏鲁战区监视于学忠、常恩多他们。这样看来，常恩多的日子越来越难过了。趁这个时候，你们过去一趟，就说我邀请常恩多参加南京政府，任命他为山东省政府主席兼保安总司令。我这里准备好了委任状。另外，听说他患了肺结核，我还给他准备了几盒链霉素。告诉他，等局势稳定之后，我亲自送他到日本东京大学治病。”说完，汪精卫从抽屉里拿出一个信袋和几个药盒。

李亚藩瞅瞅汪精卫，迟疑着没有马上接东西。汪精卫作恍然大悟状，说：“李司令，我决定，任命你为‘兴亚建国军’第五旅旅长，正式编入‘兴亚建国军’战斗序列，这是委任状。”说着，又拉开抽屉，拿出一个信袋递给李亚藩。

李亚藩面露喜色，快走几步接过来，行了个军礼：“感谢主席栽培，保证完成任务！”

汪精卫握了握李亚藩的手，笑着说：“我对你的能力很有信心，祝你马到成功。”

赣榆县城，李亚藩隆重地挂出了兴亚建国军第五旅的牌子，任命郭受天为参谋长，黄胜春为一四一团团长，张星三为一四二团团长，李化和为补充团团长。

郭受天是东北讲武堂第七期学员，比李亚藩晚两年，就任第五旅参谋长之前，为海州盐警局中校教官。

兰机关机关长新荣幸雄受徐春圃的邀请前来祝贺，给李亚藩撑足了场面。

受李亚藩委托，独立营营长王明德陪同徐春圃装扮成商人，雇了马车，装载几麻袋盐和几袋棉花赶往一一一师防区。

一进入一一一师防区，王明德、徐春圃就被巡逻哨发现，他们说是来给一一一师送盐和棉花的，又是东北老乡，要找常师长，加上给盘查的士兵塞了几块大洋，哨兵也没有难为二人。

一一一师师部副官刘唱凯将王明德、徐春圃二人领进司令部。

见一男一女进来，常恩多欠欠身，招呼道：“听说你们两位是东北老乡，在这一带做生意?”

王明德说：“常师长，我们是夫妻，辽宁营口人，在本地做点小生意。”说到这里，王明德又回头看了看刘唱凯，说：“我们是给师长贺喜来了。”

常恩多嘴角微微动了一下，说：“有什么喜事？说说看。”

王明德朝徐春圃使了个眼色。徐春圃慢慢抽出发簪，从发簪里抽出一张纸，递给王明德。王明德将纸张展开，说：“常师长，南京汪主席非常赏识您的人品和能力，特委派我们给您送委任状，委任您为山东省政府主席兼保安总司令。另外，还让我们给您捎来了治病的特效药。汪主席还说，等事情平稳之后，他要亲自陪您到东京治病。”说着，就要上前把委任状递给常恩多。

常恩多猛地站起来，厉声喝道：“大胆，拿下!”

早有卫士们冲过来，将王明德、徐春圃扭住。

王明德大叫：“师长，这可是大富大贵啊，还有你的病，只有日本人能给你治好，别拿自己的命开玩笑啊!”

徐春圃使劲扭了一下身子，大声说：“轻一点，占老娘便宜啊。”接着又对常恩多说：“常师长，当年蔡锷将军得的就是这个病，本来在日本控制住了，他非得回云南起兵讨伐袁世凯，结果，他的病又犯了。何苦呢，还不是为他人作嫁衣？常先生，你的病到日本还是能治好的，不要逞强了，你斗不过蒋介石，更斗不过八路军，只有跟着汪主席，才能获得大日本帝国的庇护。”

常恩多冷笑一声，说：“这个不劳你操心。”接着厉声道：“带下去审讯，通知副师长、参谋长、旅长、团长前来开会。”

刘唱凯高声答应：“是，押下去!”

刘唱凯将王明德、徐春圃分别关押审讯，没用多长时间，就取好了口供。

一一一师团以上军官接到通知，迅速赶到师部。

常恩多命令将王明德、徐春圃押过来，让刘唱凯将事情经过讲述清楚，并把汪精卫的委任状以及王明德、徐春圃的口供传给众人看。众人看后，面面相觑，最后将目光集中在常恩多身上。

常恩多整了整军装，严肃地说：“弟兄们，我们生逢乱世，国家遭到日寇凌辱，身为军人，只有以死报国。南京逆贼汪精卫，自己甘为走狗，现在又幻想拉我们下水，这是对我们的侮辱。我决定，杀掉一个汉奸，另一个放回去，让他跟汪精卫老贼回话，如果再敢到一一一师挑拨离间，来一个杀一个，来两个杀一双。好了，你们两个谁死？”说完，他的目光在王明德、徐春圃脸上扫了一圈。

王明德脸早已吓得煞白，哆嗦着说：“师长，她是汪精卫的干闺女，日本特务兰机关新荣幸雄的相好，还跟李亚藩有一腿，事情都是她鼓捣的，要杀就杀她。我不回去了，我跟着您打鬼子，您放过我吧，我家里还有七十多岁的老娘啊！”

徐春圃朝王明德啐了一口：“夙包！”转而揭发道：“他真名叫王明德，原来是你们驻郯城马头二连的连长，现在跟着李亚藩当营长。”

常恩多冷笑一声：“扒了皮，也认识他的骨头。”

参谋长陶景奎走近常恩多，说：“师长，是不是把他们交给总部处理更好？”

常恩多将手指向王明德，冷声道：“不必了，杀！”

刘唱凯走过来，提起王明德，断喝一声：“走，狗汉奸，领死去！”院子外，很快传来一声枪响。

第四十回　万顷波法庭斗凶顽　常恩多抱病举义旗

一

万毅入狱后不久，日军又展开了大规模的春季大“扫荡”。苏鲁战区司令部和五十一军主力被日军合围，眼看着有全军覆没的危险。

形势危急之际，于学忠派人叫来对这一带情况熟悉的万毅，征询突围办法。万毅建议于学忠必须乘天黑突围，否则天亮后部队有被日军消灭的可能。于学忠在听了万毅对敌情做的分析后，认为有道理，让万毅领着特务团保护总部突围。

万毅带着特务团前卫连走在最前面，他沿着熟悉的山路，避开了日伪军的哨卡和封锁线，最终引导总部成功地突出了重围。

万毅率部突围成功，看守们对他的态度产生了转变，对他的看守也不再像以前那么严厉了。

突出日军包围后，于学忠对部下说：“什么共产党，我看万毅不像。他对这里的地形熟悉，有什么情况，要多向他请教。”

1942 年 4 月，重庆特务机关给苏鲁战区司令部发来密电：“奉总裁手谕，万毅通敌叛国，就地处决，具报。”

中共地下党员、战区总部代理秘书长郭维城接到密电后，马上将电报送呈于学忠。

于学忠拿着电报，气得双手发抖，说：“我当兵 20 余年，还没干过这种缺德事。”

见于学忠这样表态，郭维城悬着的一颗心放下：“是的，总司令，万万不可照此命令行事，否则，东北军弟兄们的心就寒了。”

于学忠将电报递给战区总部参谋长王静轩："王参座，麻烦你走一趟，看看获三什么意见。"

王静轩拿着电报，来到常恩多病床前。常恩多愤怒异常，说："这不是处置万毅，这是处置杀敌锄奸的每一个有功的人。万毅是我的部下，他没有罪。总司令如果一定要处决万毅，那就请先解散百十一师，先杀了我常恩多。"

王静轩摇摇头，一声不吭回到总部，将常恩多的态度告诉于学忠。于学忠看了郭维城一眼，征询道："依你看，此事如何办理为妥？"

郭维城："总司令，为了对上对下都有个交代，最好的办法是拖。"

于学忠："怎么个拖法？"

郭维城："走法律程序，公开审判万毅。"

于学忠："好，给重庆发电。"

郭维城代为起草，于学忠审阅签字后将电报发出。电报曰："万毅坚决抗日，屡立战功，何言通敌？如犯军法，应予公开审判，明正典刑。秘密处决，碍难执行。"

蒋介石收到于学忠的电报后，为了将万毅置于死地，派军法副分监李文元来当主审官。因为有"九二二"锄奸事件这一背景，有关万毅的这场审判，受到了社会各界的关注。

法庭上，万毅慷慨陈词："我万毅蒙张汉卿将军一手栽培，方成为一名堂堂正正的东北军军官……我自觉无愧于东北父老乡亲，无愧于国家民族……"

在讲述自己的抗日过往时，万毅历数了从军十几年来打过的仗："我们东北军弟兄们打日本人的这些事，委员长可能不愿听，但是，老百姓们都知道，日本人'不怕一万，就怕万一（万毅）'。我万毅，誓死抗击日本侵略者，何罪之有？"

万毅的发言让李文元毫无招架之力，只好宣布休庭，继续关押万毅，再做打算。

常恩多得知审判万毅的消息后，非常惦念万毅的处境。7 月 7 日这一天，常恩多感慨万千，想到自己痊愈的希望渺茫，便写下了一篇遗嘱，希望一一一师将"九二二"锄奸精神贯彻到底。写完后，交给副官刘唱凯，说："我死之后可把这遗嘱交给万毅。万毅倘若不能回来，就交给郭维城，向全体官兵公布。"

8 月 2 日，苏鲁战区军法分监以"通敌、西安事变从犯、奸党嫌疑"三条指控，对万毅宣告终审判决。

法庭上，万毅愤怒地一一驳斥着法官们加给他的所谓罪名，直驳得他们哑口无言。最后，法庭不得不草草收场。

二

8 月 1 日，军医处长宣布常师长的病停止治疗，全师官兵陷入惶惑状态。

2 日午间，郭维城携夫人前往看望常恩多，此时，常恩多已经是奄奄一息。见郭濰城进门，常恩多哭起来，只是嘴动，不能成声。好久，常恩多用手势唤人拿来纸笔，勉强写出了几句话：“务要追随郭维城，贯彻张汉卿公主张，达到杀敌锄奸之大欲。本师官兵须知。八二。”

常恩多把遗言交给郭维城，并把派克钢笔递给郭维城，用微弱的声音说：“我用不着它了，送给你作纪念吧！”

离开常恩多，当天下午，郭维城持总部介绍信，与夫人一起来到扣押万毅的小院，和万毅进行了密谈。郭维城说：“常师长病危，已无希望，我们将有一个行动，你警觉点，到时派骑兵接你出去，千万不要误会。”

郭维成走后，万毅思绪万千，想到常师长病危，就要撒手人寰，不禁泪水涟涟；又想到郭维成为救自已将要采取的行动，担心如果不能成功，反而又搭上一个同志，如果不明不白地死在这里，就是跳进黄河也洗不清了。于是，万毅决定越狱。

万毅被关押在一处农家小院里。万毅细细观察后发现，农院高高的围墙外就是一片玉米地，只要想办法躲过哨兵的监视，翻墙而出，就有把握冲出去。

为了麻痹哨兵，万毅白天频频上厕所，佯装自己吃坏了肚子。开始，哨兵还要跟着他一同进厕所，后来经过几次后，也就放松了警惕，不再跟进去了。

半夜时分，万毅又跟哨兵说要上厕所，对方也没起疑心。他们不知道，万毅白天就在厕所准备好了一块木楔和几根绳子。他把木楔插进土墙里，再用绳子一拉，凭着极好的身手，一下子就翻出了墙。

万毅冷静地四处察看了一下周围的环境，辨明了游击区的方向，一头钻进高大的青纱帐，一口气跑出去十多里地。

天亮后，万毅到了一个村子附近。为了谨慎起见，他暂时没有进村，而是在村外问放羊的孩子。他在问清村里没有驻国军后，进村找到村长。他要求村长带自己去见八路军。村长见他戴着眼镜，虽然穿着国民党军的制服，但孤身一人，不像对根据地有威胁，便派人送他去找八路军。

万毅进山后走了不久，来到八路军山东纵队二旅六团三营九连驻地。万毅见了连长立即自报家门，连长马上派战士把他送到了团部。在六团团部，他受到了八路军指战员的热烈欢迎。随后六团立即向纵队和中共山东分局通报情况，分局很快派谷牧来迎接万毅。

万毅越狱逃跑后，直到次日才被发现，苏鲁战区总部立刻陷入了一片混乱。

于学忠一面四处派人搜捕万毅，一面考虑怎么搪塞重庆方面，还担心一一一师生变。他四处询问和万毅私交不错的部下，其中就包括自己的秘书郭维城。

战区总部政治部经过调查，查明万毅越狱前只有郭维城探过监狱，于是把万毅出走的责任全部推到郭维城身上。

郭维城见情况不妙，立即去找病重的常恩多，告诉他万毅已经逃跑的事情，总部已经开始调动部队，恐怕要对一一一师采取措施。常恩多把枯涩的眼睛用力一瞪，差不多每一根神经都绷起来，说："咱们马上行动！"

接着，常恩多让副官刘唱凯把工兵营王营长找来，严肃地嘱咐他们："事情就这样干了，你们一切听从郭处长的，这是我为国家民族利益的最后一着。"他又以沉重的语气对刘唱凯说："你跟我将近二十年，你对得起我，事成了没有说的，要是不成，（指着刘唱凯佩带的手枪）你就打死我，我不能受他们的污辱。你如果不忍心，就把枪交给我，我自杀也成。"刘唱凯含泪说："师长，你放心吧！干不成，咱就和您一块儿回老家去。"

郭维城离开常恩多后，根据已确定的行动方案，把特务连张德福排长找来，向他说明了情况，要他搞好师长驻所周围的警戒。刘唱凯到了手枪排，和排长王忠芳一起做了具体布置之后，随即向陶景奎、刘晋武、刘宗颜、龚晓清和各团团长打了电话，要他们马上来师部，师长要向大家做最后一次讲话。

陶景奎、刘晋武等都想登上师长宝座，接到电话，心中暗喜，认为这一定是师长交代后事了，一个个束装整衣，收拾得干干净净，来到常恩多住的院落里。这时，刘唱凯早在门口等着了，他笑呵呵地说："各位长官，师长正在屋里打针，请先到东屋凉快凉快吧！"陶景奎、刘晋武都异口同声地说："不必了，就在阴凉地等一会儿吧！"刘唱凯向房内招呼一声："喂！出来吧！"两边厢房忽地跃出了十几个手枪兵，用驳壳枪直指着陶景奎、刘晋武等人的胸膛。刘唱凯紧握着左轮手枪，大声讲道：“师长说，师里出了奸细，要出卖百十一师，为了避免发生意外，命令你们把枪缴了!”陶景奎、刘晋武等人早已吓呆了，乖乖地被解除武装押送到一边去了。与此同时，国特政治部主任龚晓清、军法处处长侯小鲁也被分别关押起来。

大事稍定，郭维城、刘唱凯和几位团长向常师长报告了解除陶景奎、刘晋武等人武装的经过。常恩多欣慰地说：“好好地办吧！不要告诉我了。”

接着常恩多向几位团长讲：“咱们终于把蒋介石的笼头抹掉了！从今往后，咱们可以贯彻张（学良）副司令的主张，不再打内战了，可以和八路军团结起来共同抗日了，有骨头的小子们就这样干吧！孙立基（六六二团团长），你留下，协助郭处长处理全师事务，其他人回去，好好掌握部队，把道理给大家讲清楚。”

郭维城很快把中共地下党员张苏平、刘祖荫接来，请他们起草“八三”起义通电和宣言，并派人与山东分局联系，接万毅旅长迅速回师。

8 月 3 日至 7 日，郭维城在孙立基团长的全力协助下，更换了少数军官，解除了李延修和厉文礼手下一部分反动武装；同时命令六六六团两个营从西面，六六二团三营从东面配合，包围总部驻地，收缴总部特务营的武器，特务营营长侯宜禄在郭维城的积极工作下，率部参加起义。

于学忠发现队伍异常，化装成老农，在少数卫兵的保护下，向北逃去。

8 日凌晨，起义部队向南移防。在这严峻的时刻，阵线非常分明：坚持团结抗日，走革命道路的官兵，打起红旗，向南开进；坚持反共反人民，走妥协投降道路的，向北叛逃。

师部到达抗日民主根据地莒南县王家坊前驻扎。8 月 9 日凌晨，常恩多伸出枯槁、颤抖的手，从怀里掏出身上仅有的六十块钱，送给了服侍他的勤务兵，用微弱的声音说：“谢谢你，这些年辛苦你了。”说完，溘然长逝。

当中共山东分局书记朱瑞赶来时，郭维城、孙立基、刘唱凯等人正围在常恩多的遗体前暗暗流泪。朱瑞抓着常恩多冰凉的手，失声痛哭：“同志，我们来晚了!”

百十一师起义部队开进滨海抗日根据地以后，受到了党政军和广大人民群众的热烈欢迎和丰盛慰劳。山东分局书记朱瑞同志亲自到百十一师看望部队，表示慰问。八路军第一一五师政治委员罗荣桓同志，亲自接见校以上军官，对一一一师坚持团结抗日、光荣举义给予高度的评价和赞扬。他指出：百十一师起义是在国民党反动派反共气焰高涨、抗战最艰苦的时候发起的，对国民党反动派反共反人民政策是一次严重打击，为我控制甲子山区，迅速改变敌我态势，为扩大滨海抗日根据地，创造了有利条件。各方面的剧团、宣传队接连不断来到部队演出，向全体官兵表示慰问。

经延安批准，起义后的百十一师，番号不变，仍称“一一一师”；任命万毅为师长，郭维城为副师长，于文清为参谋长，王维平为政治部主任；任命孙立基为三三一旅旅长，关靖寰为三三三旅旅长，阎普为六六二团团长，杜荣民为六六五团团长，彭景文为六六六团团长，侯宜禄为独立团团长，刘唱凯为副官处主任，张德福为特务营营长，对师部机关其他各处主要领导干部，也进行了任命。

为了纪念常恩多同志，山东分局、第一一五师、第一一一师举行了隆重的发丧仪式，并在朱梅举行了追悼大会。朱瑞、罗荣桓、肖华、黎玉、江华、王建安、谷牧等同志都参加了追悼会，送了挽联。山东省战工会、参议会，省农、工、青、妇，滨海区党委、军区和行署，军区教一旅、教二旅、教五旅、抗大一分校，大众日报社，莒县、日照、莒南等十几个县，以及数百个区、镇、村的各界团体代表都送了挽联挽幛。朝鲜义勇军反战同盟也送了挽联，全师各单位和个人送了数百件挽联。追悼会上，朱瑞同志介绍了常恩多同志对中国人民解放事业做出的巨大贡献。他最后说：“常恩多同志是一位抗日爱国的民族英雄，我们要好好学习他一生无私无畏的革命精神，继承他的遗志，抗战到底!”参加追悼会的同志们以无限悲痛的心情，怀念这位中华民族的优秀儿子，中国共产党的杰出党员，英勇杀敌的抗日民族英雄。

为了永远怀念常师长，激励人们继续前进，师政治部组织编写了《常故师长纪念册》，搜集了常恩多同志的遗像、遗嘱，以及挽歌、简传、年表、讣告、誓词、追记、纪念、哀悼、遗著选抄、锄奸文献、遗书、哀荣录等，由大众日报社印制一万册，散发给鲁苏皖抗日民主根据地和八路军、新四军机关部队等各方面，对扩大团结抗战和统战工作起了很好的作用。

第四十一回　八路军鏖战甲子山　孙焕彩兵败鲁东南

甲子山区，地处鲁东南，东临黄海，西接鲁中，位于莒（南）日（照）边界，方圆几十里，大小山头近百个，是滨海地区之心腹，距山东分局、山东军区驻地坪上仅二三十里地，战略地位十分重要。

1942 年一一一师“八三”起义西进后，顽固派头目孙焕彩收罗残部二千余人，勾结当地土顽抢占了甲子山区，对山东分局、山东军区构成了巨大威胁。

1942 年 12 月 16 日下午，山东分局、军区在坪上召开作战会议。军区的大会议室里坐满了人，教二旅、教五旅、山纵二旅、起义的百十一师的领导人按时到会。罗荣桓、朱瑞、陈光和陈士榘端坐在中间，会场异常安静，充满着肃穆的气氛。

罗荣桓环视一周，与每位与会人员进行眼神交流，然后操着洪亮的湖南话，分析当前国内外的形势：“同志们，在苏德战场上，苏联红军把敌人牢牢地钉在列宁格勒、斯大林格勒和莫斯科近郊，德寇已是强弩之末，苏联红军即将转入全面反攻。在中国战场上，我党领导的抗日军民经过浴血奋战，粉碎了日寇的扫荡，使敌人遭到了重大损失。同时，由于日寇贪心不足蛇吞象，偷袭美国珍珠港，爆发了太平洋战争，引发美国、英国对日宣战，从而分散了日军的兵力。因此，山东的抗日形势逐渐好转，抗战最困难最艰苦的时期已经过去了。”讲到这里，罗荣桓喝了一口水，坚定有力地说：“我们要抓住这一有利时机，巩固和发展根据地，壮大武装力量，彻底改变滨海的局面。”

大家听了罗荣桓的精辟分析，感到心胸豁然开朗，对未来的胜利充满了信心。

接着，罗荣桓走到地图跟前，讲述了甲子山区的地形、敌情和这次战役的重大意义。之后，罗荣桓手指地图上的甲子山，神情严肃地强调：“同志们要充分认识这次战役的重要性。孙焕彩这个顽固派，侵占了甲子山区，就像一个楔入滨海根据地的钉子，不消灭这股顽军，整个滨海，乃至山东抗日根据地的巩固和发展就会受到阻碍。这是改变滨海、山东局面的重要一仗，这次分局和军区下了决心，无论如何也要把这个钉子拔掉！”

罗荣桓的话，像在每个人的心里点燃了一团火，大家的请战心情再也按捺不住，纷纷请求下达作战命令。

参谋长陈士榘站起来，宣布作战部署，下达作战命令：“本次参战部队有教五旅、教二旅六团、山纵二旅、军分区独立团、抗大及新一一一师共万余人，计划分兵四路向敌进攻，从甲子山东南往西北方向实施主要突击，采取中心开花战术，首先歼灭石场敌指挥机关，乘其混乱全面歼灭敌人。教五旅担任这次战役的主攻任务，从南路向敌师部驻地石场和东部屏障樟山实施攻击。这一路，由梁兴初旅长负责。西路，教二旅六团、山纵五团，统归曾国华旅长指挥。北路，孙继先旅长带领山纵六团控制浮棚山、蒲汪等阵地，阻击北面南援之敌。新一一一师、军分区独立团由万毅师长指挥，迂回到甲子山以东，直取南北垛。”

四个方向作战主官和作战科长齐刷刷起立：“坚决完成任务！”

17 日晚 10 时，一串红色信号弹腾空而起，激烈的枪声撕破了山区的沉寂，战斗骤然打响。

西路，教二旅六团、山纵五团在教一旅旅长曾国华指挥下，分两路出击。六团以勇猛的动作攻占了东旋子口，俘敌八十余人，缴步枪六十余支，尔后向址坊和灯笼山发起进攻；五团迅速攻占了三皇山，切断了顽军向西突围之路。

北路，山纵六团迅速控制了浮棚山、蒲汪等阵地，击溃了企图南援之敌。

东路，新一一一师、军分区独立团等部在万毅指挥下迂回到甲子山东，直取南北垛，再克赵家庄、刘家庄，残敌纷纷溃逃张家石汪、刘家东山固守。

南路，教导第五旅十三团在团长卢迪、政委覃士冕的指挥下，迅速攻占石场村东大碉堡，并击溃由朱芦增援石场之敌，之后，向樟山敌人中心阵地进攻。

樟山是石场东部的唯一屏障，顽军在此构筑了十分坚固的工事，配之以轻重火器，派重兵扼守。

孙焕彩突然遭到四面攻击，惊恐万状。判明形势后，孙焕彩一面命令收缩兵力，控制要点，一面立刻纠集了 1300 多人，亲自指挥，向教五旅十三团拼命反扑。霎时，枪弹、炮弹、手榴弹，像疾风冰雹似的泻向十三团阵地。十三团反复冲杀五次，毙伤顽敌三百余人，但因部队伤亡逐渐增大，又遭刘家东山之敌的侧面攻击，处于非常不利的地位，眼看无法攻占樟山，只好撤出战斗。

天将亮时，枪声渐渐稀落下来。旅指挥所，梁兴初组织各团总结经验教训，研究作战方案，决定由旅特务连配属十三团再次向樟山进攻。

天亮之后，部队占领了樟山南侧的攻击出发阵地，旅指挥所也顺着孙家土山西侧山沟，前进至樟山东侧六百米的高地上。

樟山南北长三百多米，东西宽一百多米，敌人在山的南北两侧，各修了一个巨型地堡，厚度达一二米；地堡之间，又修筑了两道一人多高的石墙，从墙下通出来许多掩体。山上光秃秃的，既没有树木遮挡，又没有沟壑藏身，真的是易守难攻。山的西北，与刘家东山之间，还有一条交通壕沟，驻守在刘家东山和石场的敌人随时可以向樟山增援。

发现教五旅攻击受阻后，罗荣桓偕同朱瑞、陈光赶往教五旅指挥部。梁兴初迎上前去，着急地说道："首长，这里太危险，你们下去吧。"

罗荣桓打断梁兴初的话，问道："部队准备得怎么样了？"

"报告政委，准备工作已经完毕，请首长放心。"梁兴初应声回答。

罗荣桓点了点头，接过望远镜，仔细地观察了山上的敌情。敌人的冷枪不时带着刺耳的尖啸声从头顶飞过，但罗荣桓毫不在意。

时针指向了9时正，配属教五旅的两门机关炮向敌人猛烈轰炸。在嘹亮的冲锋号声中，部队发起了勇猛的冲击。山上硝烟弥漫，弹片和石块乱飞，枪炮声、喊杀声震耳欲聋。由于敌人依托坚固的工事，并以密集的火力封锁进攻的道路，两次攻击都失利了。

罗荣桓在土坎旁默默地凝视着樟山。梁兴初不安地说："政委，我们这次又没有打好。"

罗荣桓听后，态度平静地对大家说："我在这里看得很清楚，你们打得很英勇，战士们很顽强。现在你们的任务，就是把敌人紧紧地围困起来，实行工程作业，逼近敌人，还要大力开展政治攻势，并随时准备继续发起攻击。"

按照罗荣桓的指示，各参战部队停止强攻，以少数兵力控制要点，严密监视和封锁敌人，主力转入休整。

孙焕彩所部被压缩在甲子山南麓南北长十里、东西宽不到五里的狭长地带，该地带东、西、北三面环山。孙焕彩将主力集中在址坊、石坊、刘家东山、朱芦等村庄，依托樟山、灯笼山等要点，做困兽之斗。

各路进攻部队在敌据点周围布下机枪手、狙击手，专打暴露的敌人。在部分兵力掩护下，四个方向的进攻部队夜以继日进行土工作业，把交通壕、掩体挖到敌人鼻子底下，步步逼近敌人。孙焕彩深感危在旦夕，于23日至25日三次组织反击，但每次都被打得焦头烂额，遗尸累累，只得缩回据点。

每到夜晚，我军就派出小股兵力袭击敌人，灯笼山、樟山一带，枪声四起，火光不断；同时，还对敌军展开政治攻势，民兵和群众在周围山头点起熊熊大火，呐喊助威，政工人员组织对敌喊话，规劝顽军士兵。

顽军在我久困之下，内无粮草，外无援兵，士气颓丧，军心浮动。粮食没有了，他们就在村里挨家翻箱倒柜，把老百姓的粮食、蔬菜、油料抢掠一空，连猪狗羊也宰杀吃光。到后来，这群饿急了眼的顽军，只要见到能吃的东西，不管是萝卜头还是白菜根，捞到就往肚里填。还有士兵饿急了眼，偷偷地跑到八路这边来。

19日，苏鲁战区35支队朱信斋部越过日莒公路，企图南援孙焕彩，至浮棚山以东被新一一一师击溃。黄昏时分，巨峰前后崖下、簸箕口、北山头等处的顽军向刘家东山、址坊溃退，被新一一一师及抗大一分校予以截击，被毙俘200余人。

26日，山东省第一游击纵队司令张里元率800余人由日莒公路北南下增援孙焕彩，被第一一五师教导五旅主力阻挡，缩回路北。

在纪甫和教五旅作战科长陈忠梅的陪同下，罗荣桓前往李家桑园村检查作战器材筹备工作。竹子河边，几个男孩各持一根长长的竹竿在冰面上嬉闹。河边，一片茂密的竹林发出哗啦啦的声响。

竹涛阵阵，翠竹入云，罗荣桓凝视着竹园，不由得驻足沉思……突然，罗荣桓一指竹林，高兴地说："有了！"

纪甫、陈忠梅不解地看着罗荣桓。

"走，到村里去！"

来到李家桑园村，罗荣桓安排军械部门请来几十名竹匠，设计制作用竹竿送炸药的小车。炸药车用竹子做成，前面用一根长竹竿绑着炸药包，竹竿可以调节长短。全村竹匠和八路军战士连续干了一天一夜，制作了30多辆炸药车，还用竹竿做了80多副轻便担架。

12 月 29 日晚，爆破班的战士们推着竹制炸药车前进到甲子山山坡和沟底，迅速接近敌人的火力点，将捆绑在长竹竿上的炸药包和手榴弹束塞进敌人的碉堡。随着“轰！轰!”的爆炸声不断响起，孙焕彩苦心经营的火力点被一一摧毁。

29 日晚，孙焕彩率领师部及三三一旅退出址坊、石场、刘家东山等据点，在南北山口向东突围。我军前堵后截，从两侧山头直扑敌人。敌人抛弃妻女，丢盔卸甲，夺路逃命，分散退至日莒公路以北。

30 日晚，三三三旅约有 1200 人由张家石汪向北突围，他们沿着一条山梁北窜，惶惶如丧家之犬。梁兴初发现敌情后，当即组织部队堵截。战士们从两侧山头以泰山压顶之势直扑敌群。刹那间，山沟里人撞马，马踩人，鬼哭狼嚎，顽军官兵抛掉马匹辎重，夺路而逃。许多从原一一一师起义的战士，向顽兵指名道姓地喊话，要他们放下武器，弃暗投明。敌人完全丧失了战斗力，陷入一片混乱之中，除少数窜逃外，大部被歼。

经过十四天的激烈战斗，我军共毙伤顽军 1000 余名，俘三三一旅参谋主任任家麟以下官兵 1137 名，缴获步枪 485 支，短枪 18 支，轻重机枪 22 挺，迫击炮 3 门，战马 30 匹及弹药、物资一部。

战斗结束后，人民群众欢天喜地，推着花生、白菜、粉条，抬着猪、羊，敲锣打鼓前来慰劳部队。军民一家，欢庆胜利，祝贺新年。

甲子山之战，打开了滨海地区的新的局面，使根据地迅速得到巩固和发展，往东与日照、诸城、莒县连成一片，往北与鲁中根据地沟通相连。孙焕彩遭我歼灭性打击后，从此一蹶不振。巍峨的甲子山区，重新成为我光荣的抗日民主根据地。

第四十二回　相公街纪甫锄奸　鸭子旺羽田毙命

一

石拉渊村董大善人家，王安选前来拜访，董大善人置办了一桌酒菜，喊来董清凡、董清平作陪。

今天，王安选比以往客气多了，让人称了四包月饼带着，称呼也变了，由原来喊“大善人”“滑鬼”改为“老叔”。

董大善人安排几人落座，董清平负责倒茶，董清凡掌管斟酒。董大善人笑得眯缝了眼，说：“王队长，听说河那边出了大事？”

王安选忙摆手，说：“老叔，什么队长不队长的，直接喊名字，不要生分了。”

董大善人：“哪能呢，是官强上民，是肉强上渣豆腐。队长就是队长，可不能含糊。”

王安选叹一声气，说：“人生无常，生死难料啊。一一一师常恩多，那么厉害的角色，他们军长说逮就逮，连老蒋都拿他没办法。这不，一眨眼，投了八路了。你说古怪不古怪？”

董大善人装作吃惊的样子：“怎么，常师长当八路了？”

王安选一拍大腿：“可把蒋介石气死了，已经发布命令把他师长职务免了。”

董大善人眨了眨眼，问：“听说南京汪主席封常师长为省主席，常师长不仅不干，还把送委任状的一个使者给崩了，真够狠的。”

王安选摆摆手：“爷儿们，不说这个了，怪瘆人的。”

董大善人笑笑：“来，上来四个菜了，咱透一个？”

王安选起身，将董大善人的酒杯捧起："爷儿们，我借花献佛，敬您一杯！"

董大善人慌忙起身："王队长，使不得，使不得。"董清平心想，王安选怎么换了魂了，这么客气。

王安选一脸诚恳地说："爷儿们，不瞒您说，这大半年，日子不大好过了，小梁家那几户财主不像以前那样听话了，当兵的也明着一套暗着一套。我打算找相公区周干臣区长通融通融，离开这里，到相公庄那边干，这里您接手怎么样？"

董大善人忙将酒杯放下，说："王队长，您还是饶了我吧，我还想多活二年呢。"

王安选把酒杯又端起来："爷儿们，巧妇难为无米之炊啊，眼瞅着八月十五到了，我开不出饷，急啊，您看，满嘴都起了燎泡。"说着，指着嘴巴给董大善人看。

董清凡随着说："是啊，大叔，我们队长这边忙着给弟兄们筹集粮饷，家里还得忙着盖屋，娶小老婆，真够忙的。"王安选瞪了董清凡一眼，董清凡赶忙住嘴。

董大善人笑笑："原来王队长要办喜事啊，哪个村的闺女？什么日子？"

王安选笑笑，说："相公那边的，日子就在八月十六。"

董大善人："怎么没下请帖，让我们乐呵乐呵？"

王安选有点尴尬地说："家里那货性子太烈了，不让娶，非得说她能生出儿子来，还说要是我娶了，她就和几个闺女一起喝盐卤。没办法，我得在外面盖房子，嫁妆也得我置办。这不，叫折腾的，唉，没钱憋死个人啊。"

董大善人端起酒杯，滋溜喝了一口，让道："你们也喝。"王安选几个人端起酒杯喝了。

董大善人咂咂嘴，问道："你老婆多大了？"

王安选回答："属羊的，三十五。"

董大善人板起脸，说："王队长，不是我说你，你老婆才三十五，又不是没开怀，你急着娶小老婆是有点不应该。"

王安选红了脸，说："爷儿们，咱这不是发急嘛，整天刀刃上舔血，谁知哪天就，唉，上船容易下船难啊。"

董大善人喝了一口茶，说："人行好事，莫问前程呢。"

王安选点点头，说："爷儿们，您说的都对，我听您的。只是开弓没有回头箭，那边日子都定了，这个婚还得结不是？您借我 100 块大洋，等我把事办了，秋后手提款上来，我就还给您。”

董大善人眯着眼睛问：“真的缺钱？”

王安选苦笑一下，说：“骗您是小巴狗。我想八月十三相公庄逢大集，把东西收拾齐了，十六摆几桌酒席，招待一下送亲的，赶紧娶过来，了了这番心事。”说完，他给董大善人倒上酒，捧给董大善人。

董大善人思量了一下，说：“这样吧，相公庄油坊还欠我点豆子钱，十三那天中午咱到相公庄我仁兄弟那里见面，我去要了给你。”

王安选挠挠头，问：“您仁兄弟是哪位？”

董大善人笑笑，说：“就是你们郭家湾林三中队徐广德的叔兄弟徐大胖子。”

王安选疑惑道：“准能要到？”

董大善人眯着眼，笑笑：“你说呢？”

二

阴历八月十三，相公庄逢大集。

纪甫上穿白毛洋对襟褂，下穿青布裤，脚穿浅口布鞋，头戴芦席斗篷（当地叫席角子），随身带了一把左轮手枪，肩上背着褡裢，里面鼓鼓囊囊，藏了两把压上火的盒子炮，装作走亲访友的样子。

相公庄是一个大庄，建村历史悠久。相传管仲年轻的时候和鲍叔牙结伴做生意，往返于齐国、鲁国、楚国、宋国等地，经常在这个地方歇脚。有一年，管仲想回老家看望母亲，鲍叔牙将生意本金和利润一分为三，让管仲带走两份，以便管仲赡养老娘，好安心出来干一番事业。后来，管仲当上了齐国的相国，与鲍叔牙一起辅佐国王小白，成就了齐桓公一代霸业。后人仰慕鲍叔牙高义，将二人分金的高台保护起来，称为分金台。因为管仲被拜将封相，人们将他经常落脚居住的这个村庄叫相公庄。

相公庄大集自西向东一字排开，长达一公里，分别是石料市、木材市、家具市、五金市、粮食市、牲口市、山珍海味调料市、鞋袜布料衣装市，之后向南拐入南寺村，各类杂耍、说书、唱戏的云集于此，好不热闹。

整个大集，有两个节点，一为相公村中商神庙，二为南寺释佛寺。商神庙建于明朝中期，用于供奉管仲、鲍叔牙两位贸易先祖。凡做生意有讲究的人，到相公，没有不来拈香跪拜的。释佛寺始建于隋朝大业年间，占地三十余亩，建筑宏阔，善男信女络绎不绝。寺前，有三株高大的榆树，上住一窝喜鹊，是方圆几里地标性的参照物。

纪甫在集市上逛了一圈，熟悉完地形，到路南南旺村与其他队员接上头，制定好行动方案。一行六个队员，分成两个组，一组盯住商神庙，一组看牢释佛寺。

大约十点多钟，王安选骑着一匹黑骡子来了。王安选头戴古铜色礼帽，身穿暗红色上衣，下穿青色裤子，斜挎一把盒子炮。王家中、董清平等八个伪军紧跟身后。

来到集上，王安选到家具市、衣装市转了一圈，看看四周没有异样，一头钻进三棵榆酒馆，与周干臣的侄子周同等人喝起酒来。手下弟兄散在周边，有去听戏的，有买小吃的，还有一个借口拉肚子看大夫，去找相好的去了。

纪甫一递暗号，两组队员迅速向酒馆附近集中。

“卖烟卷了，大鸡、飞马、哈德门，喷香喷香的烟卷！”一个武工队员胸前挂着一个小木盒子，一边吆喝，一边向王家中、董清平这边走来。一听有香烟，董清平飞快跑过来，伸手将木盒子里唯一的一包烟抢在手里，问：“多少钱一包？”

“两毛九一包。”武工队员答道。

董清凡正要掏钱，王家中赶过来：“来一包大鸡。”

“老总，没有了。”武工队员说。

王家中不耐烦道：“妈的，就一包烟，你吆呼个熊！拿来！”说着，一把从董清平手里夺过烟，撕开烟封，抽出一支叼在嘴里。

王家中还等着董清凡给他点火呢，这边董清凡感觉很没有面子，一把将王家中手中的烟打掉，抬起右脚跺上去，又使劲踩了踩，搓了搓。

王家中从没见过董清平这么大胆过，不禁大怒，抡起巴掌，照着董清平的耳朵扇下去。董清平被打得感觉天旋地转，他又羞又恼，猛地扑向王家中，将王家中一头撞倒在地，掐住脖子摁住。周围几个汉奸赶紧过来拉架。

纪甫站在酒馆斜对过的点心铺，让老板给包了四斤月饼，冷静地观察四周动静。

看王家中与董清平在那边打起来，纪甫感觉时机已到，急忙将月饼往柜台上一放，猛跨三步到了酒馆门口，抽出两把盒子炮，“啪啪”两枪把坐在酒桌上的王安选放倒了。

前来“赶集”的六位队员，几乎同时将枪口对准了王家中和其他五个伪军。五个伪军吓得浑身筛糠，趴在地上一动不动，乖乖听话交出枪支。其他走远的三个伪军，听见枪响，早已躲入院中、屋内，不敢出来。

三

第二天，小梁家、相公庄等地发现大量传单，传单历数梁化轩、王安选的罪状，警告汉奸伪军赶紧弃暗投明，或者脱去伪军服装回家种地，不然的话，就是下一个枪毙目标。

小梁家据点人心惶惶，没有人敢出来接任队长，就连梁化轩也借口断了胳膊予以推辞。

看一群伪军垂头丧气的样子，羽田熏二焦急异常，找来王家中，竖起大拇指，说：“王排长，听说在排长中你的威望最高，我向铃木队长建议，队长一职由你来接任，希望你不要辜负大日本皇军对你的信任。”

王家中一听羽田熏二找自己，就知道没有好事，忙说：“太君，我的不行，我在这里威望小小的。”说着，将右手小拇指竖起来晃了晃。

羽田熏二哈哈大笑：“你们中国人就是这么没有出息，一个小小的队长职务还要谦虚再三。王桑，就这样定了，你通知下去，明天全体集合，铃木队长要来训话。”

王家中焦急道：“太君，还是让二排长董清凡干吧，他是本地人，他们村的士兵多，他当队长更合适。”

羽田熏二勃然大怒：“八嘎，董清凡狡猾狡猾的有，队长必须由你来干。”

王家中不敢再拒绝，只好说：“太君息怒，我这就去下通知。”

第二天，铃木次郎骑着高头大马，带着一队人马前来小梁家给伪军们训话。已经十点了，伪军们挤满了院子，只有王家中迟迟不见踪影。铃木正焦急时，一个中年人跑来，手里拿着一张纸，嘴里喊着：“王家中得了黑死病，让我来向太君请假。”

狐疑之下，羽田熏二只好临时委派董清凡代理队长一职，整队听铃木队长训话。

铃木训完话之后，羽田熏二感觉没有面子，跟铃木耳语几句，骑上摩托车，带着两个伪军到鸭子旺村去找王家中。

鸭子旺村位于汤河与管仲河的交汇处，三面环水，一湾河水曲曲折折。河湾里芦苇丛生，一群群鸭子在河里戏水。

来到王家中家门口，只见大门紧闭，门楣上挂着一块红布。两个伪军下车后，躲得远远的，不敢进门。

羽田熏二一脚踹开大门，高声吆喝："王家中，你临阵脱逃，良心大大的坏了。"

屋内，王家中的母亲和妹妹躲闪不及，被羽田熏二发现："王家中，大日本皇军让你当队长是对你的信任，你装病人躲避任命，是对我大日本大大的侮辱。既然如此，就让你家花姑娘为皇军服务好了。"说着，伸手就来拽王家中的妹妹。

王家中的妹妹惊叫一声，忙往母亲身后躲。羽田熏二一使劲，将王家中妹妹拽到自己身边，把王家中母亲带倒在地。

王家中妹妹见母亲被拉倒，大喊："哥，打人了！"

羽田熏二拉着王家中的妹妹往外走，王家中的妹妹厮打着不愿走。

突然，王家中从后面用枪顶住羽田熏二的脑袋，"砰"的一枪，羽田熏二倒在地上。在院子外的两个伪军慌忙端枪进院，被王家中用枪指着："把枪放下，躲得远远的。"两个伪军吓得赶紧把枪放下，一溜烟跑了。

王家中将羽田熏二的死尸拉到河边，扔到河里。回家后，王家中将家中细软收拾好，把母亲、妹妹扶上摩托车，打着火，在村民们异样的目光下出了村，向沭河以东开去。

第四十三回　小林汤头稽查盐政　纪甫汤河智捉日酋

一

接到电话通知，日军驻临沂商行经理小林征佐今日到汤头检查经济运行情况，铃木次郎赶紧派出一个分队到太平乡地界迎候。晌午时分，他将小林征佐接到绿竹苑墨竹厅盛情招待。

一连两天，小林查阅绿竹苑会计账簿，盘点汤头、林子等地食盐营销数据，对汤头的经营状况表示了极大的不满。

“铃木君，汤头镇管辖太平、葛沟、圪墩、石莲子这大片区域，人口接近 20 万，一年应该销售 80 万斤食盐。但是，铃木君，我大日本食盐株式会社在你辖区仅仅卖出了 5 万斤食盐。你不会告诉我，这里的人不吃盐吧？”

铃木次郎眨巴眨巴眼睛，往账本前探探头，瞅了一眼：“不会吧？”

小林合上账本，语重心长地说：“铃木君，你的人马每天躺在温泉里悠哉游哉，任由八路的私盐大量涌入，将我大日本的市场蚕食净了，这样下去，我们拿什么支撑大东亚战争？这个责任你负得起吗？”

铃木又眨巴眨巴眼睛，说：“小林君，这边八路厉害，我为守住汤头已经殚精竭虑了，哪敢再出去稽查啊。不如您跟川本大队长说说，把我调回临沂城吧，就是当个分队长也行。”

小林把账本一拍：“八嘎，你大日本军皇军的气魄哪里去了！必须严查食盐走私！”

汤头镇后林子村位于汤头镇东北部 10 里处，与沂南县、莒县交界，与前边的前林子村仅隔一条水沟。两个村共有 3000 多人，是人口集中的大村。

小林征佐带着侦缉队的人来到后林子村村长李长存开的杂货铺。

一个妇女端着一个干瓢从杂货铺出来。小林一挥手，一个侦缉队员一个箭步冲上去，将妇女手中的干瓢夺过来，递给小林。妇女见十几个鬼子、汉奸围上来，吓得扭头退进杂货铺。

小林接过干瓢，扒拉一下瓢里的盐，用手指捻起几粒盐搓了搓，冷笑着一挥手，一群日军窜进杂货铺，里里外外到处乱翻。

杂货铺店主李长存心惊胆战，脸色蜡黄。突然，从院子里传来声音："找到了，这里有地窖。"

小林用手一指李长存："他私通八路！"上来两个侦缉队员，不由分说将李长存双手扭在背后。

小林来到院子里，早有几个侦缉队员从地窖里拖上几袋子盐巴。小林"啪啪"扇了李长存几个耳光，指着堆在地上的盐巴喝问："大日本皇军供应的食盐你不卖，你私通八路，卖八路的食盐，良心坏了，死啦死啦的有！"

李长存梗直了脖子，辩解道："我卖的盐就是你们送的盐。"小林从一个侦缉队员手里接过一杆三八大盖，用刺刀刺开麻袋，冷笑一声："我大日本皇军生产的盐有这么大小不均吗？有这么多杂质吗？"李长存默然。

小林围着李长存转了一圈，直直地盯着李长存："我问你，你们村有多少村民？今年你卖了皇军多少食盐？"

李长存摇摇头："卖几斤盐还得上数吗？"

小林冷笑一声："我早调查明白，你们村有 1500 口人，一年应该吃掉 6000 斤食盐。而你，今年仅仅卖了我大日本皇军 890 斤食盐。难道你们村不吃食盐吗？"

李长存："我们吃不起！"

小林声嘶力竭地吼道："不吃？不吃也必须缴税！按盐价三成的税率，你必须缴纳 600 元盐税。"说完，头一摆，喝令："带走！"

见日本人要带走当家的，李长存的老婆从屋里跑出来，一下跪在小林的脚下："太君，我们不卖了，您饶了我们吧。"

李长存厉声喝道："起来，滚屋里去，这里没你的事！"

在女人和孩子的一片哭泣声中，李长存被小林带走了。

二

滨海军区政治部得到来自临沂城的线报，日军驻临沂商行经理小林征佐到汤头查看食盐专卖和绿竹苑经营情况，可能要在那里疗养几天。政治部主任刘兴元将捉拿小林征佐的任务交给了武工队。

纪甫领受任务后，挑选人马，制定方案，准备在汤头实施抓捕。

内线报告，小林征佐40多岁，中等个头，体胖身虚，喜欢洗澡、吃西瓜。在临沂居住时，他几乎天天晚饭后到沂河里泡澡，有时一泡就是两三个小时。跟随他的警卫等得发急，干脆带着啤酒在岸边一边喝，一边等候。

夜晚，汤头镇驻地，审讯完李长存后，燥热难耐的小林征佐下了汤山炮楼，带着两个警卫一步三晃向西走，走了1000多米来到汤河岸边。

汤河岸边柳树上的知了还不时发出聒噪的鸣叫声，一只只萤火虫穿梭飞舞，发出绿莹莹的光，与天上的星星交相辉映。

石板桥上，几个小男孩脱光了衣服正要跳下去游泳，见小林和两个警卫走来，慌忙抓了裤衩就跑。小林哈哈大笑："小朋友，不要跑，过来，糖果的有。"几个小孩躲得远远的，不敢过来。

柳树下，武工队员江大勇看着一小堆西瓜，坐在马扎上，悠闲地摇着蒲扇。不远处，武工队员梅子修坐在岸边垂钓。

铃木的两个警卫分别在石板桥上下游搜索了200多米，将岸边钓鱼的赶走，回来和小林叽里哇啦说了几句。小林脱掉衣服，慢慢走进水中。

汤河水面不到100米宽，水深不到两米，水流平缓凉爽。小林仰浮在水面上，慢慢往下漂。

天上繁星点点，璀璨的银河横亘天空。岸边草丛中，蟋蟀在不知疲倦地弹奏着小曲；岸上豆地里，青蛙呱呱的叫声传到很远，又引发他处的青蛙呱呱鸣叫。不知不觉，小林游到了几百米之外。

突然，伏在水边的纪甫和小刘猛地扑向小林。纪甫摁住小林的头，往小林嘴里塞进布条，小刘用绳索捆住小林的腿和手。接着，小王把一个大木盆推进河里，两手把控住。纪甫和小刘将小林摁进木盆里，三个人连推带拉，带着木盆向下游游去。

石板桥边，小林的两个警卫每人喝完两瓶啤酒后，还不见小林游回来，就站起来观望。

江大勇两手捧着一个西瓜走向小林的警卫，边走边说："两位先生，天热口渴，开个西瓜尝尝吧，沙瓤，不甜不要钱。"

两个警卫正张望着，江大勇突然将西瓜兜头砸在右边一个警卫头上，同时将握在右手的切瓜刀子一下扎进左边那个警卫肋下。被砸蒙了的警卫慌忙从腰间拔枪，早被江大勇飞起一脚踹进汤河。

夜幕中，江大勇和梅子修拔枪在手，会合一处，向汤河下游跑去。

只两个多小时，纪甫等人就将小林带到大程子河地界。

小刘学了一声猫叫，岸边回了一声蛙鸣。纪甫等人将小林拖到岸上，早有沭水县汤河大队在此接应。

换上干净衣服后，众人七手八脚把小林横在一匹骡子背上，牵着骡子，趁着夜色，向沭河以东奔去。

说到汤河大队，在这里简要介绍一下。1943 年春，沭水县派汤河区委助理员刘炳之回家乡组织抗日自卫队，发展到 200 余人，经滨海军区批准，命名为"汤河大队"，刘炳之任大队长，闫守福任指导员，大队部设在朱井寺庙。此庙系唐朝修建，有前殿、大殿、后殿、东殿及配房数十间，十分宽敞。院中有千年银杏树一株，树高叶茂，遮天蔽日，树上可站岗放哨，树下可练兵休整。庙前是前朱井寺村，庙后是后朱井寺村，庙东 1 公里处是沭河，庙西 1 公里处是汤河，两河内芦苇茂密，树木参天，是汤河大队的天然屏障。

汤河大队成立后，先后参加了小南庄、相公庄、常家庄、胡家庄、团林、田黑墩等战斗，有力打击了日、伪反动势力。1945 年，汤河大队参加了攻克临沂城的战斗，前后围困攻打战斗了 28 天，为临沂城的解放做出了重要贡献。同年 9 月，汤河大队被滨海军区编入八路军第一一五师六八四团，跨入主力部队的行列。

被江大勇踢进汤河的小林警卫没有被淹死，他挣扎着爬上岸，朝天空使劲放了几枪。听到枪声后，汤山据点慌忙拉响警报，打开探照灯，铃木次郎趴在窗边向外张望。

据点外，另一组武工队员从布袋里拿出一只只大公鸡，在公鸡腿上绑上鞭炮，身上洒上煤油，点着火，从不同方向扔向炮楼。着火的大公鸡扑着翅膀，朝探照灯方向扑去。“砰砰”几声炸响，引来岗楼一阵歪把子和三八大盖的射击。

铃木害怕极了，赶紧抄起电话向川本求援，然而他拿起电话，却没有响声。铃木知道电话线被掐断了，顿时手足无措。

天将明的时候，纪甫等人来到渊子崖。林凡义、林凡庆等人开了围墙西门，将纪甫等人迎进村里。

林凡义让人熬了一锅姜汤，让纪甫等人去去潮气。妇救会招呼了几个“识字班”和面擀面条。纪甫等人吃过饭后，安排林凡义派人看好小林，并要求严守秘密。

下午，刘兴元主任带着敌工部的几位同志来到渊子崖，提审小林。听说刘兴元是八路大干部，小林舞动着双手说个不停：“我抗议，你们八路不讲战争规则，我是大日本帝国普通的商人，你们采用卑鄙的手段逮捕我，不感到耻辱吗？”

刘兴元一拍桌子，厉声喝道：“小林征佐，你是普通的商人吗？根据我们的情报，你小林是日军在鲁南苏北的经济顾问，商会经理。几年来，你从山东、江苏搜刮了多少大米、面粉？你把中国多少黄金、白银运回日本？因为你的经济侵略，我山东、江苏有多少人流离失所、饿死荒野？这笔账，中国人民要跟你好好算算！”

小林被刘兴元揭穿老底，嘴里嘟囔着：“川本大队长、上村联队长不会饶过你们的。”

刘兴元冷笑一声：“就是你们的畑俊六、冈村宁次又怎样？告诉你，日本离灭亡的日子不远了。你好好想一想，参加反战同盟是你唯一的出路，否则，我们就清算你的侵略罪行！”小林沉默不语，眯着眼装睡觉。

出了谈话室，刘兴元交代纪甫：“纪甫，给你们一个任务，最近，日军又要发动夏季‘扫荡’了，你们武工队负责看管好小林，我会安排反战同盟的同志对他加强工作，争取让他参加反战工作。另外，这是个养尊处优的人，咱们的生活他一时难以适应，你们要调剂好他的生活，标准嘛，每天二斤四两白面，一斤猪肉，两盒大鸡烟。”

纪甫一吐舌头：“这么多？”

刘兴元笑笑：“不舍得？”

纪甫挠挠头：“就怕村民有意见。”

刘兴元收回笑脸，严肃地说：“渊子崖老乡对日寇有仇恨，我们感同身受。

但是，对待俘虏，对待特殊的敌工对象，你们要有耐心，懂吗?”

纪甫点点头，说：“首长，您放心，保证完成任务。”

刘兴元握了握纪甫的手：“同志，谢谢你们了。”说完，又与林凡义等人握手告别，跨上白马，飞驰而去。

三

小梁家据点，董清凡接到铃木下达的寻找小林的命令后，急得团团转。

“哥，什么难办的事，这么酌量不开?”董清平走过来问。

董清凡不耐烦道：“昨天夜里，临沂商会经理小林被八路逮走了，川本让铃木找回来，说要是找不回来，就让他剖腹自杀。铃木这老小子急眼了，非得让咱们找。咱上哪里找去?”

董清平问：“是要活的，还是要死尸?”

“呸呸呸，乌鸦嘴，要死的有什么用?”董清凡骂道。

董清平笑笑，说：“哥，你听我说，这个小林一定没死。”

董清凡瞪大眼睛：“你怎么知道?”

董清平装作神秘的样子，说：“你想知道?”

董清凡一拳砸在董清平的左肩：“滚一边去，卖什么关子?”

董清平揉了揉左肩，不满道：“使那么大劲干什么！你想想，八路要是想要小林的命，昨晚上就是有十个恐怕也没了。我估计，八路也是穷疯了，学着绑票了，这个小林，油水大着呢!”

董清凡撇了撇嘴：“拉倒吧，人家八路穷得耿直，从来不干这个。”

董清平：“兴许八路那边有大干部被日本人逮了，八路也逮个大的，想两下里换呢?”

董清凡想想也是，说：“就算是这样，那咱找谁问去?”

董清平：“找咱大叔啊，大善人!”

董清凡一拍大腿：“对啊，再让他帮咱挣十个红点!”

弥勒寺村，纪甫如约来到弥勒寺村村长家，与董大善人会面。

寒暄之后，董大善人竖起大拇指，说：“纪队长夜袭汤头，活捉小林，实在是厉害，在下佩服!”

纪甫笑笑，说："大善人，是不是领了什么任务？"

董大善人笑笑，说："这回川本那老小子真是急眼了，愿意用九挺机枪和九箱子弹换小林，不知价码是不是合适。"

"这只是一个中队的机枪配置，看来，这个小林在他们眼里也不怎么值钱嘛。"

董大善人眯着眼，笑笑："要不，再涨涨？18 挺机枪？"

纪甫正色道："大善人，我们八路军不是土匪，不干绑票勒索那一套。之所以捉拿小林，是要打乱日军的经济部署，掌握日军侵略中国的有关证据。你回话给他们，只要他们继续赖在中国不走，我们就与他们死磕到底，直至全部、干净地消灭他们！"

董大善人点点头："完了，我那清凡侄子苦了，完不成铃木次郎交给他的活了。"

纪甫在董大善人脸上扫了几圈，董大善人被纪甫看得心里发毛，问："纪队长，我说错什么了？"

纪甫正色问："董大善人，小梁家据点建立以来，死了几个队长了？"

董大善人掰着手指算："王安选，你们干掉了；第二个，王家中，跑了，不知死活。"

纪甫盯着董大善人，问："你们村那个董清凡是想死呢，还是想活？"

董大善人慌忙站起来，结巴着说："纪队长，你们要杀他？"

纪甫笑笑："你给他带个话，当汉奸没有出路，只有死路一条。如果不想死，有两条路可走，一是不干了，回家种地去；第二呢，过来跟着八路打鬼子！"

董大善人擦了一下额头上的汗，赔着笑脸说："手下留情，手下留情，他上有老，下有小的，也不容易。"

纪甫严肃地说："有老有小就得当汉奸吗？这是理由吗？"

董大善人连忙点头："是，是，我回去劝他们，少糟蹋老百姓，多替八路干事。"

第四十四回　教二旅强攻郯城　日伪军施放毒气

一

1943 年 1 月，驻兖州日军旅团长石田指挥滨海、鲁南地区的日伪军，南北对进，打通由临沂经郯城到新安镇的公路，企图切断八路军滨海、鲁南根据地与新四军华中根据地的联系；又在临青公路上的重要村镇醋大庄和禹屋筑起碉堡，安上了据点，企图打通临沂至青口的公路，分割滨海根据地，梦想以此来达到全部占领滨海根据地的目的。

为了粉碎敌人的阴谋，第一一五师教导二旅写信给罗荣桓政委，坚决要求拔除醋大庄据点，并愿担负主攻任务。

罗荣桓拿着陈士榘、符竹庭交来的报告，在屋里来回踱步。突然，罗荣桓对作战处处长李作鹏说："告诉陈士榘、符竹庭，越过醋大庄，拿下郯城。"

李作鹏惊讶地问："啃得动吗?"

"陈士榘、符竹庭有这个牙口，打郯城，攻其不备。"

第一一五师教导二旅召开作战会议。

六团团长贺东生把帽檐向下一拉，急切地说："好，还是罗政委'翻边'办法好，这个办法一定能治住鬼子！让民兵们缠住蚕食根据地的敌人，我们主力部队直捣敌人的老窝，叫鬼子首尾挨打。"贺东生把军帽又向上一掀，像是自问自答："翻边？我们和敌人翻个边，敌人从哪里打过来，我们就打到哪里去!"说得大家大笑起来。

郯城，位于临沂至新安镇（今新沂市）之间，南距陇海路和北距临沂都不过百余里。鬼子在这里盘踞了三年，构筑了坚固的工事。正西四十里的码头镇上还驻着一部分鬼子，可以随时增援。

面对这个形势，教二旅决定：先动员广大群众把郯城北通临沂、南通新安镇的公路彻底破坏，使敌人援兵难以很快到达。码头方向的敌人，由何万祥率六团二连进行阻击。经过慎重讨论，教二旅决心以四天时间拿下郯城，并向罗荣桓政委做了保证。

二

作战方案制定以后，滨海军区调集3000民兵配合军区独立营对醋大庄展开围攻，日夜骚扰蚕食的敌人，把日伪军紧紧地缠在沭河沿岸。

军区还组织上万名群众昼伏夜出，扒断郯城通往临沂、新安镇的公路，阻击两地增援的军队。

1月18日夜，教导二旅穿过敌人的层层封锁线，神不知鬼不觉地直扑郯城，做好攻击前的战斗准备。

19日深夜，教二旅六团在贺东生率领下占领郯城南关，然后，顺着一条弓形大街，借着房屋的掩护，直扑南门，一阵激烈的枪声之后，连续爆破，炸开了第一层城门，谁知里面还有一层门挡住了部队的去路。看看天色已亮，曾国华只得命令六团暂停攻击。

四天！要在四天时间内打下郯城，这不只是已经向师首长做了保证的问题，更重要的是，如果超过四天，敌人完全有可能收缩蚕食的兵力，回头反扑，陷教二旅于被动的境地。曾国华很是着急。

四团配合六团在北门实施佯攻，见六团停止进攻，四团团长罗华生将电话打到旅指挥部，要求四团从北门发起强攻。贺东生一听急了，对着电话那端吼道：“战役部署是随便更改的吗？你们不要瞎嚷嚷，今晚我们六团一定拿下南门！”

符竹庭笑了笑，问：“你有什么高招能拿下南门？”

贺东生把手一指，说：“政委、旅长，你们看，我准备从东南城角突破，那里敌人有一个大炮楼，戒备较差，可以攻其不备。”

曾国华摇了摇头，说：“战役已经发起，不存在攻其不备的条件了。我详细观察了，大炮楼选址很刁钻，控制面很大，正面进攻势必会带来巨大伤亡。我们应该在南门和东南大炮楼中间突破，那个地方是敌人守护的薄弱部位。”

符竹庭对曾国华的判断表示认可，确定首先架桥通过外壕，再攀梯强攻。

午夜11点，几十个战士簇拥着一副便桥和几架木梯，隐蔽在敌人火力达不到的地带，等待着攻击命令。曾国华挤进战士中和他们谈起来。问："你们怎么分的工？"八连六班长吴兴中抬起头来，回答道："一排架桥，三排架梯子，二排爬城！"战士们看见旅长来了，情绪活跃起来。曾国华又问他们："今晚上有没有信心打开郯城？"大家异口同声地喊着："有！"

吴兴中坚定地说："首长，我们八连今天专门开了大会，保证不过明天突上城头！"

总攻击令逐级下达，掩护冲击的火力怒吼起来，战士们前进到冲锋出发地。贺东生团长也耐不住了，把帽檐向上一掀，对曾国华说："旅长，这正是要紧的时候，只要搭上便桥，问题基本就解决了，我到前面去照看一下，您在这里听我们的好消息吧！"

曾国华点点头，一句叮嘱他的话还没出口，贺东生就飞也似的朝火光闪动处跑去了。

木桥在弹雨中被战士们推到壕边，"哐当"一声巨响，木桥的一端紧紧地咬住了对岸。几个战士唯恐桥搭得不牢靠，急忙跳下炸塌的沟沿，用肩膀扛着木桥。一队队的战士扛着木梯从桥上飞跑过去。

城垣上敌人一片慌乱，哨子声、咒骂声、惊恐的呼号声搅在一起。两边的机枪开始向这里侧射，南门上的敌人也向这里拥过来。

转眼间，教二旅和敌人又打了几个回合，但还是没有得手。

半夜三点，贺东生又组织起一次新的突击。突击组带头的正是六班长吴兴中。他高声喊着口号："拿出平型关打鬼子的劲头来！"他带头向前冲击，战士张贵林矮胖胖的身影紧跟着他。一架架梯子紧贴着城墙竖起来了。敌人用长杆子来推梯子，另一群战士连忙拥向梯脚，竭尽全力把梯子按住。张贵林顺着梯子爬进垛口。他没有立即攀登，却蓦然把身子向下一缩，飞速朝着城上甩出几颗手榴弹。一连串的爆炸声中，浓烟飞腾起来，他就在这时飞上了城墙。在战火的映照下，只见他身体灵活地一闪，又向左右投出几颗手榴弹，城上反冲锋的敌人被他打退了。他回头高喊一声："快上呀！同志们！"

战士们一阵风似的卷上了城头，占领阵地的号声响了起来。曾国华立即命令六团顺城墙压缩残敌，最后肃清敌人。

当城里的残敌退向城中心的伪县政府，并依靠两座高大碉堡顽抗的时候，城西突然响起沉重的重机枪声。侦察员匆忙跑来报告："码头鬼子援兵来了，在西门外和六团接火了。"

"敌人来了多少人？"曾国华急忙问。

"大约五六百人！"侦察员回答道。

曾国华眉头一皱，对符竹庭说："政委，依情况判断，要想最后消灭守敌，必须打退援兵，不能让城内外的敌人会合。这样吧，你留在这里组织城里的战斗，我带四团一个营去接应何万祥二连。"

担任阻击的是六团二连，是教二旅有名的战斗突击队。连长何万祥，生于1915年，甘肃宁县人，1931年参加红军第二十五军，是一员能攻善守的猛将。

何万祥连把阻击阵地设在城西南不远的一块土围子里，紧紧扼住了公路，地形很好。曾国华赶到的时候，他们刚打退鬼子第一次冲击，公路上到处都是敌尸。听说旅长来了，何万祥连忙跑来报告。季节虽然还是严冬，但他却满头大汗，上身只穿了一件衬衣，上面溅满了血迹。曾国华见他手持大盖枪，枪上的刺刀明晃晃的，就问："和鬼子肉搏了吗？"

何万祥咧开嘴角笑了笑，说："首长，咱子弹少，只能跟他们拼了。"

说话间，城中不断升起红色信号，城里的敌人急切盼望援助。鬼子又开始进攻了。

曾国华看看黑压压拥上来的鬼子，对何万祥说："你们拼杀大半天了，先撤下去吧，让四团的同志顶上！"

何万祥急了，把胸膛一拍："旅长，我何万祥什么时候装过孬？"

说完，何万祥飞跑奔向阵地。迎面扑来的是鬼子十几挺轻重机枪的火力和五六百遍野冲来的敌人。何万祥对战士们说："同志们，我们没有退路，必须坚决地消灭敌人，为攻城部队争取时间！"

何万祥瞪着小牛一样的眼睛，看着步步迫近的鬼子，看着伏在邻近等待射击口令的战士，看着排列在自己前面的几十个拉出半截引信的手榴弹……

一会儿光景，端着刺刀的鬼子号叫着来到了阵地跟前。何万祥喊了一声"打！"阵地上手榴弹像乌鸦一样飞了出去，眼前顿时是一片轰响和硝烟……

当硝烟散去的时候，活的敌人掉转头逃了，死的敌人倒在公路上、麦地里、土城边。

何万祥从尘土里爬起来，向自己的阵地看了一眼。几个战士头伏在土坡上，再也不能起来了。他拾起五班长杨连生身子下的步枪，擦了一下枪把上混着尘土的鲜血，“哗啦”推上子弹。透过炮火的轰响，大声喊道：“有我何万祥在这里，同志们沉住气呀！”战士们抑制着仇恨所激起的愤怒，卧倒在原处，等待敌人的再次进攻。

敌人在不远处整顿了队伍之后，冲锋又开始了。炮弹在阵地上连续爆炸，机关枪潮水似的吼叫着，扫起了土城上滚滚的黄尘。

何万祥偏着脑袋，眼睛从土城的上沿看出去：公路上一个矮个子鬼子挥着闪光的东洋刀，在这鬼子背后不远的地方，扬起了高高的尘土，发出像打场一样沉重的轰响声。

“汽车！”一个战士忍不住喊了出来。

“准备手榴弹！”何万祥熟练地在右手的二拇指和小拇指上套了两颗手榴弹拉环，两只眼睛像鹰一样透过烟雾盯着前面。

敌人冲锋部队迫近了，两辆汽车缓慢地在后面行进着。何万祥边看边和通讯员说：“这是一边冲锋，一边抢尸首，见他的鬼哟！”

“打呀！”他喊出命令，自己第一个甩出四个手榴弹，接着又甩出四个。战士们的手榴弹紧随着甩，扑进了敌人密集的冲锋行列。

爆炸中，鬼子完全混乱了，汽车掉转头开足马力逃跑，步兵借着烟雾，滚滚爬爬地败退。何万祥探出半个身子，端着染血的步枪，一连打倒三个敌人，全连所有的步枪也一齐开火，拿洋刀的鬼子向下一歪就倒在一个土坡上。

在鬼子第四次冲锋的时候，战士们清楚地看到敌人阵地上发生了滑稽的一幕。一个指挥官挥舞着洋刀乱蹦乱跳，鬼子们喊声很凶，但是，没有人爬起来，冲上来。指挥官狂怒不已，发疯似的跳到一个地方，拉起一个卧着不动的鬼子，狠劲地劈下去，又拉起一个，劈下去。

慑于指挥官的督战，几百鬼子疯狗一样凄厉地号叫着，猫着腰冲上前来。这时，二连的阵地上已经没有几颗手榴弹或者子弹了。

何万祥抬头看了一眼被战火染得带上血色的太阳，再看看背后的县城，向战士们挥了一下帽子，战士们沿着战壕撤退。何万祥没有急着走，带着通讯员仍旧伏在那里。有几个战士跑来换他，他厉声吼道：“走你的！老子不再打死几个敌人不过瘾！”

战士们撤远了，一挺轻机枪的枪口突然从土墙外边伸到何万祥的鼻子前面。何万祥两手一扬，将四颗冒着烟的手榴弹甩出，几个鬼子大吃一惊，扔掉机枪，蜷缩着身子滚下土城。在手榴弹爆炸声中，何万祥带着通讯员矫捷地跳进一个坑道，向大部队追去。

城里，战事正酣。符竹庭命令四、六两团突击部队爆破伪县府的院墙。院墙倒塌后，二百多伪军、伪政权人员，高举双手，拍着巴掌，口中说着“我们投降”，从豁口处走出来。

紧接着，工兵们用竹竿绑上炸药，去轰炸最后一座鬼子固守的大炮楼。

突然，几股黄色的烟雾从炮楼里发射出来。“毒气!”扛着炸药包的战士李士杰昏倒了。

战士们迅速趴倒，将事前准备好的湿布和蒜泥捂在嘴上，仍然抵挡不住使人窒息的毒气，一批批战士晕倒了，嘴里直吐黑水。

狡猾凶狠的敌人三人一组、五人一伙地借机反扑出来。

吴兴中大喊一声：“毒气没有劲了，拼刺刀!”接着，他一跃而起，挺起刺刀迎上前去。

几个手榴弹在大炮楼出口处爆炸，敌人的尸体横七竖八地倒在地上。敌人溃退了，大炮楼被拿下。三十多名昏倒的战士经过风吹水洗，逐渐脱离了危险。

曾国华从城外回来，和符竹庭带着十几个干部向炮楼走去，突然，从瓦块堆里钻出个鬼子兵来，蓬头垢面，浑身血污，朝曾国华眨巴眨巴眼睛直奔过来。警卫员举枪要打，曾国华早看到鬼子手里没有任何武器，连忙止住了警卫员。鬼子吓得跪倒在地，膝行到符竹庭跟前，举着双手哇啦哇啦地乱叫。

符竹庭拍拍鬼子的肩膀，对他的投降表示欢迎。鬼子快活得站起身来，指指政委胸前的望远镜，竖起大拇指摇晃着。原来这个鬼子看出符竹庭是指挥员，特意向他表示对我军指挥的敬佩。曾国华对大家笑着说：“鬼子投降也会找窍门儿哩。”

三

激战了两天两夜，郯城解放了。曾国华向罗荣桓报告了完成任务的情况。

按照罗荣桓的指示，教二旅把从敌人那里缴获来的粮食分发给农民。郯城市街马上活跃起来，大车、小车、牲口充塞了街道。

一个日本粮行的经理被战士们抓来，他装出一副可怜虫的样子，向曾国华哀求：“我的商人的干活，罪过的没有！”

曾国华指着仓库里数万斤粮食生气地说：“掠夺我们中国农民的血汗，这还不是你的罪过?”那经理摇着头说：“想不到，你们竟会打到后方来。在山东，保险的地方没有的啦！”

郯城解放的消息像长了翅膀，迅速传遍郯城大地。人们惊喜若狂，奔走相告，纷纷前来看望八路军。

一位拄着拐杖的大爷眼含热泪，说：“我八十三了，夜里做梦都想着你们呢，你们终于来了！”

一位白发苍苍的大娘摆上香案，跪在地上祈祷：“老天睁眼了啊，八路打回来了！”

火光中，人们忙着涂刷掉墙上的敌伪标语，刷写欢庆胜利的口号。

第四十五回　铃木装病龟缩汤头　纪甫乔装智取敌营

一

1943年1月，郯城被八路军解放后，日军山东管区司令官土桥一次中将非常恼火，电令临沂、济宁两地驻军务必夺回郯城。

军令如山，川本迅速征调临沂保安第八大队许兰笙部、莒县保安队邵子厚部前往作战，并责成汤头小队长铃木次郎率两个分队指挥邵子厚大队。

邵子厚率军离开莒县，顶着刺骨的西北风，一步一步向汤头行进。

“妈的，快过年了，也不叫人安生。他郯城守不住，管咱们什么事！”一个伪军骂道。

“到汤头泡温泉吧，奶奶的，老子身上痒痒死了。”另一个伪军嚷嚷道。

走一路，骂一路。临近天黑，一行人才走到汤头。

大部队在汤山以东的东山东村、西山东村停驻。邵子厚安排军需官筹办晚饭，然后带着警卫班到汤山据点拜见铃木次郎。

来到汤山据点东大门，但见吊桥拉起，大门紧闭，哨兵直直站在那里，任由邵子厚喊破了嗓子，也不过来搭腔、开门。

邵子厚非常恼火，正要骂娘，突然听见里面一阵喧嚣。据点内，一个军官模样的日本人光着头，从屋里跑出来，在院子里一蹦一跳，一蹿老高；突然，他坐在地上把鞋脱掉，蹿上墙头，往屋脊上爬。几个鬼子慌忙找来梯子爬上去，把军官用绳子吊下来。

这个军官就是铃木。

今年春天，鬼子发动对滨海区的扫荡，抽调铃木带队参加。当夜，铃木让翻译官田胖子到村里找来一个发疟疾的病汉，从他身上抽出血来，打到自己身上，疟原虫很快滋生长大。到半夜，铃木发起了高烧，浑身哆嗦，说胡话。没办法，汇报上去之后，改由副队长小泉带队去了。结果，小泉再也没有回来。

这次到郯城的征战更为凶险，下午，莒县保安队就要来会合了，怎么办？

铃木从枕头里取出一包蓖麻子花，放在行军锅里泡着，又数了七粒蓖麻子，碾碎之后，一并放进锅里，点上酒精炉子，熬制秘制发烧药。这是汤头老中医王世铎教给铃木的救命神方。

在熬制过程中，铃木仰着脖，使劲吞咽了几把干蓖麻子花。凉好汤药，加了几勺白糖，铃木一口气喝下，然后把锅碗等物品洗刷干净，出去转了一圈，交代无论谁来，一律不准打开据点大门。

晚饭的时候，药力发作。铃木坐在餐桌旁，厨子把烧鸡、白菜炖肉端上来，铃木闻到烧鸡味，一张嘴，“哇”的一声吐出来。

翻译官田胖子跑过来，拍打着铃木后背，连声询问：“太君，哪里不舒服？”

铃木摇摇晃晃站起来，张开两只手，向厨子抓去：“抓魔鬼呀，魔鬼！”

厨子放下菜盆，吓得一缩身，从铃木手下钻出去，跑回厨房。

铃木一会儿呕吐，一会儿号叫，一会儿唱歌，一会儿耍刀，在院子里出够了洋相，倒把邵子厚一行晾在了外面。

军医赶过来，和田胖子一起把铃木架回宿舍，换好内裤，服了止泻药，打了一针退烧药。谁知，退烧药刚打完，铃木那边又拉了一裤子。第二天，铃木还迷糊着。

没有办法，川本只得将派驻小梁家的分队撤回，由副队长平村四郎带队，前往郯城作战。

二

过了腊月十五，年关越来越近。

为了填补郯城调兵造成的空缺，铃木决定，从小梁家据点抽调一个排到汤头驻防，并命令小梁家辖区供应这一个排的米面油，严令各村村长于腊月二十三亲自带队前来慰问。

书中交代，小梁家保安队在王家中逃跑后，队长由董清凡代理，梁化轩仍任副队长。

寒风呼啸着，像刀子一样刮得脸生疼。沂河、汤河结了厚厚的冰，旷野里，连一只麻雀都不见。由于年景不好，加上鬼子、汉奸累次催逼，老百姓的囤粮都差不多空了。这个年，还真是难过。

接到小梁家部分伪军到汤头驻防的情报后，滨海军区、沭水县决定借机拔掉汤头、小梁家这两个据点。

腊月二十三，王疃村村长王文礼家院子里，横七竖八摆放着鸡鸭鱼肉、面粉、小米、黏米面子、白菜、萝卜等“慰劳品”。

中午时分，董清凡把小梁家皇协军一排带到王疃，由王文礼安排午餐。

午餐安排在村保安队队部。饭菜是本村厨子打理，也算丰盛，每桌还上了一坛子酒。见有酒喝，伪军们很是高兴。

董清凡发话了：“今天咱们到汤头驻防，铃木队长说了，咱们排的饷银每人比那两个排多一块大洋。可有一条，到了那里，人家不允许喝酒了，一般咱们也出不来。今天之后，算是戒酒了。酒量大的，多喝几杯；酒量小的，回头帮着扛枪。奶奶的，喝!”

董清凡话还没说完，四个桌上早有人开了酒坛，把酒倒上。酒过三巡，菜过五味，有的桌一坛子酒就空了。

董清平大着舌头说：“王，王村长，就，就给一坛子酒？小气!”

王文礼笑笑，说：“有，管够，大家敞开了喝!”

董清凡各桌转着劝酒，嫌机枪、长枪放在脚下碍事，都给提到一边放着。一个时辰以后，一多半伪军喝得东倒西歪。

突然，几个端菜的从托盘底下亮出驳壳枪，大喝一声：“举起手来，武工队在此!”

伪军们愣了，瞅瞅几个端菜的，瞅瞅董清凡。董清平大着舌头，说：“武，武工队怎么了，武，武工队也得让我们把、把这杯酒喝完。”一边说着，一边把碗喝了个底朝天。喝完，他拍拍身边人的肩膀，说：“兄，兄弟，举手啊，不知道怎么投、投降啊!”

这时，纪甫带着一队人冲进来，将伪军们的枪支弹药收去，命令他们脱下衣服，换上纪甫他们带来的便服。

换完衣服后，纪甫让伪军们原桌坐好，说：“弟兄们，你们知道，郯城已经被八路军打下来了。你们守的那个小梁家撑得住几发炮弹？这些年之所以没打你们，是因为怕误伤了和你们住在一起的老百姓。好了，今天我也不难为你们，你们抓紧吃口饭，吃完了，在这个屋里老实待着。谁敢有什么歪点子，我叫他过不了这个年！听清了吗？”

伪军们忙不迭地答应：“知道了，知道了，只要不杀我们，怎么都行。”

中午，汤头据点伙房，厨子正在准备午饭，翻译官田胖子走进来，掀掀这口锅，看看那个盆。

厨子：“表弟，味道还行吧？”

田胖子：“大哥，炒完这个菜，你回家吧，我三姑托人捎话，说她身子不大好，让你赶快回去。这边我照应着。”

厨子着急道：“什么毛病？”

田胖子：“不大清楚，就说喘不开气。”

厨子放下炒瓢，说：“那我先走了，你照看一下。”说完，解下围裙，快步走了。

打发走表哥厨子，田胖子迅速从裤兜里掏出一包巴豆、蓖麻子，用纱布包好，放在锅里煮起来，然后调制了一锅酸辣汤。

煮好酸辣汤后，田胖子将巴豆蓖麻子料包藏在裤兜里，转悠出去，扔在下水道里。

午后，滨海军区老四团和沭水县大队全体出动，一营悄悄潜伏到小梁家据点对岸三官庙村，准备拔除这个毒瘤；二营插入九曲和汤头之间的白塔，监视临沂日军的动向；三营前出莒县西部，负责阻击莒县西援之敌；四营以及纪甫带领的武工队负责解决汤头日军据点。

下午3点多钟，各村“慰劳队”的人拉着米、推着面，挑着鸡鸭鱼肉和柴火，陆续来到汤山据点门外。

董清凡带着一排“伪军”来到据点前。铃木次郎捂着肚子，在田胖子的陪同下去接见董清凡。

铃木认识董清凡，安排门岗放下吊桥。董清凡走过吊桥，向铃木行礼：“报告太君，皇协军一排向您报到。”

铃木正要说“吆西”，突然肚子一阵绞痛，捂着肚子蹲下。趁这档口，装扮成伪军的纪甫把手一挥，早有武工队员把两个门岗控制住，其他武工队员、县大队队员按照分工，分五组奔向东南西北中五个炮楼。

铃木发现不对劲，强忍着站起来，伸手去腰里拔手枪，早被田胖子一把卡住脖子，把手枪抢在手里，喝道："老实点，敢乱动，打死你！"

这时，大炮楼里响起了机枪声。纪甫把铃木拽到大门岗楼里，命令道："你们已经被我大军包围了，向你的部下喊话，放下武器，缴枪不杀！"

铃木一屁股坐在地上，忍着疼痛，说："田桑，这几年，我待你优厚，你为什么背叛我，与八路勾结？"

田胖子笑着说："队长，我也是为你好，今天八路来了 500 多人，已经将这里团团包围了，你们这十几个人就是插了翅膀也飞不走了，快投降吧！"

铃木摇晃着站起来，咆哮着："我大日本武士宁为玉碎，不为瓦全！"话还没说完，一串响屁连带着拉稀又让他蹲了下去。

大炮楼那边，武工队员将一袋子辣椒面倒在炮楼底层，泼上煤油点着，然后点燃炸药包。随着一声炸响，燃着的辣椒面弥漫整个炮楼。不一会儿，机枪声停了。

田胖子扯开嗓子，用日语喊话："铃木队长投降了，八路军优待俘虏。八路军命令你们，五分钟之内，把所有武器，包括机枪、步枪、手枪，全部扔下炮楼，把手雷装在袋子里，用绳索吊下来。否则，就对炮楼实施威力更大的爆炸。"

等了一下，见还没有动静，田胖子又喊："日军弟兄们，你们家里谁没有父母兄弟姐妹？他们在等着你们回家啊！山口，你妻子给你的信是怎么说的？你弟弟才 15 岁，就被征集入伍了。这说明什么？这场战争，你们已经没有力量再打下去了，投降吧，不要做无谓的牺牲了！"

山口问："田桑，你能保证我们的生命安全吗？"

田胖子说："山口，今年夏天，在这里失踪的小林征佐经理你们都知道吧？他现在就在八路军的滨海军区，已经加入反战同盟了。你们过来吧，我这里有大鸡烟。还有，我这里有治疗你们拉稀的特效药，吃了我的特效药，你们的肚子就不疼了。"

一阵寂静之后，炮楼上扔下十几支步枪和两挺歪把子机枪，接着，一个装手雷的大布包吊了下来。

随后，从炮楼里走出 17 个鬼子兵，眼睛红红的，全身臭烘烘的。

在武工队的看管下，17 个鬼子蹲在地上，使劲地拉稀。

三

一营的任务是拔除小梁家据点。为了顺利完成任务，一营安排九连主攻小梁家，沭水县独立营、兴水区中队协同作战。听说要攻打小梁家伪军据点，渊子崖民兵连主动请战。九连召开连务会，布置任务：一排为主攻，一班为突破组，二班为爆破组，三班为架桥组；二排为第二梯队；三排为机动部队。各排会后分别进行了战前准备工作。渊子崖民兵带来四条狗，把嘴扎起来，再把一只前腿和一只后腿交叉着绑起来。

晚饭后，部队悄悄蹚过沭河，进入指定攻击地点。九连从正东和东南方向发起进攻。林凡义、林凡庆带领渊子崖民兵冲破敌人的火力网，把四条狗送进据点外围的鹿寨里。四条狗在荆棘丛生的鹿寨里挣扎乱跳，狂吠乱叫，把鹿寨弄得哗啦响。敌人认为我军在砍除鹿寨，指挥机枪、步枪向狗叫处一阵扫射，打得尘土飞扬。受到枪响的惊吓，鹿寨里的狗跳得更厉害，敌人的枪也打得更加激烈。

半夜时分，九连发起进攻。在强大的火力掩护下，一排迅速接近鹿寨，砍的砍，拉的拉，准备尽快打开这道鹿寨防线，让主攻部队接近据点围墙。不一会儿，敌人发现九连破坏鹿寨后，以猛烈的火力阻止，暴雨般的子弹射过来。爆破组用手榴弹连续四次爆破，把鹿寨里粗长的树干炸开，打开了进攻道路。架桥组在敌人严密的火力网中架桥，梯子架到壕沟中间，被敌人暗堡的机枪打断。战士们又组织起第二次、第三次架桥，终于把桥架成。

林凡义、林凡庆等人用木板、棉被把地排车包裹好，制作了一辆土坦克，冒着枪林弹雨，将 200 斤黑炸药送到炮楼底下。随着一声巨响，炮楼被炸开一个大豁口。战士们呐喊着冲进据点。

伪乡长阎立山、伪军中队副队长梁化轩耷拉着脑袋被押出来。仇人相见，分外眼红，林凡义手提长刀冲上去，想一刀劈了梁化轩，被林凡庆搂腰抱住："凡义，不能这样杀他，带回去，公审后再杀不迟。"林凡义扔下长刀，狠狠扇了梁化轩几个耳光。

至此，祸害沭河两岸五年之久的小梁家据点被拔除了。

后来，经过沭水县抗日民主政府审判，梁化轩被押往渊子崖枪决。

第四十六回　荣子恒叛变投敌　于学忠伤重离鲁

一

1943 年 1 月 18 日，吴化文新编第三师司令部迎来了四个神秘的客人：山东保安第二师师长张步云、鲁西保安司令宁春霖、济南兰机关机关长新荣幸雄、济南兰机关特派员徐春圃。

宁春霖为新荣幸雄、徐春圃做了一番介绍后，新荣幸雄拿出两张任命状，一张推给吴化文，一张推给张步云，然后微微一笑：“诸位，鄙人受汪主席、土村司令的委托，前来送达任命，不知能否让我不辱使命?”

张步云看完自己的任命状，自是心中暗喜，伸长了脖子去看吴化文的任命状。吴化文笑笑，将任命状推给张步云：“老弟，怎么样，还满意吧?”

张步云忙把自己的任命状递给吴化文，说道：“愿听大哥调遣。”

吴化文看了看张步云的任命状，笑了，心想，小鬼子就是狡猾。

根据汪精卫和土村次郎的任命，与会各方协调一致，达成如下纪要：

自 1943 年 1 月 20 日起，吴化文新编第四师、保安第一师所部一万二千人，改编为山东建国军第三方面军，吴化文为中将总司令，宁春霖任副总司令，郭受天任参谋长（原李亚藩 71 旅参谋长），辖第一军和保安总队，于怀安为第一军军长，防区为鲁中、鲁南及苏北地区。

保安第二师改编为山东建国军第三方面军暂编第一军，张步云任军长（少将衔），徐春圃任政训部上校主任，辖 3 个师 1 个教导旅，共 1 万多人。

1943 年 2 月 17 日，日军山东管区司令官土村一次调集驻济南、青岛、潍县、日照等地的独立混成第五、第六旅团、第七旅团、步兵第一旅团和吴化文、张步云等伪军，计4万余人，对沂水、安丘交界的城顶山苏鲁战区总部发起“肃正作战”。当时保卫苏鲁战区总部的只有位于城顶山的第一一三师六七八团，势单力孤。五十一军军长周毓瑛为保护总部安全，急命离城顶山最近的第一一三师主力前往驰援。途中，一一三师遭到日军伏击，所部很快就被打散。混战中，第一一三师少将参谋长张植桴、第六七三团团长曹业彭阵亡，师长韩子乾和副师长潘国屏负伤被俘。

1943年5月，周毓英组织第五十一军对吴化文伪军展开反攻，以报城顶山之仇。进攻开始后，第一一四师的两个主攻团接连突破伪军防线，其中第六八三团一度逼近吴化文的总部。无奈第六八三团缺乏后援，又是孤军突入，在经过一天猛攻之后，反被增援的日军包围，最终不得不分散突围。

二

1943年5月，曲阜，一座神秘的小院，荣臻与儿子荣子恒餐后唠嗑。

荣臻，生于1889年，河北省枣强县人。保定军校第一期高才生。1931年，任东北边防军司令长官公署中将参谋长。

荣子恒，1905年出生。1928年7月，毕业于日本陆军士官学校中华队第19期工兵科，回国后任东北讲武堂少校兵器教官。1938年1月，任第五十七军第一一二师三三四旅少将旅长，时任一一二师副师长。

荣臻呷了一口茶，慢吞吞地说：“子恒，你知道我为什么急着见你一面吗？一些话在信里是说不清的，我必须当面给你说明白。”荣子恒静静地等待。

荣臻：“当今中国的乱局，就是三股劲在那里搅和，哪三股劲呢？”说着，荣臻伸出一根指头：“这第一股势力，是蒋介石，以中央正统自居，背后大老板是美国、英国。”

他又伸出第二根指头：“这第二股势力，是汪先生，日本是汪先生的后台。这些你都明白。最要命的是第三股势力，共产党、八路军、新四军，他们背后有苏联，势力膨胀最快。”

顿了顿，荣臻接着说：“子恒呐，也许我老眼昏花，看得不够明白，我总觉得老蒋身上透着邪性，这个人，在外国人面前缺乏血性，但对自己人，什么手段都能使出来。你看他对少帅狠吧，对咱东北军狠吧。这种人，不值得咱跟他卖命。”

荣臻继续道：“孩子，你也还别不服。我问你，江阴保卫战你打了，还差点把小命撂在那里吧？抗战六年了，你还是少将副师长。老蒋是看不起你吗？不，他是在折腾东北军，借着抗战的名义，让杂牌军于学忠、鹿钟麟到游击区抗战，用心险恶得很！”

“当然，我也不大看好汪先生，这个人吧，手段太软了。但是，我佩服他一点，提出‘曲线救国’这一主张很不容易。你知道，咱亚洲人共同的敌人是谁吗？是老毛子、英国人，尤其老毛子，那是咱们的心腹大患。说到这里，我得说，你们那个一一一师的常恩多，糊涂死了，让共产党、蒋介石都钻了空子。这不，五十七军番号撤了，这下遂了姓蒋的心意了。没有五十七军，五十一军还能支撑几天？这些你明白吗？”

荣子恒抬起头，张了张嘴，不满道：“爹，说这么多，你想叫我也‘曲线救国’是吧？”

荣臻向后一仰背，长出一口气，说道：“先活下来吧，活下来再说。汪先生跟我说了，只要你过来，就任命你为山东建国军第三方面军第十军中将军长，驻扎鲁南。你考虑考虑吧。”说完，闭上双眼，将头摇了两摇。

1943 年 6 月 6 日，费县北部，化装成京津流亡学生的徐春圃来到荣子恒旅部。见到荣子恒，徐春圃从发簪里抽出一封信，递给荣子恒：“荣师长，您老家让我捎来的，您看看，还有什么话需要回？”

荣子恒展开纸张，面色陡然紧张起来，低声喝问：“你从南京过来？”

徐春圃款步走到椅子边，整了一下衣装，很优雅地坐下，用手指勾了勾：“来支烟吧。”

副官瞅了荣子恒一眼，给徐春圃取了一支烟递过去，徐春圃看了看，说：“堂堂国军少将，就抽这种土烟？是土八路用吐沫卷的旱烟吧？”说着，将烟卷掰碎，扔在地上。

荣子恒冷眼看向徐春圃：“说，我怎么相信你？”

徐春圃从自己随身带的包里摸出一包仙女牌香烟，抽出一支叼在嘴里，一按打火机，将烟卷点着，长吸一口，慢慢吐出一串烟圈。烟圈打着旋，飘向荣子恒：“荣师长，实不相瞒，我从暂编第一军过来。你可能听说过，去年，我差点死在常恩多那个痨病鬼手里。”

荣子恒有点惊异地睁大眼睛，问："什么，你就是徐春圃?"

徐春圃狐媚一笑："如假包换。"

"你个狗特务，祸害了多少男爷儿们，今天又跑到我这里放肆，小陈，给我轰出去!"

副官小陈眨巴眨巴眼，看看徐春圃，瞅瞅荣子恒，走过来推徐春圃后背，装作驱赶的样子，说道，"走!"

徐春圃伸手向小陈脸上一抹，咯咯大笑："小兄弟，急什么?"

小陈像触电一样赶紧往后一退，脸涨得通红。

经徐春圃这么一撩拨，长时间没与妻子亲热的荣子恒感觉浑身燥热，装作不耐烦的样子，挥挥手，小陈赶紧退出屋子。

徐春圃站起身，走到门口，将屋门关上，转过身往荣子恒走来："要杀要剐，随你便吧。"

荣子恒使劲盯了徐春圃胸口一眼，两手一抄，将徐春圃抱起走向里间。

同一天，日军山东管区参谋长寺垣忠雄调集步兵第一旅团浅见敏夫所部与张步云暂编第一军，悄悄向于学忠战区总部所在地上高湖迂回。

晚饭后，屏蔽苏鲁战区总部右翼的一一二师三三四旅在副师长兼旅长荣子恒的带领下撤离防区，向南转移。张步云率部迅速堵上缺口，将苏鲁战区总部全部包围在方圆不足十里的狭小区域里。

战区警卫团保护着于学忠等总部首脑拼死冲杀，向八路军防区王庄方向突围。在八路军部队的接应下，于学忠逃脱被俘虏的灾难。饶是如此，于学忠右臂被日军机枪打伤七处。

经过日伪连续打击和荣子恒叛变，苏鲁战区已经没有成块的根据地，生存压力像泰山一样砸下来。

接到于学忠战败和负伤的报告后，蒋介石喟然长叹："于学忠误我党国大事，山东危险了。"无奈之下，蒋介石以怜惜于学忠身体为名，发来急电："接电后立即出发，率军出鲁，否则以军法从事。"

给于学忠发完电报后，蒋介石接着催促李仙洲："着令第二十八集团军迅速开赴山东，接管于学忠所部防卫任务，不得延误。"

第四十七回　李仙洲入鲁抢地盘　四开山八路歼顽军

一

1943 年 2 月 17 日，重庆军事委员会官邸，蒋介石召见李仙洲。

蒋介石：“仙洲啊，你的老家形势严峻，你要迅速行动，抓紧把于学忠部替回来。我已令军令部发表你为第二十八集团军总司令兼鲁苏豫皖边挺进军第一路总指挥，山东的地方武装也交给你指挥。”

李仙洲：“感谢校长的信任。前期，学生已经派出第二十一师副师长路可贞率第六十二团于 1 月中旬北越陇海路，先行在砀山以北至微山湖之间建立了立足点，又派第一四二师师长刘春霖率该师第四二五、四二六团，于 2、3 月间越过微山湖，进入津浦路东侧的鲁南山区，建立了立足点，路可贞和刘春霖请求我尽快到山东，统一指挥各方力量，迅速打开局面。学生认为，我主力进入山东的条件已经具备，可以开拔了。”

蒋介石面露笑容：“很好嘛，不愧是我黄埔革命同志。”转而脸色一寒，恨恨地说道：“于学忠入鲁五年了，既打不过日本人，又斗不过共产党，还驭下无方，让一一一师跑到共军那边去了，就连吴化文、刘桂堂他也掌握不住，无能啊，回来休息好啦。仙洲啊，于学忠的教训你要吸取啊！”

李仙洲立正敬礼：“学生谨遵教诲，定当不辱使命，铲除共党，驱除日寇，还我大好河山！”

蒋介石微微颔首：“很好，我等着你的好消息。”

1943 年 4 月，李仙洲率第九十二军直属部队和暂编第五十六师，秘密进入鲁西单县一带，与一四二师师长刘春霖会合。

二

1943年6月5日，费县铜石区南锅泉村，刘黑七正在为老娘王大脚祝贺70大寿。

锅泉村有南锅泉、北锅泉两个村，三面环山，一面临水。刘黑七在东西南三个山头用石头垒砌了碉堡，建立了营寨，用来看护他老娘王大脚。

刘黑七还耗费十万大洋，用一年多时间在村里修起一座五个大院构成的“八卦”庄园，石砌的围墙既高且宽，墙头之上可操兵跑马。母亲王大脚住在中心大院，行有轿、食有鱼、呼奴唤婢，俨然草头太后。近几年娶来、抢来的妻子带着孩子，都安排在另外四个院子里。

刘黑七大摆宴席，赴宴的客人络绎不绝，寿堂上摆满的寿礼自然也相当丰厚。王大脚苦了大半辈子，如今面对儿子如此行孝，自然是开心得合不拢嘴。

大街上，化名王继平的纪甫正在演说《三侠五义》，听书的围得里三层外三层。

寿宴上，传令兵赵大蛋高声吆喝：“国民革命军少将师长刘春霖到!”

刘黑七赶紧迎出来，双手抱拳，连连道谢：“刘师长，老娘过寿，怎么还惊动了你啊!”

刘春霖一边伸出右手去握手，一边道喜：“老太君华诞是我们的大喜事，应当祝贺啊。我们二十八集团军总司令远在单县，特地委托我前来贺寿，恭喜恭喜!”

刘黑七拍打着刘春霖的肩膀：“老弟，谢谢总司令。走，屋里去，今天咱们好好喝他几碗!”

刘春霖的副官指挥手下将寿礼抬进寿堂，把礼单递给刘黑七当赞礼官的参谋长朱复宁。朱复宁高声唱道：“国民革命军第二十八集团军中将总司令李仙洲贺仪一万块大洋!”

刘春霖走进寿堂，按照当地习俗，向王大脚行了三跪九叩之礼，王大脚笑得合不拢嘴，赶忙招呼：“赏!”手下丫鬟拿了一轴用红纸包裹的大洋递给刘春霖。刘春霖接过来，笑着说：“谢谢老寿星赏赐。”转手递给副官：“给弟兄们买烟抽去，大家都沾沾喜气。”

刘黑七命人搬来几大箱子银圆，让自己的妻妾儿女给王大脚磕头，磕头就给银圆，磕得多给得多。

依据过门的先后顺序，刘黑七的大小老婆带着自己的孩子给王大脚磕头，寿堂前咚咚咚磕头声此起彼伏。

突然，刘黑七眼神倏忽了一下，指着一个跪着的男孩说道："你是谁？你不是我儿子，你长得跟我一点都不像。"

孩子的母亲苏倩慌忙爬近王大脚，带着哭腔道："娘，平度是您亲孙子啊。"

王大脚招招手，那个叫平度的男孩爬到王大脚脚下。王大脚把平度拉起来，捏捏下巴，捏捏手，看看眼睛，然后拉到自己怀里，说："谁说不像？"

刘黑七挠挠头："我看眉眼不大像。"

王大脚："这样吧，外面那个王先生不是在说包黑吗，让包黑来给咱断断，要是这孩子是咱老刘家的，我可不许你动他一指头；要不是咱家的孩子，你爱咋的就咋的。来，把王先生请来。"早有人跑到外面把纪甫拽来。

纪甫进屋，先给王大脚磕了三个头，又向众人抱拳行礼。

王大脚说话了："王先生，包黑能断那么多案子，就连狸猫换太子都能断明白。你给咱断断，这个孩子是不是我们老刘家的。"

纪甫看王大脚从怀里推出来的平度，也就五六岁的模样，白白胖胖的，再看看浑身哆嗦的苏倩和一脸邪气的刘黑七，心里已经明白了七八分。

纪甫看看小孩平度，再瞅瞅刘黑七，笑着问："老寿星，你知道包黑他爹为什么要把小包黑扔掉吗？"

王大脚："知道啊，那老东西嫌包黑长得太黑了，不随他，生气扔了。"说到这里，王大脚一拍大腿："我的娘哎，谁说你爹黑你就得黑来。我喜欢这白白胖胖的孙子！来，平度，你就是我孙子。"说着，把平度又拉回自己怀里。接着，王大脚一指纪甫："给王先生打赏。"

丫鬟拿了一筒银圆给纪甫，纪甫接过，向王大脚躬身行礼："谢谢老寿星！"

苏倩抹了抹眼泪，拉着平度给王大脚磕头，磕完头，很感激地看了纪甫一眼。

刘黑七看王大脚把平度当作宝贝，也不想再惹她不高兴，就一拍巴掌："开桌，喝酒！"

酒宴热烈地进行中，刘黑七敬了一圈酒后，重又回到主桌。见刘黑七回来，刘春霖一拍巴掌，说："各位，这次蒋委员长派我们来，主要任务就是与刘师长一起驱逐逆流，收复失地。他八路不是不听指挥嘛，那咱们就先清理门户，把八路收拾妥了，再打鬼子。"

刘黑七一拍大腿，高声说："对啊，兄弟，这八路也太能闹腾了，我的地盘都快让他们给扒拉尽了。行，鬼子那边我去跟他们说说，两下里罢战言和，先合起伙来把八路灭了。"

三

1943 年 7 月 13 日，刘春霖与刘黑七联合向八路军费南根据地四开山前进。

刘春霖一四二师和刘黑七新三十六师各有 5000 多人，分两路从黑风口沿山峪向北推进，形成了一条长线。

鲁南军区司令员张光中、政委王麓水接到纪甫传来的情报，决定反击。

当天早晨，雨雾茫茫，鲁南军区三团（原山东纵队一旅三团）4 个连队和鲁南军区特务连分别进入郑城镇松林村以东的山坡阵地，埋伏在沟壑和青纱帐里。司令员张光中和政委王麓水在军区特务连设伏的阵地上坐镇指挥。

在八路军设伏的山坡下，有条南北纵向沿河流方向的公路，是一四二师必经之路。上午 9 时许，一四二师的先头部队在郑城出现。一四二师的一字长蛇阵在阴雨泥泞的小路上艰难地行进。中午时刻，当一四二师师部进入伏击圈时，大雨骤至，八路军的伏兵突然发起攻击，毫无防备的一四二师立时乱作一团，死伤数百人，刘春霖被机枪子弹打中三处，身受重伤，由卫兵抬着仓皇逃向四开山山区黄天、滴水崖一带，与刘黑七部会合。

7 月 25 日，张光中、王麓水调集三团 5 个连、五团两个连、军区特务连、尼山独立营两个连共 10 个连队向四开山发起进攻。

当晚，八路军攻占桃花山 694 高地及滴水崖以南 3 个山头。东路，五团两个连及尼山独立营两个连由王六生、邢天仁指挥，向桃花山左右一线山头攻击。西路，老三团 5 个连向滴水崖、上黄天、下黄天攻击。军区特务连进攻桃花峪、车庄，一夜激战，将上、下黄天顽军阵地及桃花山占领。

第二天，驻滴水崖及车庄顽军连续数十次向桃花山阵地猛烈反扑。尼山独立营两个连坚守阵地，杀伤了大量顽军。鲁南三团攻占了黄天后，向滴水崖发起猛攻。下午3时许，顽军见势不利，被迫东撤。八路军当即发起全线追击。三团追至四开山以东的桃园山时，将顽军掩护撤退的四二五团一部包围，激战1小时，俘顽军副团长以下300余人，缴重机枪2挺，轻机枪4挺，步枪几百支，其余残部东窜。

为乘胜扩大战果，八路军于次日继续向东追击顽军，至上午10时许，将一四二师及刘黑七部300余人包围于大井、小井一线。下午，八路军发起总攻，顽军慌忙放弃大井、小井，由滋临公路的温水与埠前庄中间渡河东逃，途中又被八路军追歼280余人。

一四二师许多士兵是河北籍，不少人趁乱逃回家。这一战，一四二师由进山东时5000余人的队伍，只剩下不足800人，无奈狼狈退回湖西，与李仙洲主力会合。

刘黑七带领残兵败将逃到崮口山区，一点验，所部5000多人只剩1500多人，刘黑七顿觉矮了半截。

来到和平建国军第十军荣子恒军部，见到军长荣子恒，刘黑七趴倒在地，呜呜哭了起来。

荣子恒伸手拉起刘黑七："兴田兄，起来吧，我已安排警卫营准备晚饭，吃完饭咱们再唠唠。"

刘黑七站起来，狠劲打了自己一个耳光，说："荣军长，以前我昏了头，不该做对不起你的事。"

荣子恒摇摇头："那是过去了，各为其主嘛，如果兴田兄不嫌我这里庙小，在我这里屈就师长如何？"

刘黑七赶忙跪下，举起右手发誓："荣军长，你就是我的再生父母，我这帮弟兄愿意跟着你上刀山下火海，跟共产党死磕到底！"

"好，你部就叫和平建国军第十军第三师吧，回头让供给处给你拨5000大洋，重新整顿兵马，到柱子山一带布防。"

刘黑七爬起来，高兴地敬了一个军礼："是，军长！"

四

8月，于学忠西撤过微山湖，在张土城附近的一个小村庄约见李仙洲，倾诉了在鲁南坚持抗战备历艰苦的情况，说到将、校、尉级军官死伤500余人，自己也有几次险遭不测，不禁泪如雨下。李仙洲也是唏嘘不已，连连摇头，对进军山东流露了悲观失望的情绪。

李仙洲所部高级军官，包括曾经力主挺进山东的侯镜如等人，这时也信心动摇，主张早日南撤。无奈之下，李仙洲向蒋介石发电请示："委员长钧鉴：华北大势已去，非九十二军区区兵力所能挽救。部队弹尽援绝，旷日持久，有被全歼之虞。为抗战长远利益计，请准撤回皖北整补，以图后举。"

几天后，李仙洲接到蒋介石复电："回皖整补之请，非革命军人所能为，限督率所部，迅即东进，不得延误。"

李仙洲看了电文，无所措置，只得电请何应钦从中斡旋。第二天，接到蒋介石亲电，命李仙洲率部撤回阜阳。李仙洲长出一口气，召集师长以上军官密商，组织部队经夏邑南撤，于中秋节前到达阜阳。

1943年9月，于学忠率五十一军和原五十七军一一一师残部离开山东，到达安徽阜阳驻扎。

第四十八回　陈士榘三炮定赣榆　符竹庭雾中战日寇

一

1943 年 11 月，日军集结两万多重兵，对鲁中和清河抗日根据地进行“扫荡”。驻赣榆城的兴亚建国军第三十六师七十一旅旅长李亚藩，奉日军旅团长上村的密令，准备伺机“扫荡”滨海，企图打通海州到青岛的沿海公路，策应日军对鲁中和清河区的“扫荡”。

为粉碎日军的阴谋，滨海军区根据山东军区司令员兼政委罗荣桓的指示，决定先发制人，采用“翻边”战术，进行反“扫荡”，攻克赣榆城，打乱日军的进攻部署。

赣榆县城由一圈五六人高的砖墙围裹着，墙根下是两三丈深的水壕，墙高城厚，工事坚固，碉堡林立，易守难攻。城内驻扎着日伪两个团和伪保安队、盐警队共 2000 多人。

战役发起前，符竹庭、陈士榘安排参谋处、敌工部做了大量细致的工作。晚饭后，符竹庭来到参谋处，参谋处的几位同志正在拉呱，拉到热闹处，有人拿符竹庭的小气开涮。参谋小王绘声绘色地讲：“我跟大家说，前一阵子，我们海陵反蚕食不是打了一个大胜仗嘛，我们缴获了敌人几百条枪，集中在离前线不远的一个院子里，由两位轻病号负责看管。有一天，政委领着我们去查看，他细致地观察了一番，从地上捡起一颗螺丝钉，在身上擦了擦，放在嘴边吹了吹，问那两个轻病号：‘这是哪个部位的零件啊？’一个轻病号凑过来一看，说：‘机枪腿上的。’‘你给我找一找，看是哪个机枪腿上的。’这个小病号大大咧咧地说：‘首长，机枪没有腿，也可以抱着打。’这一说，政委不干了，呵斥道：‘你抱着机枪打，自己不成了活靶子了吗？胡闹，把地上的这些零件都捡起来，把所有的枪检查一遍，能修的修好，不能修的送到军械所。小王，下午你来验收！’说完就走了。两个小病号忙不迭地到地上捡螺丝钉、螺丝帽。”小王说得众人哈哈大笑。

“还有更抠门的呢，”小李说，“政委规定，各科、各股的办公纸要用三次，先用铅笔，后用钢笔，再用毛笔。锄奸股的大老姜斗大的字才认识三箩筐，一天，他也用毛笔写字，那个毛笔啊，比他的驳壳枪还沉，吭哧吭哧憋了一头汗，一张纸才写了两个半字！”众人又是一阵大笑。

这时，符竹庭进来了，一声不响地挨到火炉边蹲下，一面伸手取暖，一面听参谋们说笑。当大家发现蹲在火炉边的就是他们谈论的政委时，不由得愣住了。符竹庭笑了笑：“还有更抠门的吗？”

小李满脸通红，赶忙搬过一把椅子，塞到符竹庭屁股下：“政委，您坐。”

符竹庭坐下，耐心地说：“你们说我小气，实际上我也真小气。不过要搞好生产节约，就得从小处、从一点一滴着手啊！当然了，我们大生产和节约运动搞好了，我们的供应工作就会得到改善。明年，我们就可以发两套新军装，六双新鞋，两双袜子，两条毛巾，还有一顶大苇笠，争取每星期吃上一顿猪肉水饺。好不好？”

“好！”大家高兴地鼓掌。

“作战方案制定好了吗？”符竹庭切入正题。

小王：“正在等敌工部的一个情报，情报搞准了，方案就完善了。”

“好，要确保万无一失！”

赣榆战役由滨海军区政委符竹庭和司令员陈士榘指挥，以军区主力六团、二十三团以及海赣独立营等部队执行这一作战任务。具体作战部署是：六团负责突破北门，歼灭东南门至西门大街以北的伪军；二十三团第一、二营负责消灭东西大街以南，包括南关与西关的伪军；第三营部署在青口与赣榆城之间的三里庙一带负责打援，阻击可能由青口进援的日军；海赣独立营负责破除青口通往赣榆城的公路，并配合区中队相机攻克朱堵、殷庄、小庄子等伪军据点；海陵独立团派部队袭击沙河日伪据点，以攻为守，防止日伪出来增援。

因为是城市攻坚战，罗荣桓司令员特批 3 发九二步兵钢炮弹，派一个排从总部送来，作为压箱底的制胜法宝。

11 月 19 日晚，符竹庭率部急行军 15 公里抵达赣榆城下，并由城西绕到城的东北门，在距城门200米处隐蔽，与突击队一起静静地等候先行小组骗开城门。

9时半，一个伪军军官押着一群运粮的“老百姓”朝赣榆城门走去，城门上的伪军哨兵看到有黑影晃动，大声吆喝：“什么人？站住！”城下伪军骂道：“尹麻子，你瞎啊，连我都不认识啦？”

伪军军官叫刘连城，七十一旅一四一团副官，当年30岁，在城外有个相好的，经常深夜出城幽会。刘连城的行踪被八路军敌工科掌握后，一天夜里，乘刘连城不备，冷不防抓住了他。对他进行了一番教育后，他表示愿意替八路军办事。符竹庭昨天晚上到参谋处，就是等敌工部相关信息，决定由刘连城以催给养返城为名，带领侦察参谋凌少农和4名化装成送给养的突击队员叫开城门，实行“诓”城。

尹麻子一听是刘连城的声音，扯着嗓门说：“刘副官，你怎么带这么多人进城？”刘连城不耐烦地说：“人少了能带几斤粮食回来？少啰唆，快开门，外面冻死人！”

尹麻子听说是运粮的人，连忙说：“你等等，我马上来给你开门。”说罢，走下城楼，打开城门，说：“刘副官，快进来吧。”接着他打开手电筒，朝凌少农等突击队员的脸上照来，随口问道：“你们是哪个村子的？”凌少农一个箭步上来，将尹麻子放倒在地。

早已打入伪军内部的敌工科徐忠信配合凌少农等武工队员，迅速将守城门的其他伪军哨兵缴械。凌少农将手电向空中亮了三亮，转了三圈，发出占领城门的信号。突击连连长何以祥带领突击队员几个箭步突入城内，迅速占领城北门炮楼，并向东大街突击。随后，主攻部队六团一营、三营和二十三团一营相继突入，分头按计划向伪七十一旅旅部、一四二团和伪保安总队驻地猛攻。

此时，旅长李亚藩正和部下在搓麻将，他们听到远处传来阵阵枪声，慌忙钻进碉堡里，一边发电报向日军求援，一边组织伪军顽抗。

伪七十一旅一四一团团长黄胜春，根据事先与滨海军区的约定按兵不动，在一旁观战。保安总队队长杨步仁（原湖西肃反元凶王凤鸣）听到枪声后，一个人偷偷缒城，向海陵跑去。

晚11时半，八路军完全占领城墙，并将日伪军包围在城中心的几座碉堡里。

20日拂晓，青口日伪军200余人赶来增援，被二十三团第三营击退。下午，日伪军再次增援，又被击退。

天色微明，陈士榘和政委符竹庭策马赶到城内，组织部队发起总攻。六团首先攻占文峰塔，二十三团攻占龙王庙。两个团会合后，向城北进攻。城北的防御工事是若干碉堡组成的一个碉堡群，核心阵地中心位置有一个三层高的炮楼。李亚藩龟缩在炮楼里死守待援。

20日下午2时，战斗最激烈的时刻，陈士榘和符竹庭来到六团阵地。团长贺东生跑来报告说："为了减少伤亡，我们研究决定，挖地道通到炮楼底下，埋炸药端掉炮楼。"

陈士榘听罢报告，沉默无言，不停地用望远镜观察。符竹庭在一旁说："贺团长，时间恐怕来不及了，外围阻援压力很大，我们还是尽力劝他们投降。"

随后，符竹庭命令说："开始喊话，交代政策。"一个战士向碉堡喊了一阵后，突然，一个伪军阴阳怪气地说："你们不要喊了，你们没有炮，喊破嗓子也没用！"原来，李亚藩认为八路军没有大炮，奈何不了他。

陈士榘冷冷一笑："好，我让你尝尝大炮的厉害！"当下喊来炮兵连长李玉章："李连长，喂他一炮，有把握吗？"

李玉章是勇冠全军的神炮手，他可以从炮的后膛直接瞄准。

"司令员，第一炮打哪里？"

"打中心大炮楼！那是李亚藩的指挥所，要首发命中。"陈士榘指着炮楼说。

"好来！请首长放心！我这就叫他们坐飞机！"

李玉章测距，填弹，推栓……炮弹不偏不倚从炮楼的瞭望孔里钻了进去，在炮楼里爆炸了，炮楼里一阵鬼哭狼嚎。

符竹庭安排贺东生喊话，限敌人十分钟内投降。战士们数着数，十分钟过后，敌人没有动静。

"李连长，再开第二炮！"陈士榘命令道。

"轰……"第二炮在炮楼中层爆炸。

炮楼里传来哭喊声，一面白旗从窗口伸出，有人大声喊："别打了，我们派人下去谈谈！"

过了一会儿，炮楼里出来一个名叫谢继良的胖军官。

为了迷惑敌人，符竹庭命令将几挺马克沁重机枪蒙起来，摆在道路两旁。马克沁架子高，筒子粗，上面又蒙着油布，看上去像是小山炮。谢继良眼角瞟着，吓得浑身直打哆嗦。

符竹庭："你叫什么名字，什么职务？"

"长官，我叫谢继良，旅部副官。"

"好，你都看到了，我们不把炮楼炸塌，是不想更多的人丧命。你回去告诉李亚藩，三分钟内投降，否则就炸平你们大楼和大楼后的公馆。"

谢继良深深地鞠了一躬，说："长官，我们旅长说了，大家都是中国人，没必要打来打去，他的意见是你们八路军退出城外，双方划一个楚河汉界，彼此互不侵犯。"

陈士榘大怒，说："白日做梦，你们想磨时间，等日军来增援。你回去告诉李亚藩，令他在三分钟之内出来投降，否则后果自负！"谢继良唯唯诺诺地走了。

三分钟过去了，还是没动静。陈士榘命令李玉章："目标，正前方围墙后院李亚藩的公馆，放！"

李玉章调好角度，瞄向李亚藩公馆，爆炸声后，后院的房子炸了个大洞，里面传出一阵惨叫声。

此时，李亚藩急得六神无主，他又想投降又想拖时间等增援。黄胜春猜透了他的心思，知道他有投降之意，又担心夜长梦多，劝道："旅长，上村那老杂毛不会来救咱们了，出去吧，不然，咱都死在这里面了。"一边说，一边将李亚藩连推带拉弄出了碉堡。里面的伪军一看当官的投降了，一个个撂下枪炮，举着双手出来投降。

赣榆战役我军生擒李亚藩，俘伪军七十一旅 2000 余人，缴获步枪 2000 余支、轻机枪 8 挺、掷弹筒 40 余门、汽车两辆、战马 30 匹、粮 10 万公斤，彻底粉碎了日军企图打通海（州）青（岛）公路的计划，创造了内外线作战、智取和强攻相结合的光辉战例。

二

八路军攻克赣榆的巨大胜利，对上村次郎是一个沉重的打击。为了掩饰失败，恢复占领区，上村次郎调集驻新浦、青口的 600 多日军，驻灌云的李实甫独立 72 旅，驻海陵的杨步仁皇协军别动队，驻新浦的李东海独立团，共计 3000 余人，对赣榆城实施攻击。符竹庭、陈士榘接到报告后，组织部队主动撤出赣榆城。日军跟踪尾追，伺机报复。

伪赣榆县警察局特高股股长冯宝岩化装成逃难的市民，在赣榆县黑林乡马旦头村发现滨海军区指挥部，连夜潜出向上村次郎报告。

11 月 26 日清晨，马旦头村被浓重的雾气紧紧包裹。成群的日军、伪军猫着腰逼近马旦头村。此时，习惯早起的符竹庭带着警卫班出村到大树村检查俘虏甄别处理情况。

村寨北大门吱嘎吱嘎打开，清脆的马蹄声叩击着僵硬的路面。突然，歪把子机枪“突突突”响起来，子弹如同雨点一般泼洒过来。符竹庭的战马受到惊吓，发疯似的向前猛窜，符竹庭一头撞到村寨门框上，登时被撞得血流满面，跌落在地下。警卫班战士迅速卧倒，对敌人实施阻击。

陈士榘听到枪声后，迅速组织部队赶往北大门，反击敌人的进攻。

卫生员对符竹庭进行了急救包扎。陈士榘命令警卫班抬着符竹庭从西门突围。突出包围后，警卫班火速赶到滨海军区坊前驻地，罗生特主任紧急对符竹庭进行抢救。因失血过多，罗生特未能挽留住符竹庭年轻的生命。一代抗日名将符竹庭，将 31 岁的年轻生命奉献给了中国人民的解放事业。

三

大树村，1600 多名俘虏被分别看押在几个宅院里，由滨海军区政治、敌工部甄别处理：对作恶多端、危害巨大的予以关押，等候判决；对穷苦人出身，愿意参加八路的，分别编组，进行思想教育；对那些想回家种地、做生意的人员，登记造册，发放路费，准备天明之后予以遣散。

忙到半夜的凌少农躺下没多会儿，就被几里外的枪声惊醒。凌少农一骨碌起来，拔枪在手，走出屋门。早有值班哨兵跑来报告，前边马旦头村发生枪战。凌少农迅疾向六团团长贺东生住处跑去。没跑几步，贺东生带着几位警卫战士跑来，高声命令：“抓紧组织俘虏向北转移!”凌少农答应着，向看押俘虏的宅院跑去。

李亚藩一夜没有合眼，在沮丧和害怕中等待着第二天的命运。突然，激烈的枪声在不远处响起，李亚藩大喜过望：上村联队长果然没有抛弃我啊。此时不走，更待何时。像吸食了大烟一样，李亚藩忽然来了精气神，拍醒副官李亚琼、营长郝继贤：“听到了吧，上村联队长来了，端了符竹庭、陈士榘的老窝了，咱们跑。”几人商议着，悄悄将屋门摘下，用砖块砸晕哨兵，抢了两支步枪，爬上墙头就要跳墙逃跑。这时，凌少农已经带人赶到，影影绰绰见有人越墙，大喝一声：“口令！”见无人回答口令，凌少农举枪射击，“扑通”一声，李亚藩重重摔到墙下。

贺东生安排一营押解俘虏转移，自己带领二营、三营向马旦头村驰援而去。

第四十九回　王麓水用兵柱子山　何荣贵勇毙刘黑七

一

接到通知，鲁南军区政委王麓水和司令员张光中赶到山东军区驻地坊前。会议室里，罗荣桓、肖华、李作鹏、王麓水、张光中等在座。

王麓水汇报了鲁南区“减租减息”政策落实情况，张光中汇报了松林、四开山反击顽军的作战情况。罗荣桓对鲁南的工作表示肯定，就消灭刘黑七的战斗部署，罗荣桓指出：“刘黑七当土匪三十多年，前后跟着孙美瑶、张宗昌、韩复榘、宗哲元、张学良、阎锡山、蒋介石、日本人干过，张飞骂吕布是三姓家奴，这个刘黑七十姓都不止。三十多年来，刘黑七横行大半个中国，仅沂蒙山区被刘黑七匪军抢掠的村庄就有 1000 多个，烧毁房屋 20 多万间，残杀群众 1.2 万多人。这个毒瘤子必须切掉。这次，你们鲁南军区务求全歼刘黑七匪徒，不能再让刘匪本人逃跑。有信心吗?”

王麓水、张光中站起来，大声说道：“保证完成任务!”

二

回到鲁南军区驻地后，王麓水派费县抗日第二游击大队长徐子仁、三团二营营长曹明盘等人化装到柱子山一带侦察，绘制了刘黑七部队火力配备图。鲁南主力部队王吉文三团集中在远离柱子山的泗彦一带，进行攻打村庄围子的训练。

为了麻痹刘黑七，王麓水还将鲁南其他主力部队调离柱子山区域。

10 月，鲁南武工队和区中队民兵对柱子山一带刘黑七的据点多次进行夜间袭扰，让刘黑七逐渐放松警惕。

为周密细致地侦察敌情，我方利用刘黑七爱听琴书的嗜好，通过东柱子村地下关系蒋玉平，派会说琴书的纪甫到刘黑七驻地说书。经过十多天侦察，纪甫对刘黑七的住处、部队人数和武器装备等都了如指掌，将相关情报经过蒋玉平传给三团通讯员何荣贵。

刘黑七据守的东柱子村，三面环山，西面靠温凉河。刘黑七亲率两个卫士队、两个机枪连、一个骑兵连、两个传令兵班及部分家属驻东柱子。刘世铭率一团全部和一个卫士班分驻柱子山和冀北崖、相家庄一带，师部机关和二团一个营驻前柱子，另两个营分驻埠下和新庄。刘黑七驻地紧靠北面的伪军十军李以锦独立旅的防区。

东柱子村分大小两个围子，大围子是一堵不高的围墙，小围子的围墙约有5米高，四面都有突出的大炮楼，四门也各设一座炮楼。小围子墙外铺有高粱秸，墙内设有鹿寨，都用于防备八路军暗中袭击。小围子内还有几座用木棒架起的射击屏障物，整个村是个易守难攻的堡垒。

根据刘黑七兵力部署及特点，鲁南军区组织了三团、五团一部，尼山独立营、费滕独立营一部以及鲁南军区特务连共12个连队参战。战役由鲁南区政委王麓水、区党委副书记张雨帆指挥。具体部署为：三团主力主攻东柱子村，五团主攻相家庄、冀北崖等外围据点；尼山独立营和三团四连在柱子以西警戒梁邱方向，阻击可能增援的伪军，保证主攻部队作战；费滕独立营和军区特务连为总预备队，相机配合作战；当地民兵在战役未打响之前，继续骚扰麻痹敌人。

1943年11月15日下午，村外广场上，鲁南军区主攻部队三团集结，鲁南军区政治委员王麓水做战前动员。王麓水说："同志们，今天的战斗是一个非常艰难的战斗，我们要从六十里地外去奔袭一个极为狡猾而又罪大恶极的敌人——刘黑七。"

战士们一听到"奔袭刘黑七"，就猛地鼓起掌来，这是他们好久就盼望的事了，所以情不自禁地欢腾起来。

王麓水强调："我们一定彻底干净地消灭刘黑七匪徒，替千千万万兄弟姐妹报仇。活捉刘黑七的，记特等功。"

王吉文振臂高挥："消灭刘黑七，解放沂蒙山！"

战士们群情振奋，一起高呼："消灭刘黑七，解放沂蒙山！"

三

晚上9点，听完《三侠剑》“胜英镖打秦天豹”这一段，人们意犹未尽地散去。

收拾好扬琴、踏板，纪甫回到歇宿的蒋玉平家，换上黑色紧身衣，悄悄走出来，点燃一个柴火垛，再避入蒋玉平家。

根据约定，点火为号，战役随即打响。各参战部队如下山猛虎，直扑敌人巢穴。

刘黑七刚刚在胶东小老婆玉面水仙处歇息，听见枪炮声，大骂：“这伙龟孙，晚上就不睡觉了，天天捣蛋!”再一听，不对，有机枪，还不是一挺。他赶忙提枪在手，飞奔门外。

王吉文团长命令部队分别由西北、东北两处强行架梯登墙，突入村内。1个小时后，攻破大围子，敌人被逼进小围子内。1000多名匪徒在小围子内几乎连身子也转不过来，我军每一颗手榴弹飞去，都会炸倒一片敌人。刘黑七亲自指挥了两次突围，都被三团战士打了回去。

三连、五连分别在小围子东北角和西北角组织爆破。三连战斗英雄马立训、五连战斗英雄刘炳坤各自成功地两次将40斤重的炸药包送到了预定位置。约23时，总爆破成功。随着密集的手榴弹声和枪声，三团战士勇猛地从爆破口冲向敌营。刘黑七的卫士队员一手持枪、一手持刀拼命反扑，战斗进入白炽状态，喊杀声、手榴弹声与枪声响成一片。投弹组将手榴弹像冰雹似的投入敌群。刘炳坤将一个炸药包投进敌马棚，上百匹战马受惊，狂奔乱窜，搅得敌人全乱了套，匪徒一片一片倒下去。战斗英雄林茂成带领五连突击班俘敌50余名，缴获重机枪一挺，步枪40余支，接着向敌司令部逼近。在后续部队的配合下，我军很快攻占敌司令部，俘敌近百人，并俘虏刘黑七的七个老婆，但队伍到处搜查，也没有发现刘黑七。

纪甫和蒋玉平赶过来，苏倩发现了纪甫，大吃一惊，指着纪甫问：“王先生，你?”

纪甫冷眼看着刘黑七的七个老婆，对着玉面水仙喝问：“刘黑七呢?”

玉面水仙连哭带骂地说：“没良心的东西，他早抛下我出围子了!”再问，她就又哭。

王麓水赶过来，听说没抓到刘黑七，喃喃自语道：“难道这一次又让他跑掉了？我不信。”说着，他向东北方向走去。

“大家看，假如刘黑七刚才在这个围子，他要跑，一定是从东北方向奔梁邱去，我们在这条路上埋伏有两个排，而且埋伏得比较分散。刘黑七是放羊出身，他要跑，是会走小路的，特别会走山上的羊肠小道。警卫连，马上出围子追！”

警卫连长答应着：“是！”带领人马追击去了。

三团四连的任务是警戒，在围子外500米处埋伏，随时打击援敌，又要消灭突围逃窜的敌人。

当主攻部队攻下大围子时，四连突然发现有3个黑影顺墙而下，就朝他们开了几枪，可惜都没打中。月夜中，他们箭一样地跑了。

指导员耿春涛和战士徐振良立即追上去，刚刚送信回来的通讯员何荣贵一边跑一边告诉耿春涛：“指导员，内线来报，刘黑七就在这个村，他是矮胖子，很可能要逃跑。”三个人边追边放枪，三个黑影也回身还击。大约追了一里多远，他们中的一个被打倒了，剩下的两个见势不好，就分成两路逃跑。月光中隐约可以看见，一个是高个子，一个是矮胖子，矮胖子朝着有山的方向窜过去。

三个人简单一商量，由耿春涛和何荣贵去追矮胖子，徐振良去追那个高个子。

何荣贵撒腿快追，并向黑影开了一枪，警告他不要动。矮胖子忽而左，忽而右，迷惑追赶的人，有时就故意不在路上走。看他好像要上山，其实并没有上山；好像摔了一跤，实际他是弓腰捡石头。看看翻过一道山梁，何荣贵已经是气喘吁吁了，耿春涛更是远远落在后面。矮胖子发现这种情景，索性蹲了下来，居高临下，向何荣贵来了一个连发，一气打了17响，何荣贵的帽子都被打飞了。何荣贵把头低下，弓着腰继续追。矮胖子见何荣贵没有放过他的意思，又一连放了3枪。何荣贵趁隙又往前追，他们的距离已经不过20尺了。那矮胖子又猛把手一抬，何荣贵以为他又要开枪，谁知飞过来的不是子弹，而是一块石头，不偏不歪打在何荣贵的小腿上。何荣贵身子往前趺了一下，差点栽倒在地上。

何荣贵忍着痛，直起身来，准备举枪射击，还没来得及扣动扳机，对面又飞来了一块石头，幸好没有打中。何荣贵心想：看来矮胖子已经没有子弹了。想到这里，他猛地往前一窜，想借这猛劲把矮胖子一按，就把他按在地下捉活的。谁知矮胖子更鬼，似乎猜到了何荣贵的心思，见何荣贵猛窜过来，就往旁边一闪，顺手又扔来一块石头。这块石头是对着何荣贵的面门打来的，幸亏何荣贵躲得快，只擦着鼻子过去了。就此，何荣贵放下了活捉矮胖子的念头，迅速举起枪来，刚扣动枪机，又打来一块石头，正中枪筒，子弹斜着飞了出去。矮胖子侧着身就往山边跑，企图顺着山边溜。何荣贵知道，再撂不倒矮胖子，这家伙就有逃掉的可能。于是他镇定下来，找了一个土堆做依托，向矮胖子连发三枪。第一枪不见动静，第二枪只听见土响，第三枪响后就像有一捆干柴摔倒在地下一样的声音，沉重而急促，土也带下了一大片。经验告诉何荣贵，这家伙是被打倒了，何荣贵反倒惋惜起来："没有捉到活的，可惜了。"

这时，耿春涛也赶上来了。除了自己的枪外，耿春涛还在路上捡了一支二十响盒子，子弹匣已经离开了枪，想必是矮胖子刚才跑慌了掉下来的。

两个人分两边包围上去，他们还怕那小子没死，出什么花招，等走近一看，矮胖子千真万确是死了。

两个人坐下喘了口气，后边追来了一伙人，连长夏天泰带着四连和当地民兵火速赶到。

"到底是不是刘黑七呀！"大家互问着，也纳闷着，最后决定，用担架把他抬走，让上柱子的老乡认去。

何荣贵这时才感到自己不仅腿痛，鼻子也疼，他解开绑带一看，腿肿了一大片，鼻子也青肿了。民兵们劝何荣贵上担架："你打死的要真是刘黑七，就立了大功，莫说坐担架，坐八人大轿也是应该的。"说着就把他推了上去。

何荣贵又是羞，又是喜，还有点气。羞的是这样个年轻人，又没有负伤，怎好坐担架；喜的是打死的人要真是刘黑七该多好呀！还有点气是什么呢？就是没有捉到活的。又一想，反正已经打死了，气有什么用呢？于是索性躺下来休息。他毕竟年轻，又疲又困，不一会儿就睡着了。等到醒来，他面前已经围了一大群人，有的禁不住把他抬了起来："何荣贵，你算是好样的，刘黑七到底给你打死了！"

何荣贵如梦方醒，也不知哪来的力气，从人们的手中挣脱出来，问："刘黑七在哪里？""在那边。"他顺着人们手指的方向望去，可不是！那边也围了一大群人，何荣贵挤过去，没有人让他，他东跑西跑，也没有看到个啥动静。多亏后面来的人为他解了围："老乡们，请让一下，打死刘黑七的英雄何荣贵来了！"

这话果然灵验，人群立刻闪开了个口子，等到何荣贵一进去，口子马上就又合拢起来。何荣贵这才有工夫来看看这个混世魔王，看看这个惯匪头子、汉奸刘黑七，看看这个曾经闯荡江湖、流窜数省的刘桂堂。原来他真像老百姓传说的那样，一身乌鱼相：浑身黢黑，矮胖，圆黑脸，小眼睛。

王麓水赶过来，激动地说："同志们打得好，何荣贵同志打得好！你们击毙刘桂堂，为鲁南人民除了大害，我代表鲁南军区和区党委、代表鲁南人民向你们表示衷心的感谢。"顿时，欢声雷动，响彻黎明的天空。

16 日晨，梁邱据点的日伪军与天井汪伪十军刘国祯出援，都被我阻击部队击退。我部队乘胜攻克埠下、刘庄、宋家峪、燕庄、长涧及李以锦在梁邱至许家崖一线的据点。至此，柱子山战役全部结束。战役共毙敌伪军 240 人，俘匪军官 36 人，俘匪徒 1000 余人，缴获战马 100 余匹，重机枪 4 挺，金银珠宝大宗及军用物资无数，同时解救了被抓被押的壮丁、妇女 500 余人。

围子外，人们越聚越多，有人对刘黑七的死表示质疑："刘黑七是乌鱼精下凡，会七十二变，刀枪不入，他怎么会死呢?"

有人反驳："你眼瞎啊，那不是刘黑七啊!"

鲁南各县的人听说打死了刘黑七，纷纷赶来，都要把刘黑七弄走，而费县各区甚至各村又都想把他弄回自己那里去，让受害的人看看；还有人主张就地割了，一个村带一片肉回去；也有人主张点他的天灯，但这主张马上就有人反对，说点天灯倒便宜了他。最后大家一致决定，抬着尸首一村一村地游。先去费县所属的村，因为费县是他起家之处，又是他杀人最多的地方。鲁南军区政治部顺应群众的愿望，也同意这样办。

群众欢呼了，欢呼声比炸碉堡的声还要大。军区政治部的宣传队也跟在一起，借此机会，扩大影响，发动群众壮大抗日武装。

刘黑七的死尸刚抬走，一个大娘像着了魔似的奔向我们的战士说："同志，赶快追上去，告诉他们，晚上要把那黑杀的吊在树上，免得野狗吃了，别人报不成仇。"战士笑了，望了一下王麓水。麓水同志微微点了点头，战士会意，马上就赶了前去。

柱子山战役一举击毙惯匪刘桂堂，为民除了害，在山东乃至全国引起了很大反响，延安新华广播电台新闻节目每 4 小时广播一次鲁南军民击毙刘桂堂的消息。《解放日报》也发表了《山东军民反扫荡胜利》的社论，指出：击毙混世魔王刘桂堂，为山东人民除了大害，为中华民族伸张了正义，特别值得大书特书。山东军区特令嘉奖了鲁南参战部队。击毙刘黑七的功臣何荣贵获山东军区甲等战斗英雄称号。

第五十回　八路军鲁南反攻　荣子恒泗水毙命

崮口山区属于尼山余脉，位于山东省费县南部，处于涑河流域，是丘陵和平原的过渡地带，地形以丘陵为主。这个地方有两个山头，一个叫没儿崮，一个叫诳爷山，荣子恒和平建国军第十军第二师刘国祯就率部驻扎在这里。

没儿崮位于马庄镇西北，顾名思义就是没有儿子的崮。没儿崮东南面、张胜庄前也有座山，与没儿崮相望，叫诳爷山，两个山山脚到山脚的距离不到一公里。传说这个没儿崮住着老寨主，诳爷山上住着儿子小寨主。两个寨约定，任何一个寨遭到土匪进攻就敲鼓求援。诳爷山的寨主想看下他老爹是否在他遭到进攻的时候真的会支援自己，于是就敲起了鼓，没儿崮上的寨主就带人来了，爬上海拔二百多米的诳爷山，一看山上没有遭到进攻，非常生气，就走了。诳爷山的寨主感觉好玩，过了些日子又给他老爹开了次玩笑，他爹当然又上当了。谁知没过多长时间，土匪还真的来了。当诳爷山再敲起鼓的时候，没儿崮那边以为还是小儿子开玩笑呢，不发兵了。于是诳爷山被攻克，从此没儿崮的寨主也就没有了儿子，时间不长，没儿崮也被土匪攻下了。其实，就像给孩子起名一样，沂蒙山区七十二崮也都是当地人随口一说，约定俗成罢了，未必当得真。

刘黑七被八路军打死之后，荣子恒的日子越来越难过，不仅粮饷难以为继，就是兵员也越来越难补充了。

眼见兖州那边的粮饷迟迟无法运入，荣子恒打起了驻地周边老百姓的主意。1944 年初春的一天，荣子恒让刘国祯派出一个团，前去崮口山区，到刘庄乡抢劫村民的粮食、牛羊。

接到群众求援的紧急情报，老三团紧急出动，渡过涑河，在六郎城村南旺山设伏。午后，刘国祯率领抢粮队担着粮食，牵着牛羊，大摇大摆进入伏击圈。一声令下，八路军战士将一颗颗手榴弹扔向敌群，爆炸声中，刘国祯滚鞍下马，指挥着部队反击。八路军战士的机枪、步枪子弹扑向伪军，伪军倒下一大片。双方你来我往，直到天黑，刘国祯才在荣子恒的接应下撤走。这一战，刘国祯损失人马 100 多人，所抢掠的粮食、牛羊也没能带回，全部被八路军截获。

带着截获的粮食、牛羊，王吉文和三团战士来到六郎城村，通知周围村庄的村民前来认领粮食、牛羊。村民们赶过来了，一位老大爷拉着王吉文的手，恳切地说："首长啊，牛我们牵回去，粮食和羊部队上就留下来吧，算作我们的心意了。"

王吉文握着老大爷粗糙的手，说："大爷，您的心意我们领了，但是，这些东西大家还是要领回去。部队有困难我们慢慢想办法，群众如果没有饭吃了，那就只能逃荒要饭了。您带个头，领回去吧。"

老大爷不再争讲，招呼村民："老少爷儿们，八路军夺回了咱们的牛羊和粮食，救了咱们的命，八路是咱们的恩人呢。大家一起给恩人磕个头吧！"说着，双手作揖，双膝跪地，向王吉文和王吉文身后的八路军跪拜。王吉文慌忙将老大爷搀起："大爷，万万使不得，折杀晚辈了。"

1944 年 5 月 1 日，根据群众的要求和山东军区的指示，鲁南军区集中王吉文第三团、王六生第五团全部及尼山支队一部，兵分三路，在军区地方部队掩护下，奔袭和平建国军第十军第二师刘国桢部。

当天夜里，狂风大作，王吉文率部以迅雷不及掩耳之势，直插马庄乡天井汪村，将伪第二师司令部重重包围。王六生率五团围攻张胜庄。尼山支队前出探沂镇，阻击荣子恒援兵。与此同时，鲁中军区王建安所部从蒙阴、沂水南下，攻击荣子恒第一师和军部。

鲁南军区部队激战四天，将刘国祯伪二师全部歼灭，刘国祯被击毙。

两个方向受到打击的荣子恒紧急请求滋阳（兖州）日军支援，滋阳日军洼田旅团长鼓励荣子恒奋勇作战，进驻费城，坚守鲁南。无奈，在日军费县宪兵队井铁五郎的接应下，荣子恒逃入费城。

为了彻底消灭荣子恒伪军部队，1945 年 2 月 1 日，鲁南三团在鲁中九团、邹县独立营和费县独立营的配合下，发起泗水城战役。

从费县逃到泗水城的荣子恒，已经不再对曲线救国抱有希望，此时的他，看着从北京远道赶来探望自己的儿子，不免伤感万分。

荣子恒的第十军经过八路军的连续打击已经元气大伤，仅剩 3000 余人。经过三天的抵抗，荣子恒的阵地只剩下县政府高楼以及东门和南门的两处据点。他本希望坚持到援军抵达，不想援军在4日上午就被八路军的阻援部队击退了。

2月4日下午7点，八路军在短暂的休整后发起总攻，荣子恒似乎预感到了末日的来临，他开始担心起自己的儿子。

东门据点，荣子恒将两个儿子揽入怀中，悲伤地说："孩子，你们来得不是时候啊，你们回北京吧。回去后好好读书，长大了学习医生，万万不可再走你爷爷、你爹的老路了。"两个孩子懂事地点点头。

荣子恒看了一圈炮楼里的人，开口说道："哪位仁人义士把我的孩子送回家，让他们有条活路，我死了也不忘您的恩情。"

这时，泗县保安大队第9中队队长韩德冒站了出来，他朝着荣子恒敬了一个礼，说道："军长你放心，只要我韩德冒的三寸气在，就有少爷在，我保证把他俩安全送到家。"

荣子恒见此时此刻仍然有人愿意为他挺身而出，感动得当即跪地给韩德冒磕起头来。韩德冒见状立即将荣子恒扶起，不由得热泪盈眶。荣子恒随即又说："我的两个孩子就是你的孩子，现在全托付给你了，你去哪儿就把他们带到哪儿，如能送到家我更感激不尽。"说罢，让两个儿子跪下给韩德冒磕头。然后，他从日记本上撕下一张纸，在上面写下："生死望不用挂念，这是天命，义弟韩德冒送子回家，请好好款待。"这是写给荣臻的信，作为证明。荣子恒又从腰间取下一个装有两根金条和一叠伪币的纸包交给韩德冒，作为沿途所需费用。交代完一切，荣子恒随即命士兵将韩德冒和自己的儿子用绳子垂悬下城。

韩德冒没有食言，凭借自己多年闯荡江湖的经验，最终完成了自己的承诺，成功将荣子恒的儿子送到了北京，交给孩子的爷爷荣臻。

荣子恒来到县政府大楼，日军顾问长泽、指挥官石川正在向兖州呼叫。荣子恒火冒三丈，抬手一枪打在报话机上，大骂："行了，跟喊魂似的，没有用了，洼田不会来了！"

长泽从没见过荣子恒还有这脾气，怔怔地看着荣子恒。

荣子恒抓过一挺歪把子机枪，塞到长泽怀里，大喝："你们的武士道精神呢，拿出来，给我冲！"

石川从长泽怀里抓过机枪，恨恨地骂道："你们中国军人，大大的夙蛋！大日本武士们，为天皇献身的时候到了，给我冲出去！"

荣子恒抄起一支步枪，跟在石川身后，打开东门向外突围。

这边荣子恒等一干军官在前猛打猛冲，后边的士兵猫着腰，纷纷找房屋、墙角藏起来、蹲起来，任由营长、连长喊破嗓子，就是没有人跟着往外突围。

城门刚打开，八路军的机枪子弹集中扫过来，突然，荣子恒腿一软，倒在地上再也没能起来。

天亮时分，城内枪声渐渐停了下来。打扫完战场后，八路军部队分头出击，先后攻克故县、东洼、杨庄等 11 个日伪据点，光复村庄 37 个。

泗水战役，鲁南军区击毙伪十军军长荣子桓、副军长陈镇藩、参谋长朱江、一师副师长朱级勋以下 122 人，击伤伪军 144 人，俘伪一师师长苏富玉、三师师长朱复宁以下 1206 人；俘伪县长李香庭和伪县大队长孔运谦以下 180 人；击毙日军顾问长泽、指挥官石川以下 20 人，俘日军 2 人；缴获重机枪 2 挺、轻机枪 12 挺、步枪 1120 支、短枪 82 支、掷弹筒 20 个、各种子弹 21525 发、掷弹筒弹 2084 个、电台 4 部、电话 30 部及其他物资一部。

5 月 11 日，罗荣桓、黎玉、肖华通令嘉奖攻克泗水县城的参战部队。

祝捷大会上，群众扭着秧歌，唱起新编的歌曲，庆祝胜利的到来：

李香庭来真无能，
东边请来荣子恒，
荣子恒，大草包，
见了八路撒腿跑。
荣子恒来大坏蛋，
认贼作父当汉奸。
费县捡了一条命，
来到泗水命归天！

第五十一回　日寇贪夜遁逃枣庄　伪军凭险死守沂州

一

1944年6月5日，中共中央发出《关于城市工作的指示》，要求各地党的组织必须把城市工作与根据地工作作为同等重要的两大任务，一俟时机成熟，就可使二者结合，里应外合地进攻日本侵略者，夺取大城市与交通要道。9月4日，中共中央发出《关于建立城市工作部门的指示》，要求地委以上各级党委必须建立城市工作部。

为迅速贯彻落实党中央指示，1944年10月，滨海区党委发出了《关于执行中央及分局关于城市工作指示的指示》，决定在沂滨区李家石河村成立中共临沂县城市工作委员会，刘炬任书记，吕剑光、庞世泽任副书记，马思孔负责统战工作，李鸣嵩担任敌工组组长。工委下设两个工作组和两个武工队，李明嵩兼任临东武工队队长，纪甫担任临西武工队队长。自1938年临沂五中分手以来，纪甫、李鸣嵩又以新的身份走在了一起。

临沂城市工作委员会的工作是多方面的，其中重要的工作之一是通过结交各阶层人士，了解城里敌人的各方面情况，为解放临沂城做好准备；同时，对敌伪内部人员开展“红黑点”争取工作，孤立临沂城，为解放临沂城扫清外围障碍。马家石河据点里有一个名叫刘清臣的汉奸特务，经常和日寇勾结在一起，残害群众，虽经几次警告，但是毫无悔改之意。一天晚上，李明嵩带领敌工组设伏将他抓住，架到李家石河和马家石河两村中间的一座小桥上枪决了，并把写有“汉奸刘清臣作恶多端，八路军代表人民处决”的纸条贴到刘清臣的身上。这种做法起到了杀一儆百的作用，从此，各据点的伪军就老实多了。

二

1945 年 8 月 9 日，毛泽东就苏联对日宣战发表声明《对日寇的最后一战》，动员人民军队向日寇发动进攻，收复祖国河山。

1945 年 8 月 10 日，八路军朱德总司令发布了大反攻的命令。

1945 年 8 月 15 日，正午，日本驻临沂川本大队作战部中，大队长川本、临沂特务机关长高桥等军官聆听裕仁天皇广播讲话。天皇宣布接受《波茨坦公告》，实行无条件投降。

听完广播，川本泪流满面。高桥声嘶力竭：“不，我们战无不胜，我们没有失败。”

下午，山东管区司令官、第四十三军军团长细川中康中将命令临沂日军向枣庄集中。夜晚，川本以“扫荡”之名，带着驻临沂日军出了南门（望淮门），向西南疾驰。

在临沂日军总部喂马的乔四是一一五师敌工部的线人。从下午开始，乔四就发现日本人神情异常，有的悲戚，有的暗喜，都慌里慌张的，有焚烧东西的，有打点行装的，但怎么看，都不像外出“扫荡”的样子。

待日军集合离开后，乔四发现川本这次连马都没骑。乔四纳闷，急忙来到马厩，发现几匹马在那里踏着蹄子，打着响嚏，一槽的料，就是不愿下嘴。

乔四用手一抄、一捻，一个带尖刺的东西扎得他手指生疼。乔四定睛一看，原来是玻璃碴子。乔四又抄了几把草料，发现了更多的玻璃碴子。“妈的，这伙杂碎，连牲口都不放过！”乔四意识到什么，马上赶到煤炭场，向敌工人员张玉卓汇报。

接到川本遁逃的报告后，山东军区司令员罗荣桓下令鲁南军区、铁道大队追击、阻击川本大队，防止其逃窜到枣庄与日军大部队会合；命令活动在临沂城外围的部队迅速开往临沂集结，准备接管临沂。

三

1945 年 8 月 17 日，山东军区调集山东野战兵团第二师第四团、山东军区特务团、警备三旅第十一团和滨海区临沭独立团等地方部队组成临沂前线指挥部，由山东野战兵团第二师师长罗华生指挥，指挥部设在沭埠岭村。

为了打好解放临沂城的战役，山东军区司令员兼政委罗荣桓做了精心部署，城市工作委员会动员三千名民兵、民工参加前线勤务和后方运输任务，及时调集、运输弹药、物资、给养。

驻庄坞、涌泉的临沂县委、县政府迅速行动，组织支前民工、担架队投入解放临沂的战斗。

鲁中军区主力第四团围攻临沂城北李家宅王洪九部据点，滨海第二军分区部队围歼临沂城东相公庄、肖堰各据点，鲁南第一军分区及山东军区教导团阻击西面增援临沂城的王洪九部主力部队。

沂蒙军分区司令员孙继先接到情报站“临沂日寇将要撤走”的报告后，立即命令正在进行白沙埠战斗的翟明仁警备三旅第十一团火速赶到临沂城下，向临沂发动进攻。

明代以前，临沂城是一座规模不大的土城，城墙均为泥土夯实后建造，防御能力不强。公元 1368 年，沂州指使周德才坐镇临沂，将土城拆除，改建砖城，加强了临沂城的防御能力。1673 年，郯城爆发 8 级大地震，波及临沂，部分城墙、城楼塌圻，清政府调集上万民夫予以修复，形成今天临沂城的格局。

临沂城的布局和建筑别具一格，有其鲜明的特色。主城呈椭圆形，东西稍长，南北略短。城墙周长 4. 5 公里，高 15 米，顶厚 12 米，底座用砖石垒砌，墙体用三合土夯成，女墙设垛口 3782. 5 个，有城堡 50 座，炮台 4 座。城墙上的环城马道宽 2. 67 米，可以并排跑四辆马车，用以调运兵力和弹药。

临沂城位于祊河以南、沂河西岸，城外有祊河从西、北、东三面环绕城墙。护城河宽两丈，深一丈五尺，引祊河水灌注，的确是一个易守难攻的坚固堡垒。

伪沂州道皇协军保安旅旅长王洪九驻守临沂城西艾山，接到川本派来联系的日军留守少佐金城恒硕（朝鲜籍）的情况通报后，迅速派参谋长陈维章来到城内，参与守城指挥。

城内聚集了许兰笙的临沂保安队、邵子厚的费县保安队 4000 多人。这些作恶多端的汉奸自知难以获得人民群众的饶恕，倚仗日军留下的十几万发子弹、几十万斤粮食和坚固的城防，横下一条心与八路军顽抗。

陈维章站在东门（镇海门）上指指点点，对一群汉奸说：“临沂城固若金汤，谁也别想打进来。你们不知道，老蒋北伐的时候，北洋军方永昌在这里守了三个月，老蒋愣是没打下来；板垣征四郎厉害吧，就是庞瘸子那几杆破枪，板垣征四郎用飞机大炮还攻打了四十八天呢。咱现在是要人有人，要枪有枪，就凭八路那几杆汉阳造，想打下临沂，门都没有。弟兄们，过不了一个月，蒋委员长的大兵一到，罗荣桓就是想跑，他都跑不了，到那时，大家就是功臣了。”

经陈维章这一番鼓励，一众汉奸顿觉胆气冲天，感觉乌纱帽马上就要落到头上了。

8 月 17 日夜晚，警备三旅第十一团以迫击炮、机枪火力作掩护，向守城伪军发起攻击，迅速占领北关。经 5 小时激战，以伤亡 70 余人的代价，炸开临沂城北门 3 道门中的两道。

正当部队向最后一道城门推进时，突然接到指挥部命令，要第十一团停止攻击，撤出战斗，前往城北李家宅方向阻击王洪九皇协军的支援，攻城任务由滨海军区第四团和第二军分区部队接管。翟明仁非常不情愿地率第十一团撤离攻城战场。

19 日，二师四团（滨海军区第四团）从南关向守敌发起攻击。四团在南关美国教会医院楼房上架设轻、重机枪，掩护部队架梯强攻，结果两次攻上城墙，都被城头伪军的密集火力反击下来，四团伤亡二三百人，攻击失利。

攻城失利的消息传到大店，罗荣桓紧急决断，由省军区参谋处长李作鹏、鲁中第二军分区司令吴瑞林、滨海第二军分区司令罗华生，组成临沂战役前线指挥部，负责指挥临沂城的解放战役。抽调山东军区特务团、老四团、鲁中军区十一团、临沭独立团 4 个团的兵力，同时责成城市工作委员会带领 3000 名民工、民兵支前。

李作鹏迅速赶到沭埠岭，重新配置攻城兵力：滨海军区第四团在城东南方向，山东军区特务团在城东北方向，沂蒙军分区警备师第十一团在城西和西北方向，临沭独立团在西南一线，民兵、民工 3000 人担任前线勤务和后方运输任务。

8 月 20 日 6 时 40 分，攻城部队炮击敌人阵地 10 分钟后，实施爆破。但由于城高墙厚，里外均用沙袋护卫，连续四次爆破，仅炸翻城墙外壳数百米和墙上两个炮楼。

冲锋号急促地响起，在猛烈炮火掩护下，部队发起强攻。一排排战士，一道道人流，越过城壕，扑向城墙。震耳欲聋的爆炸声、喊杀声，汇成一股股狂涛巨浪。但是，城头伪军利用高墙深沟、精良的武器和充足的弹药拼死还击。战斗开始不久，即进入白热化状态。

城东线，山东军区特务团突击队第四连在敌人集束手榴弹轰炸下，前仆后继，架梯登城。指导员杨光在冲锋前从衣袋里掏出所有的东西做了交代，并指定了代理人。架云梯时，他负了重伤，仍向冲锋的战士喊道："冲呀，冲上去就是胜利!"

三排战士傅延祥，为了不让梯子被敌人推下来，用肩膀将梯子死死顶住。数十个伪军集中向他射击，一齐用手榴弹向他投掷，但他毫不畏惧，像一座钢铁铸成的巨人，屹立在炸弹的火光中。下来之后，卫生员发现他身上负伤11处，全身衣服被血浸透。

特务团后续部队一部被敌人的强大火力压迫在城墙下的一片开阔地里，伤亡大量增加。没有牺牲的同志，一个接一个滚回护城壕，暂时躲避炽烈的炮火。时值盛夏，天气炎热，壕沟污水里浸泡着的战友的遗体一具具飘浮在周围。他们长时间泡在水里，蹲不下，站不稳，又饥饿，又劳累。我军阵地上的战友只好将窝头扔进水里，让他们捞起充饥。这些战士一直坚持到天黑才撤回我军阵地。

城东南角，滨海第四团的指战员也与敌人展开了殊死的搏斗。架桥组的战士一排排地倒了下去，又一排排地冲上来扶住云梯。5分钟之后，有5名战士终于跃上城头。最前面的那位战士，向左右两侧的敌人甩出两枚手榴弹后，又向城墙东南角炮楼扑去，并把缴获的两门手炮丢下城头。就在这关键的时刻，我军阵地的重机枪没能封锁住南门的城楼，敌人火力击断我登城云梯，封锁住即将登城的第二梯队。城墙上的5名战士孤军奋战，同敌人展开了激烈的搏斗。南门城楼的敌人端着步枪、轻机枪，成群地向东冲来。占领东南角碉堡的战士扔完所有的炸弹后，同敌人展开了肉搏，不断有人牺牲。没有牺牲的战士决然跳下十几米高的城墙，爬回我军阵地。

第二次攻击，由于伪军死命顽抗，又加上城防坚固，我各支部队虽然打得勇猛顽强，但都被反击到城壕内，又遭到重大伤亡。

8月22日，山东军区命令沂蒙军分区司令员孙继先参加战役指挥，前线指挥部召开会议，研究下一步作战计划。会议决定：实施坑道爆破。但因壕水太深，坑道作业无法进行。于是部队开始休整，待机组织强攻。

在此期间，城内伪军也加强了防御，组织了大量由伪军头目的亲信组成的

“督战队”“敢死队”。为抢修工事，居民的门板、木棒被全部抢走，靠近城墙的房子，成片地被揭去屋顶。六七百名居民在刺刀威逼下昼夜赶修工事。城里的电灯大部集中到城头，城墙缺口也拉上了电网。伪军还把日军留下的一辆装甲车开到城南门，作为一个活动的防御堡垒。为防止我军夜间攻击，每到夜间，方圆十几里的城墙上密密麻麻地点起火把，一夜便烧掉上千斤棉花、数千斤油和上万斤木柴。

8 月 24 日夜，王洪九派出 200 多人秘密从城北乘软梯登城，除几十人登上城墙外，大部被我歼灭。

8 月 27 日，我军发起第二次总攻。第十一团第三营的“岱崮连”由城东主攻。凌晨 3 时半，岱崮连的爆破手沿城东一短墙的洞口冲向城墙，将城墙炸出一丈多宽的大斜坡。当第二组炸药炸响的同时，指战员乘机冲向突破口。后续部队也呐喊着游过城壕。城上敌人一片大乱，一手持大刀、一手持驳壳枪的“督战队”驱赶着伪军堵塞突破口。闪烁的火光中，黑压压的伪军倒下一批，又拥上一批，不少尸体滚下城头。敌人把后备队全部集中到突破口上，伪军越来越多。这次争夺，“岱崮连”没能得手，紧接着突上去的第七连也被伪军反击下来。战斗进行 3 个小时，3 次强攻均未奏效。第二次总攻再次失利。

第五十二回　老百姓踊跃支前　八路军血战临沂

一

大店，山东军区司令部内，李作鹏跳下马，急火火走进司令部作战室。

罗荣桓两手撑在桌子上，苍白的脸上难掩愤怒的神色。李作鹏一进屋，大骂："这帮汉奸，打日本没有本事，对抗人民军队倒是很顽固！"

罗荣桓厉声道："这是你攻城失利的理由？"

看罗荣桓罕见的神态，李作鹏嗫嚅道："政委，仗没打好，我检讨。"

"你是应该检讨！临沂城里有多少敌人你调查清了吗？临沂城防工事你了解吗？就知道一个劲地吹冲锋号，你去冲冲试试！"罗荣桓怒斥道。

李作鹏涨红了脸，默不作声。

罗荣桓呼地挺起身来："走，到前线去！"说完，他就往门外走，走了没几步，一个趔趄，差点歪倒。山东军区作战科副科长王德眼疾手快，赶紧上前扶住。

王德向值班参谋尹健一递眼色，尹健快步走出作战室。

王德扶罗荣桓坐下，温言道："政委，先稳一稳，你现在的身体状况还不能上前线。"

罗荣桓喝了一口水，说："火烧眉毛了，还稳得下来吗？如果临沂不能马上拿下来，全山东的日军、伪军就没有人肯向我们投降了！快，到前线去！"说完，他站起身，走出作战室，向马棚方向走去。

这时，林月琴赶过来，扶住罗荣桓，低声劝道："政委，你身子弱，你不能出去！"

罗荣桓挣脱林月琴的手，疾言厉色道：“我还没到七老八十，没那么娇惯！警卫员，马，牵马来！”

喊了几声，没有人答应，走到马棚一看，两匹马不知什么时候不见了。

罗荣桓看看王德，看看林月琴，愤然一笑，问：“是你们捣的鬼？”

林月琴脸一红，说：“我们向毛主席报告了你的身体情况，你向毛主席请示吧，要是毛主席允许你上前线，我们没话说，陪着你去！”说完，一扭头走了。

王德走过来，挽着罗荣桓的胳膊，说：“政委，这样吧，陈士榘司令员有打赣榆、郯城的经验，让他代替你去指挥，怎么样？”

李作鹏也赔着笑脸，说：“我这就起草电报。”说完，转身回作战室。

罗荣桓缓缓转身，向作战室走去，一边走，一边说：“作鹏同志，我还是不放心，你安排一下，咱们到临沂城东设一个指挥部，方便与前线联系。”

李作鹏舒了一口气，说：“好，我这就去准备。”

二

接到紧急通知，滨海军区司令员陈士榘赶往前线，统一指挥临沂攻城作战。

陈士榘听取前期战斗情况汇报后，在参谋人员的陪同下，沿临沂城走了一圈，对攻城战斗有了新的想法。

回到指挥部后，陈士榘连下几道命令：一，由鲁南军区铁道大队负责，迅速从枣庄煤矿搞300斤TNT炸药；二，由鲁中军区负责，迅速从新泰煤矿搞300斤TNT炸药；三，由滨海区负责，迅速从渊子崖、新集子、黑墩屯等制作鞭炮的村庄征调黑炸药8000斤；四，调集沭水县（今属河东区）洪瑞村民兵100名，参与掘进坑道。

在军事准备间隙，各部队展开了强大的政治攻势，掀起了一个喊话热潮。有的部队喊道：“伪军弟兄们，不要为大汉奸卖命了，你们都有妻儿老小，总得给自己留条后路吧！”有的部队喊：“你们已成了瓮中之鳖，鬼子都投降了，鲁南地区都解放了，孤单单的一个临沂城能守多久？只有缴枪投降才是唯一的出路！”部队还运用广播消息、奏乐、吹箫、唱歌、写大字标语、向城上射传单等方式开展政治攻势，都收到了很好的效果。部队最初喊话时，伪军为避免“督战队”的怀疑，不得不放上几枪。时间一长，只要“督战队”不在场，个个都伸直脖子听我军的宣传。我军战士给他们送去的香烟和宣传品，他们也都收下。有些伪军为求生路，趁夜晚逃下城墙，跑到我军阵地。伪军第六大队机枪中队的 1 名伪军，听了喊话，不顾一切大白天跳下城墙，还带出 1 支“捷克式”和 6 排子弹。后来，“督战队”加强了对伪军的监视。在东门，有 3 名伪军因向城下回话遭扣押，其中 1 个伪军向我军阵地大声喊道：“我叫王石衡，是城北人，反正这个汉奸我干够了！这回我是完了，八路军同志要替我报仇啊！共产党万岁！八路军万岁！”他一边喊着一边被“督战队”拖走了。

听说罗政委正在调兵遣将攻打临沂城的鬼子和汉奸，渊子崖人紧张地准备着。在秘密党支部和林凡义等人的组织下，制作了 50 副简易实用的担架，筹集面粉 2000 斤，煎饼 1000 斤，芸豆 200 斤，豆角 200 斤，辣椒 200 斤，由林凡义、林凡庆、林庆兰等人率领青壮劳力携带着赶往前线。

秘密挖掘坑道的任务由滨海军区工兵营和洪瑞区民兵中队执行。为了避开深深的城壕水流，最后选定护城河离城墙较近的城西北角，坑道顺着护城河内沿开挖，挖出的土顺便倾入护城河，不致被敌人发觉。

坑道里空气不流通，民兵和战士有的头晕，有的呕吐。昏暗的豆油灯下，他们赤裸的脊背上全是黄豆大的汗珠。在艰苦的条件下，坑道以每小时 1 米的速度向前延伸。经过 8 个昼夜的奋战，一条 100 多米长的坑道终于挖成，里面用棺材装上了 6000 斤黑色炸药，内加 300 斤 TNT 炸药，安上点火导火索。

9 月 10 日凌晨，惊天动地一声巨响，带着硝烟和尘土的气流向四面猛烈冲击，城西北角的大碉堡已无影无踪，城墙上奇迹般地开出了一道 30 多米宽的大豁口。几乎是在这沉雷般爆炸声的同时，城四面响起了密集的枪声和我军战士的奋勇冲杀声。担任主攻的第四团战士奋勇冲上突破口。敌人重兵死守突破口，左右两翼交叉火力实施封锁，鲁中第四团的第一次进攻未能成功。

12 时，第四团组织第二次攻击。战斗打响后，双方猛烈的火力交织成一片片火网，四团一个连被阻在突破口下。四营二连六班副班长孔德昭等几名爆破员每人提着一篮子手榴弹，像离弦的箭一样冲上突破口，敌人从西南和东南向他们侧击，南边房上的敌人封锁了正面。孔德昭一气扔完了自己带来的手榴弹，紧跟在他后边的陈守才把自己的手榴弹拧开盖，拉出弦，递给孔德昭继续投掷。他们坚持一个多钟头，炸死了成堆的敌人后，不得不再次退下来。

城内，伪军又选拔了 1000 人的“敢死队”和“督战队”，城墙上也增修了很多堡垒。几天来，陈维章、许兰笙、邵子厚等为了笼络伪军为他们卖命，竟然允许城内伪军任意强奸妇女。他们还宣布，如果守住临沂城，准许每人挑选一个大闺女做小老婆。

白天两次攻击失利后，指挥部调整部署，主攻任务改由十一团担任。为此，十一团和警卫营编成了四个梯队：第一梯队由十一团一营营长彭玉龙带领，攻上西北城墙后，从突破口顺城墙向东进攻；第二梯队由警卫营董玉相带领，紧跟一营后面，从突破口沿城墙向南进攻。一、二梯队挑选了 30 个勇士，每人 1 支匣子枪，100 发子弹，1 支带钩的长矛。军分区参谋处长王全珍率领两个步兵连、两个民兵连，为突击部队运送弹药；军分区政治部主任孔繁彬率人负责运送伤员。为了对付伪军敢死队，他们用麻袋装好沙土，每前进几十米，便用沙袋垒成临时挡墙。

9 月 11 日 1 点 1 刻，总攻从城的三面开始了。东、南两面佯攻，配合西北角主攻。

在城西北角，我英勇的爆破员冒着敌人密集的弹火，把几十斤一包的炸药一次次地送到突破口两边，使它在城墙断壁上连续爆炸。突破口附近的照明柴被炸熄了，突击部队趁机冲上城墙，向敌逼近。负隅顽抗的敌军凭借着用沙包和铁丝网构成防御阵地进行垂死挣扎。冲上去的一个排在克服了敌人施放的毒气之后，又遭到三面火力射击。敌人的手榴弹成堆地在突破口爆炸，我军战士在枪林弹雨中也以成串的手榴弹还击敌人。

丧魂落魄的伪军在“督战队”的凶狠逼迫下，轮番向突破口反扑过来。我军战士英勇奋战，巩固着突破口，一排一排的手榴弹像泼水般地投向敌人。战斗进行到酷烈阶段，战士们把成筐的手榴弹放在面前。敌人上来，就一串串扔出去；敌人退去，就提起装满手榴弹的筐子冲去，占领新的阵地。

敌人的八次反扑都被击溃了，战斗向城墙上的两翼发展。由于敌人在城上构筑了密集的掩体和机枪火力巢，我军每前进一步，都要付出一定的代价。在前进中，我军战士带着沉重的炸弹，奋身冲向每一个机枪掩体，勇敢而敏捷地把炸弹塞进枪眼，消灭敌人。从突破口到西门楼的二百五十米中，我军战士共夺取敌人二十五个大掩体和几十个小掩体，所有敌人的火力点都被我军占领。

城西北角敌人的抵抗终于被粉碎了，受挫的敌人十分慌乱。我军趁机集中兵力展开攻击，把顽抗的敌人分割成无数碎块，从而一个一个地吃掉。战斗逐渐向城里的各个区域扩展。

经过二十四天的激战，鲁南重镇临沂宣告收复。

这次战役，生俘伪临沂县长韩文龙，伪临沂保安第八大队长许兰笙，伪费县县长韩金声，伪费县保安大队长邵子厚，以及王洪九部参谋陈维章等以下共二千余人，缴获步枪三千余支，轻重机枪十余挺，手炮五十余门，汽车十一辆，以及大量的武器弹药。

三

临沂战役胜利后，毛主席、朱总司令、中央军委以及山东党政军领导人罗荣桓、黎玉、肖华等分别来电嘉奖祝贺。9 月 13 日，八路军在城南门举行盛大入城式，鸣礼炮 10 响。城门两旁张贴巨幅标语，战士们扛着长枪，头戴刚刚缴获的钢盔，迈着矫健的步伐，进入临沂城区，受到居民的热烈欢迎。下午 1 时，2 万居民在城隍庙举行庆祝大会，古城内外一片欢腾。

入城仪式后，召开祝捷和誓师大会。在大会上，人民解放军对英雄模范人物进行了表彰，工、农、青、妇等群众组织代表讲了话，公审枪决了许兰笙、邵子厚、陈维章等 10 名罪大恶极的特务汉奸以平民愤。

从此，被日军蹂躏长达七年之久的临沂重又回到了人民的怀抱。人们怀着对中国共产党及其领导的八路军的感激之情，从四面八方拥入临沂城，载歌载舞，缅怀先烈，欢庆胜利。

山东分局书记、山东军区司令员兼政委罗荣桓跨上了沂河桥。桥下，清清沂河水载来临沂人民的深情厚谊。极目远眺，沂蒙山仿佛就在眼前。七年了，多少战友，多少同志长眠在这片沃土上。

红旗猎猎，歌声嘹亮。

临沂，解放了！